Mondgeboren

Katharina Ferber

Ferber, Katharina:
Mondgeboren

ISBN: 978-3-00-077697-7

Umschlaggestaltung: Luisa Galstyan

Herausgeberin: Katharina Ferber, Garibaldistraße 7, 13158 Berlin

www.katharina-ferber.de

www.mondgeboren.de

Für meine Kinder
und all jene, deren Namen ich mir leihen durfte.

DANKSAGUNG

Mein größter Dank gilt meiner Familie für ihre Geduld, die es mit mir erforderte, und besonders meiner Tochter, die meine strengste und zugleich wohlwollendste Kritikerin ist. Meiner Mutter für ihre Ermutigung, diesen Weg einzuschlagen. Meinen Freundinnen und Freunden für ihre Unterstützung, ihr kritisches Begleiten und Bestärken und all jenen, die gelesen, lektoriert, diskutiert und korrigiert haben, für ihren unverzichtbaren Beitrag zu diesem Buch.

Doch ein Kind wird wiederkehren, mondgeboren.
Nicht von dieser und nicht von jener Welt.

Mit bedingungsloser Liebe
wird es den Morgen dämmern lassen.

Und die Träume werden auferstehen.

Buch der Prophezeiungen Yuhrs

PROLOG

Der schwarze Schatten zögerte.

Er musste einen geeigneten Augenblick abwarten, durfte sich nicht zu früh verraten, sonst wäre alles verloren. Nur ein Verlangen erfüllte ihn: Gestalt anzunehmen, wieder einen Körper um sich herum zu spüren, Hände, mit denen er greifen und Augen, mit denen er sehen konnte. Und nichts würde ihn davon abhalten! Viel zu lange war er ein Gefangener gewesen, unfähig, sich zu rühren, zu greifen, zu atmen. Das würde nun ein Ende haben. Er hatte seinem Gefängnis entkommen können, hatte gespürt, dass die Zeit reif war um wiederzukehren.

Geduld, nur Geduld, dachte er und schmiegte sich ins hohe Gras in der Nähe des kleinen, etwas windschiefen Hauses, das vor ihm lag.

Plötzlich öffnete sich die Tür und ein junger Mann trat heraus, warf sich einen Umhang um als Schutz gegen den steten Wind. Eine Frau mit dunklen Locken erschien hinter ihm. „Geh nicht zu lange fort, es gibt noch viel zu tun", sie küsste den Mann flüchtig auf die Wange, bevor sie sich wieder ihrer Arbeit zuwandte, „und das Essen ist bald bereit." In der Hand trug sie den halbfertigen Weidenkorb, an dem sie gerade geflochten hatte.

„Bestimmt nicht", antwortete er, „ich will nur schnell nach den Tieren sehen."

Er wandte sich um und ging. Die Tür schloss sich wieder.

Es war ein sonniger Tag und der Bauer summte auf seinem Weg leise eine Melodie. Er war gut gelaunt, die Grashalme bogen sich im Wind, von hier aus konnte er fast das Meer sehen. Es war nicht leicht gewesen, der schroffen Landschaft etwas abzugewinnen, der Boden war sandig und nicht sehr fruchtbar. Dennoch bereute er es nicht, hierhergekommen zu sein. Er war sehr verliebt gewesen, damals, und war es auch heute noch immer. Zufriedenheit durchströmte ihn und er dachte liebevoll an das Kind, das bald zur Welt kommen würde.

Der Schatten folgte dem jungen Mann, der nichts ahnend ein Lied pfiff und in Richtung des Meeres ging.

Der Wind zerzauste dem Bauern das Haar, die Brandung war nun deutlich zu hören. Plötzlich stutzte er.

„Was zum…?", entfuhr es ihm. Die Weide war leer, ein Teil des Zaunes war durchbrochen. Der Boden war zerwühlt, als seien die Tiere in Panik geflohen. Hilflos blickte der Bauer sich um. Ein leises Geräusch ertönte. Unter einem kargen Busch, der kaum Schutz vor Wind und Sonne bot, kam ein Lamm hervor. Es zitterte und jammerte erbärmlich. Der Bauer lockte es zu sich, packte es und hielt es fest an sich gedrückt.

„Was ist hier bloß passiert?", murmelte er zu sich selbst, während er das Tier beruhigend hinter den Ohren kraulte.

Das Lamm begann auf einmal in Panik zu strampeln, es war so wild, dass der Bauer es nicht festhalten konnte. Unsanft fiel es zu Boden, rappelte sich auf und lief blökend davon.

Der Bauer fröstelte, es war kalt geworden. Er zog seinen Umhang fester um sich, doch es half nicht. Plötzlich wurde es seltsam still, nichts bewegte sich, der Wind war verstummt. Nervös sah er sich um. Nicht einmal das Geräusch der Brandung war mehr zu hören. Als ob jemand die Zeit angehalten hätte, dachte er.

Irgendetwas stimmte hier nicht.

„Hallo? Ist da jemand?“, rief er in die Stille hinein.

Auf einmal raste etwas auf den Mann zu, er konnte es nicht sehen, aber er fühlte es deutlich auf sich zukommen. Ein unterdrückter Schrei entfuhr seiner Kehle und in Panik versuchte er zu fliehen. Schatten umhüllte ihn, drang in seine Hände, Arme, Beine, seinen Leib und seine Seele ein. Er wehrte sich nicht mehr.

Dann wurde alles um ihn dunkel.

KAPITEL I – HELENA

„Dumme Kuh!“ Der Stoß schmerzte in der Seite. „Pass doch auf, wo du rumstehst.“

Helena war vollkommen in Gedanken gewesen. Sie rieb sich überrascht die Stelle, an der der Ellbogen sie getroffen hatte, senkte den Kopf, kniff die Lippen zusammen und schwieg. Wieder einmal.

„Lass sie in Ruhe, komm!“

Einer der Erzieher nahm den Jungen beiseite und entfernte sich mit ihm.

Missmutig beobachtete Helena die Gruppe Jungen und Mädchen, die nun begonnen hatte, miteinander den Ball über den Ascheplatz zu kicken. Der Junge, der sie gestoßen hatte, blickte zu ihr herüber, verdrehte die Augen und tippte sich mit dem Zeigefinger an die Stirn. Lachen ertönte. Helena bemühte sich, nicht hinzusehen. Sie zog sich die Kapuze über den Kopf und hob die Schultern, ließ wie eine Schildkröte den Hals komplett verschwinden, um sich in dem schützenden Stoff zu verkriechen, unsichtbar zu werden. Es war eigentlich viel zu warm für einen Pullover.

Die Mädchen aus ihrem Zimmer saßen auf der Treppe zum Garten oder lehnten am Geländer, waren ganz in ihr Gespräch vertieft und beachteten sie nicht. Selbst schuld, dachte Helena, du bist selbst schuld. Dumme Kuh!

Wenn es doch nur schon Abend wäre. An Tagen wie diesen, die nie zu enden schienen, sehnte Helena die Nacht herbei.

Ein schriller Pfiff ertönte, das Fußballspiel war beendet. Nach und nach trafen alle schwatzend am Haupteingang ein. „Komm, Zeit fürs Mittagessen, wir sind dran." Mira, Helenas Zimmergenossin, warf ihr ein vorsichtiges Lächeln zu.

Bei Helena konnte man nie wissen.

Helena brummte nur, zwang sich dann aber, das Lächeln zu erwidern und schloss sich der Gruppe Mädchen an, folgte ihnen in die Küche. Ihr Zimmer war an der Reihe mit Kochen. Heute: Nudelauflauf und Salat.

Morgen würden die Ferien enden und die Schule wieder beginnen. Helena war froh darüber. Diese warmen, ausgelassenen Spätsommerferientage, voll von Musik, Baggersee, Tischtennis und Sonnencreme, an denen jeder erwartete, sie fröhlich zu sehen, strengten sie an. Sie war lieber alleine.

Helena schnitt Paprika in Streifen, der Saft färbte ihre Finger rot. Mira und die zwei anderen Mädchen sangen einen der aktuellen Popsongs, die gerade im Radio liefen, und waren bester Laune. Helena lauschte. Das Lied klang schön, sie kannte den Text und hätte gerne mitgesungen, aber sie tat es nicht. Plötzlich mischte sich eine Stimme in die Geräusche.

„Na, so'n bisschen Farbe würde dir auch guttun."

Der Ellbogen, wie Helena ihn insgeheim seit dem Vorfall an der Treppe nannte, war in die Küche gekommen. Er grinste. Helena beachtete ihn nicht, drehte sich weg und schnitt weiter.

Die Kante des Messers klackerte auf dem Brett. Doch er ließ nicht locker, nahm eine halbe Paprikaschote und drückte sie Helena mitten ins Gesicht. Alle erstarrten.

„Hey, lass das, verschwinde“, rief Mira vom anderen Ende des Tisches, „du hast hier nichts zu suchen.“ Sie schaute Helena nervös an. Der Junge war neu und wusste noch nicht, wie wütend sie trotz aller Schweigsamkeit werden konnte. Helenas Puls raste. Sie fühlte das Brennen des Gemüsesaftes auf ihrer Haut. Ein Schrei stieg in ihr empor, formte sich zu einem dunklen Klumpen in ihrem Bauch. Ihre Faust presste sich um das Messer in ihrer Hand.

Eins, zwei, drei.

Beruhige dich.

Es half. Der Klumpen wurde kleiner, zurück blieb nur ein dumpfes Pochen in ihrem Magen. Helenas Faust löste sich und ließ das Messer los. Sie griff sich das Handtuch und wischte ohne ein Wort ihr Gesicht ab. Der Junge grinste und verschwand rückwärtsgehend aus der Küche, kreiste wieder den Finger an der Stirn und winkte ihr zu. Helena blickte auf das Handtuch, das rot gefärbt war von der Paprika. Viel zu rot. Helena sah auf ihre Hand herunter, sie hatte sich offensichtlich an der Klinge geschnitten. In ihrer Handfläche klaffte eine kleine Wunde, die stark blutete. Mira erschrak. „So ein Idiot. Warte, ich hol dir ein Pflaster.“

Helena seufzte. Nacht, dachte sie, lass es doch endlich Nacht werden.

Schweißgebadet schreckte Helena auf. Ihr Bett war zerwühlt, sie musste so heftig geträumt haben, dass sich das Laken gelöst hatte und sich nun in einem Knoten um ihre Beine wand. Unwillig befreite sie sich aus der Umklammerung des Stoffes. Noch etwas benommen tastete sie nach dem Kopfkissen und fand es schließlich, kalt und feucht, auf dem Boden. Mit einem Seufzen ließ sie sich ins Bett zurücksinken, sie spürte die noch warme Kuhle, die ihr Körper auf der Matratze hinterlassen hatte, und versuchte, sich dort wieder hineinzufinden.

Sie hielt den Atem an und lauschte einen Moment in die Dunkelheit, aber alles, was sie hörte, waren die regelmäßigen Atemzüge der anderen Mädchen in den Stockbetten. Mira über ihr schnarchte leise. Die weiße Bettwäsche leuchtete im Licht der Straßenlaterne, die durch das Fenster ins Zimmer schien. Sie verspürte nicht den Drang, die Nachtlampe anzuknipsen. Vor dem Fenster bewegten sich die Schatten der Bäume wie Hände mit dürren Fingern, es musste wohl windig draußen sein.

Was war das? Ihr Atem stockte. Einen Moment lang glaubte Helena, eine Gestalt vor dem Fenster vorbeihuschen zu sehen, dann eine zweite. Ihr Herz klopfte so laut, dass sie meinte, es müsse durch den ganzen Raum zu hören sein. Ein lautes Knacken kam aus dem Flur hinter der geschlossenen Tür, die von ihrem Zimmer weg zu den Waschräumen führte. Dann Stille. Helena schloss die Augen und atmete tief ein und aus. Sie schalt sich selbst einen Feigling und öffnete die Augen wieder, schaute sich vorsichtig im Raum um. Nichts. Sie hatte sich wohl getäuscht.

Helena blieb regungslos liegen, sie fühlte, dass sie zwar aufgewacht, ihrem Traum aber nicht entronnen war. Das letzte, an das sie sich erinnerte, waren laute Schreie. Die Erde hatte begonnen zu beben. Yonan hatte neben ihr auf dem Boden gelegen, so wie sie das Gesicht auf die Erde gedrückt, den Kopf vor Verletzungen schützend. „Yonan!", flüsterte Helena erschrocken und ihr Atem ging etwas schneller. Hoffentlich war ihm nichts passiert. Sie konnte noch immer die Angst spüren, dass etwas auf sie fallen und sie zerschmettern könnte. Dunkel erinnerte sie sich, hilfesuchend nach Yonans Hand gegriffen zu haben. Unwillkürlich tastete sie zur Seite. Und fühlte etwas Warmes, Schuppiges neben sich.

„Was ist…?“, erschrocken schrie sie auf. Jemand hielt ihr den Mund zu, im Dunkeln konnte sie den Schatten einer Gestalt neben ihrem Bett erkennen. Gelbe Augen leuchteten auf, wie ein kleines Feuer in der Nacht.

„Sei still, ich will keinen Mucks hören. Sie werden bald hier sein, also lass uns verschwinden”, zischte es in ihr Gesicht. Warmer, erdiger Atem streifte Helenas Wange.

Ihre Augen waren vor Schreck geweitet, mit einem Ruck stieß sie die Hand weg von ihrem Mund. Dann erst erkannte sie den nächtlichen Besucher.

„Ux? Was tust du hier? Das ist unmöglich… ich muss noch träumen!” Helena schüttelte den Kopf. Sie konnte sich nicht vorstellen, wirklich wach zu sein. Aber als das Mädchen die schuppige Hand in ihrer drückte, spürte sie, dass ihr Besucher lebendig und echt war.

„Ich werde dir alles erklären, später. Aber zuerst müssen wir weg hier. Du musst jetzt einschlafen. Träume von Asketan, träume von mir und von Yonan. Stell jetzt keine Fragen”, zischte die Stimme erneut.

„Aber ich möchte wissen, was…” Helena wollte protestieren, doch die Hand legte sich erneut grob auf ihren Mund.

„Wir haben keine Zeit, sie kommen immer näher. Trink das.“ Er reichte ihr ein kleines Fläschchen. „Schlaf wieder ein und du wirst es verstehen.”

Helena gab ihren Widerstand auf, sie vertraute kaum jemandem mehr auf der Welt als ihrem Besucher. Sie setzte die Flasche an und schluckte. Die Flüssigkeit schmeckte grauenhaft, ihre Zunge begann erst zu brennen, dann taub zu werden. Ein greller Nebel umhüllte sie, sie fühlte, wie sie fiel und fiel, immer weiter.

Seit Helena denken konnte, hatte es für sie Asketan gegeben. Sie konnte sich nicht an eine Zeit ohne diese Träume erinnern, in denen sie Nacht für Nacht die grünen Wiesen und die von Licht durchfluteten Wälder erkundete, Wasserfälle hinuntersprang oder sich vor wütenden Mumeln auf Bäumen versteckte, weil Yonan und sie ihnen wieder einen Streich gespielt hatten.

Zu Beginn, als sie noch klein war, hatte sie jeden Morgen begeistert von dieser magischen Welt erzählt: Von Ux und Yonan, dem Riesen Ubsala und all den anderen wundersamen Wesen, die ihr dort begegneten. Schnell merkte sie jedoch, dass sie zum Gespött der anderen Kinder wurde und auch die Erwachsenen sie zunehmend für wunderlich hielten. Niemand wollte ihr glauben. Und irgendwann glaubte auch Helena, was alle sagten: Es sind nur Träume. Oder: Helena hat unsichtbare Freunde, das legt sich wieder, wenn sie größer ist.

Doch es legte sich nicht. Im Gegenteil, mit jedem Jahr, das sie älter wurde, verstärkte sich immer mehr der Eindruck, den alle hatten: Helena war und blieb ein sonderbares Kind.

Sie ist nicht ganz richtig im Kopf, sagten ihre Zimmergenossinnen. Sie hat die Umstände ihrer Geburt nie überwunden, tuschelten die Erwachsenen, wenn sie sich unter sich glaubten, leise, mit vorgehaltener Hand, hinter ihrem Rücken und fälschlicherweise in der Annahme, Helena könne sie nicht hören.

Doch Helena hörte sie immer.

In eine Wolldecke gehüllt hatte sie eines Tages vor den Türen des Heimes gelegen, noch ein Säugling. Nichts deutete auf ihre Herkunft hin, keine Dokumente, keine persönlichen Gegenstände waren ihr beigelegt. Nur ein Zettel mit ihrem Namen: Helena.

Anfangs hatten sich alle wirklich Mühe mit ihr gegeben. Doch schon einige Pflegefamilien hatte das Mädchen durch ihr trotziges Schweigen in die Flucht geschlagen. Und durch ihre Wut. Dieses tobende Etwas, das immer dann aus ihr herausbrach, wenn jemand ihr zu nahekam. Meist Schreie, manchmal Dinge, die an Wänden zerbarsten. Und dann wieder Schweigen, diese lange Stille, die alle um sie herum ausschloss. Als ob tief in Helena etwas schlummerte, das ihr selbst fremd war.

Nie war sie lange geblieben, wo man sie hinbrachte. Yonan hatte stets versucht, sie wenigstens zu einem erneuten Versuch zu überreden. „Du brauchst eine Familie, auch in deiner Welt“, hatte er beharrlich gesagt. „Wieso? Ich habe doch euch“, hatte sie ein ums andere Mal entgegnet. Und schließlich hatte er es aufgegeben.

So war Helenas Zuhause also das Heim geworden und sie hatte sich damit abgefunden, dass es so bleiben würde. Das gemeinsame Zimmer mit den Stockbetten, das Kichern der anderen Mädchen, die Tapeten und Poster von Popstars und Schauspielern an den Wänden des Gemeinschaftsraumes, der Geruch nach Seife, Schweiß und alten Brotdosen, die Betreuer und Erzieher, die oft wechselten und ihr immer irgendwie fremd geblieben waren, wie so vieles in dieser Welt. Ihr war, als ob sie nie wirklich hierhergehört hatte.

„Helena! Helenaaaaaa!” Ein dumpfes Klopfen war zu hören, alles um sie herum schien zu schwanken. Irgendjemand hob sie hoch, schüttelte sie. Sie hatte noch keine Kontrolle über ihren Körper, ihr Kopf und ihre Arme baumelten hilflos umher. Langsam öffnete sie die Augen und spürte, wie sie auf dem Boden abgelegt wurde. Eine flache Hand schlug auf ihre Wangen. „Na, endlich, sie kommt zu sich.” Die Stimme schien kilometerweit entfernt zu sein. Schwerfällig richtete sich Helena ein wenig auf. Ihre Lider fühlten sich geschwollen an und juckten. Sie rieb sie kräftig, doch auch das brachte keine Linderung, sie sah nur verschwommene Umrisse um sich herum. „Wo bin ich?" fragte sie, und versuchte, sich an die Dunkelheit zu gewöhnen.

Mit einem Ruck öffnete sie ihre Augen und setzte sich auf. Langsam begann sie, wieder scharf zu sehen. Als sie an sich herunterblickte, bemerkte sie, dass sie noch immer ihr Nachthemd trug, mit dem bunten Aufdruck vorne, irgendeine Figur aus einem Film, den Helena nicht kannte, und dem so typischen Geruch nach Mottenkugeln, den die Seife vom Waschen des Vorabends nie komplett überdecken konnte. Sie seufzte und wischte den Gedanken weg. Verschwinde, dachte sie, das ist mein Traum!

Sie schaute auf, um die Herkunft der Stimmen zu erfahren, die sie umgaben und atmete auf.

„Yonan, Ux, was bin ich froh, euch zu sehen. Und ich dachte schon…" Sie lachte erleichtert. Aber ein schales Gefühl blieb. Irgendetwas war seltsam, anders als sonst. Ihr Kopf dröhnte.

Die kleinere der beiden Gestalten strich ihr beruhigend über das Haar, was Helena noch mehr irritierte. Ux, der Unterirdische, konnte auf den ersten Blick recht erschreckend wirken, auch Helena hatte sich bei ihrer ersten Begegnung vor ihm gefürchtet. Sein Körper ähnelte dem eines Menschen, war jedoch gedrungener, der Kopf im Verhältnis fast ein wenig zu groß. Ux' Haut glich der einer Eidechse, rau und warm. Seine gelben Augen wirkten bedrohlich, doch wenn man ein wenig genauer hinsah, konnte man in ihnen einen freundlichen, oft humorvollen Schimmer entdecken. Ux und Yonan, sein menschlicher Ziehsohn, waren ohne Zweifel Helenas beste Freunde in all den Jahren, die sie nun schon Nacht für Nacht in

Asketan verbrachte.

„Ist alles in Ordnung mit dir? Bist du gut herübergekommen?" Yonan riss Helena aus ihren Gedanken. Herübergekommen? Was meinte er? Sie blickte ihn sichtlich verwirrt an.

„Doch, natürlich, es ist alles bestens."

Sie betastete die Stelle an ihrem Knie, an dem sie sich letzte Nacht wohl einen blauen Fleck zugezogen hatte. Er war noch immer dort und schmerzte wie eh und je.

Es war ein seltsamer Traum gewesen. Plötzlich hatte der Boden zu Beben begonnen. Ein Grollen war ertönt, fast menschlich hatte es geklungen. Ziegel waren von den Hausdächern des kleinen Dorfes mitten im Wald gefallen, und die Menschen erschreckt ins Freie gelaufen, Tiere hatten sich in Panik losgerissen. Instinktiv hatte sich Helena fallengelassen und versucht, ihren Kopf zu schützen. Dann war sie in ihrem Bett aus dem Traum erwacht. Und Ux war zu ihr gekommen. In ihre Welt.

Ux trat neben sie und reichte ihr seine Klaue, um ihr beim Aufstehen zu helfen. „Es ist etwas Furchtbares passiert, Helena."

Gerade wollte Ux fortfahren, als es plötzlich im Unterholz krachte. Ein Fluchen war zu hören, Vögel flogen erschreckt auf, ein riesiger Schatten legte sich über das Feuer. Yonans Hand fuhr an sein Messer und er sprang auf, setzte sich aber sofort wieder, leise in sich hinein schimpfend. Er ärgerte sich, dass er sich immer wieder hereinlegen ließ.

Breit grinsend, die Arme in die Hüfte gestützt, stapfte ein Riese in den Schein des Feuers. „Ich bin wieder da und habe Beeren für alle gepflückt. Du musst hungrig sein, Helena, und hungrig sollte man nie sein, das ist wohl wahr."

Sein kugelrundes Gesicht glänzte im Schein der Flammen. Helena musste schmunzeln. Ubsala hatte es schon immer geschafft, sie zum Lachen zu bringen. Er war ein freundlicher Kerl, der für jeden Unfug zu haben war, und man konnte ihm einfach nicht böse sein. Heute jedoch schien Ux ungeduldig und nicht in Stimmung für Ubsalas Späße.

„Oh, Ubsala, genug jetzt. Es ist keine Zeit für diesen Unsinn, du erschreckst uns ja alle zu Tode. Außerdem würde ich nicht so schreien, es könnte sein, dass wir gehört werden, und das wollen wir alle vermeiden, nicht wahr?"

Ubsala trat schuldbewusst ganz aus dem Dunkel hervor. Er war bei Weitem nicht so groß, wie der Schatten vorgab, wenn er auch Yonan, der wahrlich nicht klein war, noch immer um mehrere Köpfe überragte. Sein Bauch war so dick, dass er unter seinem Hemd und der mit Dreck verschmierten Weste hervorlugte.

„Entschuldige bitte, Ux. Ich werd's auch nicht wieder tun, ich versprech's."

Mit einem lauten Rumms setzte er sich ans Feuer und knuffte Helena freundschaftlich in die Seite. Sie knuffte aus Gewohnheit zurück, war aber mit ihren Gedanken bereits wieder bei Ux. Sie wurde den Eindruck nicht los, das irgendetwas im Gange war, etwas Unheilvolles, und sie wollte nicht verpassen, was es war. Als der Unterirdische weitersprach, war sein Gesichtsausdruck ernst.

„Nun, da auch Ubsala hier ist und wir alle beisammen sind, ist es an der Zeit, dir alles zu erklären." Er stockte kurz. „Wir haben dich hierher nach Asketan geholt, Helena, um dich zu schützen. Du bist in Gefahr."

Helenas Unbehagen wuchs.

„Welche Gefahr meinst du?", fragte sie vorsichtig. Ux suchte nach Worten und wandte sich hilfesuchend an Yonan. Der stocherte mit einem Stock im Feuer herum, die Funken stoben auseinander.

„Ich weiß nicht, ob wir nicht doch lieber bis morgen warten sollten. Sie wird ihre Kraft noch brauchen und etwas Schlaf wäre sicher… ”

Helena ließ ein unwilliges Geräusch ertönen. „Nein, ich will es jetzt wissen. Ich muss es wissen.“ Sie blickte in schweigende Gesichter. Yonan senkte den Kopf und zuckte mit den Schultern.

Ux seufzte und begann. „Nun denn, dann sei es so: Seit du wieder fort bist, haben sich die Ereignisse überstürzt. Du bist nach dem Erdbeben in deinem Bett erwacht, einfach so, als sei nichts geschehen. Es erschien dir wie ein flüchtiger Gedanke, erinnerst du dich? Wie ein unheilvoller Traum, den man am nächsten Morgen erleichtert vergisst. Aber in Asketan konnten wir nicht vergessen. Die Zeit hier folgt anderen Regeln.“

In Helenas Hals bildete sich ein dicker Kloß. Träumte sie womöglich doch nicht? Konnte es sein, dass das hier alles gerade wirklich geschah?

„Nachdem du in deine Welt zurückgekehrt warst, kamen schwarze Reiter ins Dorf. Sie zerstörten, was ihnen im Weg stand. Sie suchten nach einem jungen Mädchen mit einem mondförmigen Mal… “

Helena erbleichte. Unwillkürlich schloss sie ihre rechte Hand zur Faust, wie um das zu schützen, das sich darin befand. Schmerz durchzuckte sie, die Schnittwunde tat noch weh unter dem Pflaster. Sie wusste, worauf Ux anspielte. Und er wusste, dass sie es wusste. Er kannte das Zeichen auf ihrer Handfläche, seit sie ein kleines Kind war. „Sie ließen sich jedes Mädchen zeigen, das im Dorf zu finden war. Doch sie waren nicht zufrieden, denn was sie suchten, war nicht mehr dort. Sie steckten alles in Brand. Dann verschwanden sie so schnell, wie sie gekommen waren."

Ein eisiger Schauer lief Helena über den Rücken. Ux schwieg. Yonan übernahm an seiner Stelle das Wort: „Wir denken, dass du es bist, nach der sie gesucht haben. Es ist die einzige logische Erklärung." Er schaute vielsagend auf ihre rechte Hand. Plötzlich kamen Helena die Schatten vor ihrem Fenster im Schlafsaal in den Sinn, das Knacken auf dem Flur. War das womöglich doch keine Einbildung gewesen?

„Wir sind ihnen wohl nur wenige Augenblicke zuvorgekommen. Alleine, in deiner Welt, wärst du ihnen schutzlos ausgeliefert. Hier in Asketan hast du uns, hast du Freunde, die dir helfen werden." Yonan holte tief Luft. „Aber um hierbleiben zu können, musstest du tiefer schlafen als sonst. Viel tiefer, verstehst du? Denn dein Körper liegt immer noch in deinem Bett."

Helena schluckte, ihre Augen weiteten sich. „Bin ich etwa… ?", fragte sie lauter, als sie gewollt hatte. Sie erinnerte sich mit Unbehagen an den bitteren Trank von letzter Nacht. Ux schüttelte energisch den Kopf. Es war nicht schwer zu erraten, was sie dachte.

„Nein, keine Angst, tot bist du nicht, du liegst in einem tiefen Schlaf. Er wird so lange dauern, wie es nötig ist, dann wirst du wieder erwachen."

Helena atmete auf. Sterben wollte sie nun wirklich nicht. Es schwindelte ihr, das alles kam ihr so unwirklich vor. „Aber wenn es wahr ist, was ihr sagt, was wollen diese Reiter dann von mir?"

Nun meldete sich zum ersten Mal Ubsala zu Wort, der bisher nur schweigend am Feuer gesessen und auf den gesammelten Beeren herumgekaut hatte.

„Wenn wir das nur wüssten, Helena. Iss etwas, dann geht es dir schon besser", sagte er aufmunternd, lächelte und hielt ihr seine schmutzige Hand voller Waldbeeren entgegen.

Es war ein guter Ort zum Alleinsein. Schon oft hatte Helena von diesem Platz unter dem knorrigen Baum geträumt und lange war sie nicht mehr dort gewesen. Falsch, dachte Helena und lachte innerlich auf. Sie hatte ja nicht geträumt, es war alles real. Irgendwie.

Mittlerweile brach der Tag an, fahles Licht kündigte die aufgehende Sonne an. Von hier aus konnte man weit über die Bergwälder sehen, das Grün ihrer Blätter wogte bis an den Horizont. Als sie noch kleine Kinder waren, hatten Yonan und sie so getan, als gehöre das alles ihnen, als wären sie die Herrscher über Asketan, über ganz Yuhr.

Helena hörte Schritte hinter sich, aber sie drehte sich nicht um. Nur einer außer ihr kannte diesen Ort und wusste, dass sie zum Nachdenken hierherkommen würde.

„Die Aussicht ist wunderbar, nicht wahr? Als hätte sich nichts geändert." .

Yonan stand direkt hinter ihr und ließ sich auf einer dicken Wurzel nieder. Sie befanden sich auf einem vorspringenden Felsen, gerade groß genug, dass dort eine dicke Eiche Platz fand. Ihre sich windenden Äste hatten ihnen als Kinder zum Spielen gedient. An einigen Stellen war die Rinde regelrecht wegpoliert vom Klettern und all den Kinderhänden, die sich an ihr festgehalten hatten und sie hinuntergerutscht waren.

Helena musterte Yonan verstohlen von der Seite. Er sah aus wie immer, war mit seiner sonnengebräunten Haut und den dunklen Augen das genaue Gegenteil von ihr, wie sie nun neben ihm saß, bleich und schweigsam. Auch Yonan sah sie an.

Es ist, als ob sie durchsichtig wäre, ganz anders als sonst, dachte er, als sein Blick den ihren traf. Die Helena, die er kannte, war voller Abenteuerlust, ein sommersprossiges

Mädchen mit haselnussbraunen Locken und einem Funkeln in den Augen. Sie hatte wenig zu tun mit dem blassen und etwas kränklich wirkenden Häuflein Elend, das ihm nun in der alten Eiche gegenübersaß und fröstelnd die Arme um die nackten Beine schlang.

Tagsüber, in ihrer Welt, war Helena schon immer eher unauffällig gewesen. Nicht groß, aber auch nicht klein, ihr Haar nicht dunkel und nicht hell, nicht lang und nicht kurz. Das einzig außergewöhnliche an ihr waren ihre grünen Augen. Sie war wie unsichtbar, wenn sie es wollte.

In ihren Träumen jedoch, in Asketan, war alles anders. War sie anders. Als Yonan und Helena sich das erste Mal begegnet waren, hatte er ein geschnitztes Holzschwert an seinem Gürtel getragen, ein Fuß war auf ihre Brust gestellt und ein schussbereiter, wenn auch stumpfer Pfeil hatte direkt in ihr Gesicht geragt. Er hatte sie ihrer Augen wegen für einen Grünling gehalten, und vor denen musste man sich in Acht nehmen, hatte Ux den damals noch jungen Knaben gelehrt, da sie einem sonst aus Schabernack die Wimpern aus den Lidern zogen. Helena erinnerte sich noch gut an seinen entschlossenen Blick, jederzeit bereit, den Pfeil abzuschießen. Doch schließlich hatte er seinen Irrtum eingesehen und von ihr abgelassen. So waren sie Freunde geworden, auf ewig verbunden.

Deshalb wusste sie auch, dass er ihr die Frage, die sie schon die ganze Zeit beschäftigte, ehrlich beantworten würde: „Wer sind diese Reiter, Yonan?"

Helena drehte sich zu ihm um und sah ihm in die Augen. Ein Flackern voller Sorge und Traurigkeit, das sie nicht kannte von ihm, lauerte tief in seinem Blick. Sie wandte sich wieder ab, es gefiel ihr nicht, was sie dort sah.

„Wir wissen es nicht, Helena. Noch nicht. Aber ich habe sie gesehen, aus der Ferne, als sie davonritten. Da war diese

Dunkelheit. Kein Licht mehr, keine Freude, keine Wärme. Sie waren schwärzer als die Nacht und kälter als jeder Winter. Nichts Lebendiges war an ihnen.“ Er seufzte. „Was auch immer es ist, das da auf uns zukommt, es bedeutet nichts Gutes.“

„Aber warum suchen sie mich? Was habe ich, das ihnen Nutzen bringen könnte? Ich bin… ”, sie suchte nach Worten. „An mir ist nichts Außergewöhnliches.“

Yonan musterte sie und musste insgeheim zustimmen. Niemand verstand, warum die Reiter ausgerechnet nach ihr suchten. „Das werden wir herausfinden, Helena. Wir werden so schnell wie möglich nach Saradian aufbrechen und Murimir um Rat fragen.“

Helena war überrascht. „Wer ist Murimir?“

„Die weiseste Frau, die Asketan je gesehen hat.“

Er streckte ihr die Hand entgegen, sie griff zu und zog sich hoch. Ohne ein weiteres Wort zu sprechen, traten sie den Rückweg an.

KAPITEL II - AUF DER FLUCHT

Helena verbrachte den Morgen am Lagerplatz im Wald. Ubsala, der Riese, blieb bei ihr, um sie verteidigen zu können, falls sich ungebetene Gäste einfinden sollten. Yonan und Ux waren ins nächste Dorf aufgebrochen, um Pferde und etwas Proviant zu besorgen - und nicht zuletzt passende Kleidung für Helena. Schließlich würden sie nicht zu Fuß und im Nachthemd nach Saradian gelangen können. Ubsala schien sehr beschäftigt, war ständig auf der Suche nach irgendetwas im Unterholz, robbte sogar einmal auf allen Vieren über die Lichtung, die Augen immer nahe am Boden und vor sich hin murmelnd. Helena ließ ihn machen, sie hing wie so oft ihren Gedanken nach.

Sie war verwirrt, konnte all den Trubel um ihre Person nicht verstehen. Was sollte an ihr Besonderes sein, warum könnten die schwarzen Reiter Interesse an ihr haben? Nichts an der echten Helena war von Wert für irgendjemand, fand sie. Und sie musste es schließlich wissen. Helena schlug die Hände vors Gesicht. „In was bin ich da nur hineingeraten?“, flüsterte sie leise. Fast sehnte sie sich danach, einfach wieder aufzuwachen, in ihrem Bett, und all das hier wäre nichts als ein seltsamer

Traum. Ubsala gab sich redlich Mühe, sie mit seinen Späßen aufzumuntern, jedoch nur mit mäßigem Erfolg.

Ux und Yonan kehrten zufrieden zurück, sie hatten ein gutes Geschäft ausgehandelt, kräftige und gesunde Pferde, ausreichend Proviant und Kleidung für Helena erstanden.

Die Tiere gefielen Helena. Es waren zwei, zu mehr hatten Yonans Goldstücke und seine Handelskünste nicht gereicht, ein Hengst und eine Stute. Der Hengst war außer Rand und Band, er brauchte noch eine Weile, bis er sich etwas beruhigt hatte. Yonan klopfte ihm den Hals.

„Der Bauer hat die beiden nur ungern abgegeben. Das ist der Hengst seines kleinen Sohnes, er heißt Kashet, ich denke, wenn das Kind mit ihm zurechtgekommen ist, sollte dir das auch gelingen, oder?"

Helena zweifelte daran. Sie hatte zwar in Asketan schon früh reiten gelernt, aber nun war eben alles anders: Sie war sie selbst. Ob sie all das noch immer konnte, was ihr in ihren Träumen stets leichtgefallen war, wusste sie nicht. Sie war sich nicht sicher, ob sie mit dem Temperament des Hengstes zurechtkam. Kashets Fell war graubraun gefärbt, seine Mähne war struppig und auf der Stirn befand sich ein sternförmiger weißer Fleck. Er erinnerte Helena in Wesen und Aussehen eindeutig an ein Wildpferd. Ganz im Gegensatz zu der Stute, ein bildhübscher Fuchs mit fast weißer Mähne, von ruhigem Gemüt. Die Stute, Koshki, war das Pferd des Bauern selbst gewesen. Helena musste zugeben, dass die Wildheit des Hengstes sie zwar faszinierte, sie aber doch lieber den Fuchs als Reitpferd gehabt hätte. Doch sie wollte sich vor Yonan keine Blöße geben, er sollte nicht wissen, wie verloren sie sich fühlte.

Pferd und Reiterin beäugten sich misstrauisch. Der Hengst schnaubte und warf den Kopf zurück, als Helena versuchte, seine Nüstern zu streicheln. Sie seufzte. Es war wohl nicht zu ändern, sie würden sich aneinander gewöhnen müssen.

Es waren nicht die Sonnenstrahlen, die Helenas Nase kitzelten und sie weckten: Sie spürte etwas Flauschiges im Gesicht.

Ein heftiges Niesen bahnte sich den Weg aus ihrem Körper, sie blinzelte - und sah direkt in die Augen eines Tieres mit wirklich sehr, sehr großen Ohren. Helena schüttelte sich. Das Tier war wohl genauso erschrocken wie sie, denn es rannte flink wie der Blitz davon und versteckte sich im Laub, nur sein buschiger Schwanz schaute zitternd aus dem Berg von Blättern heraus.

Helena streckte sich. Sie war alleine am Lagerplatz, nur Yonan stand in einiger Entfernung an einem Bach und spritzte sich Wasser ins Gesicht. Es musste bereits etwas später am Tag sein, die Sonne wärmte den Blätterboden des Waldes und warf ihre Strahlen durch die Baumwipfel. Yonan bemerkte, dass Helena wach war, und winkte sie heran. Als sie von dem eigenartigen Wesen berichtete, das sie geweckt hatte, lachte Yonan.

„Da bist du einem Immerschläfer begegnet, das sind neugierige kleine Dinger. Und sehr verfressen. Sie kommen in den Bergwäldern eigentlich recht häufig vor. Mich wundert, dass du in all den Jahren hier noch nie einen gesehen hast."

Der Bach, in dessen Nähe sie ihr Lager aufgeschlagen hatten, floss ruhig, nur sein leises Plätschern, das Rauschen der Bäume und das ständige Singen der Vögel waren zu hören. Helena formte die Hände zu einer Schale und tauchte ihr Gesicht in das kühle Nass in ihren Handflächen. Vorsichtig zog sie das Pflaster ab, die Wunde begann bereits zu heilen. Das Wasser des Baches war eiskalt auf ihrer Haut und machte sie hellwach. Der Tag konnte nun auch für Helena beginnen.

Sie waren zum Aufbruch bereit, Ux hatte den Proviant in handliche Säcke geschnürt, die Yonan an den Sätteln der Pferde festband. Helena trat gerade die letzte Glut des kleinen Lagerfeuers aus, als Ubsala keuchend aus dem Wald auf die kleine Lichtung stürmte.

„Sie kommen! Gleich werden sie hier sein, reitet so schnell ihr könnt. Ich halte sie auf!"

Ihre Gesichter erstarrten vor Schreck, doch sie durften keine Zeit verlieren. Yonan fasste sich als erster wieder, sprang auf sein Pferd und zog Ux hinter sich in den Sattel. Helena folgte. Sie versuchte es zumindest. Kashet drehte sich nervös um sich selbst, sie bekam kaum die Zügel zu fassen, schließlich zog sie sich ungelenk auf seinen Rücken. Er spürte die Anspannung, die in der Luft lag, und die Angst seiner Reiterin.

Mit einem Mal war es still, alle Geräusche waren verstummt, nicht einmal die Vögel rührten sich, sogar das Plätschern des Baches schwieg. Es wurde kalt.

Und dann erschienen sie. Zwei schwarze Schatten traten hinter den Bäumen hervor, saßen dort auf ihren ebenso schwarzen Pferden, wie zwei Löcher aus Nichts im Grün des Waldes. Sie waren nur einen Steinwurf von ihnen entfernt. Helena war vor Angst unfähig sich zu rühren, sie konnte ihren Blick nicht von den Reitern wenden. Panik erfüllte sie. Kashets Flanken zitterten, Schaum stand vor seinem Maul. Yonan stieß einen Schrei aus und trieb sein Pferd an. Er löste Helena aus ihrer Erstarrung, indem er Kashet einen kräftigen Schlag auf die Hinterbacken versetzte. Der Hengst wieherte erschreckt auf und preschte los. Alles, was Helena noch hörte, war das Brechen der Zweige, als sie durch den dichten Wald ritten, und hinter sich Ubsalas schrillen Kampfschrei. Sie schloss die Augen.

Hinter ihnen wurden das Geschrei und das Klirren der Waffen immer leiser. Als der Wald sich etwas lichtete, gab Yonan einen trillernden Laut von sich und trieb die Tiere zu mehr Tempo an. Fast wäre Helena vom Pferd gefallen. Äste schlugen ihr ins Gesicht, ihre Augen tränten. Sie hatte die Kontrolle über ihr Pferd verloren, instinktiv klammerte sie sich an Kashets Mähne fest. Sie wagte nicht, sich umzusehen, und betete, dass Ubsala ihnen einen ausreichenden Vorsprung verschafft hatte. Sie wartete jeden Moment auf einen Sturz, der mit Sicherheit das Ende ihrer Flucht bedeutet hätte. Helena versuchte, auf dem Pferderücken Halt zu finden. Sie drückte ihren Körper an den Hengst und verbarg ihren Kopf so gut es ging an seinem Hals. Kashet bedurfte ihrer Führung nicht, er galoppierte zielstrebig hinter Koshki her. Er schien sich weder um die lose durchhängenden Zügel noch um das sich hilflos hin- und herschaukelnde Wesen auf seinem Rücken zu kümmern. Helena kam es noch immer so vor, als ob die Kälte ihnen folgte, spürte fast, wie sie nach ihr griff.

Endlich erreichten sie den Waldrand. Helena konnte fühlen, wie sich Kashets Muskeln anspannten, sich sein Tempo immer mehr steigerte, sah nichts als das verschwommen Grün der Wiesen und zwischendurch ein paar Flecken, die sicher Bäume oder Sträucher waren. „Bloß. Nicht. Hinunterfallen", dachte sie nur. Sie erklommen eine kleine Anhöhe. Yonan trieb sie eilig hinauf, zügelte sein Pferd und drehte sich im Sattel um, um einen Blick auf ihre Jäger zu erhaschen.

Doch niemand schien ihnen zu folgen. Ubsala, der Riese, hatte sie gerettet.

Sie waren fast den ganzen Tag geritten, den Pferden hatten sie nur kurze Ruhepausen gegönnt. Sie wollten bei Einbruch der Nacht so weit wie irgend möglich von ihren Verfolgern entfernt sein. Die Pferde schienen seltsamerweise überhaupt nicht erschöpft zu sein, im Gegenteil: Kashet und Koshki waren wie angestachelt, unruhig, lauflustig. Dafür war es Helena. Hatte sie anfangs beim Reiten kaum etwas außer ihrer Angst gespürt, so schmerzten ihre Knochen und Muskeln jetzt umso deutlicher. Ihr irdischer Körper war nicht an diese Welt gewöhnt. Auch Ux schien es nicht besonders gut zu gehen, er sah müde aus. Als Unterirdischer hatte er noch nie in seinem Leben auf einem Pferd gesessen, er hatte sich während des ganzen Ritts krampfhaft an Yonan festhalten müssen. Die Sonne versank langsam hinter dem Horizont, bald würde die Kühle der Nacht folgen. Sie mussten einen Lagerplatz finden.

Helena versorgte die Pferde mit Wasser aus einem kleinen Tümpel in der Nähe und ließ sie grasen. Ux saß auf dem Boden und gab solch seltsame Laute wie „ach, ach, ach" und „auwei, oje" von sich. Yonan kam herbei und reichte ihm etwas zu essen.

„Vater, ich bin mir sicher, dass morgen alles leichter für dich ist. Am besten wird es sein, du legst dich gleich schlafen." Er schwieg einen Moment. „Ich hoffe, Ubsala hat sie lange genug aufhalten können, damit sie unsere Spur verloren haben."

Helena nickte nur, ihr Blick verdüsterte sich. Der Gedanke an Ubsala betrübte sie, denn sie wusste, was Yonans Worte bedeuteten: Er war gestorben, um sie zu schützen. Denn nichts anderes als den Tod bedeutete der Kampf eines Einzelnen gegen die dunklen Reiter, auch wenn es ein Riese war, der kämpfte.

Die Schatten waren keines menschlichen Ursprungs gewesen,

Helena hatte es deutlich gespürt. Eine unheilvolle Macht war hier zugange, bedrohlicher als alles, was Helena in Asketan je gesehen hatte.

Als sie wieder aufsah, schlief Ux bereits tief und fest. Yonan lächelte und legte den Finger an die Lippen, stand auf und bedeutete ihr, ihm zu folgen. „Komm mit und lass ihn schlafen", flüsterte er, „ich muss dir was zeigen."

Yonan nahm Helena an der Hand und führte sie durch die einbrechende Dämmerung. Der Druck seiner Hand war angenehm weich, nicht rau, wie man bei seinem Leben draußen in den Wäldern Asketans hätte vermuten können. So hatten sie ihre kleinen Abenteuer immer bestanden, Seite an Seite. Egal ob gegen Mensch, Tier oder andere Wesen. Yonan war für Helena der Bruder, den sie sich immer gewünscht hatte. Was mit seinen Eltern geschehen war, wusste niemand. Auch deshalb fühlte Helena sich ihm wohl so verbunden, er teilte in gewisser Weise ihr Schicksal. Ux hatte ihn eines Tages, hungrig und schmutzig, im Wald gefunden und ihn dann wie sein eigenes Kind aufgezogen. Und der Unterirdische war ein wahrer Vater für ihn geworden. Er hatte ihm die Geheimnisse des Waldes beigebracht, ihn das Flüstern des Wassers und das Rauschen der Bäume zu deuten gelehrt. Niemand konnte so gut klettern wie Yonan und seine Pfeile waren stets treffsicher. Helena hatte ihn selten ohne sein Messer am Gürtel gesehen. Auch ihr hatte er einst gezeigt, wie man es richtig nutzte, sodass sie in ihren Träumen nicht nur kunstvoll schnitzen, sondern sich auch gut damit verteidigen konnte. Nun jedoch schaute sie das Messer ängstlich an und konnte nur daran denken, wie die Klinge ihr in die Haut fuhr, Paprikablut am Handtuch hinterlassend.

Sie waren inzwischen einige Schritte vom Lager entfernt, sodass Ux nicht aufwachen würde, wenn sie sich unterhielten. Yonan setzte sich auf einen großen Stein und Helena nahm neben ihm Platz. Der Waldläufer zog einen Beutel aus seiner Gürteltasche hervor. Helena meinte, Ubsala dabei beobachtet zu haben, wie er ihn am Tag vor ihrer Abreise geschnürt und gefüllt hatte, mit den Dingen, die er im Gras gesucht hatte.

„Das soll ich dir geben, von Ubsala. Achte gut darauf, es wird uns noch sehr nützlich sein."

„Was ist das?" Helena nahm den Beutel entgegen und schnürte ihn neugierig auf. In ihm befanden sich zwei kleine, gefaltete Tücher. Yonan nahm ihr die Stoffstücke aus der Hand, öffnete sie und ließ Helena hinein schauen. „Du weißt, dass Ubsala sich in diesen Dingen auskannte. Er hat für jeden von uns so einen Beutel geschnürt. Das hier", er hielt ein kleines, braunes Klümpchen ins fahle Licht, „sind getrocknete Käfer." In Yonans Hand lagen etwa zehn von den Tieren. Sie knisterten, als Helena sie berührte.

„Und wozu sind die gut?" Helena befürchtete insgeheim, dass sie als Notration dienen sollten.

„Man nennt sie Kumulen. Wenn die Käfer sterben, sammelt sich in ihrem Inneren ein Stoff, der sehr leicht entzündlich ist. Wenn man nun auf ein paar Holzscheite einen dieser Käfer legt und kräftig mit einem Stein darauf schlägt, dann hat man im Nu das schönste Lagerfeuer, das man sich denken kann." Er faltete das Tuch wieder und legte es zurück in den Beutel. Dann ließ er Helena am Inhalt des zweiten Stoffstücks riechen. Sie sog den würzigen Geruch nach Kräutern ein. „Eine Prise davon, langsam zerkaut, hilft hervorragend gegen Hunger und Durst. Das wird uns einige Unannehmlichkeiten ersparen."

Hunger, Durst, Kälte. Helena schauderte es bei dem Gedanken, dass sie den Inhalt des Beutels womöglich wirklich benötigen würde, und dankte Ubsala im Stillen für seine Umsicht.

Da Yonan keine Anstalten machte, wieder aufzustehen und

zum Lager zurückzukehren, blieb auch Helena sitzen.

Nach einigem Zögern holte der Waldläufer noch etwas unter seinem Hemd hervor und gab es Helena. „Das ist auch von Ubsala. Er bat mich, es dir zu geben, wenn wir außer Gefahr sind. Ich glaube, es war ihm sehr wichtig.“ Staunend betrachtete Helena das Geschenk. Es war ein milchigweißer, runder Stein, der an einer Lederkette befestigt war. „Der Anhänger soll dir Glück bringen, meinte Ubsala, und dich beschützen. Es ist ein Mondstein, er ist nicht besonders viel wert, aber Ubsala schien er eine Menge bedeutet zu haben. Er war so etwas wie sein Talisman. Er wollte wohl sicher sein, dass er in gute Hände kommt”, seine Stimme stockte, „falls er den Tag nicht überleben sollte.“

Helena zog sich die Kette über und steckte sie unter ihr Hemd. Der Stein fühlte sich warm an auf ihrer Haut.

„Ich passe gut darauf auf, versprochen.“ Sie stockte. „Ich wünschte, ich hätte ihm noch danken können. Und ich wünschte, er wäre hier.”

Ux schlief noch immer tief und fest, als sie wieder beim Lagerplatz angelangt waren. Helena war ebenfalls sehr müde, der einzige, den dieser Ritt nicht übermäßig angestrengt zu haben schien, war Yonan. Sie wollten Saradian in etwa vier Tagen erreichen, ein vergleichsweise kurzer Ritt im Gegensatz zu den riesigen Ausmaßen Yuhrs. Dabei kam Helena schon diese Strecke endlos vor. War es in ihrer Welt nicht undenkbar, so lange von einer Stadt zur nächsten zu brauchen? Es gab Autos und Flugzeuge, Handys und Computer. Wirkliche Entfernung existierte nicht mehr, fast jeder Ort der Welt war erreichbar, hatte man nur genug Geld und Gelegenheit. Hier jedoch war man auf seine eigenen Kräfte angewiesen. Eine Reise in die nächstgrößere Stadt oder Siedlung war entweder notwendig zum Überleben oder ein zeitaufwendiges Vergnügen, das man nicht grundlos auf sich nahm.

Helena übernahm die erste Wache. Eigentlich war sie müde und hätte gern ein wenig geschlafen. Aber Yonan überzeugte sie, dass sie, wenn sie erst einmal eingeschlafen wäre, gar nicht mehr zum Aufstehen zu bewegen sein würde. Und auch er musste ausgeruht sein. Er wollte sie in wenigen Stunden ablösen.

Helena griff nach der Vorratstasche. Sie hatte Hunger, außerdem hoffte sie, durch ein wenig Essen die Müdigkeit zu vertreiben und leichter wach zu bleiben. Ahnungslos löste sie den Knoten und griff in die Tasche hinein.

Ihr entfuhr ein unterdrückter Schrei, so sehr hatte sie sich erschrocken. Ihre Hände hielten anstelle des Brotes etwas Pelziges in der Hand: Es war der Immerschläfer, der sie nun mit seinen braunen Knopfaugen ebenso erschreckt ansah. Yonan war sofort aufgesprungen. Als er jedoch sah, dass nichts passiert war, wurde er wütend. „Bist du verrückt geworden, so zu schreien? Man konnte das bestimmt meilenweit hören. Außerdem weckst du Ux", zischte er, mit Blick auf den Unterirdischen, der zum Glück nichts bemerkt hatte und noch immer schlief. Dann wurde seine Stimme wieder versöhnlicher. „Was ist denn passiert?"

„Das hier ist passiert." Mit einem verschmitzten Lächeln hielt ihm Helena das Tier vor die Nase. Als Yonan die vor Angst geweiteten Augen und die restlichen Brotkrumen im Beutel sah, musste auch er lachen.

„Ich frage mich, wie der in die Vorratstasche gekommen ist." Helena packte das Tier im Nacken und streichelt es beruhigend.

„Das kann ich dir erklären. Immerschläfer fressen so gut wie alles. Und bei einer guten Gelegenheit verschmähen sie keinen Leckerbissen - wie zum Beispiel unser Brot." Er schüttelte den

Beutel, aus dem nur noch ein paar Krümel heraus fielen. „Dann wird unser Frühstück morgen wohl etwas magerer sein.“

Als der Immerschläfer bemerkte, dass ihm von den beiden großen Wesen keine Gefahr drohte, entspannte er sich und ließ wie zur Bestätigung einen herzhaften Rülpser ertönen. Yonan nahm Helena das Tier, das ein wenig kleiner als ein Eichhörnchen war, aus der Hand und besah es sich etwas genauer. „Übrigens, das ist ein Mädchen”. Das Immerschläfermädchen fing an, an Yonans Ärmel zu knabbern. „Und du wirst einen Namen für sie brauchen.”

Helena war erstaunt. „Wieso, nehmen wir sie denn mit?”

„Uns wird gar nichts anderes übrigbleiben. Sie ist noch jung und viel zu weit von ihrem Heimatwald weg. Immerschläfer leben in einer festen Gemeinschaft, alleine können sie nicht überleben. Außerdem scheint sie sich bei uns recht wohl zu fühlen.”

Helena freute sich. Sie hatte sich immer ein Haustier gewünscht und konnte eine kleine Gefährtin gut gebrauchen. Sie überlegte: „Was heißt die Gefräßige in der Sprache der Waldläufer?”

Yonan lächelte. „Lillewill. Eine gute Wahl. Ich finde, das passt zu ihr.”

Helena verscheuchte das Tier mit der Hand, es hatte begonnen ihr an den Haaren zu knabbern. Der Immerschläfer ließ sich jedoch nicht beirren und rollte sich genüsslich in Helenas Schoß zusammen. Auch Yonan legte sich wieder schlafen, rückte nah an Ux heran und lehnte sich an ihn, so wie es ihm vertraut war. Helena kraulte das Fell des Immerschläfers und seufzte: „Und bei wem darf ich mich einkuscheln, hm?”

Irgendetwas weckte Helena auf. Sie war im Sitzen in sich zusammengesunken, ihr Kopf war nach vorne gekippt. Als sie erwachte, hob sie ruckartig den Kopf. Ihr Nacken schmerzte. Es war stockfinster, der Mond war hinter einer Wolkendecke verschwunden und spendete nicht einmal mehr sein fahles, silbernes Licht. Gerade wollte Helena aufstehen, um Yonan für seine Nachtwache zu wecken, als sie einen eisigen Lufthauch im Rücken spürte. Eine plötzliche Kälte überkam Helena, sie zog die Decke fester um ihre Schultern. Aufmerksam lauschte sie auf jedes Geräusch in der Umgebung. Es herrschte Totenstille.

Helena bekam Angst, sie wurde das Gefühl nicht los, dass sich jemand in der Nähe befand. Doch es war niemand zu sehen. „Ist da jemand?" flüsterte sie in die Dunkelheit. Ihr Herz pochte. Der Wald lag schweigend vor ihr. Die Kälte wurde immer stärker, war nun direkt hinter ihr. Eine böse Vorahnung beschlich Helena, langsam drehte sie sich um. Sie wollte schreien, brachte aber keinen Ton heraus. Sie erkannte die Gestalten auch im Dunkeln, denn sie übertrafen sogar noch die Schwärze der mondlosen Nacht. Eine eiskalte Hand legte sich auf ihren Mund. Sie strampelte, kratzte, biss, doch nichts half. Sie spürte, wie ihr Kopf zurückgerissen wurde, jemand ihre Hände festhielt. Sie ballte die rechte Faust zusammen, doch einer der Häscher öffnete sie gewaltsam. „Sie ist es", flüsterte eine tonlose Stimme, „tut, was euch aufgetragen wurde!"

Es war Helena, als ob sich ein Stachel direkt in ihre Gedanken bohren würde. Sie bäumte sich verzweifelt auf, entriss sich dem Griff. Ihr Kopf schlug hart auf den Boden. Dann war alles schwarz um sie herum.

„Helena, alles in Ordnung?" Helena öffnete die Augen und schlug instinktiv Yonan von sich, der sich über sie beugte. Ein wütender Schrei entwich ihrem Mund, erstickte aber sogleich in einem Schluchzen. Ihr Kopf schmerzte, alles, alles tat weh. Yonan packte sie an den Schultern und schüttelte sie. „Helena, was immer du geträumt hast, es ist vorbei, du bist wach."

Helena wischte sich die Tränen ab. „Sie waren hier, Yonan." Ihre Stimme zitterte. Yonan ließ sie unsanft los und schaute sie entgeistert an.

„Was sagst du?" Die Schärfe in seiner Stimme ließ Helena zusammenzucken. Ux hockte sich besorgt neben sie.

„Die dunklen Reiter." Sie sagte es sehr leise, hauchte es fast. Ux und Yonan warfen sich vielsagende Blicke zu, dann wandte sich Ux sanft an Helena. „Du musst geträumt haben, Liebes. Ich weiß, der letzte Tag war hart für dich, aber das kann nicht sein. Wir hätten etwas gehört, wir wären wach geworden. Und sie hätten dich mitgenommen oder gar getötet, wären sie wirklich hier gewesen." Helenas rechte Hand streichelte die ganze Zeit die gerade aufgewachte Lillewill. Sie war sich inzwischen selbst nicht mehr sicher, ob sie nicht doch alles nur geträumt hatte.

„Vielleicht habt ihr recht und ich werde verrückt. Ich weiß einfach nicht mehr, was Traum und was Wirklichkeit..."

Bevor Helena ihren Satz beenden konnte, begegnete sie Yonans Blick und stockte. Mit gerunzelter Stirn zeigte er auf ihre Hand, die den Immerschläfer streichelte. Und auf ihr mondförmiges Mal. „Selbst wenn sie nicht wirklich hier waren, es ist etwas mit dir geschehen."

Der Mond in Helenas Handfläche hatte begonnen, sich zu verfärben. Schwarz wie die Nacht zeichnete sich an seinem Rand eine schmale Sichel ab, wie ein zweiter, dunkler Mond, der den ersten verschlang. Helena keuchte. Sie versuchte, den Fleck mit dem Daumen wegzuwischen, aber er blieb, wie er war. „Yonan? Ux? Was ist das?" Panik stieg in ihr auf. Ux runzelte die Stirn und legte Helena beruhigend seine Klaue auf ihren Arm.

„Hab keine Angst. Wir werden Murimir dazu befragen. Sie

wird wissen, was es zu bedeuten hat und was wir tun sollen. Lasst uns keine Zeit verlieren."

Drei Tage lang waren sie fast schweigend nebeneinander hergeritten. Yonan musterte Helena des Öfteren verstohlen, ihr Blick war seit dem Überfall der Reiter leer und traurig, so als würde sie einen weit entfernten Punkt fixieren, den niemand außer ihr sah. Sie tat, was sie immer tat, wenn sie nicht weiter wusste: schweigen und sich unsichtbar machen. Auf Fragen antwortete sie kaum, nickte nur oder reagierte einsilbig. Dennoch wurde Yonan den Eindruck nicht los, dass es in ihrem Kopf angestrengt arbeitete. Ux bemerkte Yonans Sorge um Helena: „Wir wussten, dass sie verändert sein würde, wenn wir sie zu uns holen. Sie muss erst wieder zu sich finden. Gib ihr Zeit." Yonan nickte betrübt. Er konnte ihr nicht helfen und das schmerzte ihn.

Am späten Nachmittag begannen sich dunkle Wolken am Horizont zusammenzuballen, alles sah nach einem kräftigen Sommergewitter aus. Eine seltsame Ruhe lag in der Luft, es war unangenehm warm und drückend. Die Wolkenberge kamen immer näher, das dunkle Grau hatte sich in ein bedrohliches Gelb verwandelt. In wenigen Minuten würde es wohl sehr ungemütlich werden. Yonan spähte angestrengt nach einem möglichen Unterschlupf aus.

Der in der Ferne grollende Donner machte die Pferde nervös. Yonan erinnerte sich an seine letzte Reise nach Saradian. War nicht hier in der Nähe ein kleines Dorf gewesen? Ohne Helena zu fragen - denn sie würde ohnehin nicht antworten - lenkte er sein Pferd in eine andere Richtung und trabte an. Ux, der hinter ihm im Sattel saß, legte ihm bestätigend die Klaue auf die Schulter. „Du hast Recht, Sohn, lass uns ein Dach suchen, das uns schützt."

Das Dorf war nicht mehr als eine Zusammenballung einfacher Hütten aus Lehm und Strohdächern, dennoch strahlte es Freundlichkeit und Behaglichkeit aus. Die Nähe zu Saradian, der großen Hauptstadt Asketans, war deutlich spürbar, denn niemand schien hier an Armut oder Hunger zu leiden. Die das Dorf umgebenden Felder standen in voller Pracht, bald würde die Zeit reif für die Ernte sein. Dann würde die reichste Zeit der Bauern beginnen, denn ihre Lebensmittel, Stoffe, Gefäße und Kleider fanden auf den Märkten von Saradian reißenden Absatz.

Die letzten Strahlen der Sonne, die noch durch die Wolkenberge fielen, ließen das Dorf in einem unwirklichen Licht erscheinen. Ein Mädchen mit einer Stoffpuppe jagte ein paar verschreckte Hühner über den Dorfplatz, ein Mann holte Wasser aus dem Brunnenschacht. Mütter riefen nach ihren Kindern, um sie ins Haus zu holen. Eine Horde Hunde kam den Reitern entgegen und verbellte sie aufgeregt. Ein paar Frauen und Männer räumten Wäsche ins Haus, alles bereitete sich auf das bevorstehende Gewitter vor.

„Verzeiht, mein Herr“, sprach Yonan einen älteren Mann an, „gewährt ihr uns einige Zeit Schutz vor dem Regen?“

Der Mann nickte, die Reisenden wurden freundlich begrüßt, man bot ihnen Verpflegung und ein trockenes Plätzchen an. Die Bewohner dieser Gegend kannten kein besonderes Misstrauen, es war friedlich hier und gab keinen Grund zur Angst. Auch für die Tiere war gesorgt, die Pferde bekamen frisches Wasser und Heu. Yonan, Ux und Helena waren gerade dabei, ins Innere der Hütte zu treten, dankbar für die warme Mahlzeit, die man ihnen angeboten hatte, als mit einem heftigen Donnerschlag das Gewitter losbrach. Es wurde stockfinster, der Himmel verfärbte sich in ein dunkles Lila. Die Menschen flüchteten unter dem lauten Krachen in ihre Häuser. War es vorher noch windstill gewesen, so brach jetzt ein ganzer Sturm los. Blitze teilten die Dunkelheit und tauchten das Dorf in grelles Licht. Die Tiere in den Ställen gerieten in Panik.

Auf dem Dorfplatz stand noch immer das Mädchen mit der Stoffpuppe und weinte. Helena wandte sich in der Türe noch einmal um und sah das Kind teilnahmslos an. Aus weiter Entfernung drangen die Rufe des Kindes nach der Mutter an ihr Ohr. Doch dann, plötzlich, regte sich etwas in Helena. Irgendetwas stimmt hier nicht, dachte sie. Ihr Körper fühlte sich ungewöhnlich warm an, der Stein um ihren Hals schien fast zu glühen auf ihrer Haut. Plötzlich erkannte sie die Gefahr. Sie lief erst langsam auf das Kind zu, dann begann sie zu rennen. Yonan schaute ihr fassungslos hinterher. „Was tut sie da?", fragte er Ux noch, dann zuckte ein Blitz aus dem Himmel. Gerade noch rechtzeitig warf sich Helena auf das Kind und stieß es mit der Wucht ihres Aufpralls ein paar Schritte von sich weg. Der Blitz schlug nur eine Armlänge neben Helena ein, an der Stelle, an der zuvor das Mädchen gestanden hatte. Erneut grollte der Donner und ein weiterer Blitz löste sich aus den Wolken. Helena kroch so schnell sie konnte auf das Kind zu. Sie nahm es in ihre Arme und rollte sich seitlich weg. Helena spürte die elektrische Spannung des Blitzes in sich, der ganze Boden schien unter dem Einschlag zu erzittern. Ein Schmerz, wie ein schriller Schrei, durchfuhr ihren Körper. Das Grollen des Donners fegte über das Dorf hinweg, der Himmel spaltete sich, Wolken ballten sich zusammen und schienen auf die beiden hilflosen Körper am Boden einzudrängen.

Helena erzitterte, sie wartete, ihr ganzer Körper angespannt, auf einen erneuten, nun vielleicht tödlichen Blitz, denn sie spürte, dass sie ein weiteres Mal wohl nicht mehr würde ausweichen können. Doch nichts geschah. Der Donner klang nun weniger bedrohlich, die Blitze suchten sich neue Opfer. Ein

Haus in der Nähe fing Feuer, die Menschen liefen wie Ameisen umher, um ihr Heim zu retten. Dann endlich fing der erlösende Regen an. Wie Steine prasselten die Tropfen auf den Boden, bildeten Bäche, die Helenas Füße umspülten und den Bauern beim Löschen des Feuers halfen.

Helena drückte das Mädchen tröstend an sich, es weinte erbärmlich. Die Mutter des Kindes kam angelaufen und nahm es in die Arme, sie war froh, dass ihm nichts zugestoßen war. Helena nahm nichts mehr wahr, sie sah das leichenblasse Gesicht der Mutter vor sich, die emsig auf sie einredete, aber sie verstand kein Wort von dem, was sie sagte. Sie versuchte, ein paar Schritte zu gehen, doch dann rutschte sie auf dem regennassen Boden aus. Sie schlug dumpf mit dem Körper auf etwas Hartes auf, noch bevor sie sich auffangen konnte. Lillewill quiekte in Helenas Hemdtasche, sie war bei den vielen Stößen ordentlich zusammengedrückt worden. Helena hörte die Geräusche von hastigen Schritten. Vom harten Aufprall war ihr Kopf wieder klar geworden. Irgendwo schien erneut Feuer ausgebrochen zu sein. Menschen riefen, hasteten an ihr vorbei, ohne sie zu beachten.

Dann donnerte es ein letztes Mal. Es war, als ob die Erde mit einem erleichterten Seufzer in sich zusammensank. Das Gewitter war vorüber, der Regen hielt jedoch an. Das tiefe Lila um sie herum war wieder einem trüben Grau gewichen, und rief den Menschen ins Gedächtnis zurück, dass eigentlich helllichter Tag war. Helena richtete sich auf. Sie spürte den metallenen Geschmack von Blut in ihrem Mund und spuckte aus. Dann hinkte sie langsam auf das brennende Haus zu, an dem zahlreiche Menschen mit Sand und Wassereimern daran arbeiteten, ein Ausbreiten des Feuers zu verhindern. Sie bewegte vorsichtig ihre Arme und Beine. Anscheinend hatte sie sich nicht ernsthaft verletzt, auch wenn jeder Zentimeter ihres

Körpers schmerzte. Yonan kam auf sie zugelaufen. Sie hörte seine besorgten Nachfragen nach ihrem Befinden kaum, sondern griff nach einem der Sandeimer, den ein Bewohner dort abgestellt hatte.

„Lass uns helfen, das Feuer zu löschen", sagte sie nur.

Sie arbeiteten den Rest des Tages und die ganze Nacht, um eine noch größere Zerstörung des Dorfes zu verhindern. In der Morgendämmerung war erstmals sichtbar, welche Verwüstung das Gewitter hinterlassen hatte. Drei Häuser hatten das Unwetter nicht überstanden, der Regen war nicht stark genug gewesen, um ein Übergreifen der Flammen zu verhindern. Einige Bewohner hatten Verbrennungen erlitten, Helena half dabei, die Wunden zu verbinden. Der Brand hatte seine Opfer gefordert, wenn auch niemand in Lebensgefahr schwebte. Bäume waren umgestürzt, es roch verbrannt und eine schwere Süße lag in der Luft. Dieses Gewitter war zu heftig, zu schnell und zu wütend gewesen.

Helena nahm einen vom Löschen übrig gebliebenen Wassereimer und wusch sich das Gesicht. Yonan trat zu ihr. „Wie geht es dir? Bist du verletzt?"

Helena zog die Stirn in Falten. „Blaue Flecken werden sich in nächster Zeit wohl nicht vermeiden lassen, was?"

Yonan lächelte erleichtert. „Nein, das wohl nicht."

„Was ist mit dem Mädchen?", fragte Helena.

„Es ist mit dem Schrecken davongekommen. Du hast ihm das Leben gerettet."

„Ich weiß selbst nicht mehr genau, was geschehen ist. Es war wie eine Ahnung, als wüsste ich plötzlich genau, was zu tun ist. Als hätte mich etwas gewarnt." Sie griff unwillkürlich nach dem Anhänger um ihren Hals.

Yonan hinkte. Er war schmutzig, an Armen und Gesicht

klebte Blut. Als Helena an sich heruntersah, bemerkte sie, dass sie auch nicht viel besser aussah. Sie schloss die Augen. Jetzt ein Bad! Einen Moment bereute sie es, dass sie überhaupt hier und nicht in ihrer Welt war, nicht in ihrem weichen Bett lag. Und einfach aufwachen konnte.

„Die Mutter des Mädchens möchte dich sprechen", Yonan klang müde. Er wischte sich über die Augen. Helena nickte.

Die Hütte hatte das Unwetter erstaunlich gut überstanden. Das Dach hatte durch den Sturm einige Löcher abbekommen, aber der Brand hatte das Zuhause der kleinen Familie weitgehend verschont. Das Mädchen lag in den Armen seiner Mutter und schlief. Es mochte nicht älter als drei Jahre als sein. „Es geht ihr gut. Sie ist nur erschöpft, es war ein aufregender Tag für sie", flüsterte sie.

Helena berührte das Mädchen an der Wange. Es sah friedlich aus, vollkommen unversehrt, als ob nichts geschehen sei. „Wie ist ihr Name?", fragte Helena.

„Amreike. Es ist ihr nichts geschehen, sie ist mit dem Schrecken davongekommen. Dank dir. Ich stehe für immer in deiner Schuld." In diesem Moment erwachte das Mädchen. Sie erblickte Helena, lächelte verschämt, zog den Kopf ihrer Mutter zu sich herunter und flüsterte ihr etwas ins Ohr. Amreike streckte die Hand aus. Ihre Mutter nickte.

„Gib ihr das dort", bat sie Helena. Helena reichte dem Mädchen, was sie wollte. Es war ein kleiner, handbemalter Holzkasten. Amreike öffnete ihn und kramte nach etwas. Dann hatte sie zwischen Steinen, Federn und Muscheln gefunden, wonach sie suchte und strahlte. „Für dich", sagte sie nur und streckte Helena ihre geöffnete kleine Hand entgegen. Darin lag ein goldglänzender Gegenstand.

„Ich danke dir", Helena nahm das seltsame Ding aus der

Hand des Mädchens und betrachtete es. Ihre Mutter beeilte sich zu erklären: „Es ist nicht wirklich wertvoll, aber es bedeutet Amreike viel. Es ist die Stimmgabel ihres Vaters. Er zieht als fahrender Sänger durch Asketan und hat ihr dies hiergelassen, damit sie sich immer an die Lieder erinnert, die er ihr abends vorgesungen hat. Bis er wiederkommt.“ Das Mädchen drehte sich wieder zur Mutter und flüsterte. Die Mutter drückte ihr einen Kuss auf die Stirn und nickte. „Sie möchte, dass du es behältst. Damit du immer an sie denkst.“

Helena war gerührt. Sie betrachtete die Stimmgabel, ein gebogenes Ding aus Metall, das einem Kind die ganze Welt bedeutete. In diesem Moment keimte in ihr eine Art mutiger Trotz. Sollten die Reiter doch kommen und sie holen, sie würde sich nicht kampflos ergeben. Helena steckte die Stimmgabel in ihren Beutel, zu all den anderen nützlichen Dingen. „Ich danke dir, kleine Amreike. Das ist wirklich ein wunderschönes Geschenk und ich werde es in Ehren halten.“

Auch Yonan bemerkte erleichtert den neuen Ausdruck von Trotz in Helenas Augen. Alles war ihm lieber als das dumpfe Schweigen der letzten Tage, das ihm so fremd vorgekommen war. Es war, als ob das Gewitter und die Rettung des Mädchens Helena aus ihrer Erstarrung wachgerüttelt hatten. Sie saßen in einer der Hütten am Kaminfeuer, mit dampfenden Schüsseln in der Hand. Yonan war unruhig, drängte zum Aufbruch. „Wir sollten uns beeilen, sie könnten bald hier sein.“ Dann wandte er sich an den Bauern, der ihnen emsig weiter heiße Suppe anbot. „Und ihr solltet ebenfalls auf der Hut sein. Tauchen schwarze Reiter in eurem Dorf auf, versteckt euch so schnell ihr könnt. Oder flieht. Das ist alles, was ihr tun könnt.“

Es war angenehm zu reiten, der Boden dampfte noch von

der Morgenkühle, Nebel hing über dem Wald und milderte die Hitze des anbrechenden Tages. Der Himmel war wolkenlos blau, nichts erinnerte an die Schrecken der letzten Nacht. Kashet schnaubte, ein plötzlich auffliegender Vogel hatte ihn erschreckt. Helena klopfte ihm beruhigend den Hals. Sie hätte nicht mehr mit Yonan tauschen wollen, Pferd und Reiterin begannen, sich aneinander zu gewöhnen, sich gar zu mögen. Helena reckte sich vorsichtig und setzte sich ein wenig gemütlicher im Sattel zurecht. Wie Murimir wohl sein würde? Ux jedenfalls wimmelte Helena stets ab, wenn sie ihn nach ihr fragte. Sie wurde den Verdacht nicht los, dass er mehr wusste, als er zugab. Helena hoffte inständig, dass von der weisen Frau ein wenig Licht in ihre Geschichte gebracht werden konnte. Ungewissheit war etwas, das sie in diesen Tagen nicht besonders gut ertrug.

Sie hatten die Bergwälder verlassen und blickten auf hügelige Wiesen, die sich wie Wellen eines gewaltigen grünen Meeres vor ihnen ausbreiteten. Helena musste blinzeln, solch ein prächtiger Anblick bot sich ihr. Tau glitzerte auf den Gräsern, und die letzten Nebelschwaden verzogen sich in der Sonne, als ob sie nun endgültig die Decke der Nacht lüften und das Land zum Erwachen bereit machen würden.

Helena trieb Kashet an, dieser reagierte sofort und trabte an. Inzwischen fühlte sie sich trotz schmerzender Oberschenkel wieder sicherer im Sattel, als ob etwas in ihr erstarken würde, eine Erinnerung, die nun wieder zum Leben erwachte.

„Da, sieh nur!“ Yonan deutete plötzlich in die Ferne. Doch Helena konnte nichts Ungewöhnliches entdecken.

„Siehst du nicht, das Licht dort hinten?” Er lenkte sein Pferd neben sie und wies ihr mit dem ausgestreckten Arm die Richtung. Sie sah genauer hin. Und er hatte recht, am Horizont konnte man ein helles Leuchten sehen, das seine Strahlen in den

Himmel schickte.

„Was ist das?"

„Saradian, die Prächtige. Das schönste, was die Asketaner jemals mit ihren Händen erschaffen haben."

KAPITEL III - SARADIAN

Helena war überwältigt. Sie hatte einiges erwartet, aber auf solch eine märchenhafte Schönheit war sie nicht vorbereitet gewesen. Vor ihr öffnete sich der Blick in ein fruchtbares Tal. Saradian lag an einem breiten Fluss, der sich zu einem noch breiteren See sammelte. Die Stadt war am Ufer, auf einer Insel in der Mitte des Sees und unter dem See selbst erbaut worden: Felsenstadt, Inselstadt und Unterwasserstadt. Kleinere und größere Brücken überwanden die vielen Seitenarme des Flusses, Boote fuhren auf dem Wasser und verbanden die Insel und das Land miteinander. Die Gebäude leuchteten in einem freundlichen Weiß, die Dächer der Stadt glitzerten in der Sonne. Ein hoher Turm mit einer prächtigen Kuppel ragte auf der Insel in die Höhe.

Saradian war von einer massiven, hohen Mauer umgeben, die aus einem glatten, milchigen Material zu bestehen schien. Ihre Größe verlieh der Stadt den Charakter eines uneinnehmbaren Bollwerks. Ein Anflug von Unruhe beschlich Helena. Gegen was versuchte man sich innerhalb der Mauern zu schützen?

Der Fluss besaß an einigen Stellen natürliche Stauungen, die durch riesige Gesteinsbrocken verursacht wurden, die

Felsenstadt ihren Namen gaben. Hier brausten wilde Wasserfälle in die niedriger gelegenen Teile des Flussbettes. Der See war außergewöhnlich klar, an einigen Stellen war das Wasser fast türkisfarben, an anderen hingegen schien das dunkle Blau einen förmlich in den See hinein zu ziehen. Er musste unglaublich tief sein.

Yonan trieb Koshki schnalzend an und sie trabten den Hügel hinunter auf das große Stadttor zu. Es war für jedermann geöffnet, nur gelegentlich kontrollierten die zwei Wachen eine Ware oder fragten die Ankommenden nach dem Grund ihres Aufenthaltes. Der Lärm der Straßen und Marktplätze tönte bis weit vor die Stadttore. Eine Vielzahl von Lebewesen strömte aus der Stadt hinaus und in die Stadt hinein. Bereits auf ihrem Weg nach Saradian waren sie, je näher sie der Stadt kamen, immer mehr Reisenden begegnet. Die Bewohner und Besucher der Stadt waren durchaus nicht nur menschlicher Art, Helena hörte Laute, die eher wie ein Pfeifen oder Grunzen klangen, und sah Gesichter, die aus einem Märchen oder von fremden Planeten zu stammen schienen.

Yonan musste schmunzeln. „Nur die wenigsten Bewohner Yuhrs sind menschlich, Helena. Du hast in deinen Träumen noch nicht einmal einen Bruchteil dieser Welt gesehen. Ich könnte dir allein in Felsenstadt, dem Viertel der Händler und Vergnügungen, sicher mindestens hundert verschiedene Gattungen von Lebewesen aufzählen.“

Ux lächelte Helena hinter Yonans Rücken an. „Es wird endlich Zeit, dass du mehr von Asketan erkundest als nur die Bergwälder, Erdenkind.”

Als sie sich auf der Brücke dem Tor näherten, drehte sich Yonan zu Helena um: „Ich selbst war auch erst wenige Male in Saradian. Ux dagegen kennt sich hier weit besser aus.“

„Und selbst mich”, bemerkte Ux, „ergreift jedes Mal

Ehrfurcht, wenn ich durch dieses Tor schreite", er verzog das Gesicht vor Schmerz, „beziehungsweise durchreite."

Einer der Wächter erspähte sie. Ihr schmutziges Äußeres und die zerrissene Kleidung mussten ihn wohl misstrauisch gemacht haben, denn er hielt sie an.

„Wer seid ihr und was ist der Grund eures Kommens?"

Ux machte eine rasche Handbewegung, um Yonan und Helena Schweigen zu signalisieren, und antwortete: „Wir sind Reisende, die durch ein Unwetter so zugerichtet wurden. Wir müssen dringend die Ehrwürdige sprechen. Sie erwartet uns."

Der Wächter strich sich über den Bart und musterte Ux. Er schien sich plötzlich eines Fehlers bewusst geworden zu sein, denn er wurde ein wenig bleich.

„Verzeiht, dass ich Euch nicht erkannt habe, Herr."

„Wieso erwartet sie uns denn?", murmelte Helena erstaunt in Yonans Richtung, doch dieser brachte sie mit einem verschwörerischen Blick zum Schweigen.

„Ich werde Euch zu ihr bringen." Der Wächter verbeugte sich und wechselte ein paar Worte mit seinem Kameraden, dann bedeutete er ihnen, ihm zu folgen.

„In Saradian ist nichts unmöglich", antwortete Ux schmunzelnd auf Helenas fragendes Gesicht, als sie abstiegen und dem Wächter zu Fuß durch die unzähligen Gassen der Stadt folgten, die Pferde hinter sich her führend. „Murimir hat von unserer Ankunft gewusst, bevor wir es selbst wussten. Sie ist eine Sehende. Ich war sicher, dass wir erwartet werden."

Helena konnte sich kaum losreißen von all den Geräuschen, Gerüchen und Farben, die sie umgaben. Sie liefen bis zum Eingang des größten und wohl auch schönsten Gebäudes von Felsenstadt. Es hatte einen kreisförmigen Grundriss, auf seinem Dach erhob sich eine riesige gläserne Kuppel in den Himmel.

Allerlei Verzierungen und fremde Schriftzeichen schmückten die Mauern des Gebäudes. Hier hielten sich nur wenige Menschen auf. Im Vergleich zu den belebten Straßen mit all den Märkten und Geschäften war es ruhig. Zwei Jungen eilten herbei, nahmen ihnen auf ein Zeichen des Wächters die Pferde ab und führten sie davon. Der Mann betätigte eine große Glocke an der Eingangspforte. Ein helles Klingeln ertönte. Fast sofort öffnete sich die Tür, wie von Geisterhand glitten die zwei großen Flügel auseinander und blieben mit einem dumpfen Geräusch offen stehen.

„Ihr werdet sofort abgeholt.“ Der Wächter verabschiedete sich mit einer Verbeugung und verschwand dann im Laufschritt. Er hätte seinen Posten eigentlich gar nicht verlassen dürfen. Doch er wollte sicher gehen, dass so wichtige Gäste auch wirklich zu ihrem Ziel gelangten, wo er doch schon das Gefühl hatte, sich bei ihrer Begrüßung blamiert zu haben.

Ux trat ohne zu zögern durch die Tür, als ob er hier ständig ein- und ausginge, Helena und Yonan folgten ihm vorsichtig. Direkt hinter ihnen schlug die Türe zu, das Echo hallte durch den Raum.

„Willkommen in Saradian!”

Helenas Blick flog über den marmornen Fußboden zum Ende der Halle, dorthin, wo die Stimme hergekommen war. Ein bärtiger, in einen wallenden weißen Umhang gehüllter älterer Mann kam näher.

„Mein Name ist Nerxus, ich bin die rechte Hand von Murimir. Die Ehrwürdige ist im Moment sehr beschäftigt, daher werde ich Euch zu Euren Gemächern führen. Ihr seid wohl außerdem sehr erschöpft von der Reise und”, er musterte Helena mit hochgezogenen Augenbrauen, „wollt mit Sicherheit ein Bad nehmen.” Ein spöttisches Lächeln umspielte seine Mundwinkel, das Weiß seiner Zähne leuchtete hell in seinem dunklen Gesicht. Nerxus wandte sich Ux zu und neigte wortlos seinen Kopf. Sie scheinen sich zu kennen, dachte Helena still. Yonan und sie tauschten kurze Blicke. Schließlich fasste sich Helena ein Herz.

„Natürlich sind wir erschöpft, aber wir würden gerne so bald wie möglich… "

Nerxus unterbrach sie mit erhobener Hand, die keinen Widerspruch zuließ. „Es ist schon spät und wie ich bereits sagte: Die Ehrwürdige wird morgen für Euch zu sprechen sein. Wenn Ihr mir nun bitte folgen würdet." Sein Arm bewegte sich einladend in Richtung der großen Halle. Der alte Mann sprach höflich, ließ aber keinen Zweifel daran aufkommen, dass seine Bitten eigentlich keine waren. Und dass sie keine Wahl hatten, außer sie zu befolgen. Er schnippte mit den Fingern und zwei weitere Flügeltüren öffneten sich am Ende der Halle.

Yonan seufzte, zuckte mit den Schultern und zwinkerte Helena aufmunternd zu. „Was soll's, ich habe nichts dagegen, mich ein wenig auszuruhen." Er schulterte seinen Beutel und ging entschlossen voran.

Sie folgten Nerxus durch einen langen Flur, an dessen Seiten viele geschlossene Türen lagen. Sie gingen, so erschien es Helena, eine Ewigkeit immer nur geradeaus, immer durch die Tür, die am Kopfende des Flures lag. Ihre Schritte hallten laut auf dem marmornen Fußboden. Helena meinte, sie müssten schon bald an der anderen Seite des Gebäudes wieder ins Freie treten, so lange waren sie schon unterwegs.

Endlich machte ihr Begleiter Halt und öffnete eine Tür. Er vollführte eine einladende Handbewegung in Helenas Richtung.

„Dies ist Euer Gemach, Verehrteste. Frische Kleidung sowie etwas zu Essen werden gleich gebracht." Er schob Helena in den Raum und bevor sie antworten oder protestieren konnte, schloss er die Tür hinter ihr.

Mit einem unwilligen Ausruf drehte sie sich um, aber die Tür war bereits zu. Und es gab weder einen Riegel noch einen Knauf oder ein Schlüsselloch, wie Helena empört feststellen musste. Sie konnte nicht herausfinden, wie die Tür zu öffnen war. Missmutig hämmerte sie ein paarmal dagegen. Doch nichts geschah. Nerxus war mit Ux und Yonan wohl schon weitergegangen.

„Seltsame Art von Gastfreundschaft", sagte sie patzig in Richtung der Türe und holte Lillewill aus ihrer Tasche, die davonhüpfte und sich sofort irgendwo im Zimmer verkroch. Dann erst sah sie sich um. Der Raum war lichtdurchflutet, er besaß zwei riesige Fenster, durch die man einen herrlichen Blick über die Dächer Saradians bis hin zum See hatte. Ein Bett stand mitten im Raum, die dicken weißen Kissen und Decken sahen so einladend aus, dass Helena nur schwer der Versuchung widerstehen konnte, einmal kurz Probe zu liegen. Nur der Dreck auf ihrer Kleidung hielt sie davon ab. Auf einem kleinen Tisch an der Wand gegenüber stand ein in Gold gerahmter Spiegel, davor eine Schüssel mit heißem Wasser und einem groben Stück Seife, Handtücher und ein Kamm lagen ebenfalls bereit. Helena wunderte sich. War jedes Zimmer so für Gäste vorbereitet, oder hatte Murimir ihre Ankunft etwa auf die Minute genau vorhergesehen?

Lillewill hatte anscheinend auf ihrer Suche durch das Zimmer nichts Essbares gefunden, denn sie zog ein beleidigtes Gesicht, sprang aufs Bett, rollte sich zusammen und schlief sofort ein. Helena musste lächeln. Das Leben ihrer kleinen Taschengefährtin schien wirklich nur aus Fressen und Schlafen zu bestehen.

Helena schaute in den Spiegel und fuhr sogleich entsetzt zurück, sie hatte sich selbst fast nicht erkannt. Sie hatte Dreck und verkrustetes Blut im Gesicht, ihre Haare hatte sie seit

Ewigkeiten nicht mehr gewaschen und gekämmt, sie waren verfilzt und strähnig. Von einigen Pickeln und einem mehr als sanften Schweißgeruch gar nicht zu reden. Kein Wunder, dass Nerxus die Nase gerümpft hatte, als er sie begrüßt hatte. Sie schlüpfte aus ihren Kleidern und ließ sie einfach auf den Boden fallen, schrubbte sich gründlich mit der Seife und einer Bürste ab und wusch sich anschließend die Haare. Neben dem Handtuch lagen frische Wäsche und ein weißes Nachthemd. Gewaschen und duftend warf sie sich schließlich aufs Bett und kuschelte sich in die Decke. Lillewill quiekte erschrocken, schlief aber gleich danach an Helenas Armbeuge geschmiegt wieder ein. Helena gähnte. Nur ein paar Minuten ausruhen, dachte sie.

Helena schlief wie ein Stein, tief und traumlos. Sie bemerkte weder die verzweifelte Lillewill, die vor lauter Hunger versuchte, die Bettdecke zu fressen und dabei einige handtellergroße Löcher in den Stoff machte, noch wachte sie auf, als es leise an der Türe klopfte und ein Junge ihr ein herrliches Frühstück herbeibrachte und neben dem Bett auf den Nachttisch stellte. Sie schmatzte nur, drehte sich um und kuschelte sich noch fester in die Decke. Nur noch ein paar Minuten, bitte, dachte sie dösend. Ich zieh mich ja gleich an.

Schließlich jedoch verlor der Immerschläfer angesichts des Frühstücks seine Geduld und biss Helena sanft in die Nase. Empört warf Helena Lillewill noch im Halbschlaf vom Bett. „Hey, lass das du freches Biest“, grunzte sie müde. Dann öffnete sie die Augen und erblickte das üppige Mahl direkt neben ihr. Erst jetzt bemerkte sie, wie entsetzlich ihr Magen knurrte. Lillewill nahm ihr Erwachen als Erlaubnis, sich nun am Frühstück zu bedienen. Helenas schmutzige Kleider waren verschwunden, dafür lagen neben der Waschschüssel neue

Hosen und ein sauberes Hemd. Sie hatte gut geschlafen und fühlte sich ausgeruht, nur im Rücken und in den Oberschenkeln spürte sie eine bleierne Schwere. Sie stand auf, trat ans Fenster und warf einen Blick auf Saradian. Der Himmel war wolkenlos, der See glitzerte in der Sonne, die Stadt summte und brummte geschäftig. Es sah nach einem herrlichen Morgen aus. Dann wandte sich Helena dem Frühstück zu: Mit Heißhunger verschlang sie all das Obst und Brot, den Käse und das Gebäck. Für Lillewill stand sogar eine kleine Schüssel mit Nüssen und Getreideflocken bereit. Es schmeckte herrlich. Helena hatte lange nicht mehr mit so viel Appetit gegessen. Satt und zufrieden ließ sie sich nach dem Essen auf das Bett zurückfallen. Es war kein einziger Krümel mehr auf dem Tablett übriggeblieben. Doch nach einigen Minuten, die sie erst an die Decke und dann wieder aus dem Fenster gestarrt hatte, entschied sie sich, das Ganze nun selbst in die Hand zu nehmen. Sie musste irgendwie aus diesem Raum gelangen, denn es schien sich niemand zu bequemen, sie zu Murimir zu führen, obwohl Nerxus es doch für den heutigen Tag versprochen hatte. Und sie wollte dringend mit Ux und Yonan sprechen. Also stand sie auf und zog die frische Kleidung an. Sie passte wie angegossen.

Entschlossen ging Helena auf die Tür zu. Irgendwie musste sie doch zu öffnen sein. Sie suchte ein Schloss, einen Hebel, irgendeinen verborgenen Mechanismus, der die Tür öffnen konnte. Nichts. Helena fluchte. Wütend trat sie mit dem Fuß gegen das Holz. Ein Klacken ertönte und die Tür sprang einen Spalt auf. Wer auch immer das Frühstück gebracht hatte, musste sie nicht richtig geschlossen haben. Helena rührte sich nicht, wartete ab, ob sie jemand gehört hatte. Aber nichts regte sich, niemand kam herbeigelaufen, die Tür blieb offen stehen. Helena warf noch einen Blick auf die schon wieder schlafende

Lillewill, dann verließ sie den Raum und lehnte die Tür vorsichtig an, so dass sie einen Spalt offenblieb. Etwas ratlos blickte sie den langen Flur entlang. War sie von links hergekommen? Oder von rechts? Sie glaubte, sich an eine Tür auf der linken Seite zu erinnern, also entschied sie sich, Neues zu erkunden und nach rechts zu gehen.

Ihr war sehr wohl bewusst, dass sie sich in gewisser Weise unerlaubt außerhalb ihres Zimmers aufhielt. Aber sie war schließlich keine Gefangene, was sollte also passieren? Die Schuhe hatte sie im Zimmer gelassen, so dass sie kaum Geräusche machte, als sie barfuß über den Boden huschte und vor der Tür am Ende des Ganges stehenblieb. Auch hier: keine Klinke, kein Knauf. Helena zögerte, doch dann siegte ihre Neugierde. Ein seltsames Kribbeln durchfuhr sie, als sie die Hand hob. Doch noch bevor sie die Türe berührte, sprang auch diese mit einem leisen Klicken auf. Helena wich instinktiv zurück.

Hinter der Türe öffnete sich der Blick in einen riesigen, von Licht durchfluteten Saal. Ein frischer Luftzug wehte von irgendwoher. Helena atmete tief durch, bevor sie sich einen Ruck gab und zögernd eintrat. Mit einem lauten Knall fiel die Tür hinter ihr zu, das Geräusch hallte als Echo um ein Vielfaches durch den Raum. Erschrocken fuhr sie zusammen. Wenn sich hier jemand befand, war sie nun entdeckt. Doch nichts geschah. Kein Nerxus, keine Wachen stürmten hervor, niemand fragte sie wütend, was sie hier zu suchen hatte. Nach einigen Atemzügen wagte sie wieder, sich zu bewegen. Helena sah sich neugierig um. Sie konnte nicht genau sagen, wie groß die Halle war, aber sie musste gigantische Ausmaße haben. Helena fühlte sich an ein riesiges Kirchenschiff erinnert. Als sie nach oben blickte, entdeckte sie in der Kuppel gläserne Mosaike von fantastischen Gestalten, Tieren und Menschen, Wäldern, Wüsten, Meeren und Bergen. Eine Szene zeigte eine Gruppe schwarzer Reiter und eine in weiß gekleidete Gestalt, die ihnen entschlossen einen Gegenstand entgegen hielt. Helena blinzelte. Für den Bruchteil einer Sekunde hatte sie geglaubt, dass die Figuren sich tatsächlich bewegten. Das sich im Kristall brechende Licht musste sie getäuscht haben.

Voller Bewunderung betrachtete sie weiter den Raum. Goldene Verzierungen schmückten die steinernen Säulen, die die Kuppel trugen. Die Sonne malte mit Hilfe des Glases farbenfrohe Muster auf den Fußboden. Ein wenig Staub lag in der Luft und machte das einfallende Licht sichtbar. Erst als Helena sich an der Pracht der Kuppel satt gesehen hatte, wandte sie ihren Blick ab und bemerkte die wahre Bestimmung des Raumes.

Sie befand sich in einer riesigen Bibliothek. Zu beiden Seiten der Halle standen Regale, die fast bis zur Decke reichten. Helena hatte noch nie in ihrem Leben so viele Bücher gesehen, es musste eine unzählbare Menge sein.

Der Mittelgang führte auf eine breite Treppe am Ende des Saales zu, ihre Stufen wiederum führten zu einer lebensgroßen marmornen Statue, die, den Blick in die Ferne gerichtet, über den Raum zu wachen schien. Helena kam es vor, als ob die steinerne Gestalt sie beobachtete. Vom Sockel der Statue aus führte die Treppe noch einmal höher und zweigte dann ab, um direkt unter der Kuppel eine Galerie zu bilden, auf der erneut Bücherregale standen. Helena wollte gerade zu einem der Regale treten und einen der alten ledernen Buchrücken mit der für sie unlesbaren Schrift berühren, als wie aus dem Nichts eine helle Stimme ertönte.

„Sei willkommen, mein Kind. Nerxus sagte mir, du würdest heute zu mir kommen. Ich habe dich schon erwartet."

Helena zuckte zusammen, sie fühlte sich ertappt. Die Stimme verursachte ein enormes Echo in der Halle, sodass die Worte noch einige Zeit nachklangen, dann herrschte wieder Ruhe. Helena versuchte vergeblich, die Person auszumachen, von der diese Stimme kam, doch sie konnte niemanden entdecken. Wenn sie überhaupt von einem Menschen stammte. Helena schauderte, als sie an die Statue dachte und wich an eines der Bücherregale zurück. War die Stimme etwa von dort gekommen?

„Wer ist da… da… da… da?"

Helenas eigenes Echo erschreckte sie. Doch niemand antwortete auf ihre Frage.

„Hab keine Angst, Helena." Die Stimme ertönte wieder und kam näher, klang nun jedoch viel menschlicher, der Hall war verschwunden. Eine alte Frau trat hinter der Statue hervor, die zerbrechlich aussehende Erscheinung wollte so gar nicht zu der fast jugendlichen Stimme passen.

„Woher kennt Ihr meinen Namen?", fragte Helena nervös.

Die Frau lächelte. Sie war offensichtlich sehr alt, ihr Körper bewegte sich nur zaghaft, ihr Gesicht war durchzogen von kleinen Fältchen, doch ihre grünen Augen strahlten eine Lebendigkeit und Kraft aus, wie es Helena selten gesehen hatte. Sie trug ihr schneeweißes Haar zu einem Zopf geflochten, der ihr fast bis an die Hüften reichte.

„Es gibt so Vieles, das du nicht weißt, Helena. Noch nicht. Doch es wird nicht mehr lange dauern, dann wirst du alles erfahren, was du wissen musst."

Helena konnte auf die Frau, die nun immer näher kam, herabsehen, so klein war sie, sie reichte ihr nur bis zur Schulter. „Seid Ihr Murimir?"

Die Alte nickte. Jetzt stand sie direkt vor ihr.

„Ja, das bin ich." Ohne Helenas Reaktion abzuwarten, sprach

sie weiter. „Ich bin sehr alt, mein Kind, älter als du dir vorstellen kannst, und ich habe viel gesehen in meinem Leben. Und wer viel sieht, mit reinem Herzen, der ist auch fähig zu lernen. Das ist es, worauf es ankommt. Das ganze Leben lang. Wir dürfen scheitern und falsche Entscheidungen treffen, wir dürfen manchmal sogar böse sein und anderen Unrecht tun. Aber wir dürfen nie aufhören die Welt um uns herum und uns selbst zu hinterfragen und daraus zu lernen."

Sie wandte sich um und durchschritt langsam den Raum. Als Helena, die noch immer etwas verdutzt da stand, keine Anstalten machte ihr zu folgen, drehte sie sich um und lächelte ihr aufmunternd zu, winkte ihr, damit sie folgte.

„Du wirst lernen, Helena, dein Herz zu öffnen, so dass du wirklich sehen kannst und stark genug bist, das Abenteuer durchzustehen, das dich erwartet."

Murimir deutete mit einer ausschweifenden Handbewegung auf die Bücher im Raum. „Die Geschichte von Yuhr, alles Wissen, das wir besitzen, findest du hier. Hunderte von Magierinnen, Gelehrten und Schreibern haben Jahre daran gearbeitet, dies alles zu sammeln und zu dokumentieren. Mir obliegt die Aufgabe, ihre Schriften zu hüten und zu bewahren. Das ist der größte Schatz, den Yuhr besitzt."

Sie hustete ein wenig, dann schritt sie langsam die Bücherreihen ab. Helena folgte ihr zögernd, immer mit ein paar Schritten Abstand. „Aus der Geschichte eines Volkes, einer ganzen Welt, kann man viel über die Zukunft erfahren, die ihr bevorsteht, mein Kind. Das Vergessen ist eine gefährliche Sache. Wenn man vergisst, was in der Vergangenheit geschah, ist man nicht dafür gewappnet, was die Zukunft bringen kann." Sie schaute Helena prüfend an.

Dann änderte sich Murimirs Ausdruck und ihr Blick Blick ruhte nun warm, fast zärtlich auf dem Mädchen.

„Ich will dir eine Geschichte erzählen, mein Kind. Die vor langer Zeit geschah. Willst du sie hören?"

Helena nickte begierig. Sie ahnte, dass sie nun erfahren würde, was das alles zu bedeuten hatte.

„Sagt mir alles, was ich wissen muss." Murimir antwortete zunächst nicht, sondern nahm Helenas Hand und führte sie zu der großen, marmornen Treppe unterhalb der Statue. Dort ließ sie sich ächzend auf den Stufen nieder und bedeutete auch Helena, sich zu setzen.

„Dann werde ich dir die Geschichte von Torak, dem dunklen Herrscher, erzählen."

„Es gab eine Zeit, in der kein Frieden herrschte in Yuhr und die Wesen dieser Welt sich Feind waren. Gewalt, Neid und Gier waren an der Tagesordnung. Die Völker Yuhrs lagen im Krieg miteinander. Ein jedes wollte sich die anderen Untertan machen. All jene, die sich nach Frieden sehnten, lebten in Angst und mussten Vernichtung fürchten. So flüchteten die Weisen und Vernünftigen aller Völker hierher, nach Saradian, in die Hauptstadt von Asketan. Diese Stadt verbindet die Völker miteinander, ihren Geist, ihre Sprachen, ihre Kultur. All das bündelt sich hier. Was lag also näher, als Saradian und alle Menschen, die darin lebten, zu zerstören, um den endgültigen Sieg zu erringen? So verbündeten sich die dunklen Mächte unter einem Führer, der sie einte. Ein großes Heer sammelte sich, um gegen Saradian zu ziehen. Elfen, Riesen, Widen, Mumeln, Meermenschen, Gnome, selbst einige der Tiere schlossen sich der dunklen Armee an. An ihrer Spitze kämpfte ihr Anführer, ein grausamer Mann, ein Zauberer, wie es keinen vor ihm gab. Er herrschte mit Gewalt und Terror, sein Gehilfe war der Hass und seine Gefährtin die Missgunst. Er saugte die Seelen und Herzen seiner Gefolgsleute aus, lebte von ihrem Hass, ihrer

Furcht, ihren schwärzesten Gedanken und gewann aus ihnen seine Stärke. Nichts als Kälte umgab ihn. Keine Wärme, kein Licht, keine Freundlichkeit konnte zu ihm vordringen. Und je mehr die Wesen sich vor ihm fürchteten und sich selbst und andere hassten, desto stärker wurde er. Und so kehrte Dunkelheit ein über Yuhr. Und auch über deine Welt, mit der wir auf ewig verbunden sind. Denn von nun an bestanden die Träume der Menschen nur noch aus Schrecken und Furcht. Krieg, Hunger, Krankheit breiteten sich aus. Torak war kurz davor, beide Welten zu zerstören.

Die Wesen hinter den Toren Saradians versuchten viele Jahre, Torak und seiner Macht standzuhalten. Sie bauten eine Mauer, die das feindliche Heer aufhalten sollte. Sie taten alles, um Wärme und Licht in die Dunkelheit zu bringen. Sie verzierten jedes Gebäude, jeden Stein dieser Stadt mit einem Kristall, um auch die letzten Strahlen der Sonne und des Mondes zu nutzen, ein Bollwerk gegen Kälte, Angst und Dunkelheit zu sein. Sie schützten und verteidigten diese Stadt, ihre Bücher, ihr Wissen, ihren freien Geist mit ihrem Leben. Viele verloren es dabei. Aber Torak rückte immer näher und die Kraft des Widerstandes schwand.

Also griffen die Weisen der Stadt zu einem letzten Mittel: Es war ein Opfer nötig, um Torak zu besiegen, ein Opfer der Nächstenliebe und des Mutes. Ein junges Mädchen, kaum älter als du, schenkte Asketan ihre bedingungslose Liebe. Ihr Herz verwandelte sich in einen Kristall, den wunderschönsten, den es je gegeben hat. Mit seiner Hilfe begann ganz Saradian zu Leuchten, Hoffnung strahlte über das Land und brach Toraks Zauber. Die Tat des Mädchens verlieh den Bewohnern Saradians neuen Mut und in einem letzten, großen Kampf schafften sie es, die verbliebenen Häscher Toraks, seine dunklen Reiter, zu besiegen. Je mehr die Wesen Yuhrs ihren Mut und ihr offenes Herz wieder fanden, desto schwächer wurde Torak. Schließlich hatte er keine Macht mehr über sie. Es war, als ob die Welt aus einem Traum erwachte. Niemand wusste mehr, was der eigentliche Grund des Krieges war, die Waffen schwiegen. Das Licht hatte die Dunkelheit besiegt. Torak war verdammt zur Tatenlosigkeit. Sein Körper war zerstört, es war ihm von nun an bestimmt, in der Dunkelheit seiner eigenen Seele zu leben, als Schatten seiner selbst. Gut behütet in einem Gefäß aus purem Licht. Dem Mädchen, das ihn mit der Kraft seiner Liebe besiegt hatte, setzte man ein Denkmal, hier in diesem Raum, und man schwor sich, nie wieder zu vergessen, was die Wesen Yuhrs entzweit und was sie wieder zusammengeführt hatte.“

Murimir musste kurz Luft holen. Das Erzählen schien sie anzustrengen. „Vor vielen Jahren wurde nun ich die Hüterin dieses Saales und des Herzkristalls, der uns alle gerettet hat. Seit jener Zeit sitze ich hier und studiere die Schriften, ich lerne und wahre die Kraft, die sich in diesem Raum verbirgt, um mein Wissen irgendwann an meine Nachfolger weiterzugeben. Und dies wird immer so weiter gehen.”

Helena hatte gebannt gelauscht. Sie traute sich kaum zu atmen. Die Häscher Toraks, hallte es in ihrem Kopf. Waren sie es, die hinter ihr her waren? „Wieso erzählt ihr mir diese Geschichte? Was hat das alles mit mir zu tun, warum bin ich hier?“ Helenas Stimme überschlug sich fast.

Murimirs Blick ruhte mitfühlend auf Helena. Sie konnte die Angst des Mädchens nur zu gut verstehen.

„Meine Welt ist die Kehrseite deiner Welt, Helena. Yuhr und die Erde gehören zusammen, wie zwei Seiten eines Spiegels. Bevor Torak dieses Land ins Verderben stürzte, war Yuhr eure Zuflucht, der Ort, an dem alles möglich war. Eure Träume, eure Sehnsüchte und Wünsche, eure Fantasie – all das findet sich hier. Wir sind entstanden, als ihr entstanden seid, wir haben schon immer nebeneinander gelebt, zusammengehört. Viele von euch besuchten uns, träumten von uns, schrieben Geschichten über uns in deiner Welt. Märchen, Sagen, Mythen – sie alle haben ihren Ursprung hier. Aber niemand weiß, was passieren wird, wenn eine der Welten zerstört wird. Wird die andere mit ihr zugrunde gehen? Wir brauchen euch, so wie ihr uns braucht. Versinkt Yuhr in Dunkelheit, so wird es keinen Ort mehr geben, an den die Menschen aus deiner Welt sich flüchten können. Erneut werden Hass, Gewalt und Hunger herrschen. Und geht deine Welt unter, träumt niemand dort mehr und glaubt an uns, wird es auch Yuhr nicht mehr geben."

Helena schluckte geräuschvoll. Das hieße ja, dass durch diesen Torak nicht nur die Existenz von Yuhr in Gefahr war – sondern auch die ihrer eigenen Welt. Helena verspürte Wut und ein taubes Gefühl von Hilflosigkeit. Sie spürte, wie sich der nur allzu bekannte Kloß in ihr bildete, sich verdichtete. Sie ballte die Faust zusammen und schloss die Augen. Sie wollte nur noch weg hier.

Murimir legte ihre Hand auf Helenas Arm. Zuerst zuckte sie abwehrend zurück, doch dann durchströmte sie Wärme, ein seltsam vertrautes Gefühl. Helenas Atem beruhigte sich. Murimir fuhr fort.

„Nun ist geschehen, was ich schon seit Jahren befürchtet habe. Wir haben uns stets erinnert an Torak. An die Geschichte seiner Gier nach Gewalt, nach seiner dunklen Herrschaft. Aber wir haben sie verändert in eine Geschichte voller Furcht. Unsere Angst wurde so stark, dass wir vergaßen, was wir aus ihr lernen müssen. Wir haben vergessen, warum es Torak fast gelungen war, Yuhr unter seine Herrschaft zu bringen. Und wir haben vergessen, welche Opfer wir bringen mussten, um ihn zu besiegen. Und wie es uns gelang. Torak ist wie die

Verkörperung all unserer Ängste, unserer schlimmsten Alpträume. Und je größer unsere Furcht wird, desto stärker wird Torak. Je mehr wir vergessen, was wir ihm entgegen halten können, desto leichter wird es ihm fallen, uns zu besiegen.“ Murimir hustete und musste einen Moment inne halten, bevor sie ihre Stimme wiederfand.

„Die Menschen flüstern, wenn sie Toraks Namen aussprechen, sehen sich angstvoll um, ob ein Blitz vom Himmel fährt und sie niederstreckt, ein Stein auf sie fällt oder sich der Boden unter ihnen auftut. Jetzt, da er wiedergekehrt zu sein scheint, hat er nur umso größere Macht als zuvor. Denn kaum jemand wird sich gegen ihn wehren. Die Angst ist zu groß. *Wir* haben sie groß werden lassen.“

Helena brannte eine Frage auf den Lippen, die sie sich nicht länger verkneifen konnte: „Die schwarzen Reiter, die Häscher, wie Ihr sie nennt, verfolgen mich seit meiner Ankunft hier. Warum?”

„Weil er dich fürchtet, mein Kind.” Murimirs Augen schauten ernst. Helena lachte trocken auf.

„Verzeiht, aber das glaube ich nicht. Ich meine, seht mich doch an: Ich bin nur ein Erdenkind ohne… irgendwas. Warum sollte er mich fürchten?”

Murimirs Stimme klang entschlossen, als sie sagte: „Es ist an der Zeit, Torak endgültig Einhalt zu gebieten, das Gleichgewicht wieder herzustellen. Und du bist diejenige, die es vollbringen wird.”

Helena schwieg und schüttelte heftig den Kopf. Erneut spürte sie, wie Panik in ihr hochstieg. Ich will das nicht hören, dachte sie. Ich will es nicht. Kann das bitte jemand stoppen? Mich wecken? Machen, dass es aufhört?

„Nein, das kann ich nicht. Es ist unmöglich, dass ich gegen einen solch mächtigen Zauberer…”

Murimir lächelte, hob die Hand um sie zum Schweigen zu bringen und zeigte dann mit dem Finger auf die Statue über sich.

„Denk an das Mädchen, das Torak einst mit Liebe und Mut besiegte. Liebe und Mut. Das sind deine Waffen, Helena. Und ich habe meine Gründe zu glauben, dass du auserwählt bist für diese Aufgabe."

Helena folgte ihrem Finger mit den Augen und stutzte. Dass ihr das nicht schon früher aufgefallen war! Die Figur glich ihr aufs Haar, hatte ihre Gesichtszüge, Nase, Mund, Augen. Helena war vor Verblüffung nicht fähig, etwas zu sagen.

„Sie sieht aus wie du, nicht?"

Murimir war aufgestanden, um etwas in den Reihen der Bücher zu suchen. In Helenas Kopf purzelte alles durcheinander, noch immer fassungslos starrte sie die Statue an.

Die alte Frau murmelte Unverständliches vor sich hin, während sie mit dem Finger im Vorbeigehen über die Buchrücken glitt. An einem dicken, unscheinbaren Buch stoppte sie und zog es aus dem Regal. Kein Titel war auf den Einband geprägt, nur eine Mondsichel prangte golden in seiner Mitte. Murimir schien nach einer ganz bestimmten Seite zu suchen, schließlich schlug sie das Buch ganz auf und setzte sich auf eine der vielen kleinen Trittleitern, die vor den Regalen standen. Sie winkte Helena heran.

„Dies ist das Buch der Prophezeiungen. Und eine von ihnen besagt, dass eines Tages ein Mädchen kommen wird, das Torak erneut besiegen und Yuhr seinen Frieden wiederbringen wird. Nur sie hat die Kraft, das Licht von Saradian erneut leuchten zu lassen."

Sie begann zu lesen.

„Wenn Schwärze den Mond umhüllt und der Tag zur Nacht wird, wenn der Schatten seine Hände ausstreckt, wird die

Dunkelheit das Licht vertreiben. Doch ein Kind wird wiederkehren, mondgeboren. Nicht von dieser und nicht von jener Welt. Mit bedingungsloser Liebe wird es den Morgen dämmern lassen und die Träume werden auferstehen."

Murimir klappte das Buch mit einem lauten Geräusch zu.

„Zweifelst du noch, Helena?" Sie deutete erst auf die Statue, dann auf das Buch. „Es ist deine Bestimmung."

Ein Kind nicht von dieser und nicht von jener Welt. Nirgends zuhause. Mondgeboren. Helena betrachtete ihre Handfläche und den Sichelmond, der sich darauf befand. Sie fühlte sich, als ob ihr Schicksal eine Entscheidung für sie getroffen hatte, die sie nicht beeinflussen konnte.

„Was erwartet Ihr nun von mir?" flüsterte sie leise.

Murimir sah ihr die Verzweiflung an. „Sich auf dieses Abenteuer einzulassen, bedeutet große Gefahr und erfordert viel Mut. Du musst… ", sie stockte kurz, „…du musst den Herzkristall wiederfinden. Nur er kann Saradian zum Leuchten bringen und Toraks Zauber brechen."

Helena war voller Angst. Und dennoch fühlte sie, tief in sich, plötzlich eine Entschlossenheit wie nie zuvor. Sie blickte Murimir an. „Meine Träume bedeuten mir alles. Ich habe hier Freunde gefunden, eine Familie, ein Leben. Yuhr ist genauso meine Heimat wie die Erde, und wenn diese Welt bedroht wird, werde ich tun was ich kann, um sie zu schützen."

Murimir lächelte stolz, doch ihre Augen blickten sorgenvoll dabei. „Du musst jedoch noch etwas wissen: Die Prophezeiung besagt noch mehr." Sie schlug das Buch erneut auf und las weiter.

„Doch noch am Tage des Lichts, wenn der Schatten vertrieben wird, wird er den Mond mit sich reißen. So muss er schließlich für immer in seine wahre Welt zurückkehren."

Murimir klappte den Deckel des Buches endgültig zu, sein

lautes Geräusch war das einzige, das die Stille durchbrach. Helena war erstarrt: Sollte das heißen, dass der Preis für einen Sieg über Torak bedeutete, dass sie nie mehr träumen würde? Yonan und Ux niemals wiedersehen konnte? Tränen stiegen ihr in die Augen, sie war noch blasser als sonst. Helena fühlte eine Hand, die sich auf ihre Schulter legte. Sie hob den Kopf und blickte in Murimirs Augen. Sie waren genauso grün wie die ihren, bemerkte sie erstaunt. Ihre Stimme zitterte, so sehr sie sich auch bemühte, tapfer zu klingen.

„Ich werde alles tun, was ich kann, um Yuhr zu beschützen. Und wenn es auch bedeuten sollte, dass ich nie wieder hierher zurückkehren kann."

Murimir nahm die Hand von ihrer Schulter. „Ich hatte gehofft, dass du dich so entscheidest, Kind. Du wirst alles erfahren, was nötig ist. Der Junge, der mit dir gekommen ist, Yonan, wird dir helfen dich vorzubereiten. Wir haben keine Zeit zu verlieren."

Die alte Frau wollte aufstehen, doch Helena hielt sie mit sanftem Griff zurück. „Das reicht mir nicht, ich muss mehr wissen. Wie kann ich Torak besiegen? Wo finde ich diesen Herzkristall? Warum ist er nicht hier, in Saradian?"

Murimir schien in sich zusammenzusacken, so als habe sie diese Fragen befürchtet. Sie setzte sich wieder, wandte sich aber von Helena ab und schaute, während sie sprach, immerzu die Statue an. „So viele Fragen… und die Antworten werden dir nicht gefallen." Es schien, als wolle sie das, was nun folgte, nicht aussprechen. „Das Licht, in dem Saradian erstrahlte und das Torak besiegte, trug den Zauber des Herzkristalls in sich. Es erzeugte eine Welle der Liebe und des Mitgefühls, die Toraks dunkle Macht vernichten und seinen Zauber brechen konnte. Wir müssen dieses Licht wieder erstrahlen lassen. Doch der Herzkristall ist verschwunden", sie senkte den Kopf, „und zwar durch meine Schuld.“ Ein Beben ging durch ihren Körper, wie ein stummes Schluchzen.

„Ich habe zugelassen, dass der Stein Saradian verlassen konnte. Er verschwand gemeinsam mit meinem Sohn.”

„Ihr habt einen Sohn?” Helena wusste nicht, warum sie das verwunderte. Irgendwie war es für sie nicht vorstellbar, dass Murimir einmal jung gewesen war. Murimir nickte.

„Nathané, so hieß mein Sohn, verließ mich und diese Stadt voller Wut und nahm den Stein mit sich. Ihm als meinem Sohn war auch meine Nachfolge bestimmt. Und damit nicht nur, Hüter dieses Saales und seiner Bücher zu sein, sondern auch der Träger des Kristalls, sein Beschützer auf Lebenszeit. Diese Aufgabe wurde in meiner Familie weitergegeben, von Generation zu Generation. Wir sind die Nachkommen des Mädchens, das ihr Herz für Asketan gegeben hat. Sie war meine Urgroßmutter.“

Murimir fiel es sichtlich schwer weiterzuerzählen. „Aber Nathané war jung und ungestüm, er hatte sich gerade verliebt in ein junges Mädchen. Sie war ein Erdenkind, eine Weltengängerin, die in jeder Nacht in ihren Träumen zu uns kam, so wie du. Sie entschied sich, für immer in Yuhr zu bleiben, ihren irdischen Körper für meinen Sohn aufzugeben, so sehr liebte sie ihn. Ich jedoch fürchtete seine Verbindung mit einem Mädchen aus deiner Welt. Was, wenn dies die Reihe der Steinträger beenden würde? Wenn seine Kinder nicht mehr die Macht haben würden, den Kristall zu beschützen – und ihn zu nutzen, sollte es eines Tages nötig werden? Schließlich war er mein einziges Kind. Wir stritten uns furchtbar in dieser Nacht. Nathané wollte nicht mehr der Hüter Saradians sein, wollte hier nicht bleiben, wenn ich seine Liebe ablehnte.“

Ihre Augen wurden feucht, ihre Stimme zitterte. „Wir trennten uns im Streit und am nächsten Morgen war er fort, fort mit ihr. So wie auch der Herzkristall. Er nahm ihn mit sich und das Gefäß aus Licht, das Toraks Schatten hier im Kuppelsaal gefangen hielt, lag am Boden, war erloschen - und leer. Ich hatte große Angst, sagte es niemanden, ich schämte mich zu sehr dafür, was wir beide angerichtet hatten in unserer Wut." Sie schwieg einen Moment, schien sich sammeln zu müssen. „Ich erfuhr schließlich, dass mein Sohn sich mit seiner Frau im Westen von Yuhr niedergelassen hatte, an der Grenze von Asketan, am Tyrannischen Meer. Er schrieb mir, dass er glücklich sei und sie ein Kind erwarte.

Doch eines Tages kam er wohl nicht nach Hause zurück. Seine Frau suchte ihn tagelang, aber ohne Erfolg, er war spurlos verschwunden. Sie war verzweifelt und wandte sich in ihrer Not an die Frau, die ihren Mann von sich gestoßen hatte und sie selbst ablehnte, an die einzige Verbindung, die sie noch zu ihm hatte: an mich. Sie kehrte auf einer beschwerlichen Reise alleine zurück nach Saradian und brachte dort am Tag des Dunkelmondes ihre Tochter zur Welt. Das Kind trug ein auffälliges Mal auf der Haut, eine große, helle Sichel. Erst in diesem Moment verstand ich die Prophezeiung. Mir war sofort klar, welche Bedeutung dieses winzige Wesen in meinen Armen haben würde und ich schwor, es für immer zu beschützen."

In Helena keimte eine Ahnung auf. Bedeutete das etwa…? Das konnte nicht wahr sein.

Murimir schien ihre Gedanken gelesen zu haben, denn sie nahm zärtlich Helenas Gesicht in ihre runzligen Hände.

„Ja, das warst du, Helena. Du warst dieses mondgeborene Kind. Du bist meine Enkelin und mein Sohn war dein Vater. Du bist ein Kind beider Welten. Ich gab dir ihren Namen, als Andenken an sie: Helena. "

Helena war nicht fähig, etwas zu sagen oder sich auch nur zu rühren. Ihr ganzer Körper war wie erstarrt. „Was ist mit meiner

Mutter geschehen?" presste sie schließlich hervor.

Murimir ließ Helenas Gesicht los. „Sie starb kurz nach deiner Geburt. Ich konnte ihr nicht mehr helfen. Eine weitere Schuld, die ich auf mich geladen habe."

Helena schluckte. Tränen schossen ihr in die Augen, liefen ihre Wangen hinunter und machten es ihr unmöglich, klar zu sehen. Sie wischte sie nicht weg.

„Eines Nachts, nur ein paar Wochen später, kamen die Häscher Toraks im Traum zu mir. Sie griffen nach dir und versuchten, dich aus meinen Armen zu reißen. Da wusste ich, was geschehen war. Er war es, der deinen Vater ermordet hatte und nun war er auf der Suche nach dir, um auch dich auszulöschen. Um zu verhindern, dass jemand ihm im Weg steht, wenn er endgültig die Herrschaft über Yuhr an sich reißen würde. Schweren Herzens entschied ich mich, dich an einen Ort zu bringen, an dem er dich sicher nicht suchen würde. In die Welt deiner Mutter, auf die Erde, Helena. Verzeih mir."

Helenas Stimme zitterte vor Wut und Enttäuschung, als sie fragte: „Ich hatte all die Jahre eine Familie? Ein Zuhause? Ich hätte hier bei Euch sein können, bei meiner Großmutter?"

Murimirs Stimme klang brüchig, als sie antwortete. „Es war der einzige Weg, dich vor ihm zu schützen, so glaubte ich zumindest. Ich schwöre dir, ich habe immer über dich gewacht, in all der Zeit. Und welches Glück war es, als du schon bald in deinen Träumen den Weg zurück nach Asketan gefunden hattest. So konnte ich dich ein wenig in meiner Nähe haben. Ux half mir, er sorgte für dich und beschützte dich." Bevor Helena etwas sagen konnte, winkte sie beruhigend ab. „Er wusste nicht um dein Geheimnis. Er ist ein alter Freund, ein guter Freund. Ich bat ihn darum, ein Auge auf dich zu haben, und er berichtete mir regelmäßig von dir. So konnte ich ein wenig Teil haben an deinem Leben. Und ich war geduldig. Denn ich wusste, unsere Zeit würde kommen und wir wären wieder vereint. Wenn wir beide bereit wären.“

Bereit? Helena fühlte sich alles andere als bereit. Millionen Gedanken strömten durch ihren Kopf, durcheinander, ein Wirrwarr aus Wut, Angst und Freude. „Was ist mit dem Herzkristall geschehen? Was hat mein Vater mit ihm gemacht?“

„Nathané hatte ihn deiner Mutter geschenkt und sie trug ihn immer bei sich, auch auf ihrer Flucht. Doch er ging verloren oder wurde ihr genommen. Ich weiß es nicht genau. Sie konnte kaum noch sprechen, als sie in Saradian ankam, war sehr schwach. Sie flüsterte im Fieber von Nedevarn, dem Gebirge ohne Wiederkehr, weit im Norden, an der Grenze zum Verbotenen Land. Dort hatte sie Hilfe gefunden, bei einem Mann, einem Bergbauern. Dann muss etwas mit ihr geschehen sein. Sie floh alleine weiter, bis nach Saradian. Es ist ein langer, beschwerlicher Weg und ein Wunder, dass sie es überhaupt bis hierher geschafft hat. Du hast deine Beharrlichkeit und Willenskraft wohl von ihr.“ Murimir lächelte, wurde dann aber sogleich wieder ernst.

„Dort, in Schnee und Eis, werdet ihr nach dem Herzkristall suchen. Es ist die einzige Spur, die wir haben.”

KAPITEL IV – VOR DEM HOHEN RAT

Nicht alle Prophezeiungen sind eingetroffen. Vielleicht hat man sich damals einfach geirrt."

Ux, Yonan und Helena saßen zusammen in Helenas Zimmer. Nachdem sich das Chaos in ihrem Kopf gelegt hatte, sah sie ihrem Schicksal eher gefasst entgegen. Ux dagegen konnte sich nicht beruhigen. Er lief im Zimmer auf und ab, stetig den Kopf schüttelnd, die Arme hinter dem Rücken verschränkt und schimpfte auf Murimir, die auch ihn hintergangen hatte. Yonan saß im Schneidersitz auf Helenas Bett. Eine tiefe Traurigkeit erfüllte ihn: Er durfte sie einfach nicht verlieren. Darauf waren sie alle nicht vorbereitet gewesen.

„Und wie geht es jetzt weiter?", fragte Yonan vorsichtig.

„Murimir hat uns gebeten, heute Mittag mit ihr zu essen, damit wir alles besprechen können. Ux, jetzt setz dich hin, du machst mich ganz nervös."

Ux gestikulierte hysterisch mit den Armen.

„Ich mache dich nervös? Helena, ich bitte dich. Du hast eben erfahren, dass Murimir deine Großmutter ist, dass Torak, der dunkle Zauberer, vermutlich deinen Vater umgebracht hat und dass du irgendwo in der eisigen Bergwelt Nedevarns nach einem verschollenen Stein suchen sollst und ich mache dich nervös?"

Er lachte so schallend, dass es Helena in den Ohren wehtat.

„Deinen Humor möchte ich haben."

Helena zuckte mit den Schultern und bedachte Ux mit einem spöttischen Blick. „Ich habe außerdem erfahren, dass ein gewisser Unterirdischer mich mein ganzes Leben lang angelogen hat." Sie konnte sich die Bemerkung einfach nicht verkneifen. Ux wich ihrem Blick aus und senkte den Kopf. Doch Helena beruhigte ihn und umarmte ihn fest. Sie war nicht böse. Ihm nicht. „Ux, was ich sagen will: Ich kann es nicht ändern. Ich werde nicht meine Träume gegen eine ganze Welt aufwiegen. Das wäre nicht fair, das könnte ich niemals. Nein, mein Entschluss steht fest, ich werde, nein, ich muss den Kampf aufnehmen. Und ich bin sicher, dass ihr beide in meiner Situation ebenso gehandelt hättet. Mir bleibt einfach keine Wahl." Da niemand etwas erwiderte, fuhr Helena trotzig fort. „Ich werde diesen verdammten Stein finden und ihn zurück nach Saradian bringen. Und ihr zwei werdet mir gefälligst dabei helfen."

Nerxus hatte sie abgeholt und zu Murimir gebracht. Nun standen sie vor einer großen, schweren Tür und es roch verlockend nach Essen. Helena bemerkte errötend dass ihr Magen hörbar knurrte. Die Tür wurde geöffnet und sie betraten ein schlicht eingerichtetes Esszimmer. Ein langer Tisch stand in der Mitte des Raumes, auf ihm befanden sich die herrlichsten Speisen und Getränke. Am Kopfende des Tisches saß Murimir, die sich nun erhob.

„Kommt näher und bedient euch."

Sie begrüßte die Anwesenden freundlich. Murimir und Ux wechselten einen vielsagenden Blick, ihre Hände verharrten lange ineinander. „Willkommen in Saradian, alter Freund. Wie schön, auch dich zu sehen. Ich hoffe nur, die Reise war nicht zu unangenehm.”

„Wie man es nimmt, Murimir“, brummte Ux und dachte an die Schmerzen vom Reiten in seinem ganzen Körper zurück. „Wie ich sehe, hat sich Saradian nicht sehr verändert.”

„Auf den ersten Blick mag das stimmen, aber der zweite Blick macht mir etwas Sorgen. Nun lasst uns beginnen, ihr müsst hungrig sein.” Sie nahmen Platz und begannen zu essen. Helena fiel auf, dass Murimir so gut wie gar nichts zu sich nahm, sie schien unruhig zu sein und auf eine günstige Gelegenheit zu warten, etwas loszuwerden. Schließlich, sie waren bereits beim Nachtisch angelangt, einer Süßspeise, die nach Vanille, Zimt und allerlei anderen Gewürzen schmeckte, rückte sie mit der Sprache heraus. Die alte Frau wandte sich an Ux und Yonan.

„Helena wird euch sicher schon alles erzählt haben.“ Helena zuckte leicht zusammen, als sie ihren Namen hörte. Ux und Yonan nickten zustimmend.

„Dann bedarf es zumindest dazu wohl keiner weiteren Erklärung. Wir müssen Gefährten für euch finden, die euch schützen, denn euch werden auf dem Weg viele Schwierigkeiten begegnen. Torak wird unter allen Umständen versuchen, euch aufzuhalten. Außerdem”, sie seufzte, „gibt es noch ein weiteres Problem. Der Hohe Rat weigert sich, den Ernst der Lage zu begreifen, das ist das erste Mal, dass ich ihn so stur erlebe. Ohne die Zustimmung des Rates würde ich dich nur ungern gehen lassen, Helena. Nur, wenn es wirklich nicht anders geht. Seine Zustimmung zu eurer Reise wird euch viel Unterstützung bei den Völkern versichern, denen ihr auf eurem Weg begegnen werdet.”

Helena schluckte den Rest des Nachtisches schnell herunter.

„Verzeiht mir die Frage, Murimir, aber was ist der Hohe Rat?"

Murimir lächelte sie an. „Der Rat tagt heute Nachmittag. Begleite mich, dann wirst du es selbst sehen."

Helena nickte und griff über den Tisch nach einer Frucht, die fremd aussah und die sie kosten wollte. Murimirs Blick fiel auf ihre Hand mit dem Mondmal und sie erstarrte.

„Was ist das? Was ist dir passiert?"

Helenas Hand zuckte zurück. Sie hatte es fast vergessen.

„Ich bin nicht sicher. Eines Nachts während unseres Rittes nach Saradian kamen die Häscher im Traum zu mir, so wie zu Euch damals, nach meiner Geburt. Seitdem ist dieser Fleck da. Wisst Ihr, was er zu bedeuten hat?"

Murimir stand auf, nahm Helenas Hand, drehte sie und besah sich die Innenfläche genau. Sorgenvoll legte sie die Stirn in Falten. „Das ist nicht gut, nicht gut. Er hat dich gezeichnet." Sie musterte Helena kritisch. „Ist es größer geworden?"

Helena schüttelte zögernd den Kopf. „Ich glaube nicht."

Murimir nahm Helenas Hand. „Wenn Schwärze den Mond umhüllt und der Tag zur Nacht wird, wenn der Schatten seine Hände ausstreckt, wird die Dunkelheit das Licht vertreiben", murmelte sie, die Worte der Prophezeiung wiederholend. „Es ist wie eine Uhr, die abläuft, Helena." Beschwörend schaute sie alle drei Gefährten an. „Vergesst den Nachtisch. Es ist Zeit zu handeln. Wir wissen nicht, wie lange uns noch bleibt."

Die Ratshalle lag auf dem Inselteil der Stadt, dort, wo auch der Lichtturm stand. Sie hätten bequem mit einem der vielen kleinen Boote übersetzen können, die die Bewohner Saradians stetig zwischen den Stadtteilen hin und her brachten, aber Helena war neugierig auf Unterwasserstadt, den Teil Saradians, der mitten im See lag und von den Wasserwesen bewohnt wurde. So hatte sie Murimir gebeten, einen anderen Weg zu wählen. Sie gingen durch verwinkelte kleine Gässchen, vorbei an Häusern und Plätzen, auf denen die Stadtbewohner ihren täglichen Geschäften nachgingen. Auf den Märkten herrschte buntes Treiben, in den kühlen, schattigen Seitenstraßen hingegen war es eher ruhig. Saradian war eine vielfältige Stadt, es stimmte auch heute noch, dass sie alle Völker Yuhrs friedlich vereinte. Helena bekam ihren Mund kaum zu, sie sah Gestalten, die sie sich in ihren kühnsten Träumen nicht hätte ausdenken können. Es waren viel zu viele Eindrücke für eine so kurze Zeit.

Sie näherten sich einem flachen Gebäude. Die Menschenmenge hatte sich hier etwas zerstreut, außer dem ständigen, weit entfernten Rauschen der vielen Wasserfälle, die die Stadt umgaben, drang kaum ein Geräusch hierher. Murimir schritt auf den Eingang zu, seine Pforte war geöffnet. Sie traten von der mittäglichen Helligkeit in ein mattes Dämmerlicht. Erst langsam gewöhnten sich Helenas Augen daran und sie konnte etwas erkennen. Beklommenheit ergriff sie, als sie hinter Murimir durch den Gang schritt. Der Weg schlängelte sich bergab in die Tiefe. Zuerst waren Wände, Decken und Boden noch aus hellen Steinen, doch schon bald bemerkte Helena eine Veränderung. Der Boden wurde glatter und ebenmäßiger, schließlich war überhaupt keine Struktur mehr zu erkennen. Der Tunnel ähnelte nun dem milchigen Material, aus dem auch die Stadtmauern bestanden.

Helena hörte ein lautes Gurgeln und Rauschen. Sie war beunruhigt. „Was ist das?"

Ux, der direkt neben Helena lief, antwortete: „Keine Angst. Das ist nur der große Wasserfall."

Das fahle Licht ging nun langsam in einen milden Grünton über. Dann, plötzlich, wurde es gleißend hell. Helena entwich ein überraschter Ausruf. Sie befanden sich nun tief unter

Wasser, man konnte die Oberfläche nur durch die einfallenden Lichtstrahlen erahnen. Es herrschte eine seltsame Stille, das Rauschen des Wasserfalls war verstummt. Der Tunnel schien aus Glas zu bestehen, sie glaubte, sich direkt im Wasser zu befinden. Helena wagte kaum, die Wand mit den Händen zu berühren, sie befürchtete, dass dort nichts wäre zwischen ihr und der schier unendlichen Tiefe. Als ob hier täglich eine riesige Putzkolonne alles Glas strahlend saubermachen würde, dachte sie staunend. Und im selben Moment bestätigte sich ihr Gedanke auf erstaunliche Weise. An der Außenseite der Glaswand glitt ein riesiger Fisch vorbei, der sich mit seinem Mund an der Scheibe festgesaugt hatte. Er putzte tatsächlich die Scheiben. Das Glas, das er schon hinter sich hatte, glänzte vor Sauberkeit. Murimir lachte über Helenas erstauntes Gesicht. „Das ist ein Putzerfisch, Helena. Er gehört zum großen Schwarm an Fischen, die im See leben und die Scheiben und Häuser unter Wasser von außen in Ordnung halten. Das ist ihre Aufgabe hier. Und eine sehr wichtige."

Putzerfische! Helena schüttelte fassungslos den Kopf. Im Heim stand im Gemeinschaftsraum ein Aquarium mit einigen Fischen und Pflanzen darin und einem künstlichen Wrack aus Plastik am Boden. Es war nichts besonderes, aber sie hatte es immer gemocht, sich davor zu setzen und den Tieren zuzusehen. Es hatte sie beruhigt, irgendwie. Sie erinnerte sich, dass dort auch kleine Putzerfische lebten, winzige Wesen, gerade so groß wie ein Daumennagel. Dieses Exemplar hier jedoch war größer als zwei erwachsene Männer.

Der Putzerfisch schwamm fort, seine Arbeit erledigen, und sie liefen weiter. Der Gang teilte sich nun in viele Abzweigungen, die zu den verschiedenen Wohnsiedlungen von Unterwasserstadt führten. Die Sicht war klar und in einiger Entfernung konnte man eine große Anzahl Häuser erkennen.

Der Boden des Sees war sandig, riesige Pflanzen wuchsen auf dem Grund und schlängelten sich in dichten Wäldern Richtung Wasseroberfläche. Delfinähnliche Wesen tummelten sich im Wasser und als Helena genauer hinsah, erkannte sie, dass auch Menschen mit den Tieren schwammen. Nein, Menschen waren es eigentlich nicht. Helena erkannte Kiemen und fast durchsichtige Schwimmhäute an Händen und Füßen. Ihre Haare waren leuchtend grün oder rot, ihre Körper bedeckte ein goldener Schimmer. Eines der Delfintiere löste sich aus dem Getümmel und schwamm auf den Tunnel zu. Es schien sie bemerkt zu haben, kam näher und umkreiste den gläsernen Gang, wie um sie zum Spielen aufzufordern. Dann gab es auf und schwamm wieder davon. Die Häuser reflektierten das Sonnenlicht und schienen mit kleinen grün und golden glitzernden Sternen geschmückt zu sein. Was wohl geschehen würde, wenn kein Licht mehr nach hier unten drang? Helena erschauderte bei dem Gedanken.

„Was sind das für Wesen dort, Murimir?"

„Oh, diese dort hinten? Das sind die Wassermenschen, denen Unterwasserstadt gehört. Sie sind wie wir, nur dass sie an Land und im Wasser atmen können, es sind also Amphibien. Sie brauchen das Wasser, um zu überleben. Du musst wissen, es gibt viele Arten von Menschenähnlichen in Yuhr. Es gibt die Widen, die Waldläufer, denen dein Freund Yonan angehört und die die Sprache der Pflanzen und Elemente beherrschen. Dann gibt es wirklich sehr viele verschiedene Elfenstämme, desweiteren die Bergleute, die selbst auf den höchsten Gipfeln noch atmen können, die Sandreiter, die Kinder des Steppenwindes, die Trolle und Riesen, die Sumpfwesen und viele, viele andere."

Helena nickte, fragte aber gleich neugierig weiter. „Und was ist mit den Wänden? Wie hält das Glas dem Wasserdruck hier unten stand?"

Murimir klopfte gegen die Scheibe. „Das ist kein Glas, das ist Lichtstein. Er ist durch so gut wie nichts zu zerstören. Jedenfalls nicht durch menschliche Kraft." Ihr Gesicht verfinsterte sich. „Es gibt wohl keinen Ort an dem man nicht an Torak denken muss, nicht wahr?"

Auf der Insel waren die Häuser einfacher und nicht so reich an Verzierungen wie in Felsenstadt. Alles wirkte aufgeräumter, beherrschter, die Straßen waren ruhig, nicht so belebt und erfüllt von den Geräuschen lachender Kinder, feilschender Händler und sich gegenseitig überbietender Gaukler. Dennoch schien auch hier eine rege Beschäftigung zu herrschen, nichts stand still in Saradian, der Prächtigen. Ein einzelnes Bauwerk fiel Helena besonders auf, ein hoher Turm, genau in der Mitte der Insel, der jedes andere Gebäude der Stadt überragte. Der Turm war bis zur Spitze nur aus schlichtem, weiß gekalktem Stein, gekrönt wurde er von einer gläsernen Kuppel. Murimir bemerkte Helenas Blick. „Das ist der Lichtturm. Hier wurde der Herzkristall erschaffen und dort oben muss er wieder eingefügt werden, um seine ganze Kraft zu entfalten und sein Licht Torak entgegen zu schleudern."

Sie gingen auf ein rundes Gebäude zu. Der Wächter, der am Eingang stand, grüßte mit einer leichten Verbeugung und ließ sie ohne Worte passieren. Murimir ging langsam voran, man merkte ihr an, dass der lange Marsch durch den Tunnel ihr Mühe bereitet hatte und sie den Weg nur Helena zuliebe zu Fuß zurückgelegt hatte. Direkt hinter der Pforte lag der Sitzungssaal des Hohen Rates. Murimirs Rücken straffte sich, ruhig und beherrscht ging sie in den in den großen Raum. Sie wirkte plötzlich viel größer, als sie war. Eine Treppe führte zu einem kleinen Podest hinunter. Der Saal erinnerte Helena an ein Amphitheater, es gab keine Sitze, sondern im Halbkreis angelegte Stufen, auf denen sich die seltsamsten Gestalten tummelten. Auch einige Jugendliche und Kinder befanden sich darunter, genau wie Greise, junge Männer und Frauen. Es mussten etwa hundert Ratsmitglieder aus allen Teilen Yuhrs anwesend sein. Der Rat, so hatte Murimir ihr erklärt, war die höchste Instanz in Yuhr. Wichtige Entscheidungen wurden von ihm getroffen, Urteile verhängt oder Bitten angehört. Wer dringend Hilfe brauchte, fand sie hier.

Als Murimir auf das Podium zuschritt, breitete sich Stille aus, all das Gemurmel und Gerede flaute langsam ab und verstummte schließlich ganz. Helena zögerte, Murimir zu folgen, sie beschloss zu warten bis man sie rufen würde. Noch nie hatte sie so einer Versammlung beigewohnt, die Masse schüchterte sie ein. Einige der Wesen hatten sie jedoch bereits erblickt, erneut wurde geflüstert und getuschelt. Murimir hob beschwörend die Hände, die Menge beruhigte sich wieder. Dann begann sie zu sprechen.

„Kinder von Yuhr, Brüder und Schwestern. Ihr kennt den Grund, warum ich euch rufen ließ. Wieder einmal ist eine Zeit eingekehrt, in der Yuhr sich bewähren muss und in der wir alle zusammenstehen müssen. Wie ihr sicher schon gesehen habt, habe ich euch jemanden mitgebracht. Ich bin sicher, dass sie diejenige ist, auf die wir gewartet haben, auch wenn ich weiß, dass einige von euch noch zweifeln."

Lautes Raunen ertönte, es dauerte einen Moment, bis Murimir sich wieder Gehör verschaffen konnte.

„Ihr alle kennt die Prophezeiung, nun ist sie eingetroffen. Die Mondgeborene ist gekommen und die Zeit ist reif, um der Macht Toraks für alle Zeiten ein Ende zu bereiten. Ihre Aufgabe ist nicht leicht und wird ohne Hilfe nicht zu bewältigen sein. Deshalb bitte ich euch alle um euren Segen und eure Unterstützung. Helft ihr auf ihrem Weg, wann immer es in eurer Macht steht."

Murimir schwieg einen Moment, um ihre Worte wirken zu lassen, dann trat sie zurück. Dies war offensichtlich das Zeichen, dass jeder der wollte, sprechen konnte. Ein junges Mädchen mit dunklen Haaren, ein wenig älter als Helena, stand empört auf.

„Habt Dank für Eure Worte, Murimir. Ich habe jedoch Zweifel, dass die Prophezeiung sich hier und heute erfüllt. Torak ist nicht zurückgekehrt, uns droht keine Gefahr. Und wenn doch: Wer sind wir, dass wir die Hilfe von Fremden nötig haben? Wir kennen dieses Mädchen nicht. Sie ist ein Erdenkind und denen kann man nicht vertrauen. Nicht mehr. Sie sind dabei, ihre eigene Welt zu vernichten. Sie führen Kriege und zerstören ihre Natur. Sie haben das Träumen verlernt und uns verlassen. Wie könnt Ihr das Schicksal von Yuhr jemandem anvertrauen, dem wir nicht vertrauen können?"

Murimir machte eine beschwichtigende Handbewegung. „Ich vertraue ihr, Dana. Ihr seid jung und ungestüm und glaubt nicht, dass Euch oder uns irgend jemand besiegen könnte. Das ist einerseits gut, denn es macht Euch stark. Aber es macht Euch auch blind. Ihr wollt die Zeichen von Toraks Wiederkehr nicht sehen. Ihr glaubt den Berichten aus dem Norden nicht, dass die Dunkelheit dort wächst. Ihr seht nicht die Häscher, die mordend durch die Bergwälder ziehen. Niemand behauptet, dass die Mondgeborene in der Lage ist, ihre Aufgabe alleine zu erfüllen. Sie muss lernen. Sie braucht unsere Hilfe. Aber sie ist die Einzige, die die Fähigkeit hat, den Herzkristall zu finden und ihn zu benutzen.“ Sie wandte sich nun wieder an alle Zuhörenden. „Ich weiß, dass viele von Euch den Glauben an die Prophezeiungen verloren haben. Aber selbst, wenn alles nur eine Lüge ist. Selbst, wenn Torak uns gar nicht bedrohen sollte, wenn all die Vorfälle der letzten Wochen - der Dunkelmond, der immer öfter kommt, die Überfälle, die Unwetter, die schwarzen Reiter – einen anderen Grund haben: Was haben wir zu verlieren, wenn Helena es versucht? Warum sollten wir nicht wiederentdecken, wie groß die verbindende Kraft in uns allen ist?"

Das Mädchen, Murimir hatte es mit Dana angesprochen, setzte sich wütend und mit hochrotem Kopf wieder hin. Ein großes Wesen mit einer Menschengestalt und einem Kopf, der entfernt einem Elefanten ähnelte, stand auf. Seine Sprache war für Helena nicht zu verstehen, es klang wie Zischen und Gurgeln für sie. Yonan beugte sich zu ihr und übersetzte flüsternd: „Ich habe noch nie an die Prophezeiungen geglaubt, aber wir alle haben die Veränderung bemerkt. Es ist kälter geworden in Yuhr. Die Stürme und Gewitter kommen öfter, genau wie der Dunkelmond. Und auch wenn es womöglich nicht Torak ist, der uns bedroht: Irgendetwas ist es. Etwas Seltsames, Bedrohliches geschieht mit diesem Land. Sollte das Erdenkind die einzige sein, die uns helfen kann, warum dann nicht? Wollt Ihr denn alle eure Schwestern und Brüder leiden sehen, nur weil wir zu stolz waren, fremde Hilfe anzunehmen? Ich selbst habe sechs Kinder und ich werde alles tun, damit sie gesund und fröhlich bleiben. Ihr solltet Euch einmal aus Euren behüteten saradianischen Gemächern herausbemühen, Dana, damit auch ihr seht, dass etwas in Wandlung ist in Yuhr. Wir sollten uns beeilen es aufzuhalten, bevor es zu spät ist."

Das hatte gesessen. Dana errötete, senkte den Kopf und schwieg. An ihrem zugekniffenen Mund konnte man sehen, dass sie sich nur schwer beherrschen konnte. Helena hatte Angst davor gehabt, zum Rat zu sprechen, und noch immer war ihr unbehaglich, aber sie verspürte den Drang, nun selbst etwas zu sagen. „Verzeiht, wenn ich mich einmische", meldete sie sich etwas piepsig, einem plötzlichen Anflug von Mut folgend, und trat aus dem Schatten der Türe ins Licht. Ihr Herz klopfte bis zum Hals. Was zur Hölle tue ich hier, dachte sie, ich muss verrückt sein. Sie räusperte sich, versuchte, lauter zu sprechen. „Ich würde gerne etwas erklären."

Ein Raunen ging durch den Saal. Helena fühlte die Augen aller Anwesenden auf sich gerichtet. Sie sah gleichermaßen Misstrauen wie Neugierde in ihnen, zahlreiche Köpfe beugten sich flüsternd zueinander. Das ist sie. Schau, wie jung sie noch ist. Ob sie uns wohl beschützen können wird? Nein, ich glaube nicht, dass sie die Auserwählte ist. Helena versuchte nicht hinzuhören. Sie trat noch einige Schritte vor, in die Mitte des Raumes, nur eine Armlänge stand sie nun von Murimir entfernt. Langsam verstummten alle Geräusche im Saal. Helena begann zuerst stockend zu sprechen, fasste sich dann aber ein Herz und wurde schließlich immer ruhiger und sicherer. „Ihr alle kennt Torak aus den Märchen und Sagen, die ihr als Kinder erzählt bekamt, aus den Geschichten eurer Eltern oder Großeltern. Womöglich sind sogar einige unter euch, die zu seinen Zeiten gelebt haben, und sich erinnern können. Ich selbst lernte Yuhr als eine Welt des Friedens und der Freude kennen. Mein Leben lang habe ich hier in meinen Träumen nur glückliche Tage erfahren. Ich wusste nichts von der Angst und Grausamkeit, die dieses Land durchlebt hat. Bis Toraks Häscher mich verfolgten und meinen Freund, den Riesen Ubsala, töteten.

Diese Welt darf nicht zerstört werden. Ich würde genauso viel verlieren wie ihr: Geht Asketan unter, gibt es auch keine Zuflucht mehr für die träumenden Menschen aus meiner Welt. Wir müssen Torak um jeden Preis aufhalten."

Dana, dasselbe Mädchen, das vor einigen Minuten schon einmal gesprochen hatte, sprang auf. „Aber du meinst, Toraks

Macht zu kennen? Du, die du keine von uns bist, maßt dir an, uns in unserer eigenen Geschichte belehren zu wollen?"

Das Gesicht des Mädchens war nun nicht vor Scham, sondern von Zornesröte gefärbt. Helena blickte sie entschuldigend lächelnd an. „Nein, ich will euch nicht belehren. Ihr sollt nur wissen, dass ich diese Welt liebe, dass sie auch meine Heimat ist und mir nichts ferner liegt, als ihr zu schaden. Die Hälfte von mir ist genauso ein Kind Asketans wie ihr alle. Hoher Rat, wenn es mein Schicksal ist, Torak zu besiegen, dann werde ich es tun. Und es würde so viel leichter mit euer aller Segen. Denn ich werde Hilfe dabei brauchen." Sie holte noch einmal tief Luft, sah in die Gesichter des Rates, sah die noch immer wütende Dana. „Lasst nicht zu, dass der Zauber Yuhrs bald nur noch Erinnerung sein und in Dunkelheit versinken wird."

Sie nickte Murimir kurz zu, drehte sich um und verließ eilig den Ratssaal, hastete die Treppe hinunter an den Wärtern vorbei und stand schließlich im gleißenden Licht der Sonne. Sie hatte plötzlich ein ungeheures Verlangen nach frischer Luft. Ihr Herz schlug noch immer wie eine Trommel, ihr war speiübel. Im Hinausgehen hatte sie noch hören können, wie sich hinter ihr ein lautes Raunen erhob, hitzige Diskussionen begannen. Ob es etwas genutzt hatte, dass sie das Wort ergriffen hatte, würde nun die Abstimmung des Rates zeigen.

Sie ging noch ein paar Schritte weiter in eine dunkle, schattige Gasse, dort hielt sie an, lehnte sich an die Wand - und musste sich im gleichen Moment an die Mauer übergeben. Alle Anspannung fiel von ihr ab, sie atmete tief durch. Die Angst steckte ihr noch immer in den Knochen, sie hatte nie geglaubt, vor so vielen Zuhörern sprechen zu können. Ihre Hände waren verschwitzt und zitterten, ihr Kopf fühlte sich kalt und heiß zugleich an. Und doch hatte sie das Gefühl, etwas Schweres abgelegt zu haben, sie fühlte sich seltsam erleichtert. Eilige Schritte hallten durch die engen Gassen. Leise und unbemerkt zu bleiben, das war hier war praktisch unmöglich.

„Helena?" Es war Yonans Stimme. Helena antwortete nicht, sie hatte nicht das Bedürfnis nach Gesellschaft und blieb im Verborgenen stehen. „Da bist du ja, ich hab dich schon gesucht."

Zu spät. Yonan entging nichts, er hatte sie schon entdeckt. Er blinzelte und trat zu ihr in den Schatten.

„Das war großartig. Wirklich. Da drinnen ist die Hölle los. Sie streiten sich ziemlich heftig. Ein paar werden wohl nicht zu überzeugen sein, aber ich denke für die Abstimmung wird es reichen." Irritiert sah er sie an, sein Blick fiel auf das Erbrochene am Boden. „Was ist los, geht es dir nicht gut?"

Helena schluckte, sie spürte einen dicken Kloß im Hals. Unbeholfen zuckte sie mit den Schultern. „Ich weiß einfach nicht, ob ich lachen oder weinen soll."

„Lachen, Helena. Weinen kannst du, wenn es wirklich nötig ist. Jetzt noch nicht. Na, komm schon, du hast doch nach dieser Rede allen Grund, optimistisch zu sein."

Helena lachte trocken.

„Optimistisch? Warte, lass mich nachdenken: Ich habe erfahren, dass ich eine Großmutter habe, die mich als Säugling alleine im Heim zurückgelassen hat. Dass ich die Bürde einer Prophezeiung trage, von der ich nicht weiß, ob ich sie erfüllen kann, es aber alle von mir erwarten. Dass ich eine quasi aussichtslose Suche beginnen muss. Dass meine Mutter kurz nach meiner Geburt starb und mein Vater von dem Mann ermordet wurde, den ich nun besiegen soll. Oh, und warte, dass ich, selbst wenn ich das überlebe, niemals hierher nach Asketan zurückkehren darf. Hab ich noch irgendwas vergessen?"

Yonan hätte sich auf die Zunge beißen können. Er wusste

nicht, was er sagen sollte. Er hatte sich zu sehr über ihre Entschlossenheit im Ratssaal gefreut und dabei nicht bemerkt, wie schwer ihr das alles fiel. „Es tut mir leid, ich wollte nicht…"

Helena brachte ein gequältes Lächeln zustande. „Ist schon gut." Sie winkte ab. „Ich würde gerne zurück nach Felsenstadt, kommst du mit? Ich habe das Gefühl, hier nun nichts mehr ausrichten zu können."

Yonan nickte nur.

Eine ganze Weile liefen sie schweigend nebeneinander her.

Helena beendete schließlich die Stille. Noch immer hatte sie so viele Fragen. „Yonan, welche Rolle spielt Murimir? Ist sie die Herrscherin über Saradian, über ganz Asketan? Sie sieht so… ehrfurchtgebietend aus."

Yonan schüttelte den Kopf. „Sie ist die Hüterin, das ist etwas anderes."

Helena verstand nicht. „Hätte sie denn nicht einfach dem Hohen Rat befehlen können…?"

Yonan unterbrach sie. „Sie kann nicht befehlen, Helena. Sie kann nur bitten."

Helena war etwas verwirrt. „Also habt ihr gar keine Gesetze, Regeln, irgendetwas?"

„Doch, schon. Es gibt Regeln, die jedes Wesen einhalten muss, damit wir friedlich zusammenleben können. Und es gibt bestimmte Werte, die nicht verletzt werden dürfen. Wer diese Gebote bricht, kommt vor den Rat und über ihn wird geurteilt. Er wird dann die Bestrafung erfahren, die der Rat für gerecht hält. Aber nur die Dinge, die für die Beteiligten unlösbar scheinen, kommen vor den Rat, und es kommt selten vor, dass strenge Strafen ausgesprochen werden. Asketan ist ein friedliches Land. Wir sind trotz aller Konflikte miteinander aufEinigkeit aus. Wir respektieren einander." Er lächelte. „Wir sind mit deiner Welt wohl nicht zu vergleichen."

Helena verdrehte die Augen. Sie hatte nun wirklich oft genug gehört, wie unvollkommen die Welt war, in der sie aufgewachsen war. „Woher willst du denn mehr als das, was ich dir erzählt habe, über die Menschen in meiner Welt wissen, he?"

Yonan lachte auf. „Wir wissen mehr von euch, als du denkst. Früher einmal war der Weg in deine Welt offen für uns und viele haben sich hinüber gewagt. Drachen, Elfen, Feen, sprechende Tiere, Ungeheuer, Zauberer. Manchmal blieben sie nicht unentdeckt: Sie waren der Stoff, aus dem eure Märchen und Sagen entstanden sind. Aber mit der Zeit hat sich eure Welt verändert. Und was die Wesen aus Yuhr sahen, hat sie erschreckt. Sie hörten auf, in deine Welt zu wechseln. Nur noch sehr wenige Wesen tun das heute. Daher auch das Misstrauen im Hohen Rat gegen dich. Deine Welt genießt keinen besonders guten Ruf mehr. Und diejenigen, die sich nun weigern, dir zu vertrauen, fürchten wohl, dass du zu viel von ihr in dir trägst."

Sie liefen schweigend weiter. Helena war nachdenklich: Natürlich hatte sie schon lange die Unterschiede der beiden Welten bemerkt, sie waren schließlich offensichtlich. Die Magie und der Zauber von Yuhr standen in einem krassen Gegensatz zu Beton, Effizienz und Gewinnstreben auf der Erde. Sie bemitleidete ihre Mitmenschen, die so wenig für ihre Träume und ihre Fantasie übrig hatten. Ihre Welt hatte soviel von ihrer magischen Kraft verloren. Aber war dieser Ort denn überhaupt noch ihre Heimat? Gehörte sie denn nicht eigentlich schon lange ganz hierher, nach Asketan?

Helena lag auf ihrem Bett und streichelte den Bauch der sich genüsslich räkelnden Lillewill, als es heftig klopfte.

„Wer ist da?"

Ux öffnete die Tür, bevor er hereingebeten wurde, und trat an Helenas Bett.

„Du hast es geschafft, der Rat ist einverstanden. Wir reisen ab, sobald alle Vorbereitungen getroffen wurden. Außerdem haben sich einige Freiwillige gemeldet, die mit uns kommen und dir beistehen wollen. Wir haben die Unterstützung der Völker Yuhrs."

Helena brummelte eine unverständliche Antwort vor sich hin, das Gespräch mit Yonan lag ihr noch im Magen.

Ux spielte mit seiner Zunge, was kleine zischende Geräusche verursachte. Das tat er oft, wenn er nervös oder aufgeregt war. „Du musst trainieren, du hast lange nicht mehr mit dem Schwert gekämpft und es ist gut möglich, dass du mit deiner Ankunft hier auch diese Fähigkeit gänzlich verloren hast."

Helena war brummig. „Spielst du auf das Reiten an? Ich finde, ich bin ganz gut darin inzwischen."

Ux wischte ihre Antwort mit einer unwilligen Geste beiseite. „Die Reise wird gefährlich werden, es ist wichtig, dass du dich verteidigen kannst. Nimm das nicht auf die leichte Schulter. Ich werde mich darum kümmern, dass die Pferde versorgt sind und wir genug Proviant und Ausrüstung haben."

Helena schien Lillewill an der falschen Stelle gekrault zu haben, denn das Immerschläfermädchen biss sie sanft, aber unwillig in die Hand. „Au!" Helena schüttelte sie ab.

Ux ging im Zimmer auf und ab, etwas schien ihn zu beschäftigen. Helena rollte mit den Augen. „Willst du mir nicht endlich sagen, was los ist? Du rennst hier herum wie ein aufgescheuchtes Huhn."

Ux blieb stehen, als ob er plötzlich aus seinen Gedanken aufgewacht sei. Dann setzte er sich zu Helena auf die Bettkante und sah sie ernst an. „Ich kann euch nur bis zur Schneegrenze begleiten, Helena. Vielleicht noch nicht einmal so lange."

Helena zog überrascht die Augenbrauen hoch. Sie wollte etwas erwidern, aber Ux wehrte ab und fuhr fort. „Sieh mich doch an. Ich bin kein Warmblüter, wie du. Ich bin ein Unterirdischer. Ein Echsenmensch. Wenn es zu kalt wird, dann erstarre ich. Keine Sorge, ich werde dich bei deiner Suche begleiten, so lange ich kann. Aber irgendwann werde ich umkehren müssen."

Helena war sichtlich bestürzt. Sie hatte nicht angenommen, auf Ux verzichten zu müssen. Er war ihr immer ein Freund gewesen, ein weiser, väterlicher Ratgeber. Und er hatte all die Jahre gut auf sie acht gegeben.

„Ohne dich?" Ihre Mundwinkel sackten nach unten.

Ux zuckte hilflos mit den Schultern. Helena stöhnte und hielt sich das Kissen vors Gesicht. „Die ganze Sache macht mir immer weniger Spaß." Sie packte die empört quiekende Lillewill am Nacken und hielt sie hoch. „Kann ich wenigstens die hier mitnehmen, oder wird die dann auch irgendwann zum Eiszapfen?" Ux musste lachen.

„Ja, diese Sorte ist kälte-, eis- und wasserdicht." Er streichelte den Immerschläfer, der sich beleidigt von dieser Behandlung in Helenas Ärmel verkroch.

Yonans Schwert krachte heftig auf Helenas. Sie taumelte zurück, fing sich kurz vor dem Sturz wieder, fasste Fuß und schlug zurück. Sie parierte noch zwei, drei weitere Schläge, dann wusste sie, dass es vorbei war. Funken schlagend glitt die Klinge an Yonans Schwert herunter. Fast schien es, als ob er fallen würde, so dass Helenas Konzentration für nur ein paar Sekunden nachließ. Das wusste Yonan zu nutzen, sofort drehte er sich, schlug Helena das Schwert aus der Hand und brachte sie mit einem gezielten Tritt ins Hinterteil zu Fall. Sie landete mit dem Gesicht zur Erde.

„Du hast dich gebessert", lobte er sie.

„Ja, klar." Helena spuckte aus und hustete. „Zwei Kilo Sand

und Erde weniger im Mund als beim letzten Mal."

Yonan lachte: „Du gibst dich also geschlagen?"

„Davon träumst du wohl!", fauchte Helena und stand wieder auf den Beinen. Damit hatte wiederum Yonan nicht gerechnet. Er parierte ihre Schläge hektisch, es dauerte eine Weile, bis er sein Gleichgewicht wiederfand. Dann schlug er zurück. „Versuch dich zu erinnern. Ich weiß, dass du es kannst."

Helena konzentrierte sich, um all das hervorzuholen, was er ihr beigebracht hatte in all den Jahren. Doch es gelang ihr nicht wirklich, es war wie vergraben, irgendwo tief in ihr. Sie parierte noch ein paar Schläge, wich aus, täuschte einen Angriff vor. Sie bemerkte erst richtig, dass sie diesmal gewonnen hatte, als Yonan vor ihr auf dem Boden lag. Keuchend lag er auf dem Rücken und hob die Arme, um sich zu ergeben. Helena ließ sich lachend neben ihm ins Gras fallen. Er schnappte immer noch nach Luft.

„Du… lernst… wirklich… schnell!", keuchte er.

Helena musste schmunzeln. Sie wusste, dass er sie hatte gewinnen lassen, dafür kannte sie ihn zu gut, er wollte ihr damit Mut machen. Sie blinzelte in die Sonne und schloss die Augen, rot und warm schien das Licht durch ihre Augenlider hindurch. Helena hatte gehofft, dass alles über den Schwertkampf, was Yonan ihr einst beigebracht hatte, schneller wiederkommen würde. Dass sie sich erinnern würde. Yonan schien ihre Gedanken zu erraten.

„Hab Geduld", sagte er und zwinkerte ihr zu. „Es wird gelingen, das weiß ich. Beim Reiten hat es auch nicht lange gedauert."

Doch nicht nur die Technik, auch Ausdauer und Kraft fehlten ihr noch, Helena wusste das – und sie war wütend darüber, wollte ihren Freunden auf der Reise keine Last sein. Ihre Muskeln schienen erschlafft und sie musste sich anstrengen, das Schwert zu führen.

Sie lagen noch ein paar Minuten in der Sonne, dann raffte sich Yonan gähnend auf und schubste Helena an. „Komm, lass uns gehen. Ich glaube, das reicht für heute."

Auch Helena richtete sich auf.

Plötzlich durchfuhr sie ein stechender Schmerz, wie eine Nadel bohrte er sich durch ihre Stirn. Heiß, wütend, unausweichbar. Rote Punkte tanzten vor ihren Augen, erst wurde es gleißend hell, dann schwarz, sie sah nichts mehr um sich herum. Sie kannte diesen Schmerz. Sie hatte ihn gefühlt in der Nacht, als die Häscher das erste mal zu ihr gekommen waren.

Eine tonlose Stimme flüsterte in ihrem Kopf, raunte immer wieder dieselben Worte. Ich werde dich finden, Mondgeborene. Es gibt kein Entkommen für dich. Sie sah einen gesichtslosen Körper auf sich zurasen, nach ihr greifen, wie ein schwarzes Loch öffnete sich ein Mund und formte einen stummen Schrei. Spürst du, wie die Dunkelheit wächst in dir? Helena stöhnte laut auf und fiel wieder rücklings ins Gras.

„Was ist?" Yonan beugte sich über sie, er hatte sofort bemerkt, dass irgendetwas nicht stimmte. „Helena!", er schüttelte sie leicht an den Schultern.

Langsam ließ der Schmerz nach, sodass Helena Yonan wieder klar erkennen konnte. Der Schatten verschwand, die Stimme wurde leiser, bis sie schließlich ganz verstummt war. In Helenas Kopf pochte es.

„Es geht schon wieder. Mir war nur auf einmal so schwindlig, ich glaube ich habe zu viel in der Hitze trainiert. Es ist nichts weiter. Gib mir nur einen Moment."

Irgendetwas sagte ihr, dass es besser war, Yonan nicht zu beunruhigen. Sie wusste, wer in ihren Gedanken war. Es konnte nur ER sein.

Helena stand auf, schwankte erst ein wenig, fand aber ihr Gleichgewicht bald wieder. Yonan war besorgt. Er reichte ihr den ledernen Schlauch mit Wasser, den sie bei sich trugen. „Soll ich einem Arzt Bescheid sagen?"

Helena wehrte energisch ab. Sie trank mit gierigen Schlucken. Langsam, langsam wurde es besser. „Schon gut, ich sagte doch, es muss an der Sonne liegen. Ich brauchte nur etwas zu trinken und vielleicht gleich ein wenig Ruhe. Versprich mir, dass du niemandem etwas sagst, sie würden sich nur unnötig sorgen. Und ich kann nicht noch mehr Trubel vertragen."

Yonan zog die Augenbrauen hoch, nickte aber zögernd. Helena griff nach ihrem Schwert und gemeinsam gingen sie zurück nach Saradian, nichts von den beiden neugierigen Augen ahnend, die sie funkelnd aus dem Unterholz beobachteten.

Die Vorbereitungen für die Reise waren in vollem Gange. Yonan musterte Helena zwar gelegentlich mit sorgenvollen Blicken, aber er hielt sein Versprechen und sagte kein Wort mehr zu dem Vorfall. Es hatten sich einige Freiwillige als ihre Begleiter gemeldet, die Helena nun kennenlernen sollte. Murimir hatte es sich nicht nehmen lassen, alle Bewerber selbst auszuwählen. „Da seid ihr zwei ja", begrüßte sie Yonan und Helena, „alle warten nur noch auf euch."

Der Innenhof des Gebäudes, das sie betraten, war erfüllt vom Plätschern eines steinernen Brunnens und vielen, in prächtigen Farben blühenden Pflanzen. Der Hof war gesäumt von reich verzierten Säulengängen. Kolibris und Schmetterlinge flogen umher und saugten den Nektar der Blüten auf, es duftete nach Frühling. Paradiesisch, dachte Helena insgeheim. Sie spürte ein unbändiges Verlangen, einfach alles andere auszublenden und hier, in diesem Moment, zu verharren.

Die Freiwilligen hatten sich im Hof zusammengefunden und

warteten darauf, Helena, die Mondgeborene, kennen zu lernen.

Das Mädchen musterte jeden ihrer neuen Gefährten neugierig. Murimir stellte sie der Reihe nach vor: Da war Odit, ein Nomade aus der nördlichen Steppe Asketans, die sie auf ihrem Weg nach Nedevarn durchqueren würden. Braun gebrannt, das blonde Haar zu einem langen Zopf geflochten, hatte er ein gewinnendes Lächeln auf seinem Gesicht. Und da war Renoo, aus dem Volk der Dreierlei, die nicht Mann und nicht Frau und doch beides zugleich waren. Die Dreierlei entschieden sich erst als Erwachsene, als was sie von nun an leben würden. Renoo hatte gewählt, eine Frau zu sein. Sie war kräftig gebaut, hatte einen herzlichen Händedruck, ein Gesicht voller Sommersprossen und strahlte Helena an.

Helena war erfreut, auch Rudor, den Wächter, der sie am Stadttor aufgehalten und zu Murimir geführt hatte, unter ihren Begleitern zu sehen und nickte ihm freundlich zu. Ihr Blick verdüsterte sich jedoch, als sie auch Dana, das Mädchen aus der Ratssitzung unter den Freiwilligen entdeckte, schalt sich aber sogleich einen Dummkopf. Man soll nie jemanden nach dem ersten Eindruck beurteilen, sagte sie bei sich. Dennoch fragte sie sich, warum Murimir ausgerechnet Dana ausgewählt hatte.

„Wir werden also nun die Reise zusammen beginnen?", fragte Helena in die Runde.

Murimir nickte. „So wird es sein."

„Ich danke euch allen für euer Vertrauen in mich. Ich werde versuchen, es nicht zu enttäuschen." Ihre neuen Begleiter blickten ihr aufmunternd zu, manche neigten respektvoll den Kopf. Yonan ergriff das Wort.

„Lasst uns nun alles Nötige klären. Wir werden gleich morgen aufbrechen und… "

Yonan besprach mit ihren Begleitern die Reiseroute in Richtung Norden, zum Gebirge ohne Wiederkehr. Helena wusste, dass sie ebenfalls hätte zuhören sollen, war aber mit ihren Gedanken bereits weit, weit weg. Sie setzte sich auf den Brunnenrand in der Mitte des Hofes und kaute an einem Grashalm herum, Yonan beobachtend, der gerade eifrig auf Odit, den Nomaden, einredete.

„Die Zeit ist etwas Wunderbares, Fantastisches und manchmal Grausames zugleich. Sie kann heilen, aber auch verletzen, wenn man sie braucht, rennt sie davon, verwünscht man sie aber, kann man sicher sein, dass sie einen verfolgt."

Helena drehte sich um und blickte in das Gesicht von Murimir. „Du fühlst dich nicht wohl in deiner Haut, richtig? Bist ungeduldig. Und dennoch würdest du ihn gerne festhalten, diesen Moment, und nicht mehr loslassen."

Helena bekam immer mehr den Eindruck, dass Murimir ihre Gedanken lesen konnte. Die alte Frau setzte sich neben sie auf den Brunnenrand und blickte auf die Gruppe vor ihnen, die mit Yonan gemeinsam eine große Landkarte studierte. Murimir war nicht entgangen, dass Helenas Blick auf Dana ruhte. „Es ist wichtig, dass sie dabei ist, Helena. Um all die Zweifler im Hohen Rat zu beschwichtigen. Wenn du sie überzeugen kannst, kannst du alle überzeugen. Und ich kenne sie schon lange. Sie ist ungestüm und sehr von sich eingenommen, aber sie ist auch mutig und wird dir eine treue Begleiterin sein, da bin ich sicher. Gib ihr eine Chance." Murimir nickte Helena aufmunternd zu, dann ging sie zurück zu Yonan und seinen neuen Gefährten.

Helena dachte über Murimirs Worte nach. Oft hatte sie das Gefühl, dass ihre Großmutter – wie seltsam, es auszusprechen – mit ihr spielte, in Rätseln sprach, wie um sie zu testen. Sie bekam ein hohles Gefühl im Magen, wenn sie an die bevorstehende Reise dachte. Denn obwohl sie sich nach außen möglichst kühl und beherrscht gab, hatte sie eine gewaltige Angst vor dem, was auf sie wartete. Sie wusste, dass sie ihre

Entscheidung gefällt hatte, und dass diese die richtige gewesen war. Dennoch schien es ihr, als ob etwas Unheilvolles in ihr wuchs, etwas Dunkles, Gefährliches, das eine Welt erlösen, sie selbst aber womöglich vernichten würde. Helena bemerkte einen kleinen Käfer, der vom Rand des Brunnens heruntergefallen und auf dem Rücken gelandet war. Sie bot seinen sechs hilflos strampelnden Beinchen ihren Finger an. Dankbar klammerte sich das Tier daran fest, um dann, tief brummend, davonzufliegen.

Yonan bemerkte, dass Helena sich wieder einmal zurückgezogen hatte. „Sollte ich nicht vielleicht zu ihr hinüber gehen?", fragte er Murimir und deutete auf den sonnendurchfluteten Platz am Brunnen, an dem sie saß.

Murimir widersprach. „Nein, Yonan", sie legte ihre Hand auf seine Schulter, „lass ihr Zeit. Bedenke, dass die Prophezeiung ihr voraussagt, dass sie all das hier verlieren wird. Die Last dieser Bürde kannst du nicht für sie tragen."

Es war kurz vor Sonnenaufgang. Die Gruppe stand vor dem Stadttor, bereit zum Aufbruch. Die ganze Stadt schlief noch, nur vereinzelt klapperte Geschirr, rumpelte ein Wagen durch die Gassen oder waren Stimmen zu hören. Reiter und Tiere waren ungeduldig. Murimir nahm Helena beiseite.

„Du weißt, was du zu tun hast. Finde den Herzkristall und bring ihn zurück nach Saradian." Sie nahm Helenas Handgelenk und drehte sanft ihre Hand, bis sie den Mond darauf sah, mit dem hauchdünnen, schwarzen Sichel darauf. Einige unverständliche Worte murmelnd, strich sie sanft darüber, die Augen geschlossen. Dann ließ sie Helenas Hand los und sah ihr fest in die Augen.

„Es bleibt nicht viel Zeit. Nutze sie. Ich habe versucht, dir zu sagen, was du wissen musst, der Rest liegt nun bei dir. Du wirst

Schwierigkeiten gegenüberstehen, gegen die ich dich nicht wappnen kann. Doch vertraue immer auf deine Freunde und dein Herz, dann wirst du es schaffen. Ich glaube fest daran, und in Gedanken werde ich dich den ganzen Weg über begleiten." Dann drehte sie sich um und schritt wortlos ins Innere der Stadt, ohne sich auch nur einmal umzudrehen. Nur Ux warf sie noch einen kurzen Blick zu, dieser nickte ihr leicht, fast unmerklich zu, nur für einen guten Beobachter wahrnehmbar. Helena hätte zu gerne gewusst, ob die beiden vielleicht doch mehr verband, als sie zugaben.

Yonan hob die Hand und sie brachen auf. Langsam verstummten die Geräusche der erwachenden Stadt, schließlich verschwand sogar die Stadt selbst außer Sicht. Noch einmal drehte sich Helena um und wie zum Gruß leuchtete die Prächtige noch ein letztes Mal in der Sonne auf.

Die Suche hatte begonnen.

KAPITEL V – DIE REISE BEGINNT

Tautropfen hingen schwer an den Grashalmen, Vogelgezwitscher erfüllte die Luft und ein erdiger Geruch stieg von allem auf. Sie ritten nach Norden, dem Gebirge entgegen, dorthin, wo der Kristall verschwunden war. Eine andere Möglichkeit gab es nicht, ihnen blieb nur diese vage Hoffnung.

Die Pferdekörper dampften in der Kühle des Morgens. Odit, der sie diesen Teil des Weges führte, gab das Zeichen zum Angaloppieren. Helena schloss die Augen, der gleichmäßige Takt ihres Pferdes beruhigte sie und lenkte sie ab. Jeder war alleine mit seinen Gedanken, es wurde kaum ein Wort gesprochen, alle waren in aufgeregter Erwartung dessen, was auf sie zukommen würde.

In Renoo, der Dreierlei, war vor einigen Jahren die Reiselust geweckt worden, nichts hatte sie mehr zuhause gehalten. Sie hatte alles aufgegeben und sich auf den Weg nach Saradian gemacht, um dort ihr Glück zu suchen. Sie war eine zupackende Person mit einem ausgeprägten Sinn für Abenteuer. Als Rudor, der Wächter, beschloss, Helena zu begleiten, hatte Renoo dies als Wink des Schicksals empfunden und sich sofort gemeinsam mit ihm freiwillig gemeldet. Die beiden hatten sich vor vielen Monaten in Saradian kennen und schätzen gelernt – sie waren unzertrennlich und machten keinen Hehl daraus, dass sie sich mehr als mochten.

Odit, der große blonde Hüne, würde an ihrer Spitze reiten, bis sie sicher die Steppe durchquert hätten, die auf ihrem Weg lag. Odits Lippen umspielte auch an diesem Morgen ein Lächeln und er pfiff leise ein Lied, während er entspannt im Sattel saß und mit nur einer Hand die Zügel festhielt. Die Kinder des Steppenwindes, wie sein Volk sich nannte, wurden praktisch auf dem Pferderücken geboren, sagte Ux, der nun ebenfalls ein eigenes Pferd besaß, auf dem er sich dank eines sehr bequemen Sattels leidlich wohl fühlte. Yonan führte sein Pferd zur Sicherheit am Zügel neben Koshki.

Helena beobachtete Dana hin und wieder argwöhnisch. Die junge Frau war ausgesprochen hübsch, hatte lange schwarze Haare und eine wirklich makellose Haut, fand Helena mit einem Anflug von Neid. Ihr blieb nicht verborgen, dass auch Yonan Dana interessiert betrachtete. Helena blinzelte irritiert, ein seltsames Gefühl stieg in ihr auf, als sie seinen Blick auf ihr ruhen sah.

Dana musste sich beobachtet gefühlt haben, denn sie drehte sich plötzlich im Sattel um. Die Blicke der beiden Mädchen trafen sich und Dana zog spöttisch eine Augenbraue hoch. Helena beeilte sich, in eine andere Richtung zu schauen. Die Ablehnung zwischen ihnen schien fast greifbar zu sein.

Sie hatten die befestigten Straßen verlassen, die aus Saradian herausführten und bewegten sich nun über Wiesen und Trampelpfade voran. Fast unmerklich begann sich die Landschaft zu verändern. Sanfte Hügel und lichte Wäldchen gingen nur ein paar Stunden von der Stadt entfernt bereits über in eine flachere Gegend. Noch waren die Wiesen zwar grün und fruchtbar, Büsche und Bäume säumten ihren Weg, aber in wenigen Tagen würden sie endgültig die Steppe und ihre windigen, schier endlosen Weiten erreicht haben.

Grillen zirpten. Der Tag neigte sich dem Ende zu, die Gefährten rasteten auf einer kleinen Erhebung, die ihnen eine gute Sicht auf die Umgebung gewährte. Sie mussten auf alles vorbereitet sein, die Häscher Toraks konnten überall lauern. Ein Feuer brannte, es roch nach gebratenem Fleisch und Rauch. Yonan und Renoo hatten einige Kaninchen erlegt, die nun über der Glut brieten. Ux rollte die lederne Karte auseinander, die Murimir ihnen gegeben hatte, und winkte Helena zu sich heran. „Murimir sprach von einem Bergbauern in Nedevarn, tief im Gebirge, bei dem deine Mutter im Schneesturm Zuflucht gefunden hat, bevor sie ihren Weg alleine fortsetzte. Vielleicht kann der Bauer uns weiterhelfen. Womöglich hat er den Kristall sogar bei sich."

Yonan setzte sich zu den beiden und reichte Helena ein Stück Kaninchenfleisch. Er schien wenig begeistert: „Nedevarn ist riesig. Es wird nicht leicht, ihn dort zu finden."

Helena zuckte mit den Schultern. „Wir kennen die ungefähre Route, die meine Mutter genommen hat. Alles weitere werden wir sehen, wenn wir dort sind. Es ist die einzige Spur, die wir haben."

Yonan biss ein Stück Fleisch ab und sprach weiter, während er kaute. „Zuerst einmal müssen wir sicher in Nedevarn ankommen, das wird auch nicht einfach." Er fuhr mit dem Finger den Weg auf der Karte nach. „Wir müssen die Steppe durchqueren, dann den Elfenwald und schließlich die Schlucht der verlorenen Kinder. Erst dann sind wir in Nedevarn. Durch die Steppe wird uns Odit führen können, dann werden wir uns selbst helfen oder uns einen anderen ortskundigen Führer suchen müssen."

Ux machte ein bedenkliches Gesicht. „Auf diesem Weg ist noch nie jemand nach Nedevarn gelangt. Bis zum Elfenwald werden wir keine großen Schwierigkeiten haben, aber danach…"

Yonan nickte. „Ja, aber wir haben keine Wahl. Die Schlucht zu umgehen und auf der Handelsroute nach Nedevarn zu reisen, wäre ein großer Umweg, der uns Wochen kosten würde. Und soviel Zeit haben wir nicht."

Helenas Blick fiel unwillkürlich auf den schwarzen Sichelmond in ihrer Handfläche, der sie wie eine tickende Uhr begleitete, wischte den Gedanken aber sogleich beiseite. Sie waren gut vorangekommen, aber der Tag war anstrengend gewesen und es würden noch viele solcher Tage folgen. Es war sinnlos, sich jetzt allzu viele Sorgen zu machen. Lillewill machte sich bemerkbar, sie saß seit Stunden in Helenas Hemdtasche und hatte nichts mehr gegessen. Nun schaute sie ihre menschliche Freundin vorwurfsvoll an. Fleisch mochte sie nicht. Helena nahm sie auf ihre Hand und gab ihr ein Stück Brot, das sie sofort in ihre kleinen Pfoten nahm und begeistert daran herumnagte.

Helena war unruhig. Sie beschloss, noch einmal durch das Lager und zu den Pferden zu gehen. Das Licht des Feuers ließ die Schatten der Reisenden gespenstisch tanzen, wie atmende Wesen sahen sie aus, geflohen aus einer anderen Welt und nun wie durch einen Fluch an die Reisenden gebunden.

Die Pferde waren nicht weit von ihnen angepflockt. Kashet schnaubte leise, er hatte Helena erkannt. Sie trat zu ihm und klopfte ihm den Hals, auch Koshki bekam ihre Portion Streicheleinheiten. Helena prüfte nach, ob die Holzpflöcke fest im Boden steckten. Soweit schien alles in Ordnung zu sein.

Doch von einer inneren Unruhe getrieben, konnte Helena

sich nicht schlafen legen. Langsam verschwand auch der letzte Rest der Abendsonne hinter den Hügeln am Horizont, allein der Schein des Lagerfeuers erhellte die Nacht. Die ersten Sterne leuchteten hell und klar am Himmel, keine Wolke trübte sie. Langsam kehrte Ruhe ein, sogar die Laute des nahe liegenden Waldes schienen leiser zu werden um die Schlafenden nicht zu stören. Helena setzte sich etwas abseits ins Gras nachdem Yonan sich leise rufend versichert hatte, dass sie noch in der Nähe war. Ihr fröstelte trotz der Kühle der Nacht nicht im Geringsten. Nachdenklich starrte sie in die Dunkelheit. Als die Glut des Feuers langsam erlosch und nur noch ein stetes Glimmen zu sehen war, das Yonan auf seiner Wacht sachte in Gang hielt, schien das Lager wieder zum Leben zu erwachen. Tiere huschten durch das Gras. Einmal blieb ein Wesen, das Helena in der Dunkelheit kaum wahrnehmen konnte, in einiger Entfernung vor ihr stehen, zwei gelbe Augen glühten neugierig auf.

„Ssssieh an, ein Erdenkind", zischte eine seltsam verzerrt klingende Stimme, dann verschwanden die Augen wieder in der Dunkelheit. Helena hatte sich nicht gerührt vor Schreck, war im Grunde froh, dass sie die wahre Gestalt des Wesens in der Dunkelheit nicht zu erkennen fähig gewesen war. Noch einmal tauchten die Augen auf, schnupperten an den Schlafenden, doch dann trollte sich das Wesen endgültig in Richtung Wald. Yonan hatte es ebenfalls bemerkt, aber keine Anstalten gemacht, es zu verscheuchen. Das beruhigte Helena. Er wusste, was er tat und von woher ihnen Gefahr drohte.

Helena blickte zum Himmel empor. Tausende, Abertausende von Sternen blinkten dort, mal heller mal schwächer, grün, blau oder strahlend weiß. Ob dies wohl derselbe Himmel war, der jetzt auch über der Erde leuchtete? War es dasselbe Universum, das sich dort öffnete? Ob dort wohl auch jemand nach oben sah, genau wie sie jetzt? Sie bekam unbändige Lust, emporzusteigen, hoch hinauf zu den Sternen. Ihre Augen wurden immer schwerer.

Die karge Grasebene vor ihnen erstreckte sich bis zum Horizont. Die Sonne brannte auf sie herab, nur selten zogen ein paar schnelle Wolken vorbei, stetiger Wind wehte ihnen ins Gesicht. Oftmals reichte ihnen das trockene Steppengras bis zu den Füßen und raschelte, wenn sie hindurch ritten. Nur vereinzelt gab es Bäume, alle hatten knorrige Stämme und Blätter, die wie ein flaches Dach geformt waren. Im Schatten der Bäume ruhten immer wieder Gruppen von Tieren, die Rehen ähnlich sahen und Schutz vor der Sonne suchten. Sobald sie die Reiter sahen, machten sie sich auf und davon. Man sah der Landschaft an, dass sie Entbehrungen gewohnt war: Sie hatten das Reich des Steppenwindes erreicht.

Odit leitete sie im Zickzack, schien etwas zu suchen. Immer wieder hielt er an, stieg ab und untersuchte hier einen verdorrten Busch, dort einen Stein, dann führte er sie weiter. Als Helena ihn nach dem Sinn fragte, erklärte er ihr die Art, wie die Kinder des Steppenwindes sich orientierten, sich wiederfanden: In dieser Ebene gab es bis auf die Sonne kaum sichtbare Punkte, um sich zurecht zu finden. Also lernten die Kinder schon von klein auf, sich von den Pflanzen und Steinen leiten zu lassen, sich geheime, nur für sie lesbare Nachrichten und Markierungen zu hinterlassen. So fanden sie immer ihren Weg – und zurück zu ihren Stämmen. Wie genau sie das allerdings machten, war ihr Geheimnis – und Helena respektierte das.

Die Bewohner der Steppe waren lange Zeit Nomaden gewesen, auch heute gab es in dieser Gegend nur sehr wenige wirklich befestigte Städte, viele Stämme wollten ihre

Unabhängigkeit nicht aufgeben. Wie von einem Fieber getrieben brachen sie immer wieder ihre Hütten und Zelte ab und zogen weiter. Tankelvar war die größte befestigte Siedlung der Steppe und gleichzeitig Odits Zuhause. Hier wollten sie eine Pause einlegen und die Vorräte auffrischen. Helena lenkte Kashet neben Odit. Dieser strahlte über sein ganzes Gesicht, ein Leuchten war in seinen Augen.

„Sieh", er machte eine ausschweifende Handbewegung, „das ist meine Heimat. Ein wildes, ein freies Land. Hier ist von Toraks Macht nichts zu spüren. Es ist nicht zu bändigen, wie ein Raubtier. Und so wird es bleiben: Torak wird die Steppe nie unterwerfen können."

Helena war mit dem Blick der Bewegung seiner Hand über die Steppe gefolgt. Sie stutzte. Ihre Augen verengten sich, sie versuchte genauer zu erkennen, was sie dort sah. Sie hielt die Hand zum Schutz vor der Sonne an die Stirn und deutet auf ihre Entdeckung. „Was ist das dort?"

Ein grauer, sich schnell bewegender Fleck zeichnete sich am Horizont ab, zunächst flacher, dann immer größer. Die Gruppe hielt an, sie hatten bemerkt, dass etwas nicht in Ordnung zu sein schien. Nun waren alle Blicke in dieselbe Richtung gerichtet. Odit war sichtlich besorgt.

„Ich bin nicht sicher. Lasst uns näher heran reiten." Sie galoppierten an.

Je näher sie der Erscheinung kamen, desto nervöser wurde Odit. Bald zog sich der Fleck als langer Streifen am Horizont entlang, der höher und höher stieg, wie eine Wand aus Wolken, die sich in atemberaubender Geschwindigkeit näherte.

Odit wurde bleich, er hob die Hand, um sie zum Anhalten zu bewegen: „Seid still."

Alles lauschte. Kein Geräusch war zu hören. Die Stille tat fast in den Ohren weh. Auf einmal war ein Knacken und

Knistern zu hören, zuerst kaum merklich, dann zu einem Rauschen anschwellend. Plötzlich teilte sich das Gras und Tausende von Echsen stürmten auf sie zu, manche auf allen Vieren, manche aufrecht auf den Hinterbeinen, es war eine wahre Flut von Tieren. Die Pferde spielten verrückt, versuchten, dem Durcheinander zwischen ihren Beinen auszuweichen, einige Tiere wurden von den Hufen zerdrückt. Dann mischten sich unter die Echsen mehr und mehr andere Lebewesen, direkt neben Helena brach ein Wildschwein aus dem Gebüsch, Raubtiere sprangen vorbei, ohne die ihnen nahe Beute überhaupt zu beachten, in den Augen der Tiere flackerte Panik. Vögel schwirrten orientierungslos über ihre Köpfe hinweg.

„Was ist das?", versuchte Helena den Lärm zu übertönen und gleichzeitig ihr Pferd zu beruhigen. Sie mussten alle höllisch aufpassen, nicht von der Masse mitgerissen zu werden.

Odit schrie zurück: „Irgendetwas muss sie zu Tode erschreckt haben." Dann veränderte sich sein Gesichtsausdruck. Er starrte auf die graue Wand, schien mit einem Mal zu begreifen. Er riss sein Pferd herum.

„Flieht, reitet so schnell ihr könnt. Die Steppe brennt."

Helena brauchte einen Moment, um zu verstehen, was er gesagt hatte. Dann bemerkte auch sie den Geruch nach Feuer und Tod, sie erkannte die wabernde Masse am Himmel als den Qualm einer ungeheuren Katastrophe. Helena packte kalte Angst, sie war nicht fähig, etwas zu unternehmen. Glücklicherweise reagierte Kashet früher als sie und stürmte bereits hinter Odit her. Schaum stand vor seinem Maul. Inzwischen hatten alle die Situation erkannt und galoppierten hinter dem Nomaden her, der einen Bogen nach links beschrieb, weg vom Feuer. Helena konnte nun die immer näher kommenden Flammen hören. Sie mussten eine ungeheure

Geschwindigkeit haben, denn vor einigen Minuten war noch alles um sie herum still gewesen. Brandgeruch lag in der Luft, beißender Rauch fuhr in Augen und Nase. Helenas Augen tränten und sie musste husten. Das Knistern und Rascheln war nun einem wütendem Brüllen gewichen, das alles mit seinem Maul verschlingen zu wollen schien. Das Feuer hatte sie eingeholt.

Ein erschrecktes Reh sprang aus dem Gebüsch, strauchelte und wurde von den nachkommenden Tieren gnadenlos überrannt. Auf dieser Flucht gab es kein Erbarmen. Überall roch es nach verbranntem Fleisch, Todesschreie von sterbenden Tieren waren zu hören. Helenas Hemd verrutschte. Mit einem lauten Quieken fiel Lillewill aus ihrer Tasche auf den Boden. Sie überschlug sich ein paar Mal und blieb dann zusammengekauert auf dem Boden liegen. Helena stoppte Kashet mit aller Kraft, dennoch kam er erst nach ein paar Schritten zum Stehen. Der Hengst zitterte vor Angst, wieherte. Helena konnte ihn kaum bändigen. Für Lillewill waren diese Sekunden des Zögerns entscheidend: Sie wurde von einem Teil des Feuers eingekesselt, saß inmitten einer kleinen gräsernen Insel, umgeben von einem erbarmungslosen, brennenden Tod. Einen Moment zögerte Helena, sah die sich schnell entfernenden Kameraden und hinter sich die mit großen Augen dasitzende Lillewill. Sie dachte nicht lange nach, wendete Kashet und ritt auf das Feuer zu. Jedes Geräusch wurde vom Lärm der Flammen verschluckt, dennoch war es ihr, als ob Lillewill sie um Hilfe rufen würde. Es gab für das Immerschläfermädchen keinen Ausweg mehr. Helena galoppierte direkt auf die Flammenmauer zu. Sie trieb den panisch wiehernden Kashet erbarmungslos mit Fersen und Handflächen an. Yonan, der sich zufällig umsah, erblickte Helena mitten im Sprung und schrie auf. Doch da war sie schon hinter der Flammenwand verschwunden. Yonans Schrei hatte

Aufmerksamkeit erregt, einen Moment stoppten die Gefährten, fassungslos wartend, dass das Mädchen wieder aus dem Flammenmeer auftauchen würde.

Helena landete auf einem noch nicht verbrannten Fleck. Kashet fand dort gerade noch Platz, aber ein großer Anlauf für den Sprung zurück war nicht mehr möglich. Sie glitt vom Pferd herunter, packte Lillewill und steckte sie wieder in ihre Hemdtasche. Helena meinte, große Erleichterung in den braunen Knopfaugen aufblitzen zu sehen. Sie zog sich wieder auf Kashet, der mit geweiteten Augen auf die Flammen starrte, bemerkte dann aber entsetzt, dass sie die Orientierung verloren hatte. Sie hustete, der Qualm machte das Atmen fast unmöglich. In welche Richtung musste sie sich wenden, von wo war sie gekommen? Sie wollte nach Yonan rufen, doch sie musste husten und die Flammen verschluckten ihren Schrei. Es gab nur eine Möglichkeit. Sie ließ die Zügel fahren, hielt sich in Kashets Mähne fest und hoffte, dass das Tier die richtige Entscheidung treffen würde. Dann trieb sie ihn an. Kashet tänzelte nervös. Er konnte sich nicht zum Sprung überwinden. Dann warf er plötzlich den Kopf zurück und wieherte. Einen fast ewig andauernden Moment lang war nur das Knistern des Feuers zu hören, dann kam Koshkis Antwort von der anderen Seite. Kashet zögerte keinen Augenblick, sondern setzte fast aus dem Stand zum Sprung an und warf sich durch das Feuer. Helena hatte Mühe, sich auf dem Pferd zu halten. Sie landeten keine Sekunde zu früh, denn kaum danach fing auch das letzte trockene Gras hinter ihnen an zu brennen.

Sie landeten alle drei wohlbehalten auf der anderen Seite. Keiner der Kameraden sagte etwas, sie wendeten ihre Pferde und hetzten weiter. Nur Yonan griff sich fassungslos vor Wut und Erleichterung an den Kopf und schrie etwas von „lebensmüde" und „wohl nicht ganz bei Trost". Helena ignorierte ihn, sie stellte sich taub, was gar nicht so schwer war, da man bei dem Lärm sowieso nichts verstand. Dann nahm sie die Zügel wieder in die Hand und folgte ihm. Lillewills Rettungsaktion hatte nur wenige Sekunden gedauert, dennoch war wertvolle Zeit verstrichen. Links und rechts waren sie von immer neuen Brandherden umschlossen, denen sie ausweichen mussten. Es kam Helena wie eine Ewigkeit vor, die Flammen schienen kein Ende nehmen zu wollen.

Wir werden es nicht schaffen, es wird hier bereits zu Ende gehen. Ich habe versagt. Uns hilft nur noch ein Wunder, dachte sie und vergrub ihren Kopf in Kashets wippender Mähne. Der Mondstein um ihren Hals klimperte im Takt des Galopps an ihre Brust.

In diesem Moment donnerte es fürchterlich. Erstaunt sah Helena nach oben. Ein dicker Tropfen platschte ihr ins Gesicht. Der Himmel war verhangen mit regenschweren, grauen Wolken, die nur darauf zu warten schien, sich zu entleeren. Helena zügelte Kashet. Entgeistert blickte sie in den Himmel. Wo kamen die Wolken plötzlich her? Auch die anderen waren stehen geblieben.

Renoo und Rudor johlten, Odit entfuhr ein Freudenschrei. Helena breitete die Arme aus. Die Tropfen fielen dichter und dichter. Schließlich konnte man vor Regen kaum ein paar Meter weit sehen, wie ein nasser Vorhang legte sich das Wasser über das Feuer. Es zischte und knisterte, Dampf und Rauch stieg auf, es war förmlich zu spüren, wie die Erde aufatmete, während die Flammen ums Überleben kämpften.

Es hatte eine halbe Ewigkeit gedauert, bis schließlich nur noch kleine Rauchsäulen aus der Steppe aufstiegen. Der Himmel war verhangen, aber es nieselte nur noch leicht. Schwaden von Wasserdampf hingen in der Luft.

Sie hatten beschlossen, etwas zu rasten. Alle hatten sie viel Rauch eingeatmet, Hals und Kehle brannten, sie froren, ihre Kleider waren völlig durchnässt. Odit hielt sich abseits und starrte auf die zerstörte Ebene. Helena stand auf und setzte sich neben ihn. Sein Gesicht war unbewegt, das immerwährende Lächeln war aus seinem Gesicht verschwunden. Er starrte nur geradeaus in die verbrannte und trostlose Landschaft. Helena scharrte mit den Füßen Muster in die Asche, sie wusste nicht, was sie sagen sollte. Aber sie verspürte den Drang, Odit zu trösten, ihm zumindest zu zeigen, dass sie Anteil nahm an seiner Trauer. Sie blickte sich um. Schaute man in die entgegengesetzte Richtung, in die weite unberührte Steppe, so hätte man meinen können, es sei nichts geschehen. Die verkohlte Ebene vor ihnen aber glich einem Schlachtfeld, in dem ein grausamer Feind erbarmungslos gewütet und nichts als Vernichtung zurückgelassen hatte.

„Das war kein gewöhnlicher Steppenbrand."

Helena wandte sich überrascht um.

„Wie kommst du darauf?"

Er schlug sich mit der Hand auf die Brust, so kräftig, dass ein dumpfer Ton zu hören war. Sein Gesicht verhärtete sich, um seinen Mund zuckte es. „Ich spüre es einfach. Es ist, als ob das Feuer sich vor uns versteckt hätte, uns aufgelauert hätte bis zu dem Moment, als wir kaum mehr fliehen konnten. Ich habe schon oft gesehen, wie die Steppe brennt, Helena. Oft wüteten die Feuer lange, ließen das Gras abbrennen um daraus neue, fruchtbare Erde entstehen zu lassen. Aber niemals waren die Flammen so gierig und zerstörerisch, so schnell. Niemals sonst hätte ich es so spät erkannt."

„Aber wer würde…?", Helena verstummte, noch bevor sie den Satz zu Ende gesprochen hatte, denn innerlich wusste sie die Antwort. Wer außer IHM konnte so etwas anrichten?

Helenas Hände ballten sich zu Fäusten, da war er wieder, der Klumpen, der zäh wie Teer ihren Magen und ihr Herz ausfüllte. Ein Pochen stieg in ihr auf. In diesem Augenblick verspürte Helena den unbändigen Drang, Torak zu töten. Sie fühlte geradezu, wie sich ihre Finger um seinen Hals legten und sie immer fester… im gleichen Moment erschrak sie über sich selbst. Könnte sie jemals fähig sein, jemanden zu töten? Torak zu töten? Würde sie im entscheidenden Moment nicht das Schwert sinken lassen, zu schwach, zu feige sein? Oder würde ihre Wut sie stark machen, ihr helfen, ihn zu vernichten? Ihr wurde übel, sie wandte sich schweigend ab, stand auf und ging davon. Sie lockerte ihre Fäuste und blickte auf ihre nun geöffneten Hände und das Mondmal darin. Der Klumpen in ihr löste sich langsam auf, verschwand schließlich.

„Mondgeborene."

Ein Flüstern schwebte durch die Luft. Sie blickte sich überrascht um, doch da war niemand. Sie stand einige Schritte von ihren Gefährten entfernt, doch auch von dort schien sie niemand gerufen zu haben.

„Mondgeborene."

Wieder flüsterte es.

„Wer ist da?" fragte sie leise. Unwillkürlich wagte auch sie nicht, laut zu sprechen.

„Ein Freund."

Helena suchte nun die Gegend um sich herum mit Blicken ab. Nirgendwo war eine Gelegenheit, um sich zu verstecken. „Wo bist du?"

„Schau neben dich."

Helena blickte zur Seite, doch sie konnte niemanden entdecken. „Ich sehe dich nicht."

Die Stimme kicherte. „Schau tiefer."

Helena senkte den Blick. Da waren nur das trockene Gras,

etwas dürres Holz und Gebüsch und ein Stein auf dem sich eine kleine Eidechse sonnte, denn die Strahlen begannen sich langsam wieder wärmend ihren Weg durch die aufreißende Wolkendecke zu bahnen.

Die Eidechse kicherte. Sie kicherte?

„Na, endlich. Ich hasse es, mit Leuten zu sprechen, die mich nicht anschauen. Mach den Mund zu, Erdenkind."

Verdattert klappten Helenas Kiefer wieder zu. Sie traute ihren Augen nicht. Die Eidechse redete mit ihr.

„Schau nicht so, oder hast du noch nie eine Eidechse gesehen?" In den Augen des Tieres schien es amüsiert aufzublitzen.

„Schon, aber noch nie eine, die sprechen kann." Jedenfalls keine so kleine, dachte sie bei sich, schließlich waren die Unterirdischen ebenfalls mit den Echsen verwandt. Helena ging in die Hocke, um sich das kleine Wesen näher anzusehen. Die Eidechse schien mit den Schultern zu zucken. Mit den Schultern, dachte Helena, immer noch ungläubig. Vielleicht wohl doch eher mit den Vorderbeinen.

„Auch nicht verwunderlich, schließlich bin ich der einzige meiner Art, der eure Sprache fast akzentfrei beherrscht."

Die Eidechse war hübsch. Grüne und gelbe Streifen zierten ihren Rücken, die Augen blickten sie dunkel und groß an. „Woher weißt du überhaupt wer ich bin?", fragte Helena neugierig.

„Oh, das war nicht schwer. Man muss nur eins und eins zusammenzählen können, und das gibt bekanntlich drei." Die Eidechse kicherte wieder, konnte sich gar nicht beruhigen.

„Verzeih meine Neugier", versuchte Helena das Tier zu unterbrechen, „aber wenn du mir schon nicht sagen willst, woher du mich kennst, willst du mir vielleicht sagen, wie dein Name ist?"

Mit einem Mal verebbte der Lachanfall. „Oh, habe ich doch tatsächlich vergessen, mich vorzustellen, entschuldige. Gestatten, Prinz Prr ist mein Name. Sohn des Königs der Eidechsen. Aber nenn mich ruhig Dinky, das tut hier sowieso jeder." Helena musste schmunzeln.

„Hallo Dinky. Sohn des Königs der Eidechsen. Aber Prinz Prr? Das ist ein schwer auszusprechender Name." Dinky drehte sich um und legte sich auf den Rücken, die Vorderbeine hinter dem Kopf verschränkt.

„Ha, ha, sehr witzig. Unsereins fallen Namen wie Prr, Zst oder Flb wesentlich leichter als die Namen eurer Sprache." Der Sohn des Königs der Eidechsen klang nun leicht beleidigt.

„Das leuchtet natürlich ein, entschuldige bitte", lenkte Helena schnell ein. „Ich wollte dich auch keinesfalls kränken, ich bin nur ein wenig durcheinander."

„Oh, das kann ich mir denken", entgegnete Dinky

„Woher?" Nun wurde wiederum Helena neugierig, doch Dinky klang ausgesprochen desinteressiert.

„Och, vorhin, kurz vor dem Brand, da war ich an der Hütte im Hügel und hörte, wie eine Gruppe von schwarzen Reitern gegen die Menschen dort kämpfte. Ich hätte natürlich gerne geholfen, aber was soll ich machen, meine Füße sind nun mal nicht in der Lage ein Schwert zu führen und ich war alleine dort. Als alles vorüber war, hörte ich, wie sie von der Mondgeborenen sprachen, dem Erdenkind. Dann standen sie auf und zündeten die Steppe an. Und da mein Volk im Hohen Rat versprochen hat, dich zu beschützen, dachte ich, ich suche und warne dich lieber vor ihnen."

Helena war sprachlos. Was dieses kleine Wesen eben einfach so dahingesagt hatte, war der Grund für diese verheerende Zerstörung gewesen. Die Häscher, wie hatte es auch nur anders sein können, wer außer Toraks Schwarzen Gehilfen hätte einen

Grund gehabt, eine ganze Landschaft zu vernichten, nur um Helena aufzuhalten oder zu töten?

„Ich danke dir dafür. Hast du sonst noch etwas gehört?"

„Nein, ich hab mich auf und davon gemacht vor dem Feuer."

„Wo ist diese Hütte im Hügel?"

Dinky nickte mit seinem Köpfchen in die Richtung, aus der der Brand gekommen war.

„Etwa eine halbe Stunde in diese Richtung."

„Eine halbe Stunde? Dann müssen wir sofort fliehen, sie werden immer noch in der Nähe sein." Helena wollte aufspringen. Doch Dinky hatte einen Gesichtsausdruck, den Helena bei einem Menschen wohl als verschmitzt bezeichnet hätte. „Warte, warte. Es kommt natürlich darauf an, wie schnell du bist." Er hielt sich mit seinen Beinen nun den Bauch vor Lachen. Langsam aber sicher begann er Helena mit seiner guten Laune auf die Nerven zu gehen.

„Wie meinst du das jetzt schon wieder?"

„Natürlich eine halbe Stunde in Eidechsengeschwindigkeit. Ihr Menschen mit euren dicken Beinen braucht natürlich etwas länger, keine Frage."

Er musste so kichern, dass er vom Stein fiel. Einen Moment lang war er verschwunden, dann tauchte er wieder auf, schleppte sich den Stein hoch, aber nur um erneut ein Kichern zu unterdrücken. So langsam fragte sich Helena, ob dieser Prinz Prr noch ganz richtig im Kopf war.

„Und wie lange wird es nach der Meinung Eurer Hoheit bis zu dieser Hütte dauern, wenn wir die Strecke reiten?"

„Eurer Hoheit, das ist gut... nein wirklich." Er kicherte erneut. „Also, ich schätze, etwa zwei bis drei Stunden."

„Das ist unmöglich. Wie in aller Welt bist du so schnell?"

Nun wurde Dinky endlich ernst.

„Die ganze Steppe ist durchzogen von unseren Gängen und Tunnels. Da bekommst du eine ganz schöne Geschwindigkeit. Außerdem bin ich wirklich der schnellste in unserer Familie. Aber die meisten meiner Brüder und Schwestern sind auch ganz schön gut in Form."

„So? Wie viele Brüder und Schwestern hast du denn?"

Er überlegte einen Moment. „Ich glaube, gerade sind es 271."

Helena war beeindruckt. „271? Na, dann muss sich dein Vater um seine Nachfolge ja keine Sorgen machen."

Anscheinend hatte Helena einen guten Witz gemacht, denn Dinky konnte sich vor Lachen schon wieder nicht halten.

Helena versuchte, ihn durch eine erneute Frage etwas zu bremsen. „Wieso flüstern wir eigentlich so?"

„Flüstern?" entgegnete Dinky erstaunt, „Ich schreie mir hier die Seele aus dem Leib. Du hingegen könntest ruhig ein wenig leiser sprechen." Erst da fiel Helena auf, dass sie für Dinky fast unerträglich laut sein musste. Andersherum nahm sie Dinkys Gebrüll nur als Flüstern wahr. Also versuchte sie, noch leiser zu sprechen. Doch Dinky schien es plötzlich eilig zu haben. „Ich muss nun gehen. Sei auf der Hut und viel Glück bei deinem weiteren Weg, Mondgeborene. Und falls du einmal in Schwierigkeiten sein solltest, blas einfach hier hinein", er zwinkerte, „und wir werden dir helfen, wie wir es versprochen haben."

Er hatte plötzlich eine kleine Pfeife im Mund, die er Helena entgegenstreckte. Sie nahm die Pfeife vorsichtig in die Hand und betrachtete sie. Sie war so winzig, nicht größer als ein Daumennagel, dass man sie leicht verlieren konnte. Also steckte Helena sie in Ubsalas Beutel, zu all den anderen Dingen, den Kumulen, Kräutern und der kleinen Stimmgabel. Dort war sie sicher.

„Ich danke dir, kleiner Freund. Ich weiß gar nicht, wie ich diese Ehre verdient habe."

„Die Häscher Toraks sind hinter dir her, das genügt schon, um dir zu helfen. Die Kunde von deiner Ankunft eilt dir voraus, musst du wissen. Die Völker Yuhrs sind mit dir. Und damit meine ich nicht nur solche menschlicher Natur. Ich muss jetzt wirklich los. Und nicht vergessen: Eins plus eins kann manchmal auch drei ergeben. Es kommt nicht immer, wie man denkt."

Ohne ein weiteres Wort huschte er ins Gras und verschwand.

Helena blinzelte ein paar Mal erstaunt, sie war sich auf einmal nicht mehr sicher, ob sie das alles nicht nur geträumt hatte. Doch als sie den Beutel aufschnürte, sah sie dort die winzige Pfeife, als sei sie der Beweis für die Existenz des kleinen Tieres. Sie band den Beutel wieder an ihrem Gürtel fest und ging zum Lager zurück.

Als Helena Ux von ihrem Erlebnis berichtete, lachte er.

„Ja, ja, der gute Dinky. Hat sich wohl nicht verändert."

„Du kennst ihn?", Helena war sichtlich überrascht.

„Nein, nicht direkt, ich kenne nur seinen Vater. Wir sind, nun, wenn du so willst, entfernte Verwandte. Die Unterirdischen haben viele Stämme, die Tunneleidechsen sind nur einer davon. Als ich Dinky zuletzt sah, war er noch ein kleines weiches Ei. Aber die Erzählungen seines Vaters über das Temperament seines ältesten Sohnes stimmen mit deiner Beschreibung exakt überein."

„Wieso kann er unsere Sprache sprechen?"

Ux schmunzelte. „Jedes Tier und jede Pflanze kann sprechen. In unserer wie in deiner Welt. Aber viele Wesen haben es aufgegeben, weil ihr ihnen nicht mehr zuhört."

„Du meinst, sie reden mit uns, aber wir hören es nicht?"

Helena war erstaunt.

„Doch, es gibt einige Wesen, die ihre Sprache noch beherrschen und verstehen, wie Yonan zum Beispiel. Wenn man die Sprache der Natur spricht, so können einem die Dinge, die um uns herum leben, viel berichten und lehren. Auch du hast diese Gabe, Helena, sonst hättest du Dinky nicht verstehen können. Es sind nicht immer gesprochene Worte, die zu dir dringen werden. Es kommt aus dem Herzen heraus."

Dann verfinsterte sich sein Blick. „Aber nun lass uns aufbrechen, wer weiß, was uns an der Hütte erwartet. Wir sollten nachsehen, ob es Überlebende gibt."

Helena schluckte, Furcht stieg in ihr auf. „Ich lege allerdings nicht besonders viel Wert darauf den Häschern zu begegnen."

Ux nickte. „Da bist du nicht die einzige. Wir müssen vorsichtig sein. Aber ich vermute, sie sind schon lange fort. Wir werden kein unnötiges Risiko eingehen, Helena, das verspreche ich dir. Aber wir müssen nachsehen."
Seufzend nickte sie, was blieb ihnen anderes übrig. Und falls die Häscher das Leben der Bewohner verschont hatten, so musste ihnen geholfen werden. Ux rief zum Aufbruch.

Yonan war mit Odit und Renoo ein Stück voran geritten, um sicherzustellen, dass die Häscher nicht mehr dort waren. Die Hütte bot einen erbärmlichen Anblick. Verkohlte Balken stachen aus der Erde in den Himmel wie Gerippe, das Dach über dem Eingangsbereich, das wohl einmal aus Stroh gewesen war, war vollkommen ausgebrannt. Von den Häschern fehlte jede Spur.

Die Hütte war in die Erde hinein gebaut, nur der Eingang schaute aus dem kleinen Hügel heraus, der Rest verschwand im Erdreich. Der Hügel war eingestürzt und gab den Blick von oben in den Wohnraum frei. Die verkohlte Tür hing in den

Angeln und schwankte leicht im Wind.

Yonan hob die Hand, das Zeichen, dass keine Gefahr mehr drohte. Die Pferde waren nervös, Kashet blähte die Nüstern und witterte in den Wind. Irgendetwas passte ihm nicht. Ux ritt zu ihr heran. „Er spürt den dunklen Zauber. Helena, vielleicht wartest du besser hier."

Helena schluckte, beachtete seine Worte nicht und stieg ab. Langsam lief sie auf die Hütte zu. Sie schloss kurz die Augen, holte tief Luft und ging ein paar Schritte auf den Hügel, bis an den Rand der Öffnung, auf das Schlimmste gefasst. Doch als sie das ganze Unglück unter ihr erblickte entfuhr ihr doch ein unterdrückter Schrei. Ihre Augen weiteten sich vor Entsetzen. Yonan, der ihr besorgt gefolgt war, zog sie vom Rand zurück. „Schau nicht hin, es hat keinen Sinn, Helena."

Doch es war zu spät. Das Bild hatte sich bereits in ihr Gedächtnis eingebrannt. Auf dem Boden lagen zwei Flecken schwarzer Asche. Sie formten ein Bild, wie aus Schatten. Es waren die Überreste zweier Menschen, die dort auf dem Boden lagen, mitten in der Bewegung erstarrt. Die Einrichtung des Hauses war zerstört, ein Schwert und eine Axt lagen neben den Toten. Es sah aus, als ob sich die Bewohner heftig gegen ihre Angreifer gewehrt hatten. Helena löste sich aus Yonans Griff, drehte sich um, rannte nach draußen um den Hügel herum und schloss die Augen. Sie wischte sich über die Lider, um das Bild in ihrem Kopf loszuwerden. Ein eisernes Band schien ihr die Kehle zuzuschnüren. Ihre Knie zitterten. Dann übergab sie sich ins hohe Gras. Nicht schon wieder, sagte sie stumm zu sich selbst, du bist ein Schwächling. Sie hörte Stimmen hinter sich. Es war Yonan, der sie auffing, seine Arme hielten sie, als ihre Beine versagten.

Sie begruben die Asche der beiden Hausbewohner an einem

vom Feuer unbeschädigten Fleck. Rudor hatte zwei junge, vom Feuer verschonte Schösslinge gefunden und setzte diese nun am Kopfende des Grabes ein, wie es Sitte war in Asketan, damit die Seele der Verstorbenen ein neues Zuhause fand. Sie standen um das Grab herum, niemand sagte etwas, die Stimmung war gedrückt und ein Gefühl von Wut und Hilflosigkeit lastete auf ihnen allen – und besonders auf Helena. Ux legte eine Hand auf ihre Schulter. „Der Tod ist ein Teil des Lebens, Kind. Wir können ihn nicht abwenden, er ist das einzige, was allen Lebewesen gemeinsam ist. Das Leben und der Tod sind untrennbare Dinge, auch wenn wir das nicht wahrhaben wollen.“ Er bemerkte wohl, dass seine Worte wenig tröstlich waren, denn er schwieg nun.

„Ich hasse den Tod“, stieß Helena hervor, „er ist grausam für denjenigen der gehen muss, und schmerzlich für all die, die zurückbleiben. Und ich hasse Torak. Was haben diese Beiden ihm getan?“

Ux schüttelte nur den Kopf. Er hatte keine Antwort darauf. „Lasst uns weiter reiten“, Yonan wandte sich den Pferden zu. „Wir können hier nichts mehr tun.“

Sie ritten tagelang, immer tiefer in die endlose, hügelige Weite der Steppe hinein, mit Odit, der sie noch immer führte, an der Spitze. Sie hatten die verbrannte Ebene hinter sich gelassen, hier fühlte sich das Feuer weit weg an. Gegen Abend des vierten Tages erreichten sie eine kleine Senke. In der Mitte erhob sich ein großer Felsbrocken, senkrecht in die Erde gerammt. Außen herum gruppierte sich eine Anzahl kleinerer Steine im Kreis, ähnlich einer Sonnenuhr.

Odit war erleichtert. „Gut, dass sie dies hier nicht gefunden haben.“ Er stieg ab und untersuchte die Oberfläche des Steins mit seinen Fingern. Als Helena genauer hinsah, konnte sie unzählige kleine Schriftzeichen entdecken, die in den Stein eingeritzt waren. Odit schien zufrieden, er atmete auf. „In den Städten ist alles in Ordnung, sonst hätte irgendjemand versucht, hier eine Nachricht zu hinterlassen. Ich kann euch also ohne Gefahr nach Tankelvar führen."

Oder wir kommen zu spät und sie konnten sich nicht mehr mitteilen, dachte Helena. Aber sie schwieg. Es war spät geworden und die vergangenen Tage hatten ihre Spuren hinterlassen. Sie alle waren erschöpft und beschlossen, die Nacht hier zu verbringen. Odit vertraute auf die Kraft dieses Ortes, war sicher, dass ihnen hier nicht die geringste Gefahr drohte. Dennoch wagten sie, wie auch in den anderen Nächten seit dem Brand, nicht, ein Feuer zu entfachen. Niemand konnte wissen, ob die Häscher ihnen nicht folgten. Im Schutz der Steine kauerten sich die Reisenden zusammen. Schon bald kam das Lager zur Ruhe. Helena hatte in dieser Nacht keine Wache, eng an Lillewill gekuschelt schlief sie ein.

Helena richtete sich auf. Sie konnte sich nicht erklären, warum sie wach geworden war, angestrengt schaute sie in die Nacht. Eine innere Unruhe erfüllte sie und sie verspürte einen starken Drang, die Ursache dafür herauszufinden, als ob sie etwas in die Weite der Steppe zog. Angst hatte sie nicht, es war mehr ein Gefühl der Vorahnung, das sie warnte, vorsichtig zu sein. Ihre Finger tasteten nach ihrem Schwert, das Murimir ihr bei der Abreise zum Geschenk gemacht hatte, sie schlug ihren Umhang zurück und stand auf. Helena ging zu der Stelle, an der die Pferde eng zusammen standen und schliefen. Kashet erwachte und rieb seinen Kopf an Helenas Schulter. Leise redete sie auf ihn ein um ihn wieder zu beruhigen. Plötzlich spürte sie etwas hinter sich. Sie drehte sich um. Ein schwarzer Schatten verschwand blitzschnell in der Dunkelheit.

Helena duckte sich instinktiv hinter die Pferde, leise, um möglichst kein Geräusch zu machen. Es sah nicht so aus, als ob der Schatten sie entdeckt hatte. Eine Zeit lang blieb alles still um sie herum, bis auf das permanente Zirpen der Grillen. Helenas Augen gewöhnten sich an die Dunkelheit, sie erkannte Umrisse, konnte aber nichts Ungewöhnliches feststellen. Doch, da! Eine dunkle Gestalt machte sich an den Sätteln zu schaffen, nur wenige Armlängen entfernt von ihr. Fast unmerklich hob sich der Eindringling von den dunklen Körpern der Tiere ab. Ein Häscher ist es nicht, dachte Helena erleichtert, denn sie spürte keine Kälte, nicht die bedrohliche Leere ihrer letzten Begegnung. Das hier war eindeutig ein Wesen aus Fleisch und Blut. Helenas Muskeln spannten sich an, sie packte ihre Waffe fester. Ihr Herz schlug bis zum Hals. Feigling, hör endlich auf, soviel Angst zu haben. Vorsichtig pirschte sie sich an, Schritt für Schritt.

Das Knacken eines trockenen Astes unter ihren Füßen durchbrach die Stille. Helena fluchte leise. Sie hätte sich ohrfeigen können. Die Gestalt drehte sich um und erblickte Helena. Für den Bruchteil einer Sekunde standen sie sich gegenüber, die Situation abschätzend, welche Chancen für den jeweils anderen bestanden. Dann ergriff der Schatten die Flucht. Helena stürmte einem plötzlichen Anfall von Wagemut folgend hinterher, sich nun nicht mehr um die lauten Geräusche kümmernd, die sie verursachte. Schemenhaft erkannte sie die Gestalt einige Schritte vor sich, sie war schnell und überaus gewandt. Helena konnte ihr folgen, sie aber nie erreichen. Abrupt blieb die Gestalt stehen und drehte sich um. Helena stoppte ebenfalls. Sie wartete lauernd ab. Was würde nun folgen? „Hey!“, rief sie der Gestalt zu. „Wer bist du? Zeig dich!“

Helena bemerkte erst jetzt, dass sie sich in ihrer Aufregung weit vom Lager entfernt hatte. Ihr Rufen dürfte dort nicht mehr zu hören sein. Der Schatten stand noch immer schweigend vor ihr. Der ungute Gedanke beschlich Helena, dass sie womöglich in eine Falle getappt war. Ihre Hände begannen zu schwitzen und umklammerten ihr Schwert. Nicht vergessen, was du gelernt hast, Helena, du hast viel geübt mit Yonan.

Der Mond tauchte halb hinter einer Wolke hervor. Sein silbriges Licht ließ kurz etwas Metallenes aufblitzen, doch so sehr Helena auch versuchte, ihr Gegenüber zu erkennen, es gelang ihr nicht, das Gesicht blieb verborgen. Schwer atmend wartete sie auf den Angriff, sie schmeckte Blut auf ihren Lippen, hatte vor Aufregung hinein gebissen. Der Mond verschwand wieder hinter den Wolken. Helena blinzelte irritiert, denn auf einmal war die Gestalt verschwunden. Einen Moment noch wartete sie, vorbereitet darauf, aus der Dunkelheit heraus angegriffen zu werden, doch nichts geschah. Helena ließ das Schwert enttäuscht sinken.

Ein gewaltiger Schlag traf sie am Hinterkopf. Sie taumelte nach vorne, bemerkte, wie sich ihr Haar immer nasser anfühlte, dann, wie zwei Hände ihren Hals umklammerten. Sie fiel zu Boden und rollte sich auf den Rücken, versuchte, trotz der brennenden Schmerzen am Kopf die Hände von ihrem Hals zu entfernen. Sie stemmte ihre Füße dem Angreifer entgegen. Dann, nur einen Augenblick, ließ der Druck an ihrer Kehle nach. Diesen Moment nutze Helena. Ihre Muskeln spannten sich, sie nahm die Beine hoch, wie Yonan es ihr gezeigt hatte, holte Schwung und trat kräftig aus. Der Angreifer ächzte und ließ los. Unsanft kam Helena auf die Beine. Sie hob ihr Schwert gerade noch im richtigen Moment, denn keine Sekunde später krachte die Waffe ihres Gegners Funken schlagend auf die ihre. Helena wehrte sich, so gut sie konnte, vergaß Schmerzen und Furcht. Sie holte aus, mehr ein verzweifelter Schlag ins Dunkle als ein koordinierter Angriff. Doch von der Wucht des

Schwertes taumelte die Gestalt zurück. Helena witterte ihre Chance und hieb weiter auf ihr Gegenüber ein, immer in der Hoffnung zu treffen, denn langsam verlor sie Kraft und Bewusstsein. Blaue Funken sprühten nach allen Seiten, das Metall schien im Rhythmus von Helenas Schlägen zu singen. Unerwartet jedoch bückte sich die Gestalt und Helena schlug ins Leere. Gleich darauf spürte sie die Spitze eines Schwertes an ihrem Arm. Sie schrie auf, als die Klinge ihre Haut ritzte. Sie konnte den Atem ihres Gegenübers spüren. Einen Moment, kaum einen Wimpernschlag lang, war sich Helena sicher, die Gestalt zu kennen. Mit wilder Entschlossenheit holte sie noch einmal aus und schlug zu. Ein kurzer Schrei ertönte, der Schatten taumelte ein paar Schritte zurück, dann verschwand er in der Dunkelheit. Helena rannte hinterher so schnell sie konnte, denn langsam versagte ihr Körper ihr den Dienst. Doch der Schatten war ebenfalls langsamer geworden, Helena musste ihn verwundet haben. Die Gestalt war leicht zu verfolgen, auf dem trockenen Grasboden hörte sie die schnellen, raschelnden Schritte deutlich vor sich. So ging das einige Minuten, sie entfernten sich immer weiter vom Lager. Mal holte Helena auf, mal schien sich das Geräusch der eilenden Schritte in der Ferne zu verlieren. Sie rannte und rannte, immer wieder stehen bleibend und horchend, bis... Helena hielt irritiert an. Die Schritte waren verklungen. Nicht ein einziger ungewöhnlicher Laut war zu hören. Die Stille tat fast weh. Es knackte direkt vor ihr als ob jemand ins Unterholz getreten war, doch nichts war zu sehen. Das Metall ihres Schwertes glitzerte nackt und wie lebendig im silbrigen Schein des Mondes, wie ein ans Ufer gespülter Fisch, der im Mondlicht zappelt und nach Luft ringt. Helena war unschlüssig. Sie hatte zwar das Knacken direkt vor sich gehört, doch zögerte sie, in diese Richtung zu gehen, irgendetwas hielt sie zurück. Sie drehte sich um und warf einen vorsichtigen Blick hinter sich. Und dies wurde ihr mit dem Leben belohnt. Erneut hob Helena das Schwert schützend vor sich, um den tödlichen Schlag abzuwehren. Sie verfluchte sich innerlich, dass sie ein zweites Mal auf den gleichen Trick hereingefallen war. Wut stieg in ihr hoch. Unbändige, rote, entfesselte Wut. Kein leises Zählen, keine beruhigende Hand auf ihrem Arm, keine Mira, die ihr sagte, sie solle ruhig bleiben. Der Angreifer stand direkt vor ihr. Helenas Hand packte den Griff so fest, dass ihre Fingerknöchel hervortraten. Dann erinnerte sie sich an nichts mehr.

Es war ihr, als ob sie aus einem Traum erwachte.

Sie stand im Dunkeln, Schweiß klebte ihr das Hemd an den Körper. Sie blickte auf ihr Schwert. Die Klinge war rot gefärbt, sie sah es deutlich im Mondlicht. Ihr Blick irrte suchend umher. Der nächtliche Angreifer war verschwunden, einzig und allein das Blut an ihrem Schwert erinnerte daran, dass er überhaupt da gewesen war. Helena wischte das Schwert im Gras ab. Sie drehte sich um und hinkte zum Lager zurück.

Helena besah sich gerade den zerschnittenen Sattelgurt, als Yonan hinter sie trat.

„Guten Morgen! Was tust du denn da?"

Sie zuckte zusammen, hatte ihn nicht kommen hören. „Ich repariere das hier. Ich versuche es zumindest."

Yonan nahm ihr das Leder aus der Hand und betrachtete die Schnittstelle. „Der ist ja zerschnitten. Wer war das?" Yonans Blick fiel auf Helenas zerrissenes Hemd, die Druckstellen an ihrem Hals und ihre von getrocknetem Blut verklebten Haare. Er trat einen Schritt zurück, seine Stirn legte sich in Furchen. „Was ist dir denn passiert?"

Helena erzählte von den Geschehnissen der Nacht. Yonan

holte sofort eine der ledernen Flaschen mit Wasser und half ihr, das Blut aus den Haaren zu waschen. Dann besah er sich die Wunde am Hinterkopf. „Au!“ Helena zuckte zusammen. Die Verletzung war nicht schlimm, aber es brannte stark, als das Wasser auf die offene Stelle traf.

„Glaubst du, es war einer von ihnen, ein Häscher?“, fragte Yonan, während er die Wunde reinigte.

„Nein. Der Schatten hatte eine menschliche Gestalt. Und ich meinte sogar für einen Moment, ihn zu kennen."

Yonan stoppte mitten in der Bewegung, sah sie durchdringend an.

„Das kann nicht sein. Es ist niemand von uns gewesen.“ Dann schüttelte er energisch den Kopf.

„Vergiss das ja schnell wieder.“

KAPITEL VI – ANKUNFT IN TANKELVAR

Waffen klirrten, dunkle Gestalten gingen vorüber. Der Häscher, der soeben eingetroffen war, stieg von seinem Pferd, blickte sich um, ohne seinen Umhang abzulegen oder die Kapuze abzusetzen. Alle um ihn herum hüteten sich, ihm ins Gesicht zu sehen, denn was man dort erblickte, rief Angst und Entsetzen bei allen hervor: Dort war ein schwarzes Loch ohne Körper, nur ein dunkler Hohlraum unter der Kapuze. Leere.

Schreie ertönten. Hinter den Gitterstäben stöhnten und seufzten ärmlich bekleidete Wesen, flehende, blutig geschlagene Hände streckten sich hier und dort heraus. Der Häscher ging an ihnen vorbei, ohne sie zu beachten, ohne auch nur die geringste Spur von Mitleid zu zeigen. Die Luft war stickig und es stank nach Dreck und Unrat, kein Windhauch und kein Sonnenlicht drangen an diesen dunklen Ort. Der Häscher stieg die Stufen einer steinernen Wendeltreppe hinauf und schritt durch einen langen, dunklen Gang. Überall standen Wächter mit Fackeln in den Händen.

Schließlich erklomm er eine weitere, letzte Treppe, die einen Turm hinauf führte und blieb vor einer schweren Türe stehen.

Zwei Wächter öffneten. Eine hohle, körperlose Kälte drang dem Häscher entgegen, schien ihm aber nicht das Geringste auszumachen. Er trat ein und wartete.

In der Mitte des kleinen Raumes stand ein riesiger, schwarzer Thron, davor ein schlichter Tisch, in den Stein gehauen. Eine Gestalt saß dort, stumm, fast bewegungslos. Es war die Dunkelheit seiner Seele, die den dort sitzenden Mann gleichzeitig bedrohlich und leer wirken ließ. Wie ein Monster, aus dem Albtraum eines Kindes entwichen.

Der Häscher trat vor. Eine schwarze, behandschuhte Hand legte sich schwer auf die Tischplatte, Finger klopften ungeduldig auf den Stein. Wie Eis schnitt eine Stimme die Luft entzwei.

„Hast du deinen Auftrag ausgeführt?"

Der Häscher zögerte nicht mit der Antwort. Furcht war ihm fremd und er war seinem Meister treu ergeben. Die Stimme des Häschers klang hohl und körperlos.

„Nein, Herr, ich habe versagt. Sie leben. Alle."

Die Hand auf dem Tisch hielt bei dieser Nachricht einen Moment lang inne, trommelte aber sogleich ungeduldig weiter.

„Etwas muss sie beschützen. Wo sind sie jetzt?"

Der Häscher senkte den Kopf, denn er wusste, dass er seinen Meister enttäuscht hatte. „Wir haben sie nach dem Feuer verloren. Aber wir werden ihre Spur wieder finden. Das Kind ist gezeichnet von Euch."

Die Stimme der Gestalt auf dem Thron klang nun noch kälter und härter. „Sucht sie! Und denkt daran, ich will das Mädchen lebend. Mit dem Rest soll geschehen, was will."

Der Häscher blickte auf. „Mit dem ganzen Rest, Herr?"

„Ja, mit dem ganzen Rest. Aber bis es soweit ist, pass gut auf, dass unsere Quelle nicht versiegt."

Ein eisiges Lachen ertönte. Wäre der Häscher menschlich gewesen, ja, hätte er nur die Spur eines Herzens in sich, so wäre ihm bei diesem Klang das Blut in den Adern gefroren.

„Keine Fehler mehr, es gibt zu viel zu verlieren."

Der Häscher nickte: „Ja, Herr."

„Und jetzt geh. Ich werde unserer Freundin noch eine kleine Überraschung bereiten."

Der Häscher verbeugte sich tief, drehte sich um und ging wortlos aus dem Raum. Die schwarze Gestalt ballte die Hand zur Faust. „Ich glaube, Mondgeborene, es wird wieder einmal Zeit, dich an mich zu erinnern."

Er öffnete die Faust und streckte langsam seinen Zeigefinger aus.

Der Schmerz durchzuckte Helena wie eine kalte Nadel, die sich in ihre Stirn bohrte. Sie krümmte sich, versuchte, dem Stechen auszuweichen. Als sie aufblickte, sah sie nur verschwommen, ihr war, als ob sich in ihrem Kopf jemand den Weg mit einer Spitzhacke frei schlagen wollte. Schweißperlen bildeten sich auf ihrer Stirn, sie hatte Mühe, sich auf dem Pferd zu halten. Sie ritt ein wenig hinter ihren Freunden und glaubte sich unbeobachtet. Erst als der Schmerz langsam nachließ und sie sich im Sattel aufrichtete, bemerkte sie, dass Dana sich im Sattel umgedreht hatte und sie scharf musterte. Sie sah nicht besorgt aus, eher neugierig. Sie blickte Helena einfach gerade in die Augen.

„Was ist mit dir?"

Helenas Trotz erwachte, war stärker als die Qualen in ihrem Kopf. Sie wischte sich den Schweiß vom Gesicht und verdrängte das hämmernde Pochen hinter ihrer Stirn so gut es eben ging aus ihrem Bewusstsein. „Nichts. Ist schon wieder gut."

Sie hob das Kinn und trabte an. Sie ritt bis an die Spitze der Kolonne und bemerkte daher nicht, wie Dana die Stirn runzelte und still den Kopf schüttelte über Helenas falschen Stolz.

Der erste Sonnenstrahl hatte den Reisenden den Weg nach Tankelvar gewiesen. Nach Odits Auskunft hatten sie nur noch eine kurze Wegstrecke zurückzulegen. Zuerst wollte ihm niemand glauben, denn das Grasland erstreckte sich bis zum Horizont, nur vereinzelt standen ein paar Bäume in Gruppen zusammen. Von einer Stadt war weit und breit nichts zu sehen. Doch auf einmal durchzog ein feiner, kaum merklicher Geruch nach Rauch und Gewürzen die Luft. Helena glaubte erst an Einbildung, schließlich ernährten sie sich nun schon lange von ihrem Proviant, der maßgeblich aus getrockneten Früchten und dem Fleisch bestand, das sie mit etwas Glück auf ihrem Weg erlegten. Da konnte schon einmal die Fantasie mit einem durchgehen. Bis sie aber bemerkte, dass es nicht nur ihr so ging. Renoo und Rudor rieben sich die Bäuche und machten Scherze, auch Yonan richtete sich im Sattel auf und schnupperte neugierig. Noch war nichts zu sehen, aber durch den Geruch spürten sie, wie sie der Stadt Meter um Meter näher rückten. Geräusche drangen nun zu ihnen, zuerst leise, dann immer deutlich wahrnehmbar: Musik, Lachen, Stimmen, das Wiehern von Pferden, bellende Hunde. Immer noch hielt Helena angestrengt Ausschau, sie konnte einfach nicht glauben, dass in nächster Nähe eine Stadt mit tausenden von Menschen stehen sollte. Doch auf einmal, urplötzlich, tauchte ein kleiner Junge vor ihnen auf. Er stand einfach dort, wie aus dem Nichts, mit braungebrannter Haut und hellblonden Haaren wie Odit, den Finger in der Nase. Er war wohl ebenso erschrocken wie sie, denn nachdem er sie einige Sekunden mit offenem Mund angestarrt hatte, drehte er sich um, lief davon – und verschwand. Helena wollte schon verblüfft nach ihren Gefährten rufen, als Odit fröhlich lachend an ihr vorbei galoppierte – und ebenfalls verschwand. Helena ritt vorsichtig ein paar Schritte vor.

Laut lachte sie über sich selbst und winkte die anderen heran: Vor ihr öffnete sich der Blick in ein riesiges Tal – und Odit galoppierte gelassen den steilen Abhang hinunter. Das Gras war hier so hoch und das Tal lag so tief, dass man es ohne weiteres übersehen konnte. Ein Fremder wäre wohl einfach an der Stadt vorbei geritten und hätte sich lediglich über die herrlichen Düfte gewundert. Helena sog die Luft ein. Es war ein zu schöner Anblick. Über ihnen strahlte ein tiefblauer Himmel, nur einige wenige, hoch aufgetürmte Wolken zogen vorüber. Das Licht der Sonne durchbrach die Wolkenberge und warf seine Strahlen in das unendlich satte Grün unter ihnen. Einige Stoffdrachen schwebten an langen Leinen über der Stadt, bunte Fähnchen flatterten an ihren Schwänzen. Ein frischer Wind wehte, der Helena das Haar zerzauste. Das Tal war wie eine Oase im dürren Gelb der Steppe. Rechter Hand schlängelte sich ein kleiner Fluss den Abhang hinab, der über viele kleine Treppchen und Wasserfälle in Tümpel und Seen mündete, immer breiter wurde und schließlich wieder irgendwo im Fels verschwand. Die Häuser der Stadt waren alle nicht sehr groß, meist kleinere Hütten aus Holz, nur vereinzelt waren Lehmbauten zu sehen. Am Rande der Stadt waren viele Zelte aufgebaut, Helena vermutete dort Nomadenstämme, die ihr Lager um Tankelvar herum errichtet hatten. Pferde grasten frei auf den Wiesen, gehütet von Heranwachsenden, Wäschestücke flatterten an Leinen, einige kaum merkliche Rauchsäulen verwehten im Wind. Lachen und Singen tönte zu Helena hinauf.

Odit war inzwischen unten im Tal angekommen, die Einwohner hatten sich um ihn geschart, um ihn willkommen zu heißen. Er deutete den Hügel hinauf zu Helena und sofort wandten sich die Bewohner von Tankelvar ihr zu und winkten.

Kinder begannen, auf sie zuzurennen. Helena winkte fröhlich zurück und trieb Kashet an. Die Kinder empfingen sie johlend und begleiteten sie ins Tal hinab.

In der Stadt angekommen tränkte und wusch man die Pferde mit dem frischen Flusswasser, bot den erschöpften Reisenden Speisen und Getränke an, jedermann schien sich über ihre Ankunft zu freuen. Die Kinder des Steppenwindes machten ihrem Ruf als gastfreundliches Volk alle Ehre. Sie besaßen allesamt eine eher dunkle Haut, von Wind und Sonne gegerbt. Die Tankelvarer waren fast alle blond, in den verschiedensten Schattierungen. Auffallend war, dass die Mehrzahl der Menschen – Männer genauso wie Frauen – lange Haare hatten, meist offen oder zu langen Zöpfen geflochten. Helena erblickte die außergewöhnlichsten Steckfrisuren, teils kunstvoll geschmückt, es musste Stunden gedauert haben, sie zu flechten. Im Gegensatz zu ihren kunstvollen Frisuren waren die Menschen einfach und funktional gekleidet, ganz anders als in Saradian mit all den prächtigen Gewändern. Einer der weißen, fein gearbeiteten saradianischen Umhänge war hier kaum vorstellbar, das Leben in der windigen und sandigen Steppe verlangte nach einfachen und robusten Stoffen. Viele der Kinder rannten ohne Kleider herum, warfen sich kreischend vor Vergnügen in den Schlamm um sich danach im klaren Wasser des Flusses gegenseitig nass zu spritzen.

Odit strahlte über das ganze Gesicht, er war nach langer Abwesenheit endlich wieder zu Hause. Nach seinem Aufenthalt in Saradian, der vorwiegend seinen Verpflichtungen im Rat gedient hatte, gab es viel zu erzählen. Er umarmte hier jemanden oder küsste dort eine Wange, er schien überall gleichzeitig zu sein. Schließlich teilte sich die Menge um ihn herum und eine junge Frau erschien. Einen Moment lang starrten sie und Odit sich an, niemand außer ihnen schien zu existieren. In den Augen der Frau glänzten Freudentränen, sie öffnete den Mund wie um etwas zu sagen, schloss ihn aber wieder, ohne dass ein Laut herausgekommen war.

„Mirjam!“, Odits Stimme versagte.

Alle Geräusche verstummten, denn niemand wollte auch nur eine Sekunde des freudigen Wiedersehens verpassen. Dann zuckte es im Gesicht der Frau und sie begann zu strahlen.

Odit kletterte fast über die Köpfe der Menschenmenge hinweg. Lachen erhob sich und helfende Arme bahnten ihm einen Weg. Dann blieb er stehen und breitete die Arme aus. Dieser wortlosen Aufforderung wurde sogleich Folge geleistet. Die junge Frau flog auf ihn zu und in seine Arme. Er hob sie hoch und wirbelte sie herum, die zwei Körper waren nicht mehr voneinander zu unterscheiden. Helena spürte, dass jemand hinter sie getreten war und drehte sich um. Yonan stand hinter ihr.

„Schön, so eine Wiedersehensfreude, nicht wahr?“

Helena nickte. „Ja, da hast du recht. Wer ist sie? Odits Frau?“ Helena musste die Augen zusammenkneifen, wenn sie Yonan ansah, denn sie schaute direkt in die Sonne.

„Wir sind ja mal wieder überhaupt nicht neugierig, oder? Gedulde dich ein wenig, ich bin sicher, er wird sie uns schon noch vorstellen.“ Er bemerkte freudig, dass ihre Wangen wieder erste Sommersprossen zeigten, so wie früher in Asketan. Lachend betrachtete er die unwilligen Falten, die sich bei seinen Worten auf Helenas Stirn bildeten. „Manchmal siehst du immer noch aus wie damals, als ich dich fast für einen Grünling gehalten hätte.“

Helena streckte ihm die Zunge heraus. „Und wenn du nicht aufpasst, zieh ich dir diesmal wirklich die Wimpern raus.“ Verstohlen betrachtete sie die hübschen Frisuren und sauberen

Kleider der Frauen um sich herum und ihr Blick fiel auf ihre eigenen, schmutzigen Hände. „Aber bevor ich das mache, brauche ich dringend Wasser und Seife."

Prustend tauchte Helena auf. Sie badete in einer seichten Stelle des Flusses, der sich durch das Tal schlängelte. Ein kleiner Wasserfall rauschte hinab in eine Art steinige Wanne, durch die Strömung hatte der Sand überall winzige Hügel gebildet, die sich wellenförmig durch das Wasser zogen. Der Fluss reichte Helena gerade einmal bis zum Bauchnabel. Sie war nicht alleine. Kinder spielten am flachen Ufer, spritzten sich kreischend nass. Einige Frauen und Männer holten Wasser in großen Krügen und trugen es fort in die Stadt.

Die Sonne malte Muster auf den Grund. Wenn Helena versuchte, sie mit dem Fuß nachzuzeichnen, verschwammen sie und bildeten neue Formen. Ein paar Schritte weiter wurde das Wasser bewegter, bekam wieder Fahrt und rauschte weiter seinen Weg ins Tal hinab. Helena hätte ewig hier sitzen können. Die Äste der Bäume reichten weit über das Wasser, was die Kinder zu Spielen und Raufereien auf den dickeren Ästen veranlasste. Alle paar Sekunden fiel eines von ihnen vor Freude jauchzend ins Wasser und tauchte prustend wieder auf.

Bunte Vögel saßen in den Bäumen, von überall her plätscherte das Wasser, untermalt von den Geräuschen im Unterholz. Der Fluss war angenehm kühl, eine willkommene Abwechslung nach der Hitze der letzten Tage. Helena genoss es, endlich ihre Haare waschen zu können. Früher war sie stets die Letzte im Bad gewesen. Sich schick machen, das war nie ihr Ding gewesen, doch in den letzten Wochen war Körperpflege eindeutig zu kurz gekommen. Es war schon ein Luxus, sich wie hier an einem kleinen Tümpel oder Bach waschen zu können. Wenn Mira mich so sehen könnte, dachte Helena und schmunzelte in sich hinein. Mira war stets gepflegt und geschminkt gewesen. Sie hätte über sie sicher die Nase gerümpft. Helena schloss die Augen und ließ sich rückwärts in den Fluss gleiten, dann tauchte sie auf den kleinen Wasserfall zu und stellte sich darunter. Der harte Strahl des Wassers drückte angenehm auf ihre Schultern und wusch gleichzeitig die Reste der nach Kräutern duftenden Seife aus ihrem Haar, die Odits Frau Mirjam ihr gegeben hatte. Das ist deutlich besser als jede Dusche, seufzte sie.

Yonan rief nach Helena, doch sie antwortete nicht. Von nicht sehr weit her trug der Wind Lachen und Kreischen zu ihm herüber. Er folgte dem Klang, hinein in das kleine Wäldchen. Die Stimmen wurde lauter, je näher er dem Fluss kam. Er schob ein paar Zweige zur Seite, die den Blick auf das Wasser versperrten.

Die Kinder schienen dem Spiel auf den Bäumen überdrüssig geworden zu sein und sich Helena als neues Opfer ausgesucht zu haben. Sie umzingelten sie und bespritzten sie von oben bis unten mit Wasser. Kreischend ließ sich Helena auf das Spiel ein. Der Fluss wurde aufgewühlt von Händen und Füßen, wie ein Regen ergossen sich Millionen von Tropfen auf die Badenden. Lachend schützte Helena ihr Gesicht und wandte sich ab.

Yonan beobachtete die Szene und lächelte. Wie glücklich sie aussah. Schlagartig verdunkelten sich seine Gedanken. Ihm wurde klar, dass dies enden würde. Dass die Fröhlichkeit nicht von Dauer sein würde. Und dass er sie zwangsläufig verlieren musste. Er spürte den unbedingten Wunsch, diesen Moment zu bewahren, für immer.

Yonan war ein Kind des Waldes und so spürte er instinktiv, dass jemand hinter ihn getreten war.

„Hier steckst du also.“

Er erkannte die Stimme mit dem kantigen, saradianischen Akzent sofort, er musste sich nicht erst umdrehen, um zu wissen, wer hinter ihn getreten war. Er antwortete unwillig, hatte jetzt kein Interesse an ihrer Gesellschaft.

„Dana, was willst du hier?"

Entweder der bissige Unterton in Yonans Stimme störte sie nicht oder sie hatte ihn nicht wahrgenommen.

„Komm zurück in die Stadt, es kann doch nicht sein, dass du hier so alleine im Wald sitzt und nachdenkst. Trübsinnige Gedanken sind nichts für schöne Tage."

Yonans Stimme klang gereizt als er sich umdrehte und antwortete. „Ich bin nicht trübsinnig und ich bin auch nicht allein. Wenn du mir Gesellschaft leisten willst, dann tu das später. Lass mich in Ruhe." Er zögerte kurz und schob dann etwas freundlicher nach: „Bitte."

Diese Antwort passte Dana keineswegs, sie war es nicht gewohnt, abgewiesen zu werden. Er konnte spüren, wie sie ihr Temperament beherrschen musste. Doch sie verkniff sich eine schnippische Antwort, presste nur die Lippen zusammen und antwortete zunächst nicht. In ihren Augen blitzte es gefährlich, es war Yonan, als blickte er in eine Schlucht ohne Grund, in deren Mitte ein helles Feuer loderte. Plötzlich jedoch spielte um ihre Lippen ein Lächeln. „Ich dachte nur, wir zwei könnten uns vielleicht die Stadt zusammen ansehen, was sagst du?"

Dana streckte ihm ihre Hand entgegen. Er zögerte noch einen Moment, doch Dana lächelte so entwaffnend, dass er ihre Hand ergriff und sich von ihr aufhelfen ließ. Es war dumm von ihm gewesen, sie so anzufahren, sie konnte nichts dafür. Er sah sie durchdringend an: „Ich weiß zwar nicht, wie du das machst, aber du kriegst mich immer wieder rum."

Dana zuckte mit den Schultern. „Ich bin einfach unwiderstehlich."

Yonan musste lachen und ließ sich von ihr fort ziehen. Er konnte ihr nicht wirklich böse sein.

Helena trug eine hellblaue Hose, die an den Fußgelenken mit einem Band zusammengefasst war, dazu ein Oberteil aus demselben Stoff. Es ließ den Hals und ein wenig der Schultern frei und war an den Nähten mit weißer Stickerei verziert. Der Stoff der Kleidung war kaum zu spüren, er flatterte leicht im Wind, war gleichzeitig aber robust. Ideal also für das Leben in der heißen, windigen Steppe. Viele Frauen und Mädchen in Tankelvar trugen ähnliche Tracht. Helena wurde von einem schmerzhaften Pieksen aus ihren Gedanken gerissen.

„Au, nicht so fest." klagte sie. Jemand zog ihr kräftig an den Haaren.

„Beruhige dich, gleich bin ich fertig."

Es war Mirjam, die ihr geantwortet hatte. Sie saßen in einem großen Zelt, in dem sich allerlei Stoffe, Felle, Bänder und Lederstücke befanden. Es war die Näherei der Stadt, hier wurde die Kleidung der Tankelvarer hergestellt. Mirjam und Helena hatten sich sogleich gut verstanden. Die junge Frau war entsetzt darüber gewesen, dass Helena nach dem Bad wieder in ihre schmutzige Kleidung hatte schlüpfen wollen, also hatte sie ihr Ersatz besorgt, während ihre Kleidung gewaschen und getrocknet wurde. Nun war Mirjam damit beschäftigt, Helena die Haare nach der hier üblichen Art zu flechten. Odits Frau war überhaupt nicht verlegen oder befangen gewesen, sie plauderte einfach munter los, sodass Helena sich sofort wohl fühlte. Mirjam war nur wenige Jahre älter als sie, mit rotblonden Haaren, kleinen Grübchen an den Wangen und ungewöhnlich dunkelblauen Augen – und von einer betörenden Herzlichkeit. Helena konnte gut nachvollziehen, dass Odit sich in sie verliebt hatte.

Sie sieht ein wenig aus wie Mira, hatte Helena sofort gedacht, als sie sich vorgestellt hatten. Mira! Helenas Gedanken schweiften wieder ab. Was sie wohl jetzt gerade tat? Ob sie erschrocken gewesen war, Helena am Morgen ohne Bewusstsein in ihrem Bett zu finden? Fast tat es ihr leid, das Mädchen war eine der wenigen gewesen, die stets versucht hatten, freundlich zu ihr zu sein. Eine, die sie nicht ignoriert, geärgert oder verachtet hatte. Als Helena Mirjam betrachtete, dachte sie, dass Mira womöglich eine echte Freundin hätte werden können, wenn Helena es zugelassen hätte. Und dass es kein Zufall sein konnte, dass hier, im Land ihrer Träume, jemand auftauchte, der ihr so glich. Helena schüttelte den Gedanken ab. Das war eine andere Welt, ein anderes Leben.

Nun saßen sie also hier im Zelt, lachten und naschten von den in einer Schüssel bereitgestellten Süßigkeiten und Helena war im Begriff, nicht nur die Tracht sondern auch die Frisurenmode von Tankelvar zu übernehmen.

„So, fertig. Möchtest du dich betrachten?“ Helena nickte. „Ja, gerne, aber wie?“

Mirjam lächelte verschmitzt. „Kein Problem, wir haben einen Spiegel. Komm mit!“

Helena staunte. Spiegel waren eine Seltenheit in Asketan, schon gar nicht hatte sie erwartet, in dieser abgelegenen Gegend einen vorzufinden. Sie befanden sich mitten im Zentrum von Tankelvar, in einer kleinen Lehmhütte, die nur einen einzigen runden Raum besaß. Die Tür war stets geöffnet, so dass jeder den Raum benutzen konnte. Die kleine Staubschicht auf dem Spiegel zeigte allerdings, dass dies nicht sehr oft geschah, auf Eitelkeit wurde in der Nomadenstadt wohl weitgehend verzichtet. Der Boden war sauber gefegt, der festgestampfte Lehm schaffte eine angenehm kühle Atmosphäre. Die Wände waren kahl, nichts schmückte sie, Licht drang nur durch die Tür und zwei sich gegenüberliegende Löcher in der Wand, die als Fenster dienten.

In der Mitte des Raums stand ein kleiner Altar aus aufgeschichteten Steinen, auf dem der rechteckige Spiegel thronte, der zwar ein wenig blind war, aber einen ungefähren Eindruck von Helenas neuem Aussehen wiedergab. Helena konnte sich vom Kopf bis zum Bauchnabel betrachten, doch hätte sie sich fast selbst nicht erkannt. Die ungewohnte Frisur machte sie erwachsener, Mirjam hatte ihr die Haare kunstvoll geflochten und mit Hilfe von weißen Bändern und Nadeln aus Horn zusammengesteckt. Ihre Haut war durch die Sonne inzwischen leicht gebräunt und ihre Wangen glänzten rot und gesund, ihre Haare wirkten dunkler als vorher, hatten ihren haselnussbraunen Schimmer wieder, und seit Schmutz, Schweiß und Staub aus ihnen herausgewaschen war, begannen sie auch wieder, sich fröhlich zu locken. Helena hatte früher nie allzu gerne in den Spiegel gesehen. Nun war sie überrascht von ihrer Verwandlung. Mirjam stemmte die Hände in die Hüften: „Na, was sagst du?"

„Fantastisch! Ich erkenne mich kaum wieder. Du hast ein Wunder vollbracht, Mirjam." Helena blickte erneut in den Spiegel und drehte sich ausgelassen. Ihre Laune hätte nicht besser sein können, alle Sorgen waren wie weggeblasen.

„Ich musste kein Wunder vollbringen. Schau dich an, es ist alles schon da gewesen, es musste nur hervorgeholt werden."

Helenas Herz machte einen kleinen Sprung, als sie das hörte.

„Wo habt ihr diesen Spiegel her? Ich hätte nicht gedacht, dass es hier einen gibt."

Sie trat ein wenig näher, um ihn zu betrachten. Der Rahmen des Spiegels war, das war sogar unter der Staubschicht zu erkennen, reich verziert. Fremde Schriftzeichen schmückten ihn. Mirjam tat furchtbar geheimnisvoll. „Du kennst ihn nicht? Das ist Tel-Remyhon, der sprechende Spiegel der Weisheit."

Helena schüttelte den Kopf. „Davon habe ich tatsächlich nie gehört. Was hat es damit auf sich?"

„Um diesen Spiegel rankt sich eine alte Sage, willst du sie hören?"

Helena nickte begeistert. „Natürlich." Sie lehnte sich an die Wand der Hütte. Ein sprechender Spiegel – was auch sonst, schmunzelte sie in sich hinein. Mirjams Gesicht nahm einen ganz neuen Ausdruck an, alles an ihr konzentrierte sich auf die Erzählung, als ob sie sich erst erinnern müsste. Helena wartete ab. Im Laufe des Nachmittags, während sie ihr die Haare geflochten hatte, hatte Helena einige solcher Geschichten gehört – und Mirjam hatte sie jedes Mal gekonnt mit Stimme und Gestik untermalt. Sie war eine gute Erzählerin.

„Vor vielen, vielen Jahren lebte in Tankelvar ein weiser, alter Mann, ein König zu seiner Zeit. Dieser König war ein gerechter Herrscher, er wurde von seinen Untertanen geliebt und geachtet, viele baten ihn um Rat und Unterstützung und niemals verweigerte er sie. Sein Name war Remyhon – der Weise. König Remyhon führte ein gutes und glückliches Leben, doch ein Wunsch erfüllte sich lange nicht: Ein Kind, das sein Werk fortführen sollte. Nach vielen Jahren schließlich gebar ihm seine Frau einen Sohn. Aus Dankbarkeit ließ Remyhon einen kostbaren Spiegel anfertigen, geschmückt mit Symbolen des Schutzes, der zu ihm sprechen und ihm ein Ratgeber sein würde. Sein Sohn sollte sich immer, wenn er sein Spiegelbild sah, daran erinnern, dass er einst ein gerechter König sein und seinem Volk dienen sollte, nicht das Volk ihm. Tankelvar lebte in Frieden und Wohlstand, denn niemand hatte etwas, das ein anderer nicht auch hatte. Doch Tigas, der Sohn des Remyhon, war nicht wie sein Vater. Er hatte kein gutes Herz. Er neidete seinem Vater sein Ansehen, wollte mehr als der Diener seines Volkes sein, er wollte es ganz beherrschen. Und er wollte nicht warten. Also erdolchte er in einer dunklen Nacht seinen Vater, um selbst König zu werden. Als Tigas' Blick jedoch nach der Tat in den Spiegel fiel, den sein Vater ihm geschenkt hatte, entstand dort ein großer Sprung, mitten durch sein Gesicht. Seine Mutter entdeckte den Tod ihres Mannes und wusste sogleich, wer ihn getötet hatte. So benetzte sie den Spiegel mit ihren Tränen, bis er verstummte und erlosch, damit ihr Sohn seine Schande nicht sehen müsse, wenn er hineinblickte. Denn trotz allem liebte sie ihn.

Tigas nahm sich die Krone seines Vaters, doch von nun an herrschten in Tankelvar Armut und Leid, die Dämonen des Hungers und der Angst tobten. Tigas schwelgte in Reichtum, während draußen sein Volk litt. So gingen die Menschen davon, wurden zu Nomaden und zogen durch die Steppe, um fern der Stadt zu leben. Niemals mehr wagte Tigas, in den Spiegel zu sehen und ihn um Rat zu bitten. Doch ihn zu zerstören wagte er ebensowenig. Und als er schließlich starb, war er alt und einsam. Das Schicksal hatte ihm keine Kinder geschenkt, so dass sein Thron verwaist blieb. Die Kinder des Steppenwindes feierten den Tag seines Todes und kehrten nach Tankelvar zurück: Von nun an wollten sie ohne König als freies Volk leben. Der Spiegel wurde hier aufbewahrt, als Mahnung und Erinnerung, stets gerecht und demütig zu sein."

Mirjam schloss die Geschichte mit einer dramatischen Handbewegung und verbeugte sich dann lachend. „Das ist die Legende, wie unser Volk zu dem wurde, was es heute ist." Helena klatschte begeistert.

„Es ist natürlich nur eine Geschichte", fügte Mirjam hinzu, „aber immerhin eine schöne. Mir hat sie schon immer gefallen. Und der Spiegel steht tatsächlich hier, seit ich denken kann.

Und schon lange davor. Er ist wirklich sehr alt."

Helena betrachtete den Spiegel neugierig. „Wer weiß, in vielen Geschichten steckt ein Körnchen Wahrheit. Warum sollte es sich nicht so zugetragen haben? Wo, wenn nicht hier in Asketan, könnte ein verzauberter Spiegel Platz finden?"

Mirjam zuckte mit den Schultern. „Wer weiß das schon. Und selbst wenn, niemand kann sagen, ob das hier der echte Tel-Remyhon ist oder nur einfach irgendein Spiegel. Sieh nur: Er hat noch nicht einmal einen Sprung."

Ihre Augen weiteten sich plötzlich entsetzt. „Helena, was tust du da? Nicht anfassen. Wer Tel-Remyhon berührt und unwürdig ist, der wird von ihm vernichtet werden."

Helena hielt in ihrer Bewegung inne und grinste. „Aha, du glaubst also doch daran."

Mirjam wand sich unter Helenas Blicken. Sie schaute verlegen zu Boden. „Nein, doch, das heißt... riskieren sollte man es nicht, oder? Was glaubst denn du, warum er so staubig ist? Niemand wagt es, ihn zu berühren. Ich kann mich nicht erinnern, dass es je jemand getan hätte."

„Wenn du die Geschichte nicht für wahr hältst, dann kann ich ihn ja gefahrlos anfassen."

Mit diesen Worten näherte sie ihr Gesicht dem Glas, die dünne Staubschicht auf seiner Oberfläche ließ sich nur schwer wegblasen. Helena wollte es sich selbst nicht eingestehen, aber ihre Hand zitterte leicht. Sie hatte den Mund zu voll genommen. Aber irgendetwas zog sie zum Spiegel hin und als sie seinen Rand berührte, zuckte sie zusammen. Sie erwartete, sofort von einem Blitz getroffen oder von einer ähnlich vernichtenden Macht niedergestreckt zu werden. Doch nichts geschah. Mirjam lachte befreit. Auch Helenas Anspannung löste sich. Sie strich mit dem Ärmel ihres Kleides den restlichen Staub zur Seite. Als sie fertig war, trat sie einen Schritt zurück, um sich besser sehen zu können.

Dann entdeckte sie es. Und sie war nicht die einzige, sie hörte Mirjam hinter sich heftig die Luft einziehen: Ein dünner Sprung zog sich fast senkrecht über den Spiegel und teilte ihn in zwei Hälften. Der Sprung strahlte in einem matten Glanz, der den ganzen Spiegel zu erleuchten schien. Mirjam hauchte: „Tel-Remyhon. Er ist es wirklich."

Helena trat zurück und schwieg. Mirjam war erbleicht an die Wand gesunken. Der Spiegel schimmerte im Licht, das durch die beiden Fenster drang. Dann, plötzlich, erschien etwas in seiner Mitte. Zunächst undeutlich, dann immer klarer. Der Sprung verblasste und an seiner Stelle erschien ein Wirbel, der wie Nebel über das Glas brauste. Ein Gesicht, umrahmt von langem weißen Haar, formte sich daraus, erst undeutlich, dann immer klarer. Eine Stimme schwang leise durch den Raum: „Helena?"

Mirjam, die die ganze Zeit über mit offenem Mund dagestanden hatte, rannte schreiend ins Freie.

KAPITEL VII – EIN ORT, AN DEN ICH GEHÖRE

„Tel-Remyhon, er spricht. So hört doch, er spricht mit der Mondgeborenen!“

Mirjams Schrei war durch die ganze Stadt zu hören. Helena nahm ihre aufgeregten Rufe jedoch nur am Rande war. Was sie viel mehr interessierte, war der Spiegel und das, was sie darin erblickte. Noch konnte sie es nicht erkennen. Das Glas leuchtete noch immer in dem sanften Licht, das den ganzen Raum erhellte und eine Art Hülle schaffte, die sie vom Rest der Welt trennte. Der Wirbel im Spiegel klarte nun auf und gab schließlich ein Gesicht frei, das Helena nur allzu bekannt war. „Murimir“, flüsterte Helena, „was bin ich froh, Euch zu sehen.“

Murimir lächelte. „Ich bin ebenfalls froh, dass du gesund und am Leben bist.“

Sie drehte sich um und sah hinter sich, schien nervös zu sein. „Ich wähle diesen Weg, um dich zu warnen, Kind. Sie werden bald nahe sein, bei euch, sie sind dir auf der Spur, ich kann es fühlen. Torak hat dich gezeichnet, das macht es ihm leicht, dich zu finden. Ihr müsst so bald wie möglich weiter, immer in Bewegung bleiben. Die Zeit verrinnt so schnell. Ich weiß nicht, wie lange Torak noch zögert. Und nur der Stein, den du mir bringen wirst, kann uns erlösen."

Helena schüttelte den Kopf. „Ich tue, was ich kann, aber ich fürchte, es wird nicht einfach sein, den Stein…"

Murimir schnitt ihr harsch das Wort ab.

„Sieh auf deine Hand!"

Helenas Blick fiel auf den Mond in ihrer Handfläche. Der dunkle Fleck war deutlich größer geworden, erinnerte nun an einen schlanken Sichelmond, schwarz wie die Nacht. Helena erschrak. Murimir beruhigte sie.

„Noch ist es nicht zu spät. Du kannst es schaffen, Helena. Glaube an dich." Sie schwieg einen Moment. „Es gibt eine Möglichkeit, Zeit zu sparen. Schneller zu sein, etwas zu tun, das sie nicht von dir erwarten."

„Und das wäre? Ich tue alles, was nötig ist."

„Setaph, das *Rauschende Wasser*, der Fluss, der aus dem Tal fließt. Er ist schnell und gefährlich. Aber er wird euch wertvolle Zeit sparen, wenn ihr in bezwingt. Zusammen wird euch das gelingen."

Von draußen hörte Helena aufgeregte Stimmen, doch niemand schien sich zu ihr hinein zu wagen.

„Sag Odit, er muss euch ein Boot bauen. Er wird sich weigern, da bin ich sicher, denn die Kinder des Steppenwindes fürchten den Fluss, aber du musst darauf bestehen. Hast du mich verstanden, Helena?"

Helena senkte gehorsam den Kopf.

„Ich habe verstanden, Murimir. Ich werde es versuchen."

Murimir lächelte sanft. „Du wirst es nicht versuchen. Du wirst es tun. Aber sei auf der Hut, die Häscher sind überall." Murimirs Bild begann zu verblassen, ein Strudel erfasste sie und verzerrte ihr Gesicht.

„Murimir, bitte bleibt noch ein wenig", bettelte Helena.

„Ich werde immer bei dir sein, mein Kind. Hab Mut." Sie verblasste immer mehr im Sog des Wirbels. Schließlich war sie ganz verschwunden, der Spiegel zeigte nur noch Helenas verzweifeltes Gesicht, das der Sprung in zwei Hälften teilte. Dann verblasste auch das sanfte Leuchten wieder. Yonan erschien außer Atem im Türrahmen, hinter ihm unzählige Neugierige.

Mirjam war schreiend durch die Gassen gerannt.

„Tel-Remyhon ist erschienen, er ist zurück, er spricht mit dem fremden Mädchen, der Mondgeborenen. So hört mich doch an." So waren schließlich eine Menge Leute neugierig geworden. Sie hatten versucht, Mirjam anzuhalten, doch sie hatte nach Yonan gesucht. Sie wusste, dass Ux und er Helenas engste Vertraute waren. Endlich hatte sie ihn bei den Pferden gefunden.

„Yonan!"

Mirjams erschreckte Stimme hatte ihn zusammenzucken lassen. Mirjam hatte ihre Hände auf die Knie gestützt, vom schnellen Rennen erschöpft. Während sie laut nach Luft geschnappt hatte, hatte sie versucht zu erklären.

„Helena... sie..." Yonan hatte das Schlimmste befürchtet. Grob hatte er die junge Frau, die kaum ein Wort herausbrachte, an den Schultern geschüttelt. „Was ist mit Helena?"

„Sie... der Spiegel." Sie hatte nichts weiter sagen können, so außer Atem war sie gewesen. Yonan hatte schnell begriffen, dass von ihr nicht mehr zu erfahren war. „Wo?", hatte er nur gefragt. Mirjam hatte auf die Stadtmitte gedeutet, eine Menge Menschen bewegten sich ebenfalls dorthin, waren durch das Geschrei neugierig geworden. Yonan hatte begonnen zu laufen.

„Alles in Ordnung?" Yonan beugte sich zu Helena und fasste

sie vorsichtig an den Schultern. „Ja, alles in Ordnung“, sie drückte seine Hand, „das war wirklich… erstaunlich.“

„Ich hab mir Sorgen gemacht. Mirjam war so aufgeregt, ich dachte, es sei dir etwas zugestoßen.“

Helena sah ihn ein wenig ungläubig an. Erst jetzt bemerkte sie die Menschenmenge, die sich neugierig am Eingang des Raumes drängte. „Ich habe mit Murimir gesprochen.“

„Du hast... was?“ Sein Blick verriet, was er dachte.

Sie winkte ab. „Der Spiegel, er hat… ich kann das jetzt nicht erklären. Aber es gibt wirklich wichtige Dinge zu besprechen und wir haben keine Zeit zu verlieren. Sag den Anderen Bescheid, bitte, wir müssen uns treffen.“

Helena wandte sich dem Ausgang zu. Sofort wichen die dort wartenden Menschen ehrfürchtig zurück und bildeten eine Gasse. Zögernd schritt Helena hindurch. Wenn sie den Menschen ins Gesicht sehen wollte, blickten diese unsicher nach unten oder schauten sie mit großen Augen ängstlich an. Wer war diese Fremde, die Tel-Remyhon zum Leben erweckt hatte? Helena gefiel diese plötzliche Zurückhaltung nicht. Möglichst schnell ließ sie die Menschenmenge hinter sich. Sie beschleunigte ihre Schritte, sie musste Odit finden.

Yonan hatte alle Gefährten zusammengerufen. Als Helena ihre Absicht äußerte, so schnell wie möglich aufzubrechen, und das auch noch auf dem Fluss, wurden Murren und Unmut laut. Sie alle hatten sich ein paar Tage Erholung von ihrem Ritt erhofft. Und Tankelvar war wirklich ein angenehmer Ort, um sich auszuruhen.

„Helena, was du da vorschlägst, das ist Irrsinn. Setaph ist nicht einfach nur ein Fluss. Er ist wild und gefährlich. Niemand hat je gewagt, ihn jenseits der großen Felsen zu befahren. Sobald er das Tal verlässt wird er zur tödlichen Falle.“

Ux' Zweifel stießen auf offene Ohren.

„Ich stimme ihm zu", nickte Odit, „den Fluss zu befahren kommt einem Selbstmord gleich. Niemand, der es versucht hat, ist je zurückgekehrt. Nicht umsonst haben wir den Durchgang zu den Felsen schon vor Generationen verschlossen."

Doch Helena blieb hart. Sie hatte nicht vor, sich von irgendjemandem von ihrem Entschluss abbringen zu lassen. Murimir wusste, was zu tun war, da war sie sich sicher. Und wenn sie es Helena zutraute, würde es gelingen.

„Dann werden wir die Ersten sein, die ihn bezwingen, Odit", wandte sie sich an den strohblonden Hünen, „wie lange dauert es, ein Boot zu bauen, das Pferde und Menschen sicher trägt?"

Odit zögerte. „Nun, wir haben viele kräftige Leute und genug Holz, aber selbst, wenn wir die Nächte durcharbeiten, wird es wohl erst in ein paar Tagen fertig sein. Und es wird ein recht einfaches Boot sein müssen, eher ein Floß."

Helena wandte sich an alle Anwesenden.

„Ich zwinge niemanden, mit mir zu gehen. Aber mein Entschluss steht fest: Ich werde auf dem Wasser weiterreisen. Murimir will es so. Wer hier in Tankelvar bleiben will, der soll es tun, wer mich aber begleiten will, den werde ich nicht abweisen." Sie verschränkte die Arme.

Wenn sie will, kann sie ein wirklicher Dickschädel sein, dachte Yonan. Auch er hielt ihren Plan für puren Wahnsinn.

„Nun, wer möchte hier bleiben?", wiederholte Helena trotzig.

Ihr Gesicht blieb unbewegt. Unsicher rückten die Anwesenden hin und her, jemand hustete, doch niemand sagte etwas. „Und wer wird mich begleiten?"

Blicke wurden gewechselt. Schließlich erhob sich Rudor, der bärtige Wächter, als erstes. Er schaute fragend Renoo an, die ihm aufmunternd zunickte. „Ich weiß aus Saradian, wie man ein

Boot steuert, ich bin dort oft genug auf dem Fluss gefahren. Du wirst mich also brauchen. Wenn es dir hilft, den Kristall zu finden, dann soll es so sein. Renoo und ich, wir kommen selbstverständlich mit dir. "

Er stellte sich neben Helena, Renoo folgte. Auch Odit und Dana erhoben sich. Dana schaute Helena nicht ohne einen gewissen Respekt an: „Es ist mutig von dir, diesen Weg zu wagen. Ob es auch klug ist, werden wir wissen, wenn uns das Wasser verschlingt." Helena nickte stumm. Sie konnte es nicht leugnen, Murimirs Plan war ein Wagnis und ob er gelingen würde, war nicht sicher.

Ux stand ebenfalls auf, er knurrte jedoch unwillig und zog Helena sanft an den Haaren. „Immer noch die gleichen Flausen im Kopf wie früher. Kein Stück erwachsener geworden, dieses Kind." Helena musste lächeln. Sie hatte gewusst, dass sie nicht alleine fahren musste.

Nach und nach verließen alle die Hütte, Odit begann bereits, den Bau des Bootes zu planen und sich tatkräftige Hilfe unter den Tankelvarern zu suchen.

„Yonan?"

Erstaunt drehte er sich um als er seinen Namen vernahm und blieb stehen. „Was ist denn?"

„Zweifelst du an unserer Reise? An mir?"

Yonan war der einzige gewesen, der bei Helenas Frage sitzen geblieben war. Ihm selbst war das nicht bewusst geworden, er hatte sein Mitkommen für selbstverständlich gehalten, für ihn stand es außer Frage, dass er sie begleiten würde. Sie verließen sich seit Kindertagen aufeinander, er konnte sich nichts vorstellen, das dies ändern könnte. „Du meinst, weil ich nicht aufgestanden bin? Helena, ich dachte du wüsstest, dass ich natürlich mitkommen werde. Ich gehe diesen Weg mit dir zusammen, bis zum Schluss. Was auch immer du dir für einen

Unsinn ausdenkst. Was denkst du denn?“

Helenas Mundwinkel verzogen sich skeptisch, ihre Augenbrauen erhoben sich leicht, sie musterte ihn. „Dann ist es ja gut.“ Ihr Blick schweifte über ihn hinweg. Draußen vor der Türe wartete Dana ungeduldig auf ihn.

Odit hatte ganze Arbeit geleistet, das Boot war fast fertig, schon morgen würden sie aufbrechen. Helena hatte sich gemeinsam mit Ux um den Proviant und die neue Ausrüstung gekümmert, schließlich würden sie schon bald wärmere Kleidung brauchen und es würde nicht mehr so einfach sein, frisches Fleisch zu jagen. Die Händler von Tankelvar boten gute Möglichkeiten, sich für die bevorstehende Weiterreise einzudecken.

Nun war Helena auf dem Rückweg zu Odits Hütte, sie hatte Lust auf Mirjams Gesellschaft und wollte nach ihr sehen. Ihr Weg führte sie mitten durch die Stadt hindurch, was keine leichte Aufgabe war, denn man konnte sich schnell verirren. Die Bauten waren sich untereinander so ähnlich, dass ein ungeübter Blick kaum Unterschiede feststellen konnte. Früher waren die Straßen von Tankelvar voller Zelte gewesen. Die Kinder des Steppenwindes waren umhergezogen, stets auf der Suche nach den besten Weiden für ihre Ziegen und Pferde. Doch mit der Zeit waren die Nomaden immer wieder hierher an diesen wundervollen Ort zurückgekehrt, waren sesshaft geworden und die Zelte hatten schließlich festen Häusern aus Holz oder Lehm Platz gemacht. Das große Tal bot ideale Bedingungen: Setaph schenkte ihnen genug Wasser, es gab Gras für die Tiere, fruchtbare Erde für eine gute Ernte und Bäume, die Schatten spendeten an heißen Tagen. Trotzdem schien es Helena, als seien die Bewohner bereit, ihre Stadt binnen weniger Stunden abzubauen und ihr altes Leben als Nomaden jederzeit wieder aufzunehmen. Sie waren wachsam geblieben, ihre Späher erstreckten sich über die ganze Steppe, sie hatten ausgeklügelte Systeme, um sich auch über lange Distanzen zu verständigen. So konnten Feinde schon angekündigt werden, bevor diese überhaupt ahnten, dass sie sich in der Nähe einer Siedlung befanden. Helena war sich sicher, dass auch ihre Ankunft schon lange vorher bemerkt worden war.

Helena bog in die kleine Gasse ein, die zu Odits und Mirjams Hütte führte. Sie vernahm eine ihr bekannte Stimme, verlangsamte die Schritte und blieb schließlich zögernd vor dem nur mit einem Tuch verhängten Eingang stehen. Odits Stimme drang ungeduldig und wütend aus den Fenstern. Helena wollte nicht lauschen, ganz bestimmt nicht, aber die Stimmen waren einfach zu laut um sie zu überhören. Sie hatte Odit noch nie unfreundlich oder unbeherrscht erlebt – kein Zweifel, der sanfte blonde Hüne führte einen Streit. Helena wollte sich gerade zum Gehen wenden, als sie ihren Namen hörte. Das änderte ihre Meinung über das Lauschen natürlich sofort, sie rührte sich nicht von der Stelle und spitzte die Ohren. Da war noch eine andere Stimme, weicher und höher, es war Mirjam. Die Stimmen hatten sich inzwischen etwas gesenkt, Odit schien sich beruhigt zu haben. Helena konnte nur noch einzelne Worte verstehen. Mirjam schien zu weinen. Helena ging noch einige Schritte weiter, drückte sich an die Wand und hielt den Atem an. Sie wusste, dass es nicht richtig war, was sie hier tat, doch nun konnte Helena die beiden gut verstehen. Mirjams Stimme klang brüchig, so als ob sie versuchte, das Weinen zu unterdrücken, es aber nur schwer fertig brachte.

„Aber frag sie doch wenigstens, ich meine, das ist doch eine Ausnahme, etwas Besonderes."

„Ich kann nicht. Ich bin eine Verpflichtung eingegangen, gegenüber Helena, Murimir, dem Hohen Rat, ganz Yuhr. Ich habe versprochen ihr beizustehen, sie zu beschützen. Was soll ich nun sagen? Vielleicht: ‚Entschuldige, aber du findest sicher jemanden, der an meiner Stelle mit dir geht'. Wie stellst du dir das vor? Ich muss zu meinem Wort stehen und sie auf dem Fluss begleiten."

Nun begann Mirjam wieder zu weinen.

„Aber es ist doch unser Erstes." Odit schien sie in den Arm genommen zu haben, denn das Schluchzen wurde leiser, verebbte schließlich ganz. „Soll dein Kind ohne Vater aufwachsen?"

Odits Stimme klang besänftigend. „Wenn ich ihr nicht helfe, wird unser Kind vielleicht nie die Möglichkeit haben, überhaupt aufwachsen zu können. Verstehst du das? Willst du das?" Es kam keine Antwort, wahrscheinlich hatte Mirjam nur den Kopf geschüttelt. Helena hörte nicht mehr auf die nun folgende Unterhaltung, sie war ohnehin in ein versöhnliches Liebesgeflüster übergegangen.

Mirjam erwartete also ein Kind. Und Odit fühlte seine Verpflichtung Helena gegenüber so stark, dass er sie nicht fragen wollte, ob er bei Mirjam in Tankelvar bleiben könne. Helena fasste einen Entschluss. Einen der, wie sie sich selbst eingestehen musste, zwar nicht besonders überlegt war, aber ihr Mitgefühl war stärker. Sie wusste, wie es war, ohne Eltern aufzuwachsen und hätte alles für einen Vater oder eine Mutter gegeben. Sie wünschte das niemandem – und schon gar nicht ihrer neuen Freundin Mirjam und ihrem Kind.

Leise wandte sie sich um und ging ein paar Schritte die Gasse hinunter, blieb dann stehen, drehte um und kehrte mit möglichst festen und hörbaren Schritten zum Haus zurück, laut nach Odit rufend. Sie wartete einen Moment und klopfte dann an den Türrahmen. Ruhe trat ein.

„Wer ist da?" hörte sie Odits Stimme fragen.

„Ich bin es, Helena. Bist du da, Odit?“

Odit und Mirjam wechselten überraschte Blicke. Ob Helena sie wohl gehört hatte? Odit zuckte mit den Schultern und schob das Tuch beiseite. Helena sah in Mirjams gerötetes Gesicht und verstand, dass sie gerade bei der Versöhnung gestört hatte. „Ich hoffe, ich komme nicht ungelegen.“

„Nein, ganz und gar nicht“, sagte Odit etwas verlegen. „Komm hinein.“

Der Raum war behaglich eingerichtet. Ein Tisch und zwei Schemel standen in der Mitte des Raumes, ein paar übereinander geworfene Felle bildeten zugleich Betten und Sitzgelegenheiten. In einer Ecke des Raumes sah man die Reste des Feuers, darüber hing in einem Gestell ein großer eiserner Kessel. An der Wand lehnte eine Leiter, die als Zugang zum Verschlag unter dem Dach diente. Mirjam bot Helena etwas zu trinken an. Die dickflüssige, leicht vergorene Ziegenmilch schmeckte herrlich.

„Ich wollte mich erkundigen, wie weit ihr mit dem Bau des Bootes seid? Gehen die Arbeiten gut voran? Können wir morgen aufbrechen?“

Odit wirkte etwas ungehalten, als er antworte: „Wenn du deswegen gekommen bist – ich gehe gleich wieder an die Arbeit zurück, um zu sehen, ob alles nach Plan läuft.“

Helena winkte ab. „Schon gut, ich bin mir sicher, du hast das alles im Griff. Aber ehrlich gesagt – deswegen bin ich eigentlich auch gar nicht hier. Ich muss etwas anderes mit dir besprechen.“ Sie machte eine kleine Pause. „Ich glaube nicht, dass es gut ist, wenn das Boot überladen ist. Je Weniger auf ihm reisen, desto besser.“

Odit blickte sie misstrauisch an. Was wollte sie ihm sagen?

„Rück schon heraus damit.“

Helena musste zugeben, dass es ihr sogar ein wenig Spaß

machte, Odit auf die Folter zu spannen. „Odit, du hast uns sicher bis nach Tankelvar geführt. Aber nun werden wir dem Fluss folgen. Murimir hat Recht: Ihr Tankelvarer seid Reiter, keine Seefahrer. Kurz und gut, ich halte es für besser, wenn du hier bleibst. Ich hoffe, du bist mir deshalb nicht böse?“

Sie sah Odits erschrockenes Gesicht, und so beeilte sie sich hinzuzufügen: „Du musst dein Volk auf die Verteidigung der Stadt vorbereiten. Die Häscher nehmen auch den Tod Unschuldiger in Kauf, das wissen wir spätestens seit der Hütte, und selbst wenn ich nicht mehr hier bin, sind sie für euch womöglich noch immer gefährlich. Wirst du das für mich tun und hierbleiben? Tankelvar beschützen?“

Odit und Mirjam wechselten schnelle, erstaunte Blicke. Helena sah, wie Mirjam sich umdrehte, es gelang ihr nicht, ihr Strahlen ganz zu verbergen. Odit hakte nach. „Und du bist dir sicher, dass das geht, ich meine, dass es das Beste ist?“

„Ja, das glaube ich.“ Helena machte ein betrübtes Gesicht. Nur das Glitzern in Odits Augen verriet, wie sehr er sich freute. „Dann werde ich tun, was du verlangst, Mondgeborene. Ich werde erfüllen, womit ich dir am besten dienen kann. Wir werden die Späher verdoppeln und die Stadt auf alles Nötige vorbereiten. Und wenn wir nicht siegen können, sind wir fort, schneller als der Wind und schneller als jeder Häscher es sein könnte.“

„Gut, dann wäre wohl alles geklärt. Ich danke dir.“

Sie erhob sich, drehte sich um und ging auf die Tür zu. Noch einmal zögerte sie kurz. „Ach, und Odit…“

„Ja?“ Seiner Stimme war anzumerken, dass er Helena am liebsten rausgeworfen hätte, um Mirjam um den Hals zu fallen.

Sie zeigte auf Mirjams Bauch. „Herzlichen Glückwunsch. Pass gut auf die beiden auf, ja?“

Der Krug mit Ziegenmilch klirrte, als er aus Mirjams Hand

fiel und auf dem Boden aufschlug.

Es wurde Abend. Man hatte zu Ehren Helenas und ihrer Begleiter ein großes Fest vorbereitet. Tel-Remyhon hatte mit der Mondgeborenen gesprochen, das war ein Grund zum Feiern und ein Zeichen, dass alles gut werden würde, davon war man nach anfänglicher Sorge inzwischen überzeugt. Dumpfe Trommeln schlugen, immer wieder unterbrochen durch höhere und schnellere Klänge. Helena bahnte sich einen Weg durch die im Feuerschein glänzende Menge. Kräuter und Duftöle waren ins Feuer gegossen worden, der Rauch benebelte Helenas Sinne. Vier Männer bearbeiteten die großen Felltrommeln mit den Händen. Ihre nackten Oberkörper glänzten vor Schweiß, durch die vielen Feuer war es fast unerträglich warm. Die Flammen züngelten in den Abendhimmel, bewegten sich im Rhythmus der Trommeln wie Tänzer. Die Menschen drängten sich an den Feuern oder bewegten sich zur Musik. Schließlich trat eine Frau zwischen die Tanzenden, reich geschmückt mit bunten Bändern und Hornreifen an Händen und Füßen, die ständig klirrend aufeinander stießen. Die Trommeln verstummten wie auf Kommando. Auch die Menge schwieg nun. Nur das klickende Geräusch der Reifen um die Füße der Frau war zu hören. Dann begann sie zu singen. Ihr Lied erklang in einer fremden Sprache, die Helena nicht verstand. Schließlich, wie auf ein geheimes Zeichen, fielen die Trommeln in den Gesang ein, immer schneller. Die Frau begann zu tanzen, sie drehte sich, stampfte mit den Füßen den Takt mit, ihr ganzes Gesicht strahlte, sie sah in diesem Moment unglaublich schön aus, wie erleuchtet vom Klang ihrer Stimme und dem Schein des Feuers. Helena war ganz in ihrem Bann, sie ertappte sich dabei, wie ihre Hände den Takt mitschlugen. Es begann in ihren Füßen zu kribbeln und sie verspürte eine unbändige Lust, in den Schein des Feuers zu springen und mitzutanzen. An irgendetwas erinnerte sie dieses Fest, die Nacht, das Feuer und der Geruch der Menschen, die sich an sie drängten. Die Sprache, die Musik, das alles verstand sie nicht und doch erschien es ihr so seltsam vertraut, so als ob sie nie irgendwo anders gewesen wäre, als ob es keine andere Welt für sie gäbe. Das Lied der Tänzerin endete mit einem kehligen Trillern, dann verstummte auch die Menge. Nur das dumpfe Schlagen der größten Trommel war noch zu hören. Wie eine einzige Masse bewegten sich die Tankelvarer, sich hin- und herwiegend. Die Trommeln wurden immer lauter, fordernder und wie aus dem Nichts war eine Gruppe Männer und Frauen aufgetaucht, die sich zu einer Reihe formierte. Die Menge stimmten zu einem mehrstimmigen, fröhlichen Gesang an. Sofort setzte die Reihe sich in Bewegung, vom Johlen und Klatschen der Zuschauer nur noch mehr angefeuert. Helena ließ sich mitreißen, sich treiben vom Klang der Musik. Plötzlich spürte sie eine Berührung am Arm. Sie blickte zur Seite und sah Yonan neben sich.

„Wie siehst du denn aus?“ skeptisch blickte er Helena an.

Helena lachte nur. „Wieso, wie soll ich denn aussehen?“

Dabei wusste sie genau, was er meinte. Schweiß lief ihr den Rücken herunter, ihre Haare klebten ihr an den Schläfen, die Flechtfrisur hatte sich schon lange gelöst. Auf Stirn und Oberlippe hatten sich Schweißtropfen gebildet. Ihr Gesicht war rot. Yonan blinzelte sie sichtlich verwirrt an.

„Nun ja, du wirkst etwas, wie soll ich sagen… angestrengt.“

Helena strich sich die Haare aus dem Gesicht und kicherte. „Angestrengt? Jetzt geht es doch erst richtig los.“

Sie streifte ihre ledernen Schuhe ab und sprang in den Lichtschein des Feuers, schloss sich den Tanzenden an. Diese nahmen sie in die Mitte und es dauerte nur wenige Augenblicke, bis Helena die Schrittfolge begriffen hatte. Yonan schüttelte den

Kopf, lachte und sprang ebenfalls dazu. Er ergriff Helenas Hand und sie sahen sich an, ein kurzer Moment, hier, in der durch Feuer erhellten Nacht. In diesem Moment war sie ihm so vertraut wie eh und je. Nichts stand zwischen ihnen, keine Angst, keine Eifersucht, keine Prophezeiung. Yonan verspürte fast eine Art Stolz als er Helenas strahlendes Gesicht sah, das vor Begeisterung glänzte.

Helena tanzte bis zur Erschöpfung, sie spürte ihre Beine kaum noch. Doch sie war frei, keine Schmerzen und Sorgen beeinträchtigten sie, sie war wie im Rausch. Rund um sie herum sah sie nur fröhliche Gesichter. Und da wusste sie, warum Tankelvar diese eigenartige Anziehung auf sie ausübte, die sie gleich bei ihrer Ankunft gespürt hatte: Die Menschen hier waren wie eine große Familie, Fröhlichkeit und Miteinander herrschten, nicht Neid und Missgunst, keine Kälte war zu spüren in den Straßen der Stadt, nur Herzlichkeit und Freundschaft.

Hier bin ich am Ziel, dachte Helena, als ob ich etwas gefunden hätte, wonach ich schon so lange gesucht habe.

Einen Ort, an den ich gehöre.

KAPITEL VIII – DAS RAUSCHENDE WASSER

Helena erwachte von einem feuchten Etwas, das ihr über die Wange leckte. Es war stockdunkel um sie herum, kein Lichtstrahl drang ins Innere der Hütte. Es musste noch mitten in der Nacht sein. Sie wollte sich aufrichten, doch ihr Kopf stieß mit voller Wucht an etwas sehr, sehr hartes. Sie fluchte. Nicht schon wieder! Ihr Kopf hatte nun wirklich genug abbekommen in den letzten Wochen. Sie rieb sich die schmerzende Stelle, dann entschied sie, dass dies wohl ein Zeichen des Schicksals gewesen sein musste und ließ sich wieder zurückfallen. Lillewill raschelte im Stroh. Dunkel erinnerte sich Helena an Trommeln, tanzende Menschen, Feuer, Rauch, Schweiß, Musik. Ihr Kopf dröhnte und ihr war übel, alles drehte sich. Schlafen, nur schlafen, dachte sie.

Stunden später kitzelte sie ein Sonnenstrahl im Gesicht. Sie wollte sich erheben, aber ihr Kopf erinnerte sich gerade noch rechtzeitig an die letzte Nacht. Sie öffnete die Augen, schielte nach oben und bedachte den Holzbalken über ihr mit wütenden Blicken. Helena rieb sich die Stirn und ertastete eine stattliche

Beule. Sie ruhte auf einem Fell und einer Decke, diese wiederum lagen auf einer dicken Strohschicht, die den ganzen Boden bedeckte. Der Sonnenstrahl, der Helena geweckt hatte, drang durch eine kleine Luke neben ihr. Auf Helenas Bauch lag die zusammengerollte Lillewill und schnarchte leise. Wie sie hierher gelangt war, wusste Helena beim besten Willen nicht mehr. Offensichtlich befand sie sich auf irgendeinem Heuboden. Sie schob sanft die kleine schlafende Immerschläferkugel ins Stroh. Ein paar Meter entfernt entdeckte sie ein Loch im Boden, eine Leiter lehnte daran und führte nach unten. Das Stroh raschelte, als Helena auf die Öffnung zukrabbelte. Lillewill gähnte, streckte sich und rollte sich wieder zusammen, sie öffnete nicht einmal die Augen. Helena stieg die Leiter hinab und erkannte, wo sie war: Sie hatte die Nacht wohl in Odits Haus verbracht. Ihr Schädel brummte, was wohl einerseits von ihrer Bekanntschaft mit dem Dachbalken herrührte, andererseits konnte sie auch nicht leugnen, es beim Feiern ein wenig übertrieben zu haben. Sie vertrug ganz offensichtlich das berauschende Getränk nicht besonders gut, von dem sie mehr als einmal gekostet hatte, obwohl Ux vehement versucht hatte, es zu verhindern. Ein leichtes Schwindelgefühl überkam sie.

„Odit?", sie zuckte bei ihren eigenen Worten schmerzhaft zusammen. Zu laut, stöhnte sie innerlich. Es antwortete niemand. Auf dem Esstisch stand eine Schüssel mit einer Art Getreidebrei, ein Krug mit Ziegenmilch, Brot und etwas Fleisch waren angerichtet. Daneben eine kleine Schale mit Kräutern und einer Notiz, wohl von Mirjam, vermutete Helena. „Vertrau mir, es hilft", stand darauf. Helenas Magen begann zu knurren. Sie setzte sich auf einen der Schemel und kaute an den Kräutern herum. Sie schmeckten grässlich bitter und klebten ihr an den Zähnen. Lillewill hatte wohl das Klappern des Geschirrs gehört, flink kletterte sie die Leiter herunter, sprang auf den Tisch und befühlte mit ihren kleinen Pfoten alles Essbare. Dann machte sie sich über die Brotkrumen her, die Helena ihr reichte. Die Kräuter schienen tatsächlich zu helfen, langsam verschwand die Übelkeit und Ungeduld machte sich in Helena breit. Wo war Odit? Schon am Fluss, das Boot beladen? Sie nahm einen letzten Bissen vom Brot und stand auf.

Helena schob das Tuch der Eingangstüre beiseite und trat ins Freie. Die Helligkeit schmerzte in ihren Augen. Es war menschenleer, die Stadt ruhte sich aus vom Fest. Nur ein paar Hunde schliefen in den Winkeln der Gassen, ein alter Mann führte sein Pferd über die Straße und grüßte freundlich. Die Sonne war gerade erst aufgegangen und ihre Strahlen wärmten das Holz der Dächer.

Helena erschrak, als ihre nackten Füße den noch morgenfeuchten Boden berührten. Sie blickte an sich herunter und wunderte sich. Wo waren ihre Schuhe geblieben? Sie meinte sich zu erinnern, sie gestern Nacht irgendwo ausgezogen zu haben. Sie seufzte und machte sich barfuß auf den Weg in Richtung Fluss. Die Straßen der Stadt waren sandig und es tat gut, mit den Zehen den Boden zu spüren.

Wie still Tankelvar heute ist, dachte Helena. Sie hörte entfernt einen Säugling weinen, irgendwo krähte ein Hahn – dem singenden Geräusch nach einer von der Sorte mit zwei Köpfen, seltsame Gestalten – und fröhliches Vogelgezwitscher drang aus den Büschen und Gräsern. Auch die gefiederten Bewohner der Steppe begrüßten wohl den Morgen.

Je näher Helena dem Fluss kam, desto deutlicher hörte sie Hammerschläge und die Stimmen der Arbeiter. Sie spürte einen leisen Anflug von Zweifel. Hatte sie die richtige Entscheidung getroffen? Oder würde Murimir sie alle in den Tod schicken, ertrunken im Wasser und erschlagen an den Felsen? Aber hatten sie nicht bis hierher unwahrscheinliches Glück gehabt? Helena tastete nach dem kleinen Stein an ihrem Hals und umfasste ihn mit ihren Fingern. Sie hatte ihn bisher nie abgelegt. Was hatte Ubsala gesagt? Er solle ihr Glück bringen und sie beschützen. Nun, diesen Zweck hatte er bisher erfüllt und Helena hoffte inständig, dass es auch weiterhin so bleiben würde.

Das Boot lag bereits im Wasser. Einige Männer und Frauen hämmerten gerade die letzten Holzstämme zusammen und verstärkten einige Teile mit Seilen, während andere die Lücken mit einer klebrigen rotbraunen Flüssigkeit füllten. Odit stand am Ufer und kontrollierte gemeinsam mit Ux ihre Arbeit, er schien zufrieden zu sein. Beide erblickten Helena und kamen ihr entgegen.

„Guten Morgen! Ich hoffe, du hattest eine angenehme Nacht?“ Odit konnte sich ein Grinsen nicht verkneifen. Helena tat, als ob sie es nicht bemerkt hätte. „Danke, ja! Warum habt ihr mich nicht geweckt? Wir wollten doch so früh wie möglich aufbrechen.“

„Keine Angst!“, Ux hob beschwichtigend seine schuppigen Klauen, „wir sind fast fertig. Die Pferde sind aufgezäumt, das Gepäck ist verschnürt und kann sofort aufgeladen werden. Sag mal“, bemerkte er mit einem Blick auf ihre Füße, „wo sind denn deine Schuhe?“

Helena schaute etwas beschämt. „Tja, das wüsste ich auch gerne, ich kann mich nicht wirklich erinnern, ehrlich gesagt…“

„Ja, ja, schon gut.“ Ux winkte ab. „Bitte Mirjam doch, dir Schuhe und andere Kleider zu bringen. Das, was du da anhast, sieht recht unpraktisch für unsere Reise aus. Und was gestern Nacht betrifft, kann ich dich beruhigen. Du hast dich ins Getümmel gestürzt und solange getanzt bis du fast im Stehen eingeschlafen wärst. Yonan und Odit haben dich dann irgendwann ins Bett geschickt. Wir wollten dich nicht wecken, die Fahrt wird anstrengend genug."

Mirjam, die Helena inzwischen entdeckt und Ux' Worte gehört hatte, gesellte sich zu ihnen und hakte sich bei Helena unter. „Du wirst in den nächsten Tagen noch um jede Minute froh sein, die du schlafen durftest, glaub mir. Komm, ich gebe dir neue Sachen, wir finden schon was für dich. Ich hoffe, das Frühstück war reichlich genug, außerdem wollte ich dir noch ein paar..."

Sie schlenderten Arm in Arm davon.

Setaph, das Rauschende Wasser floss so ruhig und langsam durch Tankelvar, dass man nicht vermutete, dass der sanfte Fluss außerhalb des Tals zur tödlichen Falle wurde, sich in einen reißenden Strom verwandelte. Am Ende der Talsenke verschwand er zwischen den Felsen in der Dunkelheit, in einem unterirdischen Tunnel, der erst viele Kilometer weiter ans Tageslicht trat. Ein Gittertor verhinderte, dass Unvorsichtige in den Strudel gerieten und mitgerissen wurden. Dieses Tor musste nun für sie geöffnet werden, um die Durchfahrt zu ermöglichen. Das Wasser machte einen unglaublichen Lärm, es sprudelte und gurgelte, als ob es alle Wesen warnen wollte, sich ihm nicht zu nähern. Man konnte kaum ein paar Schritte in den Tunnel hinein sehen, dann wurden die Wassermassen von der Dunkelheit verschlungen.

Helena schluckte und lehnte sich wieder zurück, hielt sich an einem dicken Ast fest. Ihr schwindelte vor Angst. Was hatte sie auch unbedingt vorher einen Blick in den Tunnel werfen wollen, schalt sie sich selbst. Aber nun war es zu spät für einen Rückzieher.

Helena verspürte ein flaues Gefühl in der Magengegend. Sie schob es auf den bevorstehenden Aufbruch, der ihr wirklich nicht leicht fiel. Sie wollte es so schnell wie nur möglich hinter sich bringen. Ganz Tankelvar, so schien es, hatte sich inzwischen am Ufer versammelt. Der Abschied von Mirjam und Odit fiel Helena besonders schwer, sie hatte die beiden sehr lieb gewonnen und wünschte sich nichts mehr, als irgendwann wieder hierher zurückzukehren. Doch ihr war bewusst, dass von nun an vermutlich jedes Lebewohl eines für immer sein würde. Mirjam drückte sie fest an sich und gab ihr einen Kuss auf die Wange. „Meine Gedanken werden dich begleiten, Mondgeborene." Sie nahm Helenas Hand und hielt sie auf ihren Bauch, dann flüsterte sie ihr ins Ohr: „Ich danke dir, dass du ihn mir lässt. Sollten wir ein Mädchen bekommen, werden wir ihr deinen Namen geben." Helena schluckte und unterdrückte nur mühsam ein paar Tränen.

„Passt gut auf euch auf", sagte sie nur und blickte Odit mit feuchten Augen an. Er nickte ihr aufmunternd zu. Schließlich aber ließ sich die Abreise nicht mehr hinauszögern. Alle Pferde waren auf dem Boot angebunden, der Proviant war verstaut. Es gab kaum noch Platz, denn ihr Gefährt musste wendig und schlank sein, trotz der Größe, die es brauchte, um sie alle zu tragen. Helena und Yonan stiegen als letzte ein. Sie warteten nur noch auf das Zeichen zum Öffnen des Gitters, das in einiger Entfernung vor ihnen lag. Das Wasser peitschte ungeduldig, als könne es gar nicht erwarten, die Reisenden in seinem Rachen zu verschlingen.

Helena starrte auf den schwarzen Schlund und zuckte zusammen, als Yonan sie sanft an der Schulter berührte und flüsterte: „Wir müssen los. Das ist die einzige Möglichkeit, sie zu schützen."

Helena nickte, er hatte ja recht, sie wusste es.

Yonan winkte Odit, das Gitter zu öffnen. Sie waren bereit. Gemeinsam zogen vier kräftige Männer auf beiden Seiten des Flusses an einer Seilwinde. Zunächst geschah gar nichts. Das

Tor war seit seiner Erbauung nicht mehr geöffnet worden, es hatte keinen Grund dazu gegeben. Es wehrte sich, knirschte und knarrte, bevor es sich schließlich doch langsam und widerwillig aus den Fluten erhob. Wenige Augenblicke später ertönte die Glocke, das Zeichen, dass das Gitter nun geöffnet und Vorsicht geboten war. Alle blieben ängstlich dem Wasser fern. Helena ballte die Hände zur Faust.

„Dann lasst uns fahren."

Die Leinen wurden losgelassen, Rudor und Renoo hielten das Steuerruder fest in ihren Händen. Die Fahrt begann. Der Strudel in den Tunnel wühlte das Wasser auf, die Strömung wurde immer schneller. Renoo und Rudor hatten Mühe, das Boot auf Kurs zu halten. Bäume und Büsche rasten immer schneller vorbei, der Tunnel kam näher und öffnete sein hungriges Maul. Yonan drückte Helena eine brennende Fackel in die Hand.

„Du darfst sie auf keinen Fall loslassen. Die Fackeln sind alles, was uns da drin helfen wird, nicht gegen die Felsen zu prallen."

Schnell näherten sie sich dem Gitter. Helena warf einen letzten Blick zurück und erblickte weit entfernt Mirjam, die ihnen zuwinkte, ängstlich an Odit gedrückt.

„Achtung! Festhalten!", schrie Ux.

Dann tauchten sie ein in die Finsternis, von der sie nicht wussten, ob sie diese jemals wieder lebend verlassen würden.

Das Tosen des Wassers hallte von den Felswänden. Die Fackeln erhellten den Tunnel nur notdürftig, die Wände aus grauem Fels schienen das Licht förmlich zu schlucken. Immer wieder mussten sie plötzlich vor ihnen auftauchenden Felsnadeln ausweichen. Glücklicherweise hatten Jahrhunderte von strömendem Wasser den Fels so geräumig ausgehöhlt, dass für ein Boot dieser Größe Platz genug war. Plötzlich ging ein Ruck durch das Boot, Helena schrie auf, der Boden wurde ihr unter den Füßen weggerissen, sie fühlte ein hohles Gefühl im Magen, wie auf einer Achterbahn. Die Fackel fiel ihr aus den Händen, gerade noch konnte sie sie mit dem Fuß aufhalten, bevor sie in die Fluten rollte. Ein Schwall Wasser traf Helena im Gesicht, als sie sich wieder aufrichtete. Ihre Hand umklammerte das kalte, nasse Seil, an dem sie sich alle festhielten. Die Pferde wieherten ängstlich und versuchten verzweifelt, Halt zu finden mit ihren Hufen. Helena griff in ihre Hemdtasche und holte den völlig durchnässten Immerschläfer heraus. Lillewill zitterte vor Nässe und Kälte. Helena drückte ihr einen flüchtigen Kuss auf die Nase und steckte sie wieder in ihre Tasche. Dort war sie so sicher, wie nirgendwo anders in diesem Moment. Langsam, durch das schlingernde und sich drehende Boot behindert, arbeitete sie sich zu den Pferden vor. Sie redete ihnen beruhigend zu, konnte aber nichts weiter sonst für sie tun, sie hatte selbst Mühe, sich festzuhalten. Schließlich beschloss sie, einfach abzuwarten und zu hoffen, dass sie nirgendwo stecken bleiben oder zerschellen würden. Sie hielt die Fackel fest in der Hand. Wie von weit entfernt drangen die Rufe der Steuernden zu ihr, sie hoffte, dass es schnell vorbei sein würde.

Helena verlor vollkommen ihr Zeitgefühl. Sie verbrachte den Rest der schier endlosen Fahrt in einer Art Dämmerzustand, abwechselnd sich, die Fackel und die Pferde festhaltend, aus dem sie erst wieder erwachte, als sie die lauten Rufe Rudors hörte.

„Licht! Da vorne! Wir haben es gleich geschafft!"

Es war höchste Zeit, denn die Fackeln waren aufgebraucht, die letzten drei fast heruntergebrannt. Ein paar Mal war das Boot nur knapp den Felswänden entkommen, weil sie diese erst zu spät erblickt hatten. Eine Weiterfahrt ohne Licht hätte ihr Ende bedeutet. Rudor steuerte das Boot meisterhaft durch die Strömung. Der helle Fleck am Ende des Tunnels wurde immer größer. Renoo, Yonan und Dana hatten Holzstangen in der Hand, mit denen sie das Boot so gut es ging von den Wänden des Tunnels fernhielten. Gischt spritze Helena ins Gesicht, das Holz war nass und glitschig, fast wäre sie ausgerutscht. Dann, endlich, tauchten sie in das grelle Licht des Tages ein.

Helena kniff die Augen zusammen, einen Moment war sie so geblendet, dass sie nichts mehr sehen konnte. Sie waren immer noch in rasendem Tempo unterwegs, aber immerhin, sie sahen nun wieder, wohin sie steuerten.

Langsam kamen auch die Pferde zur Ruhe, sie spürten, dass sie das Schlimmste hinter sich hatten. Der Tunnel mündete in einer tiefen Schlucht, neben ihnen türmten sich links und rechts hohe, glatte Felsen auf. Sollten sie hier kentern, gab es keine Rettung für sie.

Sie waren nun schon Stunden unterwegs. Die Felsen um sie herum wurden nach und nach immer flacher, bis sie schließlich die Schlucht ganz verließen. Die Landschaft war rau, Felsbrocken lagen wie verstreut herum, zuerst kleine, dann immer größere. Kaum noch zeigte sich ein Baum oder ein Busch. Im Uferwasser flogen die Vögel auf, als sie vorbeifuhren, manchen von ihnen hoben die Köpfe und schauten ihnen verwundert nach. Noch nie hatten sie ein Boot auf dem Rauschenden Wasser gesehen.

Der Tag neigte sich dem Ende zu und schließlich beschlossen sie, eine Rast einzulegen. Rudor schaffte es nach viel Mühe, das Boot auf eine etwas seichtere Stelle am Ufer zuzusteuern. Renoo, Rudor und Yonan sprangen an Land und zogen das Floß mithilfe der Seile ans Ufer, dort vertäuten sie es an ein paar Felsen, damit es nicht auf einmal dem stetigen Zug des Wasserstroms nachgab und sich alleine davonmachte.

Helenas Beine fühlten sich wackelig an, als sie ans Ufer sprang. Die völlig verunsicherten Pferde wurden an Land gebracht und dort erst einmal laufen gelassen. So konnten sie sich ihre Beine vertreten und ein wenig grasen.

Sie alle waren vollkommen erschöpft und gleichzeitig erleichtert, dass sie die Fahrt durch den Tunnel und die Schlucht lebend überstanden hatten. Die Reisenden umarmten sich, Menschen wie Tieren war der Schreck noch anzusehen, aber es war niemandem ernsthaft etwas zugestoßen. Es gab ein paar Prellungen und Schürfwunden, die Fessel eines der Pferde war geschwollen, es humpelte ein wenig. Auch das Boot hatte Spuren seines Kampfes mit dem Fluss davongetragen. Ein paar der Balken waren gesplittert von den harten Felsen, gegen die sie gestoßen waren, und an einigen Stellen sickerte in dünnen Rinnsalen Wasser ins Boot. Doch Odit hatte gute Arbeit geleistet, das Boot war stabil. Rudor besserte die Schäden mit etwas Stoff, trockenem Schilf und ein wenig von der klebrigen Flüssigkeit aus. Glücklicherweise hatte er einen kleinen Topf der Masse mitgenommen. Die Seile hatten weitgehend gehalten, eine der Fährstangen war jedoch zerbrochen.

Sie waren alle völlig durchnässt, in Helenas Schuhen stand das Wasser, sie ließen sich kaum von ihren Füßen ziehen. Solange ihre Kleider am rasch entzündeten Feuer trockneten, schlüpfte Helena in Yonans Umhang. Er war ihr viel zu groß, sie versank fast darin. Helena hatte verstohlen ihre Nase im Stoff vergraben, sie mochte den Geruch nach Haut und Schweiß, er roch vertraut. Helenas Stirn hatte einen kleinen Kratzer abbekommen, als sie sich ins Gesicht fasste, war geronnenes Blut daran. Sie zupfte sich ein paar Stirnhaare ins Gesicht, um die Verletzung zu verdecken. Yonan würde sich sonst nur wieder unnötig Sorgen um sie machen. Dana musterte sie dabei und schaute auch nicht weg, als Helena ihrem Blick begegnete. Als Yonan zu Dana trat, um ihr ebenfalls eine Decke um die Schultern zu legen, lächelte sie, ohne ihre Augen von Helena abzuwenden. Helena konnte fast hören, was ihr Blick sagte: Sieh her, er kümmert sich genauso um mich wie um dich! Helena fühlte einen kleinen Stich in ihrem Herz und schaute weg, zog den Umhang noch enger um sich. Ihr wurde klar: Yonan bemühte sich inzwischen nicht einmal mehr, seine Zuneigung zu Dana zu verbergen. Und diese genoss es sichtlich.

Helena war wütend auf sich selbst und auf die ganze Welt um sie herum. Ein Kiesel erregte ihren Unmut, und obwohl er doch gar nichts dafür konnte, trat sie ihn wütend weg. Yonan, der in der Nähe saß, schaute stirnrunzelnd auf.

„Ist was mit dir?" Als Antwort kam nur ein unwilliges Murren. „Na komm, ich sehe es dir doch an. Was ist los?"

„Nein, es ist nichts."

Helenas Antwort kam zu prompt und zu mürrisch, als dass Yonan damit zufrieden gewesen wäre. Ob ihre Laune mit ihm zu tun hatte? Er hatte bereits bemerkt, dass es Helena nicht gefiel, dass er sich um Dana bemühte. Das letzte, das er wollte, war, ihr weh zu tun. Aber Dana gefiel ihm nun einmal, auf eine Art, die er nicht erklären konnte, hatte sie Macht über ihn. Helena wollte an Yonan vorbei gehen, doch er versperrte ihr den Weg.

„Du glaubst nicht im Ernst, dass du mir etwas vormachen kannst. Mir nicht."

Helena wollte ihn beiseite schubsen, aber er hielt sie am Arm fest. Dabei fiel sein Blick auf ihre Hand. Helena wollte sich wegdrehen, aber es war zu spät. Seine Augen verengten sich zu Schlitzen, er berührte den Mond vorsichtig mit seinem Zeigefinger. „Helena, du hast versprochen, es mir zu sagen, wenn der Fleck wieder größer wird."

Helena löste sich aus seinem Griff und drehte sich weg. „Hör endlich auf, mich wie ein Kind zu behandeln."

„Du verhältst dich aber wie eins."

Helena wollte gehen, aber Yonan folgte ihr und riss sie an den Schultern herum, bemerkte jedoch gleich, dass er wohl zu grob gewesen war und ließ sie sofort wieder los. „Wann ist das denn passiert?", fragte er sanfter. „Sieh mich doch bitte an, Helena."

„Kurz bevor wir Tankelvar erreichten." Ihre Antwort war knapp und scharf. Sie wollte sein Mitleid nicht.

„Ich mache mir nur Sorgen."

Helena funkelte ihn an.

„Du musst dir keine Sorgen machen. Die Zeit läuft ab, immer weiter. Es ist nicht zu ändern, Yonan, und es hat keinen Sinn, sich etwas anderes einzureden. Ich will nicht immer wieder daran erinnert werden."

Yonans Gesichtsausdruck veränderte sich von einer Sekunde auf die andere. Sein Mund bewegte sich, jedoch ohne auch nur ein Geräusch zu machen. Seine Augen sahen traurig aus. Er ging auf Helena zu und nahm ihr Gesicht in seine Hände. Helena erstarrte. Sie hätte sich nicht bewegen können, selbst wenn sie es gewollt hätte. Panik stieg in ihr auf. Was zur Hölle tat er da? Sein Gesicht kam dem ihren so nahe, dass sie seinen Atem spüren konnte. „Wir werden es schaffen. Du wirst es schaffen. Wir wissen nicht wirklich, wie viel oder wenig Zeit uns noch bleibt. Alles, was wir tun können, ist, weiterzumachen. Helena, versprich mir: Gib niemals die Hoffnung auf. Die Hoffnung ist das, was dich am Leben hält, wenn du nicht mehr weiterweißt. Verstehst du?"

„Äh, ich… keine Ahnung…", stammelte Helena. Sie hätte sich gerne aus seinem Griff herausgewunden, war aber aus irgendeinem Grund nicht fähig, sich zu rühren. Yonan schüttelte unwillig den Kopf. „Versprich es mir." Helena druckste herum.

„Ja, gut, ich verspreche es."

„Wirklich?"

„Wirklich!" Sie musste lächeln und auch wenn es nur ein schwaches Lächeln war, so war Yonan doch zufrieden. Er ließ sie los.

Helena atmete auf. Ihr Herz pochte.

KAPITEL IX – DUNKELMOND

Ux hatte Helena eine kräftige Standpauke gehalten, warum sie ihnen nicht schon früher erzählt hatte, dass der Mond an ihrer Hand sich langsam aber sicher weiter schwarz färbte. Sie hatte sie über sich ergehen lassen, ohne mit der Wimper zu zucken. Sie kannte diese Art von Ux schon. Schließlich hatte er nicht nur Yonan, sondern auch Helena immer wie sein Kind behandelt, er war das für sie, was einem Vater am nächsten kam. Aber Helena hatte von Auseinandersetzungen vorläufig genug. Sie schwieg also lieber und wartete, bis er sich beruhigt hatte.

Seit einigen Stunden befanden sie sich wieder auf dem Fluss. Die Strömung war rasend schnell, sie mussten darauf achten, dass sie den Felsen nicht zu nahe kamen. Passierte es doch, verhinderten Helena, Dana und Renoo mit den Fährstangen einen Zusammenprall. Rudor machte seine Sache gut, so dass es glücklicherweise nicht allzu oft nötig wurde. Es wurde nicht viel gesprochen, gab es doch auch nichts, was nicht schon mit ein paar wenigen Worten gesagt wäre. Alle waren konzentriert und bereiteten sich innerlich schon auf die nächsten Stromschnellen vor, die sie der Karte nach spätestens im Morgengrauen erreicht haben würden. Zwischen Dana und Helena herrschte eine eisige Stimmung, sie schwiegen sich an und gingen sich, falls das auf dem kleinen Boot überhaupt möglich war, aus dem Weg. Yonan beobachtete die beiden mit wachsendem Unbehagen, er versuchte, zu vermitteln, gab es aber nach einiger Zeit auf. Schließlich hatte er genug davon, ständig über ein mürrisches Gesicht zu stolpern und setzte sich zu Ux, ans Ende des Bootes.

„Was bedrückt dich, mein Sohn?“ Der Waldläufer wusste genau, dass es keinen Sinn hatte, sich vor dem Unterirdischen zu verstellen. Ux spürte immer, wie ihm zumute war.

„Ich mache mir Sorgen um Helena. Ich sehe, wie sie und Dana sich anfeinden anstatt Freundinnen oder wenigstens Verbündete zu werden.“ Ux zog eines seiner schuppigen Lider hoch und in seinen Augen blitzte es belustigt.

„Meinst du nicht, du solltest dich langsam entscheiden, mein Junge? Du siehst doch, dass dieser Streit deinetwegen besteht.“ Yonan stöhnte gequält.

„Ich weiß, aber ich kann nichts dafür. Dana ist so anders, sie… nun, sie verwirrt mich eben. Sag, kannst du mir nicht einen Rat geben?“

Ux lachte und schüttelte energisch den Kopf. „In Sachen der Liebe mische ich mich nicht ein. Das musst du selbst wissen. Und wenn du es nicht weißt, dann finde es heraus.“ Er klopfte dem niedergeschlagen dasitzenden Yonan aufmunternd auf die Schulter. „Aber egal was du tust, versprich mir eines: Tu Helena nicht weh. Nutze lieber die Zeit mit ihr, die du noch hast, denn auch wenn es mich unendlich schmerzt, das zu sagen: Wir werden sie am Ende verlieren.“

„Vorsicht, Helena!“ Ein Schwall Wasser ergoss sich über sie.

Krampfhaft versuchte Helena, sich an den Seilen festzuhalten. „Bleib in der Mitte des Bootes, sonst ist es zu gefährlich."

Man verstand kaum sein eigenes Wort. Der Fluss war nun wieder schmaler geworden, Stromschnellen steigerten sein Tempo noch weiter, was Helena kaum für möglich gehalten hätte. Rudor hatte Mühe, das Boot in seiner Bahn zu halten.

Dazu kam, dass es um sie herum immer düsterer wurde.

Der Dunkelmond begann. Man konnte förmlich zusehen, wie der Mond sich vor die Sonne schob und so das Licht trübte. In nicht allzu langer Zeit würde für ein paar Stunden komplette Finsternis herrschen. Bis dahin mussten sie einen sicheren Platz gefunden haben, an dem sie anlegen und warten konnten, bis sich der Tag wieder zeigte. Eine Weiterfahrt wäre solange zu gefährlich. Sie würden also die erzwungene Pause nutzen, um sich auszuruhen und Kräfte zu sammeln. Sie waren kaum an Land gewesen in den letzten Tagen und Nächten, das Rauschende Wasser erlaubte es nicht. Nur selten gab es seichtes Wasser, um anzulanden. Die flache Eintönigkeit der Steppe, durch die sie in den letzten Tagen gefahren waren, wandelte sich langsam in weiche Hügel, gelegentlich unterbrochen durch eine Gruppe hoher Bäume oder violett und gelb blühende Kräuterwiesen. Sie befanden sich zwar noch immer im Reich des Steppenwindes, seine Grenzen rückten aber von Tag zu Tag näher. Die Luft roch angenehm nach frischem Gras, die Hitze wurde erträglicher, der Wind flaute etwas ab. Wenn Helena die Muße gehabt hätte, die Landschaft zu betrachten, hätte sie die Reise sicher genossen.

Doch sie hatte die letzten Nächte kaum geschlafen, weil der Fluss so tobte, Hunger plagte sie, sie hatte Ringe unter den Augen und fühlte sich furchtbar ermattet. Ihre Arme und Beine waren übersät mit blauen Flecken und Kratzern, weil sie ständig ausrutschte oder an irgendetwas anstieß. Immerhin, bisher war niemand dem Rauschenden Wasser zum Opfer gefallen.

Sie hatten gerade noch rechtzeitig einen kleinen Seitenarm des Flusses erreicht, der ihnen ermöglichte, an Land zu gehen. Mittlerweile herrschte eine fast nächtliche Dunkelheit, die Sonne war kaum noch hinter dem Mond zu sehen. Ein großes Lagerfeuer brannte dank der Kumulen und spendete ihnen Licht und Wärme. Wieder einmal war Helena Ubsala dankbar für seine Umsicht. Ux verfolgte mit seinem Finger den Flussverlauf auf der Landkarte. „Schon in ein paar Tagen werden wir den Elfenwald erreicht haben, von da an wird es leichter. Die Elfen sind freundliche Wesen, sie haben uns im Hohen Rat ihre Unterstützung zugesagt. Haben wir das Reich der Elfen dann hinter uns, so kommt das schwierigste Hindernis: Die Schlucht der verlorenen Kinder. Erst dann sind wir in Nedevarn, dem Gebirge ohne Wiederkehr. Dort angelangt, wird es nur noch unsere Aufgabe sein, den Herzkristall zu finden."

Helena stöhnte: „Hast du ‚nur noch' gesagt?"

Auch Yonan verzog unwillig das Gesicht. „Wenn wir dort keinen konkreteren Hinweis finden, kann die Suche nach dem Kristall Jahre dauern."

Helena lachte trocken auf: „Wie ermutigend."

Ux sah sie durchdringend mit seinen gelben Echsenaugen an. „Wir werden sehen. Ich jedenfalls vertraue auf dich."

Helena blinzelte verschlafen. Das Feuer brannte ungewöhnlich hoch und warf seinen Schein auf die Schlafenden. Es war inzwischen so stockdunkel, dass man die eigene Hand fast nicht mehr vor Augen sehen konnte. Helena fröstelte. Sie blickte gen Himmel und suchte die Sonne, doch es war noch nicht einmal mehr der kleinste Rest von ihr zu sehen.

Der Dunkelmond hatte seinen Höhepunkt erreicht, Mond und Sonne waren verschmolzen und eins geworden. Und niemand wusste, wie lange er diesmal dauern würde – es konnten Stunden sein oder Tage. Helena hatte unruhig geschlafen, sie war es nicht gewohnt, den Tag über zu ruhen. Sie hatte seltsam geträumt, Stimmen waren um sie herum gewesen und ein Piepen, wie ein Wecker oder eine Maschine. Ihr Hals hatte geschmerzt und sie hatte das Gefühl gehabt, etwas Riesiges hinunterschlucken zu müssen, daran zu ersticken. Doch alles war verschwommen, sie konnte sich nicht deutlicher erinnern. Ihr Kopf war durcheinander. Sie schlug den Umhang zurück und stand auf, vielleicht würde ein wenig Bewegung ihr gut tun. Sie ließ den Blick über das Lager schweifen. Sie hatte erwartet, Dana am Feuer sitzen zu sehen, denn sie war für die Wache eingeteilt gewesen, doch sie war nirgends zu entdecken. Helena runzelte die Stirn. Das gefiel ihr gar nicht – sie mochte Dana nicht, aber man konnte ihr nicht nachsagen, unzuverlässig zu sein. Helena bückte sich, um ihr Schwert aufzuheben, dann tastete sie sich zu Yonan. Im Dunkelmond waren die Gestalten schwer voneinander zu unterscheiden.

„Yonan!"

Er brummte nur, drehte sich um und schlief weiter. Doch Helena ließ nicht locker. Sie schüttelte ihn.

„Was'n los?", er rollte sich unwillig fester in seine Decke ein. Doch dann fuhr er hoch. „Ist etwas passiert?"

Helena nickte: „Ich bin nicht sicher. Dana ist nicht hier."

„Hast du dich schon umgeschaut? Vielleicht sieht sie nur nach den Pferden?"

„Ich hab es nicht gewagt, alleine zu gehen. Irgendetwas stimmt nicht, ich bin mir sicher." Yonan stand auf.

„Sie wird irgendwo ganz in der Nähe sein. Mach dir keine Gedanken."

Helena zog ihren Umhang fester um ihre Schultern.

„Findest du es nicht auch ungewöhnlich kalt, Yonan?“

Yonan verstand sofort, was Helena ihm sagen wollte.

„Ist schon gut. Weck die Anderen, wir suchen sie. Aber ich bin wirklich sicher, es ist nichts passiert.“

Helena kroch weiter und rüttelte alle Schlafenden wach. Immer wieder blickte sie in die Dunkelheit, suchend, ob nicht vielleicht doch Dana aus dem Nichts auftauchen würde und ihre Sorge unbegründet wäre. Endlich waren alle bewaffnet und angezogen. Bei den Pferden hatte man Dana nicht entdecken können, auch auf Rufe hatte sie nicht geantwortet. Sie schien tatsächlich spurlos verschwunden zu sein.

„Es hat wenig Sinn, wenn wir alle zusammen gehen.“ Auch Yonan begann sich nun langsam Sorgen zu machen. „Ich gehe mit Helena in diese Richtung, Rudor und Renoo, ihr sucht dort drüben. Ux, bleib am besten hier im Lager, falls Dana zurückkehren sollte. Haltet immer das Feuer im Blick, damit ihr zurückfindet. Wer Dana sieht, ruft laut und deutlich die Anderen. Alles klar? Gut. Und noch eins: Seid auf der Hut und haltet die Waffen bereit.“

Sie verteilten sich in der Dunkelheit. Schweigend liefen Helena und Yonan nebeneinander her, in die Dunkelheit lauschend. Wer wusste schon, was sich in der Schwärze des Dunkelmondes verbarg. Doch das, was Helenas Augen zu entdecken befürchteten, würde wohl auch in der schwärzesten Dunkelheit zu erkennen sein. Sie hielten sich nah beieinander, um sich nicht zu verlieren.

„Helena“, flüsterte Yonan, „mehr nach rechts.“

Sie waren nun so weit vom Lager entfernt, dass sie das Feuer gerade noch erkennen konnten. Helena wurde es unbehaglich zumute. „Lass uns umkehren. Hier werden wir sie nicht finden.“ Sie hielt inne. „Was ist, warum schaust du mich so an?“

„Da leuchtet etwas an dir." Yonan zeigte auf ihr Hemd.

Helena war irritiert. „Was meinst du?"

Sie schaute an sich herunter. Tatsächlich, der Stoff schimmerte in einem sanften Licht, trotz der Dunkelheit. Helena griff unter ihr Hemd und holte Ubsalas Stein heraus.

„Was ist das?", fragte Yonan überrascht.

„Das ist Ubsalas Geschenk, der Mondstein. Erstaunlich, dass er auch in dieser schwarzen Nacht so hell leuchtet. Wie schön er aussieht..."

Plötzlich durchströmte Helena ein unangenehmes Gefühl. Sie blickte sich um. „Warum ist es auf einmal so still hier? Und so kalt? Irgendetwas stimmt nicht, ich glaube... Yonan, Achtung!"

Der schwarze Schatten, der wie aus dem Nichts hinter Yonan aufgetaucht war, holte zum Schlag aus. Yonan konnte nicht mehr reagieren, dumpf sackte er in sich zusammen und fiel zu Boden. Helena schrie auf. Später, als sie sich zurückerinnerte, kamen ihr diese Sekunden wie Stunden vor. Wir hätten besser aufpassen müssen, schalt sie sich selbst. Wie hatten sie nur so dumm sein können. Helena begann so laut sie konnte um Hilfe zu rufen. Sie hoffte, dass die Anderen sie hören würden. Der Schatten ließ von Yonan ab und wandte sich Helena zu. Sie sah auf Yonan, der regungslos auf dem Boden lag. Sah den Häscher. Und spürte, wie die Wut kam. Laut und glühend und rot. Ohne Gnade. Kein Klumpen diesmal, sondern ein Feuer, das in ihr loderte. Sie zog ihr Schwert, ihre schwitzenden Hände umklammerten es fest.

„Ich weiß, was du bist. Du brauchst dich nicht in der Dunkelheit zu verbergen." Sie dachte nicht nach, was passieren würde. Sie musste ihn in Schach halten, bis Hilfe eintraf. Sie musste einfach.

Ohne zu zögern schritt der Schatten auf sie zu. Funken

sprühten, als ihre Waffen aufeinander trafen. Helena versuchte, in der Dunkelheit weitere Häscher zu entdecken. Sie wusste, dass er nicht alleine war, sie konnte die Anwesenheit der anderen spüren. Helena wehrte die Schläge ihres Gegners ab, hatte aber Mühe, sich auf den Beinen zu halten. Sie hatte keine Chance, den Kampf zu gewinnen. Mit halbem Ohr hörte sie Rufe, die eilig näher kamen. Rudor, Renoo und Ux hatten ihre Hilfeschreie wohl gehört.

Wie in Zeitlupe lief alles vor ihr ab, langsam, Sekunde für Sekunde, wie eine Ewigkeit. Helena musste durchhalten, bis ihre Gefährten bei ihr waren. Wie ein heißer, roter Ball loderte die Wut in ihr, gab ihr Kraft. Ein wütendes Gebrüll entwich ihrem Mund. Der Häscher gab plötzlich ein Geräusch von sich, das Helena erstaunt innehalten ließ. Es klang wie ein Schrei in einer Schlucht, fast körperlos. Helena hatte das Gefühl, mit ihrer Klinge durch etwas hindurch zu gleiten. Dann sank der Häscher regungslos zu Boden. Sie ließ überrascht ihr Schwert sinken. Wie war es möglich, dass sie ihn besiegt hatte? Ein taubes Gefühl breitete sich in ihren Fingern aus, das Feuer in ihrem Bauch erlosch und machte einer grenzenlosen Leere Platz. Sie ging in die Hocke und starrte wortlos den leblosen Haufen vor ihr an. Sie hatte ihn tatsächlich getötet. In diesem Moment wurde sie von zwei Händen zurück gerissen.

„Weg da, Helena! Sie sind unberechenbar, er könnte wieder aufstehen." Sie blickte sich um und sah in die angstvoll geweiteten Augen von Ux. Renoo und Rudor eilten direkt hinter ihm heran.

„Yonan…", flüsterte sie noch, dann erblickte sie den schwarzen Schatten, der sich über sie legte. Sie war unfähig, sich zu bewegen, starrte nur die Gestalt an, die über ihr die Waffe hob. Sie schloss die Augen und wartete auf den tödlichen Schlag.

Doch nichts geschah.

Sie öffnete ihre Lider vorsichtig wieder und konnte gerade noch dem Häscher ausweichen, der auf sie zustürzte und direkt neben ihr regungslos liegen blieb. Auch er machte ein hohles Geräusch, fast wie ein Seufzen, ein Windhauch, der irgendwo entwich. Fassungslos, mit geweiteten Augen blickte sie vom toten Häscher auf die Stelle, an der er gestanden hatte.

Yonan keuchte. Sein linker Arm hing schlaff herunter, in der rechten Hand hielt er sein Schwert. Er war keine Sekunde zu früh wieder erwacht. Einen Moment sahen sie sich an. Helena entdeckte etwas in Yonans Augen, das vorher nicht da gewesen war, eine Unbarmherzigkeit, die ihr Angst machte. Es war der Blick eines Menschen, der gerade getötet hatte, ohne es zu bereuen. Die ganze Anspannung fiel von ihr ab, ihre Lippen zitterten, die Knie wurden weich. Yonan hockte sich neben sie und nahm sie in seine Arme.

„Ich habe ihn getötet, Yonan." Sie schluchzte.

„Du konntest nicht anders, du hattest keine Wahl." Yonan hielt sie weiter fest, ließ nicht los. „Wichtig ist nur, dass wir leben, Helena. Es ist vorbei."

„Da wäre ich mir nicht so sicher", durchschnitt eine scharfe Stimme die Stille. Im Schein der Fackel, die Ux in der Hand hielt, sah man die Konturen von zwei Gestalten. Eine von ihnen war riesig und schwärzer als der Dunkelmond um sie herum. Ein weiterer Häscher. Die Gestalt neben ihm war zierlicher und eindeutig menschlich.

Helena löste sich aus Yonans Umarmung und richtete sich auf. Sie wischte sich die Tränen aus den Augen. „Ich habe geahnt, dass du früher oder später noch erscheinen würdest. Wie du siehst, haben es deine Freunde nicht geschafft, sich meiner zu entledigen. Hier ist die Vermisste, in trauter Eintracht mit unseren Feinden. Wer hätte das wohl gedacht?" Helenas

Stimme zitterte vor Wut. Auch Yonan erhob sich nun. Er starrte die Gestalten ungläubig an.

„Dana?“

Der kleinere Schatten trat in den Schein der Fackel. Danas sonst so schönes Gesicht war verzerrt von Hass, ihre Augen schienen im Feuer zu glühen. Yonans Hände öffneten sich hilflos, wie um etwas zu greifen, das er nicht festhalten konnte. „Warum, Dana?“

Anstatt einer Antwort bleckte sie wie ein Tier die Zähne und warf den Kopf zurück. „Ich werde deine Vernichtung sein, Helena. Du wirst keine Gelegenheit mehr haben, meinen Herrn zu zerstören und seine Pläne zu durchkreuzen.“ Ihre Augen hasteten zwischen den Gefährten umher, ohne ein festes Ziel zu erfassen. Der Häscher wartete schweigend hinter ihr.

„Sie ist verrückt, wahnsinnig!“, flüsterte Ux.

Helena schüttelte den Kopf. „Auch sie ist nur eine Figur in Toraks Spiel. Das ist nicht die echte Dana. Er hat sie gezeichnet, wie mich. Nur dass die Dunkelheit von ihr bereits Besitz ergriffen hat.“

Sie trat einen Schritt vor und sagte mit befehlender Stimme, das Schwert fest in der Hand. „Dana, lass das Schwert sinken.“ Sie trat noch einen Schritt vor, die Kälte des Häschers traf sie wie ein Keulenschlag, doch sie beherrschte sich, nicht zurückzuzucken. Während sie immer näher auf Dana zuging, sah sie aus den Augenwinkeln, wie Renoo, Yonan und Rudor sich still und langsam hinter den Rücken der beiden schlichen. Sie versuchten, die Feinde einzukreisen. Dana wich einen Schritt zurück und funkelte Helena mit erhobenem Schwert an: „Komm mir nicht zu nahe, sonst…“

Helena hob beschwichtigend die Hand. Sie brauchte nur noch einen kleinen Moment ihrer Aufmerksamkeit.

„Warte, bevor ihr uns tötet, solltest du noch etwas wissen…"

Ein Schrei ertönte. In diesem Moment griffen ihre Gefährten an. Der Kampf begann – und die Überraschung war auf ihrer Seite. Der Häscher wehrte sich mit aller Macht. Ux konnte das Schwert mehr recht als schlecht führen und Yonans linker Arm hing noch immer schlaff neben seinem Körper. Doch die Freunde waren in der Überzahl und Renoo und Rudor im Kampf erfahren. Renoo schrie auf, sie war getroffen. Rudor stieß sie beiseite und versetzte dem Häscher einen kräftigen Hieb. Helena hielt währenddessen Dana in Schach. Wie zwei Tiere umkreisten sie sich, lauerten auf ihr Gegenüber. Dana war verzweifelt, ihr war nicht entgangen, dass Rudor den Häscher empfindlich getroffen hatte und dieser in sich zusammensackte. Sie war alleine übrig und sah sich umzingelt von ihren Gefährten, die nun zu ihren Feinden geworden waren. Wie wild fuchtelte sie mit dem Schwert um sich, ohne ein bestimmtes Ziel zu haben.

„Euer Blut soll fließen!", kreischte sie in die Nacht, drehte sich mit ausgestrecktem Schwert im Kreis. Helena fuhr sie an. „Dana, hör auf damit!"

Überrascht von Helenas herrischem Tonfall ließ Dana das Schwert tatsächlich kurz sinken. Rudor nutzte seine Chance und schlug ihr die Waffe aus der Hand. Dana blickte gehetzt um sich, sie war nun wehrlos und suchte einen Fluchtweg, sie sah wütend und verängstigt gleichzeitig aus.

Helena hatte keine Furcht vor ihr. Beherzt trat sie vor und versetzte ihr eine schallende Ohrfeige. Verblüfft starrte Dana sie aus geröteten Augen an. Einen Moment lang lichtete sich das verwirrte Flattern in ihrem Blick, dann aber erschien es wieder. Noch einmal schlug Helena zu, sie packte Dana am Kragen und sah ihr fest in die Augen.

„Wach auf! Ich weiß, dass du noch da bist, so wie du einmal warst. Er hat noch nicht gesiegt in dir, du musst nur weiter dagegen ankämpfen." Dana wand sich unter ihren Händen.

Man konnte den inneren Kampf sehen, den das Mädchen mit sich austrug, eine Seite gegen die andere. Schließlich lichtete sich ihr Blick, ihre Augen klärten sich und der Hass in ihrem Gesicht wich einem tiefen Ausdruck von Schmerz. Sie hatte über die Dunkelheit gesiegt.

„Was ist mit mir?", erschöpft sank sie zu Boden. Verwirrt blickte eine andere Dana in die Runde, eine Dana, die Helena nie wirklich kennen gelernt hatte. Helena beugte sich über sie und half ihr auf die Beine. „Kannst du dich erinnern, was passiert ist?"

„Ich glaube… ja." Sie besann sich und verbarg das Gesicht in den Händen. „Es sind schreckliche Dinge in meinem Kopf." Helena ließ nicht nach. „Hast du Torak gesehen?"

Dana nickte. Gerade wollte sie den Mund öffnen, da weiteten sich ihre Augen plötzlich, schienen starr in die Ferne zu schauen. Helena schrie auf. Fassungslos starrte Dana den Dolch an, der in ihrer Brust steckte. Blut tränkte ihre Hände, sie fiel schwer zu Boden. Auch der Häscher sackte leblos zurück, fiel nun endgültig in sich zusammen. Er hatte nur auf eine Gelegenheit gewartet und seine letzte Kraft zum Werfen des Dolches gebraucht.

Helena legte Danas Kopf auf ihre Knie.

„Nicht bewegen, es wird alles wieder gut." Sie wusste nicht, was sie tun sollte, überall war Blut. Dana schüttelte schwach den Kopf. „Es wird nichts wieder gut, Helena. Es ist alles meine Schuld." Helena wollte ihr widersprechen, doch Dana wehrte ab. „Ich habe dir nur Böses gewollt. Habe immer wieder versucht, die Reise zu vereiteln, habe Torak geholfen, die Häscher zu dir zu führen, damit er dich in seine Hand bekommt. Sieh… "

Sie hob ihr Hemd etwas an. Unter dem blutigen Loch, das

der Dolch soeben gerissen hatte, befand sich eine dünne, längliche Wunde, die gerade zu heilen begann. „Weißt du noch, die eine Nacht, als jemand versuchte, die Sattelgurte durchzuschneiden?“ Helena nickte. Sie verstand sofort, was Dana ihr sagen wollte. Helenas Hemd färbte sich rot von ihrem Blut, doch sie ließ Dana nicht los. „Ich war nicht ich selbst. Alles, was ich getan habe, seit der Ratssitzung in Saradian, war immer er, nicht ich. Ich konnte sein Gesicht nicht sehen, als er zu mir kam, daran erinnere ich mich. Dann weiß ich nicht, was geschah. Ich erwachte und spürte nur noch Hass und Dunkelheit in mir. Ich konnte nichts anderes fühlen.“ Dana hustete. Das Atmen fiel ihr schwer. Helena strich ihr über die Haare. „Du bist nicht schuld. Gegen Toraks Macht kann sich niemand wehren.“

Dana schüttelte den Kopf. „Doch, du schon! Du hast es geschafft, du hast ihnen widerstanden. Das einzige, das sie erreicht haben, ist, dir Zeit zu nehmen, das Mondmal langsam in den Dunkelmond zu verwandeln. Du wolltest lieber sterben, als dich ihm zu unterwerfen. Ich hingegen war zu schwach.“

Alles Böse, Hasserfüllte war aus Danas Gesicht gewichen.

„Nicht sprechen, das strengt dich nur noch mehr an.“

Helena sah, wie ihr Blick langsam immer ferner wurde, ihre Stimme war kaum mehr als ein Flüstern. „Du bist die einzige, die ihn aufhalten kann.“ Sie lächelte. Ihr Blick trübte sich, sie schluckte mühsam. Yonan kauerte sich neben Helena und ergriff Danas Hand. „Du darfst nicht sterben. Nicht so und nicht jetzt.“

Dana schien durch ihn hindurch zu sehen. „Verzeiht mir alle, denn ich habe euch getäuscht. Auch dich, Yonan. Vergib mir.“ Der letzte Blick aus ihren brechenden Augen galt dem jungen Waldläufer.

Dann war es vorbei.

KAPITEL X – ABSCHIED

Yonan drückte Dana die Augen zu. Niemand sagte ein Wort. Helena starrte ausdruckslos vor sich hin und hielt Dana weiter fest in ihren Armen.

„Ich glaube, es ist besser, wir bringen sie zum Lagerplatz", sagte Ux zögerlich. Rudor nahm vorsichtig Danas leblosen Körper aus Helenas Armen und trug ihn davon, Renoo humpelte mit ihm, ihre Wunde musste versorgt werden. Die Dunkelheit wich allmählich einer grauen Dämmerung, der Mond löste sich wieder von der Sonne, der Dunkelmond war zu Ende.

Ux blickte Rudor hinterher. „Sie hat uns also betrogen, hat Torak immer wieder auf unsere Spur gebracht: das Feuer, die Sattelgurte, der Kampf heute – alles war ihr Werk."

Helena nickte. „Aber sie konnte nichts dafür, Ux. Torak hat sie auserwählt, so wie ich auserwählt wurde. Sie konnte sich nicht wehren."

Ux musterte sie. „Du hast es die ganze Zeit geahnt, oder?"

Helena senkte den Blick. „Nein, nicht wirklich. Ich habe ihr misstraut, aber aus anderen Gründen." Sie schaute verstohlen zu Yonan hinüber, der noch immer zusammengekauert im Gras hockte und auf den Platz starrte, an dem Dana gestorben war. Ux folgte ihrem Blick. „Ich verstehe wirklich nicht, warum er ihr so nachtrauert, nachdem er erfahren hat, was sie uns alles angetan hat."

„Weil er in sie verliebt war. Deshalb trifft ihn ihr Verrat umso mehr."

Ux schwieg verblüfft. Sie ist erwachsener geworden, dachte er, nicht mehr das kleine Mädchen, das mit Yonan durch die Sümpfe streift und auf Bäume klettert.

„Geh du schon zurück zum Lager, ich komme mit Yonan gleich nach."

Ux nickte, drückte ihre Hand und ging davon.

Helena ließ Yonan vorerst in Frieden und suchte die Leichen der Häscher – oder das, was von ihnen übrig war. Sie waren verschwunden, nur ihre Umhänge lagen dort, dunkel und leer. Zwei schwarze Flecken zeichneten auf dem Boden ab, als ob das Gras und die Erde dort nun verdorben waren. Helena hoffte, dass die Natur schon bald neues Leben darüber wachsen lassen würde. Sie spuckte auf den Boden und wandte sich Yonan zu. Dieser blickte sie durchdringend an. Helena erschrak, denn sie hatte angenommen, er würde immer noch Löcher in die Luft starren. „Wie geht es dir?", fragte sie vorsichtig. Yonan zuckte mit den Schultern.

„Ich bin traurig. Aber es war unausweichlich." Seine Augen glänzten feucht.

Helena setzte sich neben ihn ins Gras. „Du hast mir das Leben gerettet", sie lächelte und stupste ihn an. „Danke!"

Er lächelte matt zurück. „Du hättest für mich dasselbe getan, oder? Schließlich sind wir ja Freunde."

„Schließlich sind wir ja Freunde", wiederholte sie zur Bestätigung, „für immer, wie wir uns versprochen haben. Daran wird nichts etwas ändern."

Yonans Stimme klang rau. „Du hast sie gehasst." Helena schluckte. Sie wollte antworten doch er winkte ab. „Ich kann es dir nicht einmal verdenken." Helena schüttelte den Kopf.

„Ehrlich gesagt, hab ich sie auch bewundert. Sie war so… so stark und frei irgendwie, so selbstbewusst. Und du hast sie gern gehabt. Ach, ich weiß auch nicht."

Yonan schaute sie an. Das Weiße in seinen Augen war gerötet, man sah ihm an, dass er geweint hatte. „Ich habe dir Unrecht getan, Helena. Ich war blind. Ich habe sie unserer Freundschaft vorgezogen. Ich schäme mich dafür." Helena legte ihre Hand auf die seine.

„Lass es gut sein. Sie hat einen schrecklichen Preis bezahlt für ihren Verrat. Und wir leben."

Helena traten, ohne dass sie es verhindern konnte, Tränen in die Augen. Yonan stieß ihr mit dem Ellbogen sanft in die Rippen. „Kann es wieder so sein wie früher zwischen uns?" Seine Augen blickten bittend. Helena lächelte und nickte. „Wo bist du nur gewesen, Waldläufer Yonan?"

Er drückte ihre Hand. „Jetzt bin ich wieder hier."

Nur noch ein milchiger Schleier bedeckte die Sonne, der Mond hatte sie endgültig losgelassen. Sie konnten weiterreisen. Dana begruben sie in der Nähe des Lagers, eine junge Birke war auf ihr Grab gepflanzt worden. Sie hatten den Dolch aus ihrer Brust entfernt und senkrecht neben dem Baum in die Erde gestoßen. In ein paar Jahren würde er vielleicht in den Stamm eingewachsen sein und, für immer eingeschlossen, ein Mahnmal für Danas gewaltsamen Tod.

Einen Vorteil hatten die schrecklichen Ereignisse: Es würde für Torak von nun an schwerer werden, sie zu finden, denn er hatte keine Spionin mehr in ihren Reihen. In dieser Hinsicht würde die Reise nun wohl ein klein wenig sicherer werden.

Renoos Wunde am Bein hatten sie gereinigt und verbunden. Sie würde dank der heilenden Kräuter, die Ux gesammelt hatte, bald in Vergessenheit geraten sein. Was Helena wirklich Sorgen bereitete, war Yonans linker Arm, der noch immer schlaff neben seinem Körper herunter hing. Er ließ sich nur unter Schmerzen bewegen.

Helena erwachte von einem energischen Rütteln an ihren Schultern. Verschlafen blickte sie in die gelben Augen von Ux. „Helena, wach auf, schnell." Helena kniff die Augen zusammen und brummte unwillig. An irgendetwas erinnert sie die Situation. Etwas, das schon sehr, sehr lange her zu sein schien. „Nun mach schon, steh auf." Helena streckte sich und richtete sich gähnend auf. „Schau mal nach da drüben." Ux' Augen glänzten freudig. Helena blickte in die Richtung, in die der Unterirdische deutete. Der Fluss verschwand in einem dunkelgrünen Schlund, der sich in einiger Entfernung vor ihnen auftat. Sie hatten den Elfenwald erreicht.

Der Wald erstreckte sich bis zum Horizont, er hatte die Farbe eines satt leuchtenden, grünen Smaragdes. Je näher sie kamen, desto besser konnte Helena Einzelheiten erkennen: mit Moos bewachsene Steine, gelbe Sumpfdotterblumen, die sich als kleine Farbtupfer über die Wiesen streuten. Libellen schwirrten durch die Luft. Die Landschaft schien sich, während sie geschlafen hatte, komplett verwandelt zu haben. Sie traten ein in eine Welt, die wie im Märchen anmutete.

Das Rauschende Wasser hatte seinen Namen inzwischen nicht mehr verdient. Der Fluss floss ruhig, verzweigte sich in unzählige kleine Flüsschen. Viele davon flossen in den Wald hinein, doch nur wenige waren breit genug, um sie weiter zu tragen. Rudor lenkte das Boot geschickt in einen der größeren

Seitenarme. Ein leichter Nebel lag über dem Wald und stieg aus den Wiesen davor. Ux stieß Helena an.

„Siehst du es? Ist es nicht herrlich?“ Er wirkte ergriffen. Helena nickte. „So hab ich mir immer die Wälder in den Märchenbüchern meiner Kindheit vorgestellt.“

„Ich meine doch nicht den Wald. Schau da hinüber.“

Er drehte mit der Klaue Helenas Kopf in die richtige Richtung. Und was sie erblickte, ließ ihr den Atem stocken. Dort, in seichtem Wasser, umgeben von Blumen und Gras, stand ein Tier. Schneeweiß, wie ein Trugbild, wie die wahr gewordene Gestalt eines sanften Kindertraumes. So etwas Vollendetes und Makelloses hatte Helena noch nie gesehen. Sogar die Bilder von Saradian, der Prächtigen, verblassten vor diesem Zauberwesen.

„Ist das ein Einhorn?“, hauchte sie fragend.

Yonan trat hinter sie. „Wunderschön, nicht?“

Helena nickte. Ihr Blick haftete an der seidigen Mähne und den neugierig geblähten Nüstern des Tieres, das sie ebenfalls bemerkt hatte und sie mit erhobenem Kopf musterte.

Das Horn war nicht, wie Helena es sich in ihren Kindertagen vorgestellt hatte, golden, sondern hatte die Farbe von Elfenbein. Das Einhorn tänzelte im Wasser, Tausende von Tropfen blitzten im Licht auf und umhüllten es. Es wieherte und blieb schließlich ganz ruhig stehen, schaute hinter dem Boot her und ließ die Ankömmlinge nicht aus den Augen. Die Pferde waren unruhig, sie spürten die Nähe des Tieres. Kashet wieherte freudig zurück. „Es heißt uns willkommen im Elfenwald“, sagte Yonan. Sie tauchten ein in das Dunkel des Waldes. Das Einhorn entschwand ihren Blicken.

Alles in diesem Wald war in ein seltsames grünes Licht getaucht, die Bäume, das Wasser, sogar die Luft schien davon getränkt zu sein. Der Fluss versumpfte mehr und mehr, immer öfter konnten sie den Grund nicht sehen. Dunst stieg aus dem Wald auf. Es war seltsam ruhig, seit sie ins Dunkel der Bäume eingetreten waren, nicht einmal Vögel sangen. Dabei war sich Helena sicher, dass es hier Leben geben musste, denn es raschelte und knackte überall im Unterholz. Ux merkte ihr die Aufregung an.

„In diesem Wald leben so ziemlich die fantastischsten Wesen, die du dir vorstellen kannst. Elfen, Wassermenschen, Einhörner, Gnome, Trolle, Wichtel, Feen,…"

„Schneewittchen, Dornröschen…", vollendete Helena seinen Satz.

Ux war verwirrt: „Wie bitte?"

„Schon gut, das war ein Scherz", sie lachte, fragte dann aber doch sicherheitshalber: „Sind die alle friedlich?"

„Die meisten. Steintrolle sollen mitunter etwas launisch sein, sagt man. Ich habe nie einen persönlich kennengelernt, aber es gibt Geschichten, in denen sie als ausgesprochen grob und hinterlistig gelten. Auch einem Giftwichtel würde ich an deiner Stelle aus dem Weg gehen. Aber die meisten dieser Wesen sind bloß etwas eigen und scheu. Der Elfenwald liegt weitab von Städten und Dörfern, die Wesen hier wollen mit Saradian nur wenig zu tun haben. Nur selten habe ich die Elfen im Hohen Rat sprechen hören. Aber sie haben zugesagt, uns zu helfen auf unserer Reise."

Helena wollte grade erneut eine Frage stellen, da stockte sie. Sie kniete sich auf dem Floß nieder und beobachtete das Wasser. Es gab kaum Strömung, sie bewegten sich nur noch mit Hilfe der Fährstange fort. Man konnte hier erstaunlicherweise bis auf den Grund sehen, das Wasser schimmerte gründlich, aber war klar wie nirgends sonst bisher im Elfenwald. Nur an einer Stelle kräuselte sich die Oberfläche seltsam, kleine Blasen blubberten empor. Jedoch ohne, dass ein Lebewesen auf dem Grund erkennbar war, kein Fisch, kein Frosch, keine Bewegung, nur die Luftblasen, die aufstiegen. Seltsam, dachte Helena. Sie beugte sich näher über die Wasseroberfläche, um etwas erkennen zu können.

„Ux, was ist das da?“

In diesem Moment tauchte wie aus dem Nichts ein Kopf aus dem Wasser auf. Helena blickte nur wenige fingerbreit entfernt in ein paar große Glubschaugen und auf ein sabberndes Maul, das aus dem grünes Wasser schoss. Helena schrie auf und schnellte zurück. Das Wesen war über und über besetzt mit Warzen, die Augen traten aus den Höhlen hervor, die Haut war beschmiert mit grünlichem Schleim. Es starrte Helena an, grunzte und schmatzte als wollte es etwas sagen, dann tauchte es so schnell ab, wie es gekommen war. Zurück blieben nur ein paar Luftblasen und ein leicht öliger Film auf der Wasseroberfläche. Das Wasser war nun trübe und dunkelgrün, wie überall sonst auch. Der Grund war nicht mehr zu sehen.

Helena zitterte am ganzen Körper.

„Habt ihr das auch gesehen oder werde ich verrückt?“

Auch alle anderen standen wie versteinert da. „Nein, wir haben es auch gesehen.“

Ux hatte sich wohl ebenso erschrocken, wie sie.

„Und was war das?“

Bevor jemand antworten konnte, ertönte eine Stimme vom Ufer. „Ein Wassermensch natürlich, was denn sonst?“

Alle wandten sich um. Auf einem Stein am Ufer saß plötzlich ein halbwüchsiger Junge. Er hatte wirre Haare, die im Licht golden funkelten, stechend grüne Augen, eine olivfarbene Haut und wenn man genau hinsah, konnte man durchsichtige Schwimmhäute zwischen seinen Fingern und zarte Kiemen an seinem Hals sehen. Er hatte nicht viel an, nur eine knielange

Hose aus einem Material, das Helena nicht erkennen konnte, es mochten wohl Wasserpflanzen sein. Er schaukelte mit den Beinen im Wasser herum und sah sie belustigt an. Helena hatte sich vom ersten Schreck wieder erholt. „Wer bist du denn?"

„Ulf."

„Aha. Und was bist du?"

„Ein Wasserkind, das sieht man doch, oder?"

Yonan zog die Augenbrauen hoch und zeigte auf das Wasser. „Der da hatte mit dir hatte allerdings nicht sehr viel Ähnlichkeit."

„Er ist mein Vater."

„Dein… was? Das kann ich kaum glauben." Yonan lachte verblüfft auf.

Der Junge sprang verärgert ins Wasser und tauchte pfeilschnell auf sie zu. Er zog sich am Rand des Bootes hoch und setzte sich. Ux beugte sich zu ihm herunter.

„Sag einmal, wie war noch gleich dein Name?"

„Ulf!"

„Also, Ulf, ich habe schon ein paar Wassermenschen in meinem Leben gesehen, dass du einer bist, glaube ich gerne. Aber wenn das wirklich dein Vater ist: Was um alles in der Welt ist mit ihm geschehen?"

Ulf zögerte. „Kann ich euch denn vertrauen?"

„Das kannst du. Entschuldige, wir haben uns noch gar nicht vorgestellt", begann Ux etwas unbeholfen. „Mein Name ist Ux, dies ist Helena, und dort sind unsere Freunde Yonan, Rudor und Renoo. Wir sind auf der Suche nach etwas, das uns helfen wird, einen mächtigen Feind zu besiegen, einen dunklen Zauberer."

Ulfs Gesicht verfärbte sich dunkelgrün vor Wut. „So einer wie der, der schuld ist an der Verwandlung meines Vaters?"

Helena horchte auf. „Das musst du uns erklären."

Ulf nickte. „Gut, aber zuerst muss ich was essen, ich sterbe vor Hunger. Habt ihr Lust auf Fisch?“

Eine halbe Stunde später saßen sie an einem trockenen Plätzchen am Ufer. Über einem Lagerfeuer brutzelten einige riesige Fische, die Ulf gefangen hatte. Das Wasserkind hockte zufrieden schmatzend mit am Feuer und verzehrte einen rohen Fisch. Mit Kopf, Schwanz und Augen und Gräten. Angeekelt starrte ihn Renoo an, die viel Wert auf gute Küche legte.„Und das schmeckt dir?“ Ulf nickte begeistert und zog sich eine Gräte aus den Zähnen, die erschreckend spitz waren, wie Helena bemerkte. Renoo verzog das Gesicht und wandte sich ab. Helena wartete geduldig ab, bis Ulf fertig gegessen hatte und mit einem erlösenden Rülpsen die Beine ins nahe Wasser baumeln ließ.

„Also, jetzt erzähl mal: Was ist mit deinem Vater passiert?“ Ulf zuckte mit den Schultern, sein Gesicht verdüsterte sich. „Da waren dunkle Reiter, die haben mit meinem Vater gesprochen. Ich hab mich im Gebüsch versteckt und alles gesehen. Viel habe ich nicht verstanden, nur, dass mein Vater sich geweigert hat, etwas zu tun, das sie von ihm verlangt haben. Er wurde laut, hat ihnen gedroht. Dann haben sie…“ Er senkte den Kopf. „Ich hab mir die Augen zugehalten. Ich hatte Angst, er hat so laut geschrien. Irgendwann waren die Reiter weg. Er konnte mir nicht einmal mehr erklären, was vorgefallen ist, warum sie das getan haben. Ich verstehe nicht mehr, was er sagt.“ Helena meinte, eine tiefe Betrübnis in seinen Augen zu sehen, die aber sofort aufklarte, als er ihren Fisch erblickte. Er starrte gierig darauf, als Helena ein Stück davon abbiss.

„Darf ich mal probieren? Ich habe ihn noch nie gegrillt gegessen.“

Helena schaute erst auf ihren Fisch, dann auf Ulf.

„Bitte, wenn du möchtest."

Sofort stürzte sich Ulf auf den Fisch und begann neugierig daran herumzuknabbern. Helena beugte sich zu Yonan herüber.

„Mit den dunklen Reitern meint er wohl die Häscher."

Helena nickte. Doch sie beschäftigte die ganze Zeit noch etwas anderes: „Ulf, bist du alleine mit deinem Vater gewesen?" Ulfs Gesicht verfinsterte sich, seine Augen füllten sich mit Tränen. Sogleich hatte Helena das Gefühl, etwas unglaublich Dummes gesagt zu haben.

„Es tut mir leid, ich wollte nicht..."

„Schon gut", auf einmal wirkte der bisher so kindliche Ulf erschreckend ernst, „meine Mutter ist verschwunden. Die dunklen Reiter haben sie mitgenommen. Sie hat versucht, sich zu verstecken, als sie kamen. Wir geben nicht gerne preis, was sich tief unten verbirgt, müsst ihr wissen. Ihr denkt, ihr seht bis auf den Grund. Aber ihr täuscht euch. Wir verbergen unsere Häuser und Hütten, ja sogar ganze Städte." Helena wusste nun, warum sie zwar die Luftblasen des Wassermannes gesehen hatte, aber sonst nichts, nur den leeren Tümpel. Sie war einem Trugbild erlegen, einer geschickten Täuschung. Ulf fuhr fort. „Aber die Reiter schienen davon zu wissen. Sie brachen das Wasser, fischten meine Mutter heraus und nahmen sie mit. Mein Vater konnte nichts dagegen tun."

Helena, Ux und Yonan tauschten überraschte Blicke. „Seit wann macht Torak denn Gefangene?", raunte Helena leise in Yonans Ohr.

„Vermutlich dann, wenn er sich einen Vorteil davon verspricht", antwortete Yonan. „Sag mal, Kleiner, haben sich noch andere Geschöpfe im Wald so verändert wie dein Vater?"

Ulf hörte einen kurzen Moment lang auf zu schmatzen, der gegrillte Fisch schien ihm zu schmecken. „Das darfst du mich nicht fragen, ich kann nicht länger als einen Tag ohne Wasser sein, sonst… pschscht.“ Er öffnete seine Faust in der Luft und bewegte zappelnd seine Finger. „Ich gehe nie weit weg von unserem Tümpel. Mutter und Vater sagen, ich soll immer in der Nähe bleiben. Aber eines wundert mich tatsächlich: Lydia besucht mich nicht mehr.“

Helena horchte auf. „Wer ist Lydia?“

Ulf musterte sie argwöhnisch. Sie kannten Lydia nicht? Und überhaupt waren die Fragen, die sie stellten, schon seltsam. Wer waren sie überhaupt? Sie hatten keine goldenen Haare und Schwimmhäute, sie waren Mundatmer und sie trugen sehr viel Kleidung, viel zu viel für seinen Geschmack. Und Fisch aßen sie gegrillt. Vielleicht gehörten sie ja auch zu den Schattenreitern, das konnte man nie wissen. Es konnte auf jeden Fall nicht schaden, etwas vorsichtig zu sein. Er antwortete also sehr knapp. „Lydia ist eine Freundin.“

Helena hatte Ulfs plötzlichen Stimmungswandel bemerkt: „Aha, und was für eine?“

Ulf presste die Lippen aufeinander und schwieg. Helena seufzte. „Was ist denn nun schon wieder los? Hab ich was falsches gesagt?“ Ulf reckte ihr trotzig das Kinn entgegen. „Kann ich euch denn wirklich trauen?“

Yonan beugte sich zu ihm. „Wir sind nicht gefährlich für dich, Ulf.“

Die Gesichtszüge des kleinen Wasserwesens entspannten sich etwas. „Ich hab viel von den Mundatmern gehört, aber gesehen habe ich vor euch noch keinen. Es kommt mir seltsam vor, dass ihr so anders seid als ich.“

„Na, ja, so anders sind wir auch wieder nicht.“ Yonan versuchte, Ulfs vertrauen zu gewinnen. Was der Junge zu erzählen hatte, konnte von großer Bedeutung für sie alle sein. „Sieh, auch wir haben Hände, Beine, einen Kopf, wie du. Nur atmen wir durch unsere Lungen, nicht durch Kiemen. Wir leben über und nicht unter dem Wasser. Sonst sind wir uns doch eigentlich recht ähnlich. In Saradian, wo wir herkommen, leben viele Wassermenschen. Du bist sicher sogar mit einigen von ihnen verwandt."

Ulf nickte freudig. „Ein entfernter Onkel von mir lebt dort. Ich hab ihn aber noch nie gesehen."

„Also, wer ist Lydia?", startete Helena einen neuen Versuch.

„Eine Waldelfe", schmatzte Ulf weiter.

„Das trifft sich gut, wir wollen zu ihnen. Weißt du, wo wir sie finden können?"

Ulf blickte sie entrüstet an und schnaubte. „Ihr wollt zu den Waldelfen? Ihr seid wohl lebensmüde."

Ux wurde hellhörig. „Was hast du gesagt? Die Waldelfen leben zwar zurückgezogen, sind aber ein gastfreundliches Volk. Sie haben versprochen, uns zu helfen."

Ulf lachte auf. „Also, ich muss sagen, ihr kennt euch wirklich nicht aus im Wald, richtig? Lydia hat mir gesagt, ich soll mich vor ihnen in Acht nehmen."

Helena verstand nicht ganz. „Aber Ulf, wenn Waldelfen so gefährlich sind, wie kannst du denn dann mit einer befreundet sein?"

Ulf schüttelte energisch den Kopf. „Lydia ist anders. Sie ist fröhlich und schön und sehr, sehr klug. Sie ist nicht böse."

Ulf rutschte nervös auf seinem Stein hin und her. „Ich muss langsam mal wieder ins Wasser zu meinem Vater, sonst werde ich noch krank. Ich fühle mich schon so trocken, das Feuer ist zu warm für mich."

Ein schrecklicher Gedanke huschte Helena durch den Kopf: „Ulf, muss deine Mutter auch jeden Tag ins Wasser?"

Ulf nickte betrübt.

Es war später Nachmittag. Sie hatten sich von Ulf verabschiedet und wollten rasch aufbrechen. Als der Junge sich im Wasser befand, hätte Helena ihn fast nicht wiedererkannt. Er wirkte durchsichtig und bewegte sich flink wie ein Fisch. Als er lächelte und sich verabschiedete, wurden Helena wieder seine gefährlich spitzen Eckzähnen gewahr. Sie beruhigte sich damit, dass er sie vermutlich nur zum Reißen von größeren Fischen brauchte. Nach einem ausgiebigen Bad kam er noch einmal an Land und je länger er festen Boden unter den Füßen hatte, desto mehr sah er wieder aus wie ein gewöhnlicher kleiner Junge. Helena fühlte sich unwohl dabei, den kleinen Kerl einfach so zurückzulassen, aber sie hätten ihn nicht mitnehmen können, wohin sie gehen würden. Ulf sah ihnen lange nach und winkte, als sie hinter den Bäumen verschwanden.

Je tiefer sie in den Wald eindrangen, desto dunkler wurde es. Vom Rauschenden Wasser war nun endgültig nichts mehr übrig geblieben. Äste und tote Baumstämme im Wasser machten das Durchkommen nun fast unmöglich. Sie mussten das Boot verlassen und zu Fuß weitergehen.

Während sich Rudor und Renoo abmühten, das Boot an eine sichere Stelle am Ufer zu ziehen und mit Ästen und Gestrüpp zu bedecken, damit mögliche Verfolger es nicht finden würden, belud Helena mit Yonan die Pferde. Sie versanken fast bis zum Knöchel in Morast. Noch einmal sahen sie sich um und verabschiedeten sich vom Rauschenden Wasser, das sie wider Erwarten gut bis hierher gebracht hatte. Murimir hatte Recht behalten.

KAPITEL XI – DER ELFENWALD

Helena fror. Die Nächte waren kalt und feucht im Elfenwald. Das Unterholz war glitschig durch den Nebel, man musste aufpassen, nicht darauf auszurutschen. Nur selten sah man den Mond durch die Wipfel scheinen, die Bäume standen zu dicht beieinander. Es knackte und raschelte im Gebüsch. Ab und zu schrie ein Vogel, gelegentlich meinte Helena auch, leises Huschen und Flüstern zu vernehmen. Sie versuchten, so wenig Geräusche wie möglich zu machen. Helena fühlte sich beobachtet, ständig meinte sie, Augenpaare aus dem Dunkeln aufleuchten zu sehen. Ein Schauer überlief ihren Rücken. Sie bewegten sich auf einem mehr oder weniger befestigten Pfad, ein Überbleibsel aus der Zeit, als der große Handelsweg noch direkt durch den Elfenwald geführt hatte. Einer Zeit, lange bevor die Schlucht der verlorenen Kinder sich aufgetan hatte.

Die Pferde stolperten gelegentlich über Wurzeln und Steine, Helena hoffte, dass sich keines verletzen würde, denn das würde sie in ernsthafte Schwierigkeiten bringen. Sie hörte ein Geräusch ganz in ihrer Nähe. Erst ein Rascheln. Dann ein Murmeln. Noch ein Rascheln. Sie wurde nervös, ging ein wenig schneller und stieß von hinten gegen Yonan. „Autsch, pass doch auf."

„Entschuldige." Helena fluchte innerlich. Sie war umgeknickt, ihr Fuß tat weh. „Aber ich hab etwas gehört, irgendetwas ist hier in der Nähe. Müssen wir unbedingt bei Nacht weiter? Mir wäre wesentlich wohler, wenn ich sehen könnte, was hinter mir herläuft."

„Unsinn, da läuft nichts hinter dir her. Höchstens ein paar Gnome, die neugierig sind, wer durch ihren Wald schleicht. Wir wollen den Elfenbaum möglichst noch heute Nacht erreichen. Dort sind wir sicher."

Kaum hatte Yonan ausgeredet, ertönte ein meckerndes Lachen aus dem Dunkel des Waldes. Das Echo hallte durch die Nacht. Mit piepsiger Stimme wandte sich Helena an Yonan. „Was verdammt noch mal war das?"

Yonans Hand glitt an den Knauf seines Schwertes. Auch er hatte sich erschrocken. „Da ist wohl doch was hinter uns", bemerkte er trocken, seine Nervosität überspielend. „Egal was es war, besonders freundlich schien es mir nicht zu sein. Beeilt euch lieber!"

Yonan zog Helena mit sich und trieb auch die Anderen an. Helena stolperte, sie wäre fast hingefallen. Man konnte kaum ein paar Meter weit sehen. So gingen sie eine ganze Weile hastig vorwärts. Die Hufe der Pferde schlugen dumpf auf dem federnden Waldboden auf. Helena blickte sich immer wieder um, hatte ein ungutes Gefühl in der Magengegend, blickte angestrengt in die Dunkelheit. Sie meinte, etwas zu erkennen, hatte das Gefühl, dass es auf sie zukam, immer schneller und schneller, so nah, dass sie es hätte berühren können. Sie glaubte, die Gedanken eines anderen Wesens zu sehen. Sie spürte Blut und Gewalt, das gierige Gefühl, auf der Jagd zu sein. Doch da war nichts. Der Wald hinter ihr war leer, soweit sie sehen konnte. Schnell drehte sie sich um und eilte zu der schon etwas weiter entfernten Gruppe. Dort stellte sie sich so nah wie möglich neben Yonan. Ihr Herz pochte. Yonan legte einen Finger an die Lippen und spähte in die Dunkelheit. „Ich glaube, es ist weg“, flüsterte er erleichtert.

Kaum hatte er seinen Satz beendet, sprang aus dem Baum über ihnen fauchend etwas auf Helena herab und krallte sich fest. Sie schrie entsetzt auf und versuchte verzweifelt, das Ding auf ihrem Rücken loszuwerden, doch je mehr sie sich wehrte, desto mehr verbiss es sich in ihr Hemd. Sie schlug danach, schrie und schließlich bekam sie etwas Dünnes, Knochiges zu fassen und schleuderte es mit Wucht von sich. Ihr Rücken schmerzte entsetzlich, sie hatte sich wohl einen Teil der Haut mit abgerissen, in die das Wesen sich verkrallt hatte. Der Angreifer überschlug sich ein paar Mal, war aber sofort wieder auf den Beinen und duckte sich zum Sprung. Katzenartig streckten sich seine langen Hinterbeine und er schnellte empor. Für den Bruchteil einer Sekunde sah Helena zwei scharfe Eckzähne aufblitzen, spitze Ohren und ein verzerrtes, hässliches Gesicht – da flog auf einmal ein leuchtender kleiner Punkt mitten zwischen die Augen des Angreifers. Das Lachen wurde zu einem hohen Kreischen, für einen Moment schien das Wesen nichts mehr sehen zu können. Diesen Augenblick mussten sie nutzen. „Flieht!“ schrie Yonan, zog Helena mit sich und gemeinsam stürzten sie durch den Wald.

„Wenn ihr in diese Richtung lauft, rennt ihr direkt in ihre Arme. Kommt, hier entlang.“ Ein helles Stimmchen ertönte direkt neben Helenas Ohr. Sie blickte sich um und wäre dazu Zeit gewesen, hätte sie sich gehörig gewundert. Das Leuchtpünktchen entpuppte sich als etwa daumengroße Elfe, die mit libellenartigen Flügelschlägen neben ihr in der Luft schwebte. Ohne lange zu zögern rief sie ein kurzes „Folgt mir!“ und flog voran.

Sie stolperten blindlings hinter dem Leuchten her. In halsbrecherischem Tempo flog die Elfe geschickt durch die Wirren der tief hängenden Äste. Helena meinte, Keuchen und Fauchen hinter sich zu hören, immer wieder unterbrochen von einem meckernden Lachen, doch sie wagte es nicht, anzuhalten und sich umzudrehen. Langsam wurden die Geräusche leiser und verstummten nach einer halben Ewigkeit schließlich ganz. Die kleine Elfe eilte allerdings noch eine ganze Weile so weiter, geschickt flog sie im Zickzack durch den Wald, bis sie schließlich vor einem großen Baum anhielt. Sie schwebte einen Moment in der Luft, winkte ihnen, ihr zu folgen, dann flog sie durch eine Öffnung zwischen den Wurzeln ins Innere des Stammes.

Sie befanden sich in einer großen Höhle. Moos bedeckte die Wände, es schien einen phosphoreszierenden Stoff abzusondern, denn der ganze Raum erstrahlte in einem matten Licht. Der Stamm war so groß, dass die Pferde wohl ebenfalls Platz gefunden hätten, aber der Eingang der Höhle war einfach zu klein, sie mussten draußen warten. Das kleine Leuchtwesen setzte sich auf einen Baumpilz an der Wand und schlenderte mit den Beinen. „Kommt ruhig alle herein und macht es euch bequem. Die sind wir erst mal los."

Nach und nach traten die Gefährten ein und setzten sich, aber nicht ohne ab und zu nervös zum Eingang der Höhle zu schielen. Helena setzte sich auf eine der dicken Wurzeln und betrachtete das kleine Wesen näher, das sie freundlich lächelnd anschaute. Die Elfe hatte eine niedliche Stupsnase, pechschwarze Locken, eine blasse, fast durchsichtige Haut und erschreckend spitze Ohren. Kaum hatte sie einen Moment auf dem Pilz gesessen, erlosch ihr Leuchten, das sie während des Fluges begleitet hatte.

„Danke für deine Hilfe."

„Keine Ursache. Hat er dir wehgetan?“ Helena war etwas verwirrt.

„Wer, bitte?“

„Na, der Elf. Er hatte sich ganz schön fest verbissen, oder? Hoffentlich blutet es nicht zu stark, Elfenwunden heilen sehr schlecht."

Helena meinte, nicht richtig verstanden zu haben. „Das war ein Elf?“

Das Lächeln des kleinen Wesens wurde traurig und es antwortete nicht. Helena besah sich die Wunde an ihrer Schulter. Der Angreifer hatte zum Glück nur wenig Haut abgerissen. „Nein, nur ein paar Kratzer. Und wer bist du, kleine Retterin in der Not?“

Ux antwortete an ihrer Stelle. „Das ist eine Waldelfe.“ Helena schaute ihn ungläubig an. „Nicht im Ernst. Ich meine, sie sieht ein wenig anders aus als der da draußen.“

Die Elfe erhob sich und mit demselben matten Leuchten wie vorher flog sie geschickt auf Helena zu und landete auf ihrer ausgestreckten Hand. „Schau doch mal genauer hin“, kess reckte sie Helena ihr Kinn entgegen. Helena hob vorsichtig die Hand mit der kleinen Elfe darauf vor ihr Gesicht. Und tatsächlich: dieselben Ohren, dieselbe Nase. Dieselben großen, spitzen Eckzähne. Nur, dass die Elfe auf Helenas Hand viel kleiner, hübscher und ihr noch dazu wesentlich sympathischer war.

„Wie heißt du?“

„Lydia. Und du bist die Mondgeborene, von der alle Welt spricht.“

Helena zog überrascht die Augenbrauen hoch. „So, du bist also Lydia“, murmelte sie.

Helena spürte das Gewicht der Elfe kaum, sie war leicht wie eine Feder. „Sag, Lydia, warum bist du so klein und der Elf im

Wald so groß und so… anders? Und warum greifen die Elfen uns an?“

Lydias Stimme klang den Tränen nahe. „Seit ihr Zauber gebrochen wurde, sind sie böse und grausam. Sie jagen und töten alles, was in ihren Wald eindringt.“

„Wer hat denn ihren Zauber gebrochen?“, fragte Helena, obgleich sie die Antwort bereits wusste.

Lydia blickt sie entrüstet an. „Torak natürlich, wer denn sonst? Kennst du noch jemanden, der so unglaublich gemein ist? Seit der Wald immer dunkler wird und der Mond immer öfter die Sonne verdeckt, sind sie so. Nach und nach, immer mehr haben sie sich verändert. Bis schließlich alle meine Brüder und Schwestern so aussahen. Und dann sind die meisten von ihnen einfach verschwunden, auf und davon, in Richtung der Berge. Es sind nur noch sehr wenige übrig von ihnen, und die haben sich in die Dunkelheit des Waldes zerstreut. Der Elfenbaum ist nun verwaist, niemand zündet abends mehr die Lampions an, niemand spielt mehr Musik, es riecht nicht mehr nach Pilzragout und Himbeersaft… “

Helena unterbrach sie: „Und warum bist du verschont geblieben?“

Lydia zögerte. „Nun, ich habe etwas getan, das eigentlich nicht erlaubt ist. Ich war zu dieser Zeit nicht hier, ich war… in einer anderen Welt!“

Helena musste lachen. „Natürlich, ich auch. Und was soll das genau bedeuten?“

Lydia drohte erbost mit dem Finger, flog direkt vor Helenas Gesicht, schlug ihr mit der Faust auf die Nase und landete dann wieder. „Lach nicht, ich war schließlich in deiner Welt! Du bist nicht die einzige Weltengängerin, die es gibt.“

Helena stutzte. „In meiner Welt?“

„Ja, oder bist du etwa kein Erdenkind?“ Lydia schmunzelte

wissend. „Dann sag bloß, du hast noch nie ein Glühwürmchen gesehen?“

Helena dachte nach. Sie erinnerte sich an einen lauen Juniabend, es musste schon einige Jahre her sein, sie war noch viel jünger gewesen. Ein Ausflug, alle Kinder des Heimes gemeinsam, sie waren zum Zelten an einen See gefahren. Würstchen brieten über dem Lagerfeuer, es hatte Stockbrot gegeben. Helena hatte sich davongestohlen, war alleine in den Wald gegangen, in die Dunkelheit. Ihr Herz war fast zersprungen vor Angst, doch sie war immer weiter gelaufen. Hatte sich vorgestellt, wie es wohl sein musste, einfach weiter zu gehen, nicht anzuhalten, nie wieder zurückzukehren. Sie war schließlich irgendwann auf eine Lichtung getreten, voller leuchtender kleiner Pünktchen, die zwischen den Bäumen umherschwirrten. Tausende von ihnen erhellten die Nacht. Helena hatte sich auf die Erde gelegt und wollte nie wieder weg von diesem Ort, so schön war es gewesen. Sie hatte keine Angst mehr empfunden. Erst im Morgengrauen hatte man sie nach langer Suche gefunden, wie ein Baby im Moos schlafend. Es hatte selten so viel Ärger gegeben, wie an diesem Tag.

Helena sagte nichts, aber Lydia hatte ihr die Antwort auf ihre Frage wohl angesehen. „Na siehst du. Und manchmal sind das eben keine Glühwürmchen, sondern Elfen. Mein kleiner Ausflug hat mich vermutlich gerettet.“

Helena stutzte. War es wirklich so? Waren die Märchen und Sagen von Drachen, Feen, Zwergen und Elfen Wirklichkeit? Hatte sie ihn nicht damals manchmal auch gespürt, diesen Zauber, alleine im Wald? Oder war das Singen des Windes, der Atem der Erde und der pulsierende Herzschlag des Waldes nur Einbildung gewesen?

„Und wie soll es nun weitergehen, wenn die Elfen uns nicht durch den Wald führen?“, seufzte Helena fragend. Lydia flog kurz auf, setzte sich auf Helenas Schulter und machte es sich bequem.

„Erst mal werdet ihr hier bleiben. Nachts unterwegs im Elfenwald?“ Sie schüttelte den Kopf. „Das wäre zurzeit glatter Selbstmord. Wenn euch die Elfen nicht töten, tun es die Trolle oder ein hungriger Gnarf, der sich bei Dunkelheit aus der Erde herauswühlt. Ihr braucht eine Elfe? Ihr habt eine Elfe! Ich werde euch den Weg aus dem Wald heraus zeigen. Ich kenne einige gute Abkürzungen.“

„Womit du uns sagen willst…“

„Oh, ihr braucht mir nicht zu danken, ich komme gerne mit euch. Die Gesellschaft hier im Wald wird mir ein bisschen zu ungesund. Und ich will schließlich nicht so enden wie mein Stamm.“

Sie lächelte so entwaffnend, dass Helena nicht nein sagen konnte. Lydia sah die freundliche Zustimmung in aller Augen und wartete erst gar keine Antwort ab. Sie schlug mit den Flügeln und erneut hüllte sie das zarte Leuchten ein.

„Ich sage nur einem kleinen Freund auf Wiedersehen, der sich sonst unnötig Sorgen macht. Ihr bleibt besser im Baum. Hier trauen sie sich nicht hinein, wegen des Leuchtens. Ihre Welt ist jetzt die Dunkelheit. Im Morgengrauen bin ich wieder da.“

Elegant hob sie ab und schwebte blitzschnell durch die Öffnung in die Schwärze der Nacht.

Mit einem schmatzenden Geräusch löste sich Helenas Fuß aus dem Schlamm. Mit einem Stock versuchte sie, die feuchtklebrige Erde von ihrem Stiefel abzustreifen. Yonan betrachtete sie amüsiert.

„Was ist? Warum grinst du so?“, grummelte sie ihn an.

„Och, ich finde es nur lustig, wie du alle paar Schritte stehen bleibst, um dir den Schlamm abzukratzen. Ich bewundere einfach deine Beharrlichkeit." Helena streckte ihm die Zunge heraus. Dann stapfte sie weiter. Lydias sogenannte Abkürzung hatte sich als ziemlich nasse und schmutzige Angelegenheit entpuppt. Seit Stunden marschierten sie nun schon durch Morast und Schlamm, nur mit morschem Holz und wenigen trockenen Stellen bedeckt. Lydia machte sich ständig über ihre Mühen lustig. Sie hatte auch gut reden, sie konnte ja fliegen, schwirrte wie ein übermütiger Schmetterling durch die Luft, schlug einen Salto nach dem anderen. Helena nahm sich insgeheim vor, die kleine Elfe, sobald sie die Möglichkeit dazu hatte, unter eine Käseglocke zu stecken. „Hör mal, du Glühbirne, das ist keine Abkürzung, das ist ein Schlammbad", beschwerte sie sich mit einem Seitenblick auf Ux, dem der Morast unter jeder einzelnen seiner Schuppen zu stecken schien, was er klaglos ertrug. Sein langer Schwanz war über und über mit Matsch bedeckt, bei jedem Schritt zog er eine Spur über den Boden. Schnell wie der Blitz war Lydia bei Helena und baute sich drohend vor ihrer Nase auf.

„Wenn du glaubst, ich wüsste nicht, was eine Glühbirne ist, täuscht du dich. Ich kenne mich in deiner Welt besser aus als du in meiner. Du solltest weniger schimpfen und dich dafür etwas beeilen. Sonst noch was?"

Yonan brach in schallendes Gelächter aus und schlug sich auf die Oberschenkel. Helena blieb verdutzt stehen, während Lydia wieder an die Spitze der Gruppe flog. Yonan grinste Helena an. „Komm schon, auf den Mund gefallen ist sie jedenfalls nicht."

Helena brummte eine unverständliche Antwort vor sich hin und zog Kashet weiter, der unwillig hinter ihr hertrottete. Er mochte Schlamm genauso wenig wie sie.

Den Sumpf hatten sie nun hinter sich gelassen, was nicht nur Ux äußerst willkommen war. Doch seit sie den Tannenwald wieder betreten hatten, war die seltsame Beklemmung in Helenas Brust wieder da. Das undurchdringliche Grün des Waldes machte sie nervös. Es schien überhaupt nicht mehr richtig hell zu werden, eine ständige Dämmerung umgab sie. Immerhin, der Boden war nun fester, er federte leicht unter den Hufen der Pferde, sie konnten endlich wieder reiten.

Auch Ux war beunruhigt. „Lydia hatte Recht. Irgendetwas stimmt mit diesem Wald nicht. Wir sollten auf der Hut sein."

Sie reisten nur noch bei Tag. Nachts hielten sie abwechselnd Wache, immer um ein loderndes Feuer herum oder in der Nähe von einem der leuchtenden Bäume, die Lydia zielsicher für sie fand. Wie eine kleine Libelle schwebte sie ständig um ihre Köpfe herum. Die kleine Elfe kannte inzwischen die ganze Geschichte ihrer Reise in- und auswendig. Jeder hatte Lydia gerne, sie war von herzlicher Natur, immer zu einem netten Wort oder einem Scherz aufgelegt – und dabei ausgesprochen clever. In Streitgesprächen zog Helena meist den Kürzeren, Lydias Temperament und ihrer schlagfertigen Art war sie einfach nicht gewachsen. Es schien als ob nichts Lydias gute Laune verderben konnte, bis Helena sie erneut nach den Waldelfen fragte. Sofort legte sich ein Schatten über ihr hübsches Gesicht. Unter den Elfen hatten sich auch ihre Freunde und ihre Familie befunden, ihr ganzes Volk war ihr zum Feind geworden. Und es bedrohte nun nicht nur Lydias Leben, sondern auch das ihrer neu gewonnenen Freunde.

Sie saßen um ein kleines Lagerfeuer herum, das ihnen Wärme und ein wenig Schutz spendete. Helena steckte der Angriff der Elfe aus jener Nacht noch immer in den Knochen. Seitdem war sie unruhig, sie konnte sich nicht wirklich entspannen, blickte sich ständig um, sah überall Bewegungen und hörte verdächtiges Rascheln. Doch immer, wenn sie sich umgewandt hatte auf dem Weg, hatte sie nichts erkennen können. Dort war stets nur der Wald, die Bäume, der Wind, der die Tannen wiegte, oder die ruhige Schwärze der Nacht gewesen. Sie fiel Yonan, der sich im Wald wie in seinem Element fühlte, damit gehörig auf die Nerven. Er hatte andere Probleme, sein Arm ließ sich noch immer nicht richtig bewegen, er war empfindlich und schmerzte, auch wenn das Gefühl langsam zurückkehrte. Also blieb Helena mit ihren Sorgen alleine.

Sie streckte sich und versuchte ihre Unruhe zu verscheuchen, die Augen zu schließen und ein wenig Ruhe zu finden.

Dann, auf einmal, wie aus dem Nichts heraus, ertönte wieder das Lachen. Helena drehte sich ruckartig um, doch es war nichts zu sehen. Auch schien keiner ihrer Gefährten etwas bemerkt zu haben, niemand hob den Kopf, niemand war zusammengeschreckt. Alle unterhielten sich leise oder starrten stumm in die Flammen. Hatte sie sich getäuscht?

Da war es erneut, ein wahnsinniges Lachen, wie aus einem bösen Traum. Helena stöhnte auf und hielt sich mit beiden Händen die Ohren zu doch das Lachen verstummte nicht. Yonan musterte sie und runzelte die Stirn. „Ist etwas mit dir?“

Doch Helena reagierte nicht, sie fühlte es nun ganz deutlich, es kam näher und näher, wie ein unsichtbares Auge. Jetzt stand es direkt vor ihr und musterte sie.

„Geht weg!“ Helena schrie auf, sprang auf die Füße und zog ihr Schwert. Jetzt kam das Lachen von überall her, sie war eingekreist von lachenden Augen. Sie spürte eine Hand auf ihrer Schulter und schrak zusammen.

„Was ist los, Helena?“ Yonan schaute sie besorgt an.

„Sie kommen“, rief Helena voller Angst, „hört ihr sie denn nicht?“.

Seit der Mondnacht, dem Tag von Danas Tod, vertraute Yonan auf Helenas Vorahnungen. Auch wenn er selbst nichts hören konnte, spürte er, dass sie die Wahrheit sagte.

„Macht euch bereit!", rief er den Gefährten zu.

Dann, auf einmal, leuchteten von überall her glühende Augen auf, und das Lachen, das Helena in Gedanken gehört hatte, wurde zur Wirklichkeit. Die Pferde wieherten nervös und versuchten sich loszureißen. Yonan verfluchte seinen steifen Arm, der ihn beim Kämpfen behindern würde. Lydia hatte auf seiner Schulter gesessen, flog aber nun auf und versteckte sich hinter ihm. „Kannst du sie sehen? Wie viele sind es?" fragte Yonan sie raunend. Lydia traute sich kaum hervor.

„Zu viele", flüsterte sie ihm voller Angst ins Ohr.

Alle griffen nun zu den Waffen und bildeten einen Kreis, Rücken an Rücken. Lydia flog aufgeregt hin und her: „Sie sind uns überlegen, es sind zu viele. Sie werden uns alle umbringen."

„Hast du eine bessere Idee?"

Nun flog Lydia Yonan direkt vor sein Gesicht. „Ja! So können wir wenigstens etwas Zeit gewinnen."

Yonan starrte angestrengt in die Dunkelheit, das Lachen war einem Fauchen gewichen, der Ring der gelb leuchtenden Augen um sie zog sich immer enger.

„Was sollen wir tun?"

„Schürt das Feuer! Dann legt es in einem Kreis um euch. Sie fürchten es."

Yonan nickte. „Wenn wir noch genug Zeit dazu haben. Sie kommen immer näher." Tatsächlich rückten die Waldelfen unter bedrohlichem Murmeln immer enger zusammen.

„Wir brauchen ein Wunder", keuchte Renoo, die eilig Äste in Brand setzte und wie einen schützenden Ring aus Flammen um sie herum legte.

„Da wäre ich nicht abgeneigt" stimmte Yonan zu. Keine

Sekunde ließ er die Bestien um sich herum aus den Augen „Ich kann nur leider keines herbeipfeifen."

Helena stutzte. „Was hast du da eben gesagt?"

„Weißt du, das ist nun wirklich nicht der richtige Zeitpunkt…"

Doch Helena hörte schon gar nicht mehr auf ihn und kramte in Ubsalas Beutel. „Verflixt, wo ist sie nur?"

Yonan verlor die Geduld. „Verdammt, Helena, was tust du da? Hilf Renoo mit dem Feuer!" Doch sie hatte schon gefunden, wonach sie gesucht hatte. Triumphierend hielt sie die kleine Pfeife hoch.

„Versucht sie so lange wie möglich aufzuhalten."

Ux packte unsanft Helenas Arm: „Was hast du vor?"

„Ich pfeife ein Wunder herbei." Sie wand sich aus seinem Griff, hob die Pfeife an die Lippen und blies hinein.

Nichts geschah, kein Ton war zu hören. Helena lauschte, dann blies sie noch einmal. Wieder nichts. Nur Ux hielt sich die Ohren zu und verzog schmerzverzerrt das Gesicht. Helena lief es kalt den Rücken herunter. Was, wenn es nicht half? Sie hatte schließlich keine Ahnung, was nun geschehen würde. „Schaut mich nicht so an, lenkt sie ab, ich brauche einen Moment Zeit."

Yonan verstand nicht, was das alles zu bedeuten hatte, aber er tat, was sie sagte. Es vergingen bange Minuten. Immer und immer wieder blies Helena die Pfeife, doch ihre Hoffnung schwand. Die Bestien fauchten und wurden zusehends mutiger. Zwischen all dem Knurren meinte Helena immer wieder, einzelne Wörter zu hören, in einer fremden Sprache geraunt. Vereinzelt wagten die Elfen nun den Sprung über das Feuer, wurden aber entweder von den Klingen der Schwerter erschlagen oder verbrannten kreischend in den Flammen. „Wir werden sie nicht mehr lange aufhalten können", rief Yonan. „Was immer du da tust, Helena, tu es schneller."

Dann auf einmal, ganz sachte, begann der Boden zu beben. Ein gleichmäßiges Rütteln erschütterte die Erde, wurde stärker, es brummte und grollte. Sie alle hatten Mühe, sich auf den Beinen zu halten. „Was ist das?", schreiend versuchte Yonan gegen das Grollen anzukommen.

„Du wolltest doch ein Wunder", schrie Helena zurück.

In diesem Moment brach die Erde vor ihnen auf und tausende kleiner Eidechsen fielen über die Elfen her. Sie bissen sich fest, in Nacken, Rücken, Armen und Beinen. Die Angreifer schrien vor Überraschung und Schmerz auf, lautes Jaulen ertönte. Die Reihen der Elfen lösten sich auf, sie gerieten in Panik, flohen. Der Strom der Eidechsen nahm kein Ende, noch immer quollen sie wie sprudelndes Wasser aus der aufbrechenden Erde hervor. Die Gefährten zögerten nicht lange, mit ihren Schwertern und Messern halfen sie den kleinen Tieren im Kampf gegen die Angreifer.

Es dauerte kaum ein paar Minuten und der Spuk war vorbei. Die letzten Waldelfen verzogen sich, wie Hunde keifend, im Wald. Auch die Eidechsen verschwanden so schnell wie sie gekommen waren, ohne sich umzublicken oder zu zögern tauchten sie wieder unter die Erde, als ob eine unsichtbare Macht sie zurück in ihr Reich zöge. Die Geretteten konnten noch immer nicht fassen, was gerade passiert war. Dann waren die Tiere verschwunden. Nur eine einzelne kleine Eidechse blieb zurück und richtete sich auf ihren Hinterbeinen auf. Helena bückte sich und streckte ihre Hand aus. Das kleine Tier lief sofort darauf zu und ließ sich bereitwillig hochheben.

„Danke, Prinz Prr, Sohn des Herrschers der Eidechsen."

Dinky verbeugte sich, was sehr drollig aussah. „Keine Ursache, Mondgeborene. Ich dachte schon, du pfeifst niemals."

Helena lachte. „Oh, Dinky, ich bin sehr froh, dass mir deine kleine Pfeife noch rechtzeitig eingefallen ist. Ist alles in

Ordnung, du bist ja ganz außer Atem?"

„Kein Wunder, schließlich bin ich die ganze Strecke von Tankelvar bis hierher gerannt, und das auch noch in persönlicher Bestzeit. Wo ist die Pfeife?"

Helena nahm sie aus ihrer Hemdtasche und gab sie ihm.

„Hier! Ohne dich wären wir vermutlich nicht mehr am Leben."

„Es tut mir leid, dass ich sie dir nun wieder wegnehmen muss, aber sie hilft dir nur einmal im Leben. Jetzt ist sie für jemand anderen bestimmt."

Helena hob die Hand ein wenig an und gab der Eidechse einen Kuss auf das kleine Köpfchen. Dinky war sichtlich verlegen.

„Ich wünsche dir viel Glück, Mondgeborene. Du wirst es auch weiterhin brauchen." Damit sprang er von ihrer Hand, flitzte auf das Loch in der Erde zu und tauchte in die Dunkelheit des Erdreiches ein. Zurück blieben nur der offene, aufgewühlte Boden. Nichts erinnerte daran, dass hier soeben noch abertausende von Eidechsen gewesen waren.

Sie durften keine Zeit verlieren. Helena schauderte, als sie auf die vielen getöteten Elfen blickte, die mit verzerrten Gesichtern um das Feuer herumlagen.

„Lasst uns verschwinden, sie werden sicher wiederkommen."

Helena packte Kashet am Zügel, schwang sich auf und wollte voranreiten. Yonan wechselte einen kurzen Blick mit Ux. „Moment mal!"

Helena zügelte Kashet verdutzt. „Was?"

„Woher hast du die Pfeife?"

„Dinky hat sie mir geschenkt. Nach dem Feuer in der Steppe."

„Wusstest du, was passiert, wenn man hinein bläst?"

Helena zuckte mit den Schultern. „Nicht wirklich. Er sagte

nur, ich solle sie benutzen, wenn ich mal Hilfe brauche."

Yonan war fassungslos. „Und warum, verdammt noch mal hast du sie nicht früher schon benutzt?"

„Yonan, sie war doch nur für den Notfall." Mit diesen Worten trieb Helena Kashet an und ritt mit Lydia auf der Schulter davon. Yonan öffnete seinen Mund um etwas zu sagen, aber nichts kam heraus. „Wie schön, dass du wenigstens deinen Humor behalten hast", rief er ihr hinterher.

Endlich lichtete sich der Wald. Immer öfter drangen nun Sonnenstrahlen durch die Wipfel und neben die dunklen Tannen und Fichten gesellten sich gelegentlich Laubbäume, deren Blätter im Wind rauschten. Der mühsame Marsch durch Sumpf und dichten Nadelwald – Lydias Abkürzung – hatte sich gelohnt. Sie kamen dem Ende des Waldes schneller nahe als geplant und begannen, ihren Weg zu genießen. Die Laune aller besserte sich zusehends. Die Landschaft wurde rauer und hügeliger. Immer öfter erklommen sie kleine Steigungen oder mussten riesigen Felsbrocken ausweichen, die ihnen den Weg versperrten. Rudor erzählte ihnen, dass in einer Zeit lange vor Saradian, Murimir und Torak die Riesen Asketan beherrscht haben sollten. Nur die verstreuten Felsbrocken zeugten, so die Legende, noch von ihren gigantischen Spielen, in denen sie Felsen wie Bälle umher geworfen haben sollten. Für die Reisenden waren Rudors Geschichten immer eine willkommene Abwechslung und sie scherzten fröhlich. Helena fragte sich dennoch, ob nicht ein auch hierin kleiner Kern Wahrheit steckte.

Die Sonne schien, kleine weiße und gelbe Blumen reckten ihre Köpfe auf den mit Moos bewachsenen Felsen, hier und da rauschte ein Wasserfall einen Berghang hinunter. Die Landschaft hätte idyllischer nicht sein können.

Die Reiter erreichten einen schmalen Hohlweg zwischen zwei Felsen. Es war gerade Platz für einen einzigen Reiter auf dem schmalen Pfad.

„Wie geschaffen für einen kleinen Überfall", sagte Helena scherzhaft über die Schulter zu Yonan, als Kashet seine ersten Schritte durch die Schlucht machte. Da ertönte eine donnernde Stimme.

„Wer seid ihr und was wollt ihr, Fremdlinge?"

Helena zügelte Kashet und blickte sich überrascht um. Sie konnte nicht erkennen, woher die Stimme gekommen war, die Wände des Hohlwegs warfen das Echo zurück.

„Wer spricht da?"

Ein donnerndes Lachen ertönte. „Sagt mir erst, wer ihr seid, will ich meinen!"

„Wir sind harmlose Reisende, die den Hohlweg passieren möchten."

Die Stimme schwieg kurz. „Und was gebt ihr mir dafür, hm?"

Ein Mann, etwas kleiner als Helena, mit einem Holzknüppel in der Hand, trat aus dem Schatten der Felsen hervor und versperrte ihnen den Weg. Er hatte feuerrote, wild in alle Richtungen abstehende Haare und eine dicke, nach oben gestreckte Nase mit riesigen Löchern, die Helena eher an einen kurzen Rüssel erinnerte. Sein runder Bauch schaute unter einem dreckigen Hemd hervor, er war barfuß und trug eine löchrige Hose. Hände und Füße wirkten im Vergleich zu seinem Körper riesig, was ihm ein hilfloses, fast schon ein wenig groteskes Aussehen verlieh.

„Was ist das denn bitte?" fragte Helena leise Lydia, die zwischen Kashets Ohren geflogen war und dort Platz genommen hatte. Lydia machte ein abfälliges Geräusch.

„Nur ein Steintroll, keine Angst, vor dem haben wir nichts zu befürchten. Die reißen ihren Mund ganz groß auf, stehlen und rauben, was sie ergattern können, sind dann aber schneller verschwunden, als du bis drei zählen kannst. Ziemliche Feiglinge."

Lydias Gesichtsausdruck verriet eine deutliche Geringschätzung für das Wesen, das nun langsam ungeduldig zu werden schien. Der Troll reckte seine Nase provozierend noch weiter in die Höhe.

„Na? Und? Was gebt ihr mir nun dafür?"

Helena bemerkte, wie Yonan Koshki unauffällig wendete und verschwand. Sie ahnte, was er vorhatte. „Seit wann muss man in Asketan bezahlen, wenn man einen Weg benutzen will, der niemandem gehört?"

Der Troll grinste. „Aber mir gehört er doch, will ich meinen. Ich brauche auch kein Gold. Eure Vorräte würden mir genügen." Der Troll schielte gierig auf die Beutel an ihren Sätteln. Helena sah, wie Yonan in einiger Entfernung eine Anhöhe erklomm und sich dem Troll langsam von hinten näherte. Sie versuchte, seine Aufmerksamkeit auf sich zu ziehen. „Nun. Ich hätte da vielleicht etwas anderes, mit dem ich dich bezahlen könnte, werter Herr."

Der Troll wurde misstrauisch.

„Und das wäre, hm?" Er nahm den Knüppel fester in die Hand. Helena beugte sich verschwörerisch zu ihm: „Einen Rat."

Der Steintroll ließ verblüfft den Knüppel sinken. „Was soll das, will ich meinen? Was für einen Rat wollt ihr mir geben?"

„Wenn du versuchst, alleine einen Hohlweg zu bewachen, solltest du immer daran denken, dass man auch außen herum reiten kann."

Der Troll hob den Knüppel wieder vor sein Gesicht.

„Das ist kein guter Rat, ich werde euch alle… arggh!"

In diesem Moment wurde er von Yonan vom Pferd herunter am Kragen gepackt und in die Luft gehoben. „Lass mich runter, du… du… wurzelweibische Giftqualle, dreckverseuchte, schlammbespritzte, stinkende Erdkröte…“ Er spuckte Gift und Galle, kratzte, biss, schrie – und fluchte. Helena hatte noch nie sie so viele Schimpfwörter auf einmal gehört. Die Gesichtsfarbe des Trolls näherte sich einem ungesunden Dunkelrot. Er strampelte wie wild, als er aber merkte, dass dies keine Wirkung zeigte, beruhigte er sich etwas, hielt still und verschränkte die Arme.

„Lass! Mich! Runter! Will! Ich! Meinen!“

Jedes einzelne Wort klang wie eine Drohung. Helena setzte sich bequem in ihrem Sattel zurecht, tauschte amüsierte Blicke mit Yonan und lächelte den Troll freundlich an.

„Und was gibst du mir dafür?“

Ihre Gefährten brachen in schallendes Gelächter aus. Verdutzt hielt der Troll inne. Dann erkannte er, dass er sich selbst überlistet hatte und bedeckte sie erneut mit einem Schwall von Flüchen. Helena zeigte sich nicht im Geringsten beeindruckt und betrachtete ihre Fingernägel.

„Wie wäre es damit? Er lässt dich los und du verschwindest dafür ganz schnell. Jeder geht friedlich seiner Wege. Ist das nichts? Das ist das beste Angebot, das du kriegen wirst – will ich meinen“, fügte sie mit einer kleinen Pause hinzu.

„Oh, ihr verdammten…“, der Steintroll spuckte auf den Boden. Dann nickte er widerwillig.

„Yonan, lass ihn runter.“

Mit einem missbilligenden Kopfschütteln blickte Yonan auf den Steintroll. „Wie du willst, Helena.“

Mit einem gellenden Schrei fiel der Troll zu Boden, klopfte sich unter dem Gelächter der Umstehenden seinen Hosenboden ab und richtete sein Hemd wieder her.

„Wie heißt du?", fragte Helena. Misstrauisch blickte der Troll sie an, wusste aber, dass er verloren hatte.

„Ladeswill Waldemar Gregorin von Rotschopf. Nennt mich einfach Rötel, so wie es alle tun." Helena sah ihn ungläubig an. Der Troll hob trotzig die Nase. „Ich stamme aus einer uralten Familie."

Rötel, wie er sich nannte, sorgte erneut für allgemeine Erheiterung. Rudor hielt sich den Bauch vor Lachen, auch der sonst selten aus der Fassung zu bringende Ux konnte nicht anders als einzustimmen. „Würdet ihr verdammt noch mal aufhören zu lachen, will ich meinen!"

Wütend stampfte Rötel mit einem Fuß auf. Langsam verstummte das Gelächter. „Nun denn, auf Wiedersehen, Rötel. Und beherzige meinen Rat gut, wer weiß, wann dir die nächsten Reisenden in die Falle gehen."

Helena schnalzte leicht mit der Zunge und ritt an dem Steintroll vorbei durch die Schlucht, die Gefährten folgten ihr einer nach dem anderen. Doch plötzlich schien das Interesse des Trolls geweckt zu sein. Er eilte hinter Helena her und lief neugierig neben ihr.

„Wohin wollt ihr?"

„Weit weg!"

„Du bist das Mädchen, das nach Nedevarn will, stimmt's, die Mondgeborene, will ich meinen?"

Sofort zügelte Helena Kashet. Jetzt hatte Rötel erreicht, was er wollte: Er hatte ihre Aufmerksamkeit. „Man spricht überall von dir und deinen Gefährten."

Helena nahm Kashets Zügel wieder auf.

„So, dann kannst du ja jetzt auch überall erzählen, dass du uns getroffen hast." Sie trieb Kashet wieder an.

„Warte."

Helena verdrehte die Augen. „Was ist denn noch?"

„Sag, könntet ihr mich nicht mitnehmen, hm?“ Helena stoppte abrupt, fast wäre Kashet dem Troll auf die Füße getreten, der sich plötzlich erstaunlich behände bewegen konnte und sich vor ihr aufbaute.

„Dich?“

„Warum nicht, ich würde euch gerne helfen, will ich meinen.“

„Du, uns helfen?“ Yonan zog eine Augenbraue hoch. „Und warum das, bitte? Eben wolltest du uns noch ausrauben.“

Rötel zog den Inhalt seiner Nase geräuschvoll hoch und sah Yonan aus seinen kleinen Augen traurig an. „Weil mich diese spitzohrigen Biester aus meiner Höhle vertrieben haben. Und ich jetzt gar kein Zuhause mehr habe. Und nichts zu essen. Ich habe Hunger. Ich habe immer Hunger, will ich meinen.“

Helena und Yonan tauschten schnelle Blicke. Lydia, die noch immer zwischen Kashets Ohren saß, schwebte empor, direkt vor Helenas Gesicht. „Tu das nicht. Steintrolle sind dumm und feige. Er wird nur all unsere Vorräte auffressen. Und er stinkt nach Fliegenpilz“, sie schüttelte sich.

„Ich weiß nicht“, Helena war unschlüssig und blickte Yonan ratsuchend an. Der zuckte mit den Schultern.

„Warum nicht, Helena? Danas Pferd ist frei, es läuft sowieso nur nutzlos nebenher. Und er tut mir irgendwie leid.“

Helena zögerte. Leise sagte sie zu Yonan: „Ich bin misstrauisch geworden, seit der Sache mit Dana. Meinst du wirklich, er sollte mit uns kommen?“

„Was soll schon groß passieren? Schau ihn dir doch an.“

Yonan hatte Recht. Der Troll sah nicht wirklich gefährlich aus. Und sollte er es doch werden, würden sie ihn jederzeit überwältigen können, er ging Helena kaum bis zur Brust.

„Na, gut, Rötel. Kannst du reiten?“

„Aber ja, will ich meinen.“

„Gut, aber beeil dich. Wir müssen weiter. Hast du etwas, das du mitnehmen willst?“

„Nichts. Alles, was ich besessen habe, haben die Waldelfen zerstört, hm“, dabei warf er Lydia einen bösen Blick zu.

Er nahm Anlauf, sprang am Pferderücken empor, zog sich hoch – und fiel auf der anderen Seite wieder herunter. Danas Pferd scheute. Lydia kicherte schadenfroh und Helena seufzte.

„Das kann ja heiter werden. Ich dachte, du kannst reiten.“

„Kann ich ja auch, will ich meinen. Ich hatte bis jetzt nur noch nie Gelegenheit es auszuprobieren.“

Rötel verstand sich ausgezeichnet mit Lillewill, beide teilten die Leidenschaft fürs Essen. Der Steintroll brachte ihr Nüsse und Beeren, die das Immerschläfermädchen mit Begeisterung fraß. Überhaupt entpuppte sich Rötel wider Erwarten als lustiger und freundlicher Zeitgenosse mit einem guten Herz, der seine Umgebung immer wieder mit seinen plötzlichen Ausbrüchen von Schimpfwörtern und Flüchen zum Lachen brachte. Nur Lydia hielt sich mit gerümpfter Nase stets ein wenig von ihm fern.

Sie entfernten sich immer weiter von der Heimat ihrer neuen Kameraden. Zwischen den Bäumen wuchs nun rosa blühendes Heidekraut, Beerensträucher und niedrige Büsche prägten die Landschaft. Die Luft wurde kühler, gelegentlich kamen Windstöße auf, die Helena erschauern ließen. Ux musste sich eine Decke um die Schultern legen, er fror.

Sie erfuhren Rötels Geschichte: Er hatte sich erst vor kurzem aus Angst vor den Waldelfen in die höher gelegenen Regionen geflüchtet, dorthin, wo der Wald weniger dunkel war und ihm die Elfen nicht folgten. Die Ablehnung, die Lydia ihm entgegen brachte, beruhte offensichtlich auf Gegenseitigkeit. Beide sahen aufeinander herab, die Elfen aus einem Überlegenheitsgefühl heraus und die Trolle aus Ablehnung gegenüber der elfischen Arroganz. Außerdem hatten die Waldelfen Rötel alles genommen, was er besaß. Kein Wunder, dass er nicht gut auf sie zu sprechen war. Das änderte sich jedoch schnell. Nach einigen Tagen bereits flirtete Rötel sehr heftig mit der kleinen Elfe, nannte sie „Lichtlein“ und „Schönheit“. Wie dieses Eis allerdings gebrochen worden war, schien niemand genau zu wissen. Helena schob es darauf, dass Lydia irgendwann die Geduld verlor und ihm, zwischen den Ohren seines Pferdes sitzend, das Reiten zumindest so weit erklärt hatte, dass er nicht bei jeder Weggabelung aus dem Sattel fiel.

KAPITEL XII – DIE SCHLUCHT DER VERLORENEN KINDER

Helena schluckte und atmete tief durch. Sie spürte, wie sich die feinen Härchen auf ihrem Rücken nach und nach aufstellten. Auch die Stacheln auf Ux' Rücken hatten sich aufgerichtet, ein Zeichen, dass er sich bedroht fühlte.

„Das gefällt mir ganz und gar nicht."

Sie blickten von einem Abhang herunter in eine karge Ebene, die wie eine Mondlandschaft wirkte. Der Wind war beißend, drang durch ihre Kleider hindurch bis auf die Haut. Obwohl sie nun in ihre Umhänge und Mäntel gehüllt waren, froren sie. In einiger Entfernung zeichnete sich ein dunkler, gezackter Strich in der Landschaft ab, schier endlos erstreckte er sich nach links und nach rechts. Als ob jemand mit einem riesigen Werkzeug einen großen Spalt in die Erde gepflügt hätte, dachte Helena. Felsen ragten am Rand der Schlucht wie Splitter in die Höhe, die Erde sah verkrustet aus, wie der schorfige Rand einer Wunde, die niemals wieder ganz verheilt. Die Schlucht der verlorenen Kinder lag vor ihnen.

Ein ständiges Pfeifen war zu hören, mal lauter, mal leiser,

mal höher, mal tiefer. „Was ist das?"

Ux wandte sich auf Helenas Frage hin im Sattel um.

„Der Wind, der die kahlen Felswände hinauffährt."

Helena schauderte. Sie schnalzte mit der Zunge und trieb Kashet an. Widerwillig gehorchte das Pferd, es schien das nahende Unheil zu spüren. Der Boden war hart und steinig geworden, die Hufe klapperten laut. Es dauerte nur wenige Stunden, bis sie den ersten Ausläufer der Schlucht erreicht hatten. Helena wollte noch näher heran reiten, doch Ux hielt sie zurück. „Ich würde das nicht tun. Halt Abstand von der Tiefe, sie zieht dich sonst in ihren Schlund."

Helena lief es kalt den Rücken hinunter. Sie ritten langsam und sehr vorsichtig, jeden Augenblick konnte sich ein neuer Abgrund vor ihnen auftun, ganz plötzlich, hinter einem Felsen versteckt oder von einem dürren Busch verborgen. Das Pfeifen wurde lauter. War dort im Wind nicht ganz leise, ein seltsames Klagen und Wimmern zu hören? Helena verspürte Furcht.

Schließlich standen die Gefährten nur noch wenige Schritte von der großen Schlucht entfernt. Die Geräusche waren nun allgegenwärtig. Auch der Wind wurde stärker, schien an ihnen zu zerren, sie in den Abgrund ziehen zu wollen, von dem eine eisige Kälte aufstieg. Die Pferde waren nervös, tänzelten auf der Stelle. Niemand wollte sich länger als nötig an diesem Ort aufhalten.

Da war die Brücke, der einzige Weg hinüber. Wer sie aus dem Stein gehauen hatte, wusste niemand, es musste vor langer Zeit geschehen sein. Die Sonne näherte sich bereits dem Horizont und so beschlossen sie, die Überquerung sofort zu wagen. Die Nacht hier zu verbringen, kam für sie nicht in Frage. Langsam ging Helena mit Yonan auf den Abgrund zu. Lydia blieb in einiger Entfernung zurück. Die Elfen wagten sich sonst niemals an der nördlichen Seite aus dem Wald heraus. Sie hatten einen gehörigen Respekt vor der Magie dieses schwarzen Lochs, vor allem aber vor der Sogkraft des Windes, der sie jederzeit in die Tiefe reißen konnte. Lydia wäre ihm so hilflos ausgeliefert wie ein Staubkorn in einem Orkan. Der Wind zerrte an Helena und brüllte in ihre Ohren. Das Pfeifen wurde unerträglich laut. Sie legte sich auf den Boden und kroch die letzten Schritte auf den Rand der Schlucht zu. Sie wollte nicht riskieren, vielleicht doch das Gleichgewicht zu verlieren. Sie nahm ihren ganzen Mut zusammen, kniff die Augen zu und zog sich die letzten Meter weiter. Yonan hatte sich hinter sie gelegt und hielt sie am Fußgelenk fest. Man konnte nie wissen.

Helena öffnete ihre Augen und schaute über den Rand in die Tiefe. Was sie sah, ließ ihr wortwörtlich den Atem stocken. Der Wind fuhr in ihre Lungen und nahm ihr die Luft. Ein schwindeliges Gefühl machte sich in ihrem Magen breit und sie hatte das Gefühl zu fallen. Sie konnte den Blick nicht abwenden.

Die Schlucht mochte an dieser Stelle nur etwa fünfzig Schritte breit sein. Die Felswände fielen steil ab und endeten in einem dunklen Nichts. Helena konnte den Boden der Schlucht nicht sehen, er lag zu tief. Als ob sie Innerste der Erde führt, dachte Helena. In Gedanken raste sie auf den Boden zu. In ein dunkles, kaltes Loch, auf den erlösenden Aufprall wartend, in Angst, aber auch mit einem unbändigen Verlangen zu sehen, was sie dort erwarten würde. Ein schwaches Wehklagen ertönte, leise Stimmen, wie verborgen im Wind. Helena sah sich um. Dies war keine Täuschung, sie hörte das Weinen und Wimmern von Kindern. Sie kniff die Augen zusammen und blickte noch tiefer in die Dunkelheit.

Helena konnte nicht mehr hinsehen. Sie kroch rückwärts zu Yonan zurück, die Schlucht immer im Auge behaltend. Ihr

Gesicht war aschfahl als sie schließlich aufstand und zu Yonan trat. „Wie tief ist die Schlucht?"

Yonan schüttelte den Kopf. „Niemand weiß es genau."

Helenas Mund war wie ausgetrocknet. „Und was ist auf dem Grund?"

Yonan antwortete nicht, aber Helena spürte, dass er mehr wusste, als er zugeben wollte.

„Ich habe das Klagen von Kindern gehört. Was ist dort unten? Hör endlich auf, mich zu schonen, Yonan."

„Ich weiß es nicht."

„Du lügst."

Helena blieb erstaunlich ruhig. Nur ihre geballten Hände erinnerten Yonan an ein Gewitter, das jeden Moment losbrechen konnte. Er hatte diese Wut schon öfter an ihr gesehen, seit Ux sie nach Asketan geholt hatte. Sie war ihm fremd in diesen Momenten, er kannte sie so nicht.

„Denk doch mal nach. Was meinst du denn, warum sie die Schlucht der verlorenen Kinder heißt?"

Helena schluckte geräuschvoll. Sie war sich nicht sicher, ob sie die Antwort hören wollte. „Du meinst…?"

„Es sind die Stimmen all jener Kinder, die keine Zukunft mehr haben. Die verloren sind. Vor Angst, Hunger, Schmerz, Leid oder Trauer. Es sind die Stimmen deiner Welt, Helena, und hier bitten sie um Erlösung." Yonan fuhr sich nervös durch die Haare. „Alle wissen es. Wir wollten es dir nicht sagen, du kannst ja nichts dafür. Es tut mir leid." Helena war erschüttert. Sie brachte kein Wort heraus. „Du kannst ihnen nicht helfen, Helena. Niemand kann das. Nicht in dieser Welt. Das ist ein verfluchter Ort. Ein Ort ohne Hoffnung."

Helena schüttelte noch immer fassungslos den Kopf. „Warum sind sie hier, in Yuhr?"

Yonan nahm ihre Hände. Er war sehr ernst als er sagte:

„Weil wir der letzte Rest eurer Träume sind. Weil nur diese Träume und die Hoffnung noch bleiben, wenn nichts mehr übrig ist. Weil nur die Liebe eurer Welt diese Seelen retten kann, nicht aber wir. Sie gehören uns nicht. Wir können nichts für sie tun. Nur hoffen, dass deine Welt sich endlich ihrer erbarmt." Er drückte Helenas Hände ein wenig fester, wie um sie zu trösten. „Es sind nur Stimmen, Helena. Nur Erinnerungen, wie ein Echo. Und noch einmal: Es liegt nicht in deiner Macht, sie zu erlösen. Es ist wirklich wichtig, dass du das verstehst, bevor wir hinübergehen."

Helena nickte schwach. Sie blickte noch einmal zurück und sah weit hinter der Schlucht das Gebirge ohne Wiederkehr in der Nachmittagssonne leuchten. Dort war ihr Ziel. Sie durfte jetzt an nichts anderes denken, so sehr es sie schmerzte. Sie durfte ihren Weg nicht verlassen.

„Wird die Brücke uns tragen?" Sie ließ Yonans Hände los. Dieser zuckte unschlüssig mit den Schultern.

„Das werden wir gleich wissen. Bis jetzt ist jedenfalls noch niemand von hier zurückgekehrt, der es uns hätte sagen können." Helena schloss die Augen und seufzte.

„Wie beruhigend."

Sie prüften die Beutel mit ihrem Proviant, zogen die Sättel noch einmal fest. Nichts durfte lose sein oder sie auf der Brücke in unnötige Gefahr bringen. Ux mühte sich sichtlich mit seinem Sattelgurt ab. Seine Hände schienen ihm nicht richtig zu gehorchen, er schimpfte vor sich hin und knetete sie ineinander. Helena musterte ihren väterlichen Freund. Irgendetwas an ihm war ungewöhnlich, kam ihr seltsam vor, aber sie konnte nicht genau sagen, was es war. Er wirkte anders als sonst. Rudor trat neben sie und blickte mit Sorgenfalten auf die Brücke. „Du weißt, was man über jene erzählt, die versucht haben, sie zu überqueren?“

„Schschschtt, schweig Rudor. Es ist jetzt keine Zeit für deine Geschichten“, funkelte Yonan ihn böse an, mit einem Seitenblick auf Helena.

Doch Ux winkte ab. „Sag es ihr. Wir sollten uns abgewöhnen, sie zu schonen mit diesen Dingen.“ Yonan zog eine Augenbraue hoch, schwieg aber. Er wusste, dass Ux mit dieser Bemerkung ihn gemeint hatte. Rudor schaute Helena fest an und sagte: „Es heißt, dass niemand, der sich auf diese Brücke gewagt hat, je zurückgekommen ist. Das Betteln und Weinen der Kinder habe sie so verrückt gemacht, dass sie sich wie von Sinnen in die Schlucht gestürzt hätten, um ihnen zu helfen.“

Helenas Herz klopfte, aber nicht weil sie Angst vor der Brücke hatte. Plötzlich wurde es ihr klar, nun wusste sie, was ihr an Ux so seltsam vorkam. Er sprach ungewöhnlich langsam, seine Bewegungen waren schwerfällig, wie schlaftrunken. Er zischte beim Sprechen, hatte seine Zunge nicht richtig im Griff, sie schien wie ein Fremdkörper in seinem Rachen zu sein. Helena erschrak. Die Winterstarre! Nun würde bald eintreten, was Ux schon in Saradian angekündigt hatte. Ux war ein Reptil und die Temperaturen in dieser Gegend waren einfach zu niedrig für ihn, sie forderten ihren Tribut. Helena ging wortlos zu ihm, legte ihren eigenen Umhang um den Körper ihres Freundes. Er bedankte sich mit einem stillen Lächeln. Yonan und Helena wechselten besorgte Blicke. Ux bemerkte das.

„Es tut mir leid, dass es nun schon soweit ist mit mir. Ich dachte, ich würde wenigstens bis zur Schneegrenze durchhalten, aber da habe ich mich wohl getäuscht“, er seufzte tief, „ich werde umkehren, bevor ich euch nur noch zur Last falle.“

Helena wollte protestieren, doch sie sah ein, dass er recht hatte. Es würde keinen Sinn für ihn machen, mit ihnen über die Schlucht zu kommen. Doch sie schauderte bei dem Gedanken,

Ux alleine den Fängen der Waldelfen auszusetzen. Sie zweifelte nicht an seinem Geschick und seiner Schläue, doch auf keinen Fall würde sie ihn alleine gehen lassen. Helena fasste einen Entschluss.

„Es muss jemand mit dir gehen."

„Ich kann auf mich selbst aufpassen. Auf gar keinen Fall werde ich das zulassen, du brauchst hier nach dem Verlust von Dana und Odit jeden Einzelnen, der mit dir reitet. Du musst den Herzkristall finden, welchen Preis auch immer es kostet. Denk daran, was auf dem Spiel steht, Helena."

Und er war hart geblieben.

Ux und Rötel tauschten die Pferde. Denn Danas Stute war kräftig und schnell, sie würde den Unterirdischen sicher tragen. Er versprach, nicht den Weg zurück durch den Elfenwald zu nehmen, sondern zu versuchen, sich an der Schlucht entlang bis zur großen Handelsstraße durchzuschlagen. So würde seine Reise zurück nach Saradian zwar um einiges länger dauern, sie war aber auch deutlich sicherer. Alleine, ohne Helena, drohte ihm dort wenig Gefahr. Wenn er Glück hatte, würde er auf fahrende Händler treffen, die ihn geleiten würden.

Ux wollte warten, bis alle die Brücke sicher überquert hatten. Sie sah nicht wirklich vertrauenerweckend aus, war gerade breit genug, ein Pferd zu führen. Die Steine waren glatt und rutschig, einige von ihnen schienen lose zu sein, höchste Vorsicht war geboten. An der linken Seite befand sich ein verwittertes Seil, das an mehrere in den Fels geschlagene Eisenstangen geknotet war. Zumindest würde ihnen das ein wenig Halt geben.

Helena bestand darauf, voran zu reiten. Hielt die Brücke nur einer Person stand, war sie immerhin auf der anderen Seite, in Sicherheit. Die Suche musste um jeden Preis weitergehen. Die anderen würden folgen. Der Wind blies nun nicht mehr so stark wie am vergangenen Tag. Die Stimmen der verlorenen Kinder waren aber noch immer deutlich zu hören. Yonan drängte zum Aufbruch, er wollte diese verfluchte Gegend so schnell wie möglich hinter sich lassen.

Die Zeit des Abschieds war gekommen.

„Nun, ich denke, wir müssen jetzt Lebewohl sagen", Ux bemühte sich sichtlich, Zuversicht auszustrahlen. In Helenas Augen glitzerte es verräterisch, doch sie nickte nur.

„Bleib tapfer, hörst du? Gib nicht auf. Niemals." Ux drückte aufmunternd ihren Arm. Eine einzelne Träne bahnte sich nun doch ihren Weg über Helenas Wangen und hinterließ eine schmutzige Spur. Ux lächelte hilflos. „Nicht weinen, mein Kind. Wir werden uns bald wiedersehen. In Saradian. Mit dem Herzkristall in deiner Hand. Ich weiß es genau. Ich kann es sehen, hier." Er legte die Klaue auf sein Herz.

Helena wischte sich mit dem Handrücken über die Augen. „Das ist nur der Wind." Dann musste auch sie lächeln. Ux zog sie an sich und einen Moment verharrten sie so. Abrupt ließ er sie los und trat zurück. „Bis bald", hauchte Helena. Dann drehte sie sich um und ging zu ihrem Pferd. Yonan trat zu seinem Vater. „Ich hasse Abschiede."

Ux nickte. „Pass auf sie auf. Und auf dich auch, Sohn."

Yonan drückte ihn fest an sich.

„Na, dann. Los geht's." Helena schluckte. Sie krallte ihren Finger in Kashets lederne Zügel, um sich wenigstens irgendwo ein wenig festzuhalten. Dann machte sie den ersten Schritt. Sie hatte sich fest vorgenommen, nicht in die Tiefe zu schauen, doch wie durch einen Zwang senkte sie den Blick. Ihr wurde speiübel. Sie hörte ihr eigenes Blut in den Schläfen rauschen. Ihr Herz pochte, dass man es bis nach Saradian hören musste. Und doch tastete sie sich weiter. Jeder Schritt wurde zur Qual.

Helena. Die Stimme erklang ganz schwach, wie weit entfernt. Nicht hinhören, dachte sie. Hör einfach nicht hin. „Helena, schau nicht nach unten und hör ihnen nicht zu, einfach weitergehen!“, rief Yonan ihr ermutigend zu.

Sie stand mitten auf der Brücke, war kreidebleich und rührte sich kein bisschen von der Stelle. Da waren sie. Kleine Hände, die wie aus dem Nichts auftauchten und sie an den Füßen packten. Augen erschienen vor ihrem Gesicht, die sie bittend anstarrten. Klagen ertönte aus der Tiefe, ein unerträgliches Wimmern. Eine einzelne Stimme hob sich von den anderen ab. Sie war ganz nah, dicht neben Helenas Ohr.

Komm zu uns. Wir brauchen dich. Hilf uns…

Die Stimme kam Helena bekannt vor. Dann erschien ein Gesicht vor ihr. Mira, dachte Helena entsetzt, das ist Mira. Wie kommt sie hierher? Das Gesicht veränderte sich. Sie erkannte ein Mädchen aus der Schule, dann einen Jungen, schüchtern wie sie, der nur kurz im Heim gewesen und dann verschwunden war, niemand wusste, was mit ihm geschehen war und die Erzieher hatten hartnäckig geschwiegen. Dann immer mehr Gesichter, es waren zu viele. Aus der einen Stimme wurden hunderte. Reiß dich zusammen, dachte Helena. Was hatte Yonan gesagt? Du kannst ihnen nicht helfen. Sie sind nur ein Echo aus deiner Welt. Helena löste ihre Hand, die sich krampfhaft am Seil der Brücke festgehalten hatte und entspannte sich. In Gedanken antwortete sie: Ich weiß, dass ihr mich braucht. Ihr bittet schon so lange um Hilfe, doch niemand hört euch zu. Seid geduldig. Noch ist die Zeit nicht reif, aber eines Tages werden sie euch nicht mehr ignorieren können. Sie werden euch zuhören müssen. Und ihr werdet frei sein. Helena horchte auf. Das Weinen wurde schwächer. Ein Gesicht erschien vor Helena, ein kleines, dunkelhaariges Mädchen, mit eingefallenen Wangen und viel zu großen Augen, die tief in den

Höhlen lagen. Es streckte die Hand aus und kam auf Helena zu. Du bist ein Erdenkind, flüsterte die Stimme erstaunt. Helena wich angstvoll zurück. Ihr Fuß rutschte auf dem Stein fast ab. „Helena, Achtung!", hörte sie Yonan vom Anfang der Brücke rufen. Er hatte gesehen, dass sie strauchelte. „Geh weiter! Hör nicht auf sie." Doch Helena beachtete ihn nicht.

Das Mädchen lächelte. Es berührte Helenas Wangen, ganz sanft und warm, wie ein sommerlicher Windhauch. Dann war es verschwunden. Und das Weinen mit ihm. Helena atmete auf. Die Stimmen flogen noch immer mit dem Wind umher, aber das Verlangen, zu ihnen zu gehen und sich in die Schlucht zu stürzen, war vorüber. „Alles gut, es ist nichts passiert", rief sie Yonan zu. Vorsichtig, ohne nach unten zu schauen, näherte sich Helena dem Ende der Brücke. Kashet blieb erstaunlich ruhig, Schritt für Schritt folgte er ihr vertrauensvoll. Er hatte von alledem nichts mitbekommen.

Das Heulen des Windes verbarg das leise Ächzen und Knarren der alten Seile, niemand sah den Riss im Fels, der sich Zentimeter um Zentimeter mit einem leisen Knistern weiter ausbreitete. Ein kalter Wind blies durch Helenas Hemd. Sie spürte in der einen Tasche Lillewill, in der anderen Lydia, die sich beide ängstlich zusammenkauerten und versuchten, sich möglichst nicht zu bewegen. Die letzten Schritte gerieten hastig, doch schließlich kamen alle, Pferd, Mensch, Immerschläfer und Elfe, unversehrt auf der anderen Seite an. Mit einem großen Seufzer hastete Helena über die letzten Meter der Brücke und stieß einen Freudenschrei aus. Als hätte Kashet gerade erst begriffen, welche Gefahren er hinter sich gebracht hatte, begann er nun, auf sicherem Boden, sich wie wild zu gebärden und mit Bocksprüngen loszureißen. Helena warf glücklich die Arme in die Luft und formte die Hände zu einem Trichter, als sie hinüberrief:

„Sie hält! Ihr könnt herüberkommen. Und die Stimmen werden euch nichts tun. Ich bin mir sicher!“ Sie lachte über ihr ganzes Gesicht.

Rötel, Yonan und Rudor folgten nacheinander. Die Stimmen schienen tatsächlich verstummt zu sein. Als ob sie sich entschieden hätten, sie passieren zu lassen. Renoo wartete noch mit dem Packpferd und ihrem eigenen Pferd auf der anderen Seite. Rudor hatte sich bereit erklärt, mehrmals zu gehen. Beide Pferde gleichzeitig hinüber zu führen wäre wegen des großen Gewichtes zu unsicher gewesen.

Leise knirschten die Seile im Wind, als Rudor den Weg zurück über die Brücke antrat. Eines der Seile spannte sich und kaum hörbar löste sich weiter Faser um Faser des Taus. Der Einsturz der Brücke rückte näher.

Rudor kam gerade mit dem Packpferd über die Brücke, als er auf einmal stehen blieb. Er legte den Finger auf die Lippen. „Hört doch!“, rief er, und wurde blass.

Alles lauschte. Helena kam nichts verdächtig vor, doch dann stutzte auch sie. Das Knarren und Ächzen wurde lauter, das Tau wand sich, als versuchte es, die reißenden Fasern aufzuhalten. Der Stein bröckelte und der Riss bahnte sich seinen Weg durch den Fels, immer schneller, unaufhaltsam. Das Ächzen wurde schriller, Rudor trennten nur noch ein paar Sekunden von dem tödlichen Absturz. Jetzt konnten es alle hören. Unter dem Pfeifen des Windes war noch ein anderer Ton. Renoo erkannte es als erste. Kalter Schweiß lief ihr den Rücken hinunter. Die ersten Steine polterten in die Tiefe.

„Lauf, Rudor, die Brücke stürzt ein!“, rief sie schrill.

Erst zögerte Rudor erstaunt, als könne er es selbst nicht begreifen. Dann stürmte er los, das Packpferd ängstlich hinter sich her ziehend. Keine Rücksicht auf Fehltritte, nur schnell weiter, runter von den Steinen. Das Knarren schwoll an. Noch sträubte sich die Brücke. Sekunden vergingen wie Stunden. Rudor warf sich mit letzter Kraft vorwärts, auf das rettende Ende des Weges zu. Das Pferd stolperte hinterher. Hinter ihm begann die Brücke zu wanken. Dann war es mucksmäuschenstill. Das Knarren verstummte, ein kurzer, scharfer Knall, die Seile rissen und mit einem ohrenbetäubenden Donnern polterte die Brücke in die Dunkelheit. Alle warteten, doch kein Aufprall war zu hören. Nur Stille. Rudor lag keuchend auf dem Boden. Er und sein Pferd hatten die rettende Seite keinen Moment zu früh erreicht.

Ein Rufen ertönte. Erst da bemerkten sie, dass Renoo mit Ux auf der anderen Seite geblieben war. Und jetzt, wo von der Brücke nur noch zwei abgebrochene Stümpfe übrig geblieben waren, gab es keine Möglichkeit mehr für sie, zu ihnen zu gelangen.

„Nein, nicht Renoo“, hauchte Rudor.

Einen Moment lang blickten alle schweigend über den Abhang, dann formte Renoo die Hände zu einem Trichter und rief: „Rudooooor, es wird alles gut. Ich kehre mit Ux zurück nach Saradian. Ich passe auf ihn auf. Sorgt euch nicht um uns.“

Helena nickte und hob stumm die Hand zum Abschied. Wenn sie ehrlich war, was sie fast ein wenig erleichtert. Dass alle am Leben waren. Und dass Ux nun nicht alleine reisen musste!

„Viel Glück auf eurer Reise!“, flüsterte sie in den Wind. Dann trennten sich ihre Wege.

Die Abendsonne tauchte Nedevarn in ein tiefrotes Licht. Helena war ungeduldig, sie hatte das Gefühl, die größten Gefahren der Reise überstanden zu haben, und nun, endlich, konnte die eigentliche Suche beginnen. Ein eisiger Wind pfiff ihnen um die Ohren. Der Umhang war schon seit Tagen einem Fell gewichen, die Lederstiefel wurden gefüttert und verstärkt,

Handschuhe schützten die Finger beim Reiten vor der Kälte, Mützen und Hüte so gut es ging vor dem Wind. Sie hatten bei ihrer Abreise gut vorgesorgt, denn sie hatten gewusst, dass es kalt werden würde im Norden.

Nun, in den Abendstunden, sah man den Atem der Pferde dampfen. Die Temperaturen sanken immer weiter, je höher sie kamen. Helena grübelte und machte sich Gedanken, wie es nun weitergehen sollte. Gut, bis Nedevarn hatten sie es geschafft, doch was war dann? Würden sie den Stein finden? Und was, wenn nicht? Ihr wurde gewahr, dass sie noch nie wirklich darüber nachgedacht hatte, was dann geschehen sollte: Wenn sie mit leeren Händen nach Saradian zurückkehren musste. Sie dachte an Murimirs Worte zum Abschied. Ich werde immer bei dir sein, hatte sie gesagt.

„Ha, und wenn man sie dann braucht, ist sie nicht da!"

„Wie bitte, was hast du gesagt?" Yonan drehte sich im Sattel um. Erschrocken bemerkte Helena, dass sie wohl laut ausgesprochen hatte, was ihr durch den Kopf gegangen war.

„Schon gut, ich habe nicht dich gemeint. Wie geht es deinem Arm?", versuchte sie abzulenken.

„Sehr gut, schau, die Finger kann ich schon wieder bewegen wie vorher und mit dem Ellbogen wird es auch immer leichter."

Helena nickte nur, sie war mit ihren Gedanken schon wieder ganz woanders. Der Ellbogen. Wie es dem wohl erging, im Heim? Ob er sich geschämt hatte, nachdem er sie gestoßen und in der Küche drangsaliert hatte? Schließlich war sie am nächsten Morgen nicht mehr erwacht. Ob er dachte, dass er daran schuld sei? Sie fühlte keine Wut mehr auf ihn. Im Grunde tat er ihr leid. Yonan musterte sie erstaunt. „Ist was? Du hast mir gar nicht zugehört, oder?"

Helena lächelte entschuldigend. „Tut mir leid. Ich dachte nur gerade daran, wie es wohl weitergehen wird, wenn wir erst in

Nedevarn sind. Manchmal zweifle ich an allem."

Yonan schüttelte energisch den Kopf: „Ich niemals."

Helena schluckte. Sie beneidete ihn um seine Zuversicht.

Es war nun bitterkalt. Helena fror am ganzen Körper. Nur ein paar trockene Zweige und einige Äste dienten zum Feuermachen. Hier ein paar Büsche, dort ein paar Bäume – mehr wuchs nicht in dieser trostlosen Gegend. Auch Tiere sahen sie kaum, nur einige Raubvögel drehten ihre Kreise über ihnen, auf der Suche nach Mäusen oder Ratten.

Ein paar Tannen standen einsam, wie zufällig verstreut herum. In den Windschatten einer dieser hohen, dürren Bäume hatten sie sich geflüchtet. Helena hatte Lillewill auf ihrem Schoß und fütterte sie mit ein paar Nüssen aus ihrem Vorrat. Rötel fluchte leise über die Kälte vor sich hin, Lydia schlief ruhig in seiner Armbeuge, tief in die Decke gekuschelt. Rudor und Yonan unterhielten sich flüsternd, Rudor sorgte sich um Renoo und Yonan versuchte, ihn zu beruhigen. Helenas Blick ruhte auf ihren Gefährten. Alle froren und hatten Hunger, seit Tagen hatte Yonan nur kleines Wild erlegt, das sie kaum satt machte. Doch niemand beklagte sich. Helena wusste, dass sie alle sich auf sie verließen. Sie vertrauten ihr, glaubten daran, dass mit ihrer Hilfe alles wieder gut werden würde. Wenn doch wenigstens Ux hier wäre, dachte sie. Er hatte es immer verstanden, ihr in scheinbar ausweglosen Situationen einen guten Rat und Halt zu geben.

Helena spürte einen warmen, feuchten Lufthauch im Nacken, eine Gänsehaut lief über ihren Rücken. Kashet stand hinter ihr und bettelte. Auch die Pferde hatten Hunger, das wenige Gras war trocken und kaum nahrhaft. Helena lachte und gab ihm die letzte Brotkruste, die sie noch tief unten in ihrem Beutel fand. Nun war auch diese aufgebraucht. Plötzlich ertönte leises Fluchen und Schimpfen. Erschrocken sah Helena sich um. Yonan saß mit schmerzverzerrtem Gesicht da und schüttelte seinen rechten Arm.

„Was ist?“ fragte Helena besorgt.

„Ich hab einen Krampf.“

Helena konnte sich ein Grinsen nicht verkneifen.

„Ha, ha, lach du nur.“

Helena wickelte sich die Decke um die Schultern, stand auf und ließ sich neben ihrem Freund nieder. Yonan hatte den Arm entblößt, am Oberarm blitzte eine kleine Narbe unter dem Hemd hervor. Sie konnte sich noch gut erinnern: Sie waren geklettert, an einem Wasserfall über die glitschigen Stämme balanciert. Sie hatten wer-fällt-zuerst gespielt, mit ihren Holzschwertern in der Hand. Helena hatte Yonan geschubst, so dass er das Gleichgewicht verloren hatte und gestürzt war. Der Aufprall ins Wasser war weich gewesen, doch beim Sturz hatte er sich an einem spitzen Ast verletzt, ein tiefer, blutender Riss war die Folge. Helena war voller Furcht vor der Strafe gewesen, doch Yonan hatte für sie gelogen. Er sei ausgerutscht, hatte er gesagt. Ux hatte sie nur durchdringend angeschaut, kein Wort gesagt und die Wunde versorgt. Sie wusste, dass er es ihrem schuldbewussten Gesicht angesehen hatte. Das war einer der Momente gewesen, in denen ihr klar wurde: Sie konnte den beiden bedingungslos vertrauen. Helena bemerkte, dass auch Yonan sie ansah. Zwinkernd zeigte er auf die Narbe am Oberarm. „Weißt du noch? Hast mich besiegt damals, mit einem Schlag und einem Tritt. Das hat ganz schön weh getan.“ Helena lächelte still.

Sie waren sich wieder so vertraut, wie sie es immer gewesen waren.

KAPITEL XIII – DAS GEBIRGE OHNE WIEDERKEHR

„Wow, das ist wirklich gigantisch!"

Ehrfürchtig betrachtete Helena die Berge, Zeugen einer längst vergangenen Zeit. Nadelwald schmiegte sich an die Hänge und Felsbrocken ragten majestätisch empor. Wasserfälle, voll von schmelzendem Schnee, stürzten in die Schluchten und Täler herab. Und über allem ragten die Gipfel Nedevarns, der Schnee der Bergspitzen glitzerte in der Sonne. Sie hatten ihr Ziel fast erreicht. Irgendwo hier musste das sein, wonach sie so lange gesucht hatten. Helena zog ihre laufende Nase hoch, Taschentücher gehörten der Vergangenheit an. Schwungvoll sprang sie von Kashets Rücken. „Lasst uns hier rasten, was meint ihr?" Die Luft war kalt und es roch nach Schnee. Weiße Tupfen zeigten sich hier und dort zwischen den Bäumen, im Schatten der Wipfel, wo die Sonne auch tagsüber nicht hinreichte. Yonan nickte.

„Der nächste Dunkelmond ist nahe." Er blickte nach oben in den Himmel. „Ich werde sehen, was ich uns jagen kann. Die Pause wird uns allen gut tun."

Yonan beschaffte Fleisch für ihre Vorräte. Es machte ihm nichts aus, er fand sich auch in der Dämmerung gut zurecht und der Dunkelmond war gut geeignet für die Jagd, die Tiere waren nervös und abgelenkt. Er würde leichtes Spiel haben. Sie hatten ein paar Rehe auf ihrem Weg erblickt, womöglich würden sie heute Abend seit langem wieder einmal richtig satt werden. Rötel bereitete in der Zwischenzeit aus den letzten Resten in ihren Satteltaschen eine Art Eintopf über dem Feuer zu. Das Holz knisterte und krachte im Feuer, Funken stoben in den Himmel. Helena kümmerte sich um die Tiere, Lydia schwirrte ihr dabei die ganze Zeit um den Kopf.

„Darf ich dich etwas fragen, Mondgeborene?“ Lydia blieb direkt vor Helenas Nase in der Luft stehen. „Also, weißt du, du und Yonan, ihr beiden?“, sie grinste und zwinkerte vielsagend. Helena stockte kurz, fuhr aber dann in ihrer Arbeit fort.

„Sprich ruhig weiter.“

„Na, du weißt schon, was ich meine.“ Lydia hielt sich an Koshkis Ohren fest. Diese fand das weniger lustig, schnaubte und schüttelte unwillig den Kopf. Lydia landete unsanft im Moos, war aber sofort wieder bei Helena und umkreiste ihren Kopf.

„Nein, weiß ich nicht, drück dich klarer aus.“

Lydia verschränkte erbost die Arme. „Also, ich bitte dich, noch klarer kann es doch eigentlich nicht werden. Ich meine, ihr zwei seid doch wie geschaffen füreinander.“

Helena packte die kleine Elfe an den Beinen und hielt sie so fest, dass sie nicht mehr davonfliegen konnte.

„So? Na, dann will ich dir mal was sagen: Erstens geht dich das gar nichts an und zweitens werden wir nie mehr sein als Freunde. Wir sind wie Geschwister. Klar?“ Sie ließ die Elfe los. Statt einer Antwort grinste Lydia nur.

Helena konnte ein ausgiebiges Gähnen nicht unterdrücken. Ihr fielen fast die Augen zu vor Müdigkeit. Sie hatten die Karte lange studiert, es gab nur wenige Möglichkeiten, weiter ins Innere der Berge vorzudringen. Einen dieser Wege musste ihre Mutter genommen haben und irgendwo dort musste sich auch die Hütte des Bergbauern befinden. Wenn er oder seine Familie überhaupt noch hier waren. Yonan hatte bereits in Saradian gemeinsam mit Murimir auf der Karte den Weg markiert, dem sie in die Berge folgen würden. Er führte durch Nedevarn hindurch, bis man irgendwann an das Tyrannische Meer gelangte. Es war sehr wahrscheinlich, dass ihre Mutter auf diesem Weg geflohen war. Helena hoffte, dass sie irgendwie auf die Hütte des Bauern aufmerksam werden würden. Vielleicht sahen sie Rauch aufsteigen, das Vieh weiden, oder sonst ein Lebenszeichen? Viel mehr blieb ihnen nicht übrig.

Yonan war auf der Jagd sehr erfolgreich gewesen. Das Essen und die Wärme des Feuers machten schläfrig. Nun ruhten sie und warteten, dass der Dunkelmond vorüber ging. Helena wickelte sich noch mehr in ihre Decke ein. Lillewill kuschelte sich in ihren Schoß. In dieser Kälte erfüllte sie die willkommene Funktion einer lebenden Wärmflasche. Wenn ich doch nur mit Murimir sprechen könnte, dachte Helena noch und schloss die Augen.

„Helena, Kind, hör mir zu.“ Helena blinzelte, sie war kurz davor gewesen wegzudösen. Sie blickte sich um – und war mit einem Schlag hellwach. „Murimir, endlich. Ich hatte gehofft, dass Ihr wieder zu mir sprechen würdet.“ Die Gestalt neben ihr schaute sie müde an. Sie sah gebrechlich und alt aus, ganz anders, als Helena sie in Erinnerung hatte. Der Glanz schien aus ihren Augen verschwunden zu sein. Helena streckte die Hand aus, um ihre Großmutter zu berühren, doch Murimir hob abwehrend die Hände.

„Fass mich nicht an, Helena. Es würde den Zauber brechen." Helena zog die Hand zurück. „Wie kommt Ihr hierher? Wie ist das möglich?"

Murimir breitete lächelnd die Arme aus. „Trium n'norbit gschack beita-Dû."

Helena war verwirrt. „Wie bitte?"

„Die Alten Worte, eine Sprache, die nur noch wenige beherrschen: ‚Es ist alles möglich, wenn du nur daran glaubst'." Murimir lächelte. „Ich habe dir doch gesagt, ich werde für dich da sein, wenn du meinen Rat brauchst. Du fragst dich, wie es nun weitergehen soll."

Helena nickte. „Ich zweifle, ob wir den Bauern finden werden. Die Berge sind so unendlich weit."

Murimir lächelte und neigte ihren Kopf zu Helena.

„Die Steine, die Bäche und das Flüstern des Windes können dir den Weg sagen. Frag den Baum. Er wird dir helfen." Helena senkte beschämt den Kopf. „Ich habe diese Gabe nicht, mit den Dingen zu reden. Nicht so wie Yonan."

Murimir lächelte. „Die Gabe ist tief in dir drinnen." Ihre Gestalt verblasste, als ob sich in einen grauen Nebel auflösen würde. „Sag ihm, dass ich dich schicke. Sag ihm, dass du die Mondgeborene bist. Er wird dir helfen, den Bauern zu finden."

„Wem soll ich es sagen, Murimir?"

„Dem Sommerbaum." Sie war nun nur noch ein Hauch ihrer selbst. „Meine Kraft reicht nicht mehr, um länger zu bleiben. Beeil dich, Helena, die Zeit verrinnt", sie deutete auf Helenas Hand, dann verschwand sie endgültig.

Helena blickte auf ihre Handfläche. Der schwarze Mond war weiter gewachsen. Er füllte ihr Mal nun fast zur Hälfte aus.

Der Dunkelmond war vorüber. Helena erwachte mit

Schmerzen im Rücken. Sie war im Sitzen eingeschlafen, an den Baum hinter sich gelehnt. Ruckartig richtete sie sich auf, doch es war niemand neben ihr. Sie musste geträumt haben. Helena betrachtete ihre Hand. Da war er, der schwarze Mond. Die Dunkelheit breitete sich also auch in ihr immer weiter aus. Sie hatte nicht geträumt, zumindest das nicht. Missmutig schob sie die Decke von ihren Schultern und erschrak, als ihre Hand etwas sehr Kaltes berührte. Schnee! Hauchdünn überzog er die Wiesen, die Bäume und die am Feuer schlafenden Gefährten in ihren Decken. Es war, als ob die Natur ihnen einen Strich durch die Rechnung machen wollte. Was hatte Murimir gesagt? Der Sommerbaum würde ihr helfen. Helena seufzte. Als sie Murimir herbeigefleht hatte, hatte sie sich mehr erhofft als vage Andeutungen. Sie schob etwas Holz auf das Feuer, das zum Glück noch ein wenig glimmte. Sie mussten sich alle aufwärmen, bevor die Reise weiterging, doch das Holz war feucht vom Schnee und wollte nicht recht brennen.

Rötel drehte sich grummelnd hin und her, ihm war wohl kalt. Yonan wachte davon auf und reckte sich. „Der Dunkelmond ist fast vorüber. Bald können wir weiterreiten."

Helena kaute gedankenverloren an einem übrig gebliebenen Stück Fleisch herum. „Während des Dunkelmondes war Murimir bei mir." Sie schwieg kurz. „Sie sah anders aus, Yonan, so alt, ihre Augen waren ganz matt, wie eine richtige Greisin."

Yonan richtete sich auf. „Dann steht es nicht gut um Saradian. Wir müssen weiterziehen."

„Du hast Recht." Nur eine Kleinigkeit zu essen noch, bevor sie wieder lange nichts bekommen würde. Ihr Hunger war noch immer nicht gestillt. Sie entdeckte Rötel, der nun ebenfalls aufgestanden war und gerade eine Tasse des herrlich duftenden Eintopfs vom gestrigen Abend zum Mund führte. „Das riecht gut. Gibst du mir einen Schluck ab?" Rötel nickte freudig und reichte ihr den Becher.

„Ein altes Troll-Rezept. Macht müde Erdenkinder munter."

Helena kostete vorsichtig. Der Geschmack erinnerte sie an furchtbar starken Kaffee mit viel Zucker. Und einem anderen, fremden, würzigen Geschmack. Gerade wollte Helena genussvoll einen noch größeren Schluck nehmen, da tauchte ein lebloser, großer Käfer mit viel zu vielen Beinen aus dem Gebräu auf. Angeekelt zog ihn Helena mit spitzen Fingern heraus und warf ihn fort. Der Appetit war ihr vergangen. Troll-Rezepte waren wohl doch nichts für sie. Dann erregte eine halb aufgelöste Schnecke in ihrem Getränk ihre Aufmerksamkeit. Sie verzog das Gesicht.

„Hat Murimir dir gesagt, wo wir suchen sollen?" fragte Yonan.

„Nein. Sie sagte nur, ich solle den Sommerbaum fragen und würde meinen Weg schon finden. Ehrlich gesagt, weiß nicht nicht so richtig, was ich von diesem Rat halten soll."

Das Getränk faszinierte Helena. Neugierig fischte sie mit ihren Fingern in der Flüssigkeit herum, zog schließlich ein weiteres schleimiges, dreiäugiges Wesen heraus und betrachtete es. Helena gab dem enttäuschten Rötel seinen Becher zurück. „Danke, ähm, das war sehr… lecker." Sie wandte sich an Yonan. „Wahrscheinlich müssen wir ihr einfach vertrauen. Wir werden den richtigen Weg finden. Murimir weiß, was sie tut, auch wenn sie in Rätseln spricht."

Eis klebte an Kashets Hufen, der Schnee fiel in immer dickeren Flocken und verfing sich in seinem Fell. Nur mühsam arbeiteten sie sich voran, der Weg war kaum noch zu erkennen. Rötel, der sich eisern weigerte, eine Mütze aufzusetzen, sah aus wie ein Eiskristall: Sein Haar war über und über mit gefrorenen Schneeflocken bedeckt. Auf die Frage, warum er denn keine

Mütze wolle, antwortete er nur, er habe noch nie einen Troll mit einer Mütze gesehen, Punkt. Also fror er weiter. Lydia hatte inzwischen in einem eigens für sie hergerichteten, mit Fell gefütterten Beutel Platz genommen, den Rötel um die Brust trug. Denn an diesem Morgen waren ihre Flügel eingefroren und sie war einfach in den Schnee gestürzt, Helena hatte sie mit spitzen Fingern wieder herausziehen müssen. Bei diesen Temperaturen war sie vollkommen hilflos.

Es hatte endlich aufgehört zu schneien. Die Luft war klirrend kalt, doch sobald sie den Schatten eines Tals verließen, wärmte ihnen die Sonne die Nasen und sie konnten etwas aufatmen. Es war ein stiller Marsch, niemand sprach viel.

Lydia leuchtete inzwischen fast bläulich. Sie sah immer durchscheinender aus, ihr sanftes Glimmen war erloschen. Schlotternd und mit weit aufgerissenen Augen saß sie in Rötels Beutel, der nun auch nicht mehr genug Schutz vor der Kälte bot. Lillewill hatte sich zu ihr gesellt und die beiden spendeten sich gegenseitig Wärme. Rötel, der die kleine Elfe wirklich ins Herz geschlossen hatte, machte sich ernsthaft Sorgen, dass sie erfrieren könnte. Schließlich überredete er Helena, ein Feuer zu machen, um in einer der ledernen Flaschen etwas Wasser aufzuwärmen. Diese bekam Helena nun in ihre Satteltasche gesteckt, Rötel polsterte sie zusätzlich mit etwas Fell aus. Lillewill und Lydia krochen hinein und wärmten sich von nun an daran, was die Laune der beiden erheblich besserte. Ein Prusten und Kichern war aus der Satteltasche zu hören. Helena hätte gerne mit ihnen getauscht.

Gegen Abend kam dann erneut der Schnee. Zuerst fielen nur zarte Flöckchen, doch innerhalb weniger Minuten war das Wetter in einen heulenden Sturm umgeschwungen. Ein Vorwärtskommen war praktisch unmöglich. Der eisige Wind fror ihnen die Gesichtszüge ein, an den Nüstern der Pferde bildeten sich kleine Eistücke. Helena hatte ihre Pelzmütze tief ins Gesicht gezogen. Sie mussten dringend Schutz finden, bis der Sturm sich gelegt hatte.

„Helena“, brüllte Yonan gegen den Wind an, „da vorne!“

Durch den Schnee sahen sie in einiger Entfernung einen großen Schatten vor sich. „Lass uns dort warten, bis der Sturm vorbei ist.“

Der Schatten entpuppte sich beim Näherkommen als riesiger Baum. Er war über und über in weißen Schnee gehüllt, aber sein Geäst war so dicht, dass der Schneesturm davon abgehalten wurde und der Boden unter ihm noch trocken war und Schutz bot. So eng wie möglich kauerten sich Menschen und Tiere unter der schützenden Baumkrone zusammen. Die Kälte drang in Helenas Körper ein, sie fühlte, wie sie müde wurde, ihre Augen fielen zu. Sie wusste, dass es gefährlich war, jetzt einzuschlafen, aber der Drang in ihr war stärker. Während sie langsam wegdämmerte, sah sie noch verwundert, wie die Äste des Baumes sich zu Boden senkten und eine schützende Glocke um die Reisenden bildeten. Und noch etwas erstaunte sie: Der Baum war voll mit Laub, grünem, frischen Laub. Es wurde wohlig warm. Das einzige, was noch an den Winter erinnerte, war das Heulen des Sturmes.

Irgendein Geräusch musste Helena geweckt haben. Die Anderen schliefen so friedlich und fest wie lange nicht, Rötel schnarchte wieder einmal leise. Helena richtete sich auf und traute ihren Augen kaum, als sie sich umsah: Sie befanden sich in einer Höhle aus grünem Licht. Frisches Gras bedeckte den Boden, die Pferde fraßen sich endlich wieder einmal satt. Bunte Blumen wuchsen auf der Wiese, wo bei ihrer Ankunft noch altes Laub den Boden bedeckt hatte, gedieh nun das Leben.

Helena schaute sich mit offenem Mund um. Der Sommerbaum, dachte sie, das muss er sein. Der Stamm in der Mitte der Laubhöhle war so dick, dass Helena viele Schritte brauchte, um ihn zu umrunden. Die gefurchte Rinde erinnerte an Adern, die sich den Baum herauf schlängelten. Helena blickte nach oben in die Krone: Licht sickerte durch die Blätter, sehr weit oben war blauer Himmel zu erkennen. Der Sturm hatte sich offensichtlich gelegt. Die Äste des Baumes bildeten eine schützende Glocke um die Reisenden, die Zweige reichten bis zum Boden. Helena kniete sich neben Yonan und schüttelte ihn. „Wach auf. Das musst du dir ansehen." Yonan brummte unwillig. Helena packte ihn am Arm und zerrte ihn im Halbschlaf auf die Beine. Er öffnete die Augen – und was er sah, verschlug auch ihm den Atem. Kleine Vögel saßen in den Zweigen, zwitscherten keck auf sie herunter. Ein zitronengelber Schmetterling flatterte an ihnen vorbei. Yonan staunte und kratzte sich am Kopf. „Wo sind wir?"

Rötel, von ihren Stimmen geweckt, trat hinter sie. „Das ist etwas ungewöhnlich, will ich meinen." Lydia saß auf seiner Schulter, ihre Flügel waren aufgetaut und ihr Leuchten umgab sie wieder, wenn sie sich bewegte.

Helena lächelte fröhlich. „Seit ich in Asketan bin, wundere ich mich über fast gar nichts mehr."

Sie genossen die Atempause. Draußen war es eiskalt, dicker Schnee bedeckte den Boden und die Bäume des Waldes. Nur diesem einen Baum schien der Winter nichts anhaben zu können. Es war wie im Paradies. Einige kleine Sträucher auf der Wiese trugen reife, leuchtend rote Beeren, die herrlich schmeckten. Helena legte vorsichtig ihre Hand auf den dicken Stamm, ihre Finger ertasteten jede Furche und jeden Riss in der Rinde. Eine angenehme Ruhe durchfuhr sie. Der Baum strahlte eine Wärme aus, die Helena durch und durch erfüllte. Frag den Baum. Sag ihm, dass ich dich schicke und dass du die Mondgeborene bist. Die Worte Murimirs gingen ihr immer wieder durch den Kopf. Sie entschied sich, es zu versuchen. Welchen Baum konnte sie gemeint haben, wenn nicht diesen hier. Leise flüsterte sie, die Lippen fest an den Stamm gepresst: „Ich bin die Mondgeborene. Murimir schickte mich auf die Suche nach dem Herzkristall. Hab Dank für deinen Schutz in diesem Sturm."

Der Baum schien auf einmal zu erbeben. Vögel flatterten aus den Ästen auf, die Pferde fuhren aufgeregt auf, beruhigten sich aber schnell wieder. Alle ihre Freunde blickten sie nun mit großen Augen an. Auch Helena hatte einen gehörigen Schrecken bekommen, ließ den Stamm aber nicht los. Sie fühlte, dass ihr nichts passieren würde.

„Sei gegrüßt, Mondgeborene", dröhnte eine tiefe Stimme in Helenas Kopf. Zwei große Äste bewegten sich aus dem Wipfel auf sie zu und umfassten sie an der Hüfte. Yonan gab einen warnenden Laut von sich und zog sein Schwert. Helena hob beschwichtigend die Hände. „Es ist alles gut, mir wird nichts geschehen." Yonan senkte das Schwert, blieb aber wachsam. „Hab keine Angst, mein Kind", ertönte die Stimme wieder.

„Ich fürchte mich nicht vor dir", antwortete Helena still. „Sei auch du gegrüßt,…?"

„Barnabas", stellte der Baum sich vor. „Mein Name ist Barnabas."

„Hab Dank für deine Hilfe. Dies hier ist ein Ort voller Wunder. Wie machst du das nur?"

Barnabas schien zu lachen. Die Blätter rauschten.

„Es ist mir eine große Freude, euch zu helfen. Hier sollt ihr ein wenig Ruhe haben, bevor der beschwerliche Aufstieg weitergeht." Ein tiefes Brummen ertönte. „Du willst wissen, was mein Geheimnis ist?" Helena nickte.

„Dann komm hinauf zu mir."

Die Äste hoben Helena hoch in den Baumwipfel, durch die Zweige hindurch. Yonan schrie auf, er konnte Barnabas' Stimme nicht hören und wusste nicht, was mit Helena geschah. Alle Köpfe waren zu ihr nach oben gewandt, sie winkte ihnen beruhigend zu. Barnabas setzte sie auf einem dicken Ast ab. Hier oben war nur das Rauschen der Blätter zu hören. Unendlich klein erblickte sie Yonan unter sich, der unruhig neben dem Stamm auf und ab ging.

„Meine Geschichte beginnt vor langer Zeit. Es ist die Geschichte von Nabor und seinen Söhnen Nabas und Yom. In der Zeit, in der in Yuhr noch die Mächte der Finsternis herrschten."

„Torak", flüsterte Helena. Das Rauschen der Blätter wurde lauter. Wieder erbebte der Stamm.

„Sag seinen Namen hier niemals", dröhnte die Stimme. Helena nickte erschrocken. Das Zittern legte sich wieder. „In Nedevarn, das damals noch Lichtgebirge hieß, lebte ein Mann, der den dunklen Mächten trotzte. Er wohnte mit seinen Söhnen alleine in einer Berghütte, denn seine Frau war bei der Geburt des jüngsten Kindes gestorben. Sein Vater gab dem Neugeborenen den Namen Nabas, was Trost bedeutet. Er erzog die beiden Knaben zu Kindern des Friedens und der Güte. Diese Regeln lehrte er auch all jenen, die Schutz vor der Dunkelheit in seiner Hütte suchten und denen er Zuflucht bot. Er war nur ein Bauer, der seine Ziegen hütete, aber dennoch ein weiser und gelehrter Mann. So wie Murimir heute. Er war in ganz Yuhr geachtet.

Doch Nabors Wirken blieb nicht unbemerkt und der dunkle Herrscher schmiedete Pläne, ihn zum Schweigen zu bringen. So fuhr er mit einer zerstörerischen Kraft über die Berge, schaffte

Abgründe und Klippen, bedeckte die Bergspitzen mit Schnee und machte sie schroff und unwegsam. Doch Nabor ließ sich nicht aufhalten. Er baute Brücken über die Schluchten und schlug Breschen in die Dornen, damit die Hilfesuchenden wieder zu ihm gelangen und seine Botschaft der Güte hören konnten. Er gab nicht auf. Der dunkle Herrscher sandte seine Häscher, um Nabor zu vernichten. Doch sie fanden ihn nicht, nur der jüngste seiner Knaben war im Haus. Als Nabor zurückkehrte, fand er Nabas tot, zu schwarzer Asche zerfallen durch eine finstere Macht. Sein Herz war gebrochen. Dann sprach er zu dem Diener der Dunkelheit.

‚Du hast mir das Liebste genommen, was ich besaß, doch ich werde deiner Schandtat nicht folgen. Und ich werde nicht aufgeben. Denn Dunkelheit und Schatten kann man nur mit Licht bekämpfen.' Dann nahm er den einzigen Laubbaum, der die Verwüstung überlebt hatte, und pflanzte ihn auf das Grab des Jungen. Und er sprach: ‚In ihm sollen die Güte und Liebe meines Sohnes eine Heimat finden. Er wird neuen Bäumen Schatten spenden im Sommer und ihnen Schutz vor dem Wind bieten im Winter. Er soll der Grundstein sein für ein neues Leben und das Böse bekämpfen mit Gutem. Sein Name soll Bar-Nabas, der Trostspender, sein.' Der Baum Bar-Nabas wuchs und wuchs, schloss den Körper und die Seele des Knaben in sich ein. Schon bald sprengten seine Wurzeln die Dornen und ein neuer Wald wuchs. Das Lichtgebirge jedoch erhielt den Namen Ne-Devarn, ohne Wiederkehr. Denn Bar-Nabas konnte zwar Trost spenden, aber die tiefen Schluchten, schroffen Gipfel und den ewigen Schnee nicht besiegen."

Einen Moment herrschte Stille.

„Und was hat T… ich meine, der dunkle Herrscher, dann getan?", fragte Helena vorsichtig.

„Er marschierte auf Saradian, doch ein Mädchen besiegte

ihn, wie du weißt. Und nun kehrt er wieder.“ Die Äste schüttelten sich bedrohlich, Helena wäre fast hinunter gefallen. Tief unten sah sie Yonan etwas rufen, verstand aber nicht, was.

„Woher weißt du davon? Du kannst doch nicht von hier fort?“

„Mir erzählt der Wind Geschichten, das plätschernde Wasser, der Regen oder die Tiere. Ich bin nun ein Baum, das ist mein Schicksal und ich muss es hinnehmen. Jeder hat seinen Platz in diesem großen Spiel. Meine Bestimmung ist es, hier zu stehen und den anderen Bäumen Schutz zu spenden. Oder auch, verirrte Reisende vor Schneestürmen zu schützen.“

Helena lächelte. Barnabas Stimme umhüllte sie wie ein sanfter Wind. „Aber was ich daraus mache, das ist meine eigene Sache. So wie deine auch. Du hast ein Schicksal, aber du hast in der Hand, es zu gestalten.“

Helena fiel bei diesen Worten der eigentliche Grund ihrer Reise ein. Womöglich konnte Barnabas ihnen wirklich helfen.

„Dann nehmen wir einmal an, dass meine Bestimmung ist, etwas zu finden, einen Kristall zum Beispiel, der den Diener der Dunkelheit besiegen könnte. Und der nun verloren ist.“

Das Rauschen in den Blättern schwoll aufgeregt an.

„Sprich weiter, Mondgeborene.“

„Ich bin mit meinen Begleitern auf der Suche nach einem Bergbauern, der uns helfen könnte. Er soll hier irgendwo in einer Hütte leben. Ich glaube, ich weiß nun, wen wir suchen. Und du weißt, wie wir ihn finden.“

Auf einmal schien Barnabas misstrauisch zu werden.

„Was wollt ihr von ihm?“

„Wir bekämpfen dieselben Mächte, die dein Vater einst bekämpft hat, Barnabas. Meine Mutter suchte bei ihm vor Jahren Schutz vor dem dunklen Herrscher. Sie trug mich unter dem Herzen und den Kristall bei sich. Wir wollen nur von ihm wissen, was damals geschah, wo wir den Kristall finden können. Und die Zeit läuft uns leider davon." Helena lupfte ihren Ärmel etwas und entblößte ihre Hand mit dem schwarzen Mond. Ein tiefes Grollen war zu Hören, Helena musste sich erneut festhalten, um nicht vom Ast in die Tiefe zu stürzen.

„Helena?" rief Yonan ängstlich von unten, nun so laut, dass Helena es deutlich hören konnte. Barnabas beruhigte sich wieder.

„Es ist alles gut hier oben. Ich komme bald wieder runter zu euch", antwortete sie.

Der Baum seufzte. „Er hat dich gezeichnet. Das ist dein Schicksal, deine Bestimmung. Mach etwas aus ihr."

Er umfasste Helena erneut mit seinen Ästen und hob sie empor, bis weit über den Wipfel hinaus. „Mein Vater ist schon lange tot. Nicht jedoch mein Bruder, Yom. Seine Hütte liegt tief in den Bergen, dort, in dieser Richtung. Doch ihr braucht Hilfe, denn er verbirgt sich vor euch, ihr würdet euch verirren und im Schnee erfrieren. Es gibt nur ein Wesen, dass euch den Weg zeigen kann."

„Und das wäre?" fragte Helena.

„Lyzs."

KAPITEL XIV – LYZS

Seit ein paar Stunden kämpften sie nun schon gegen die dicken Schneemassen. Helena hatte noch deutlich Barnabas' Worte im Ohr: „Ihr müsst zu Lyzs gehen, sie wird euch führen. Sagt, dass ich euch schicke und dass ihr zu Yom wollt, dann wird sie euch nichts tun. Geht einen halben Tag auf den höchsten Berggipfel zu, dann seid ihr in ihrem Revier." Auf Helenas Frage, wie man diese Lyzs treffen könnte, hatte er mit einem tiefen Brummen geantwortet. „Keine Angst. Ihr müsst sie nicht suchen. Sie wird euch finden." Noch immer rätselte Helena über den Sinn dieser Worte, aber sie vertraute Barnabas. Er hätte sie nicht in die Irre geführt.

Sie hatten Barnabas' Anweisungen bis ins Detail befolgt, aber Lyzs, wer auch immer sie war, hatte sich bis jetzt noch nicht gezeigt. Helena fühlte sich jedoch schon seit einer geraumen Zeit beobachtet. Doch so sehr sie sich auch bemühte, sie konnte nichts entdecken. Yonan schien es ebenso zu gehen. „Wir werden verfolgt", flüsterte er und sah sich um. „Es ist ein Tier, ein Räuber." Helena glaubte ihm sofort. Yonan war schon in den Wäldern Asketans herumgestreift, als er kaum laufen konnte. Er wusste, wovon er sprach.

Helenas Stimme war die Nervosität anzumerken. „Du meinst, wir werden gejagt?“

Yonan nickte unmerklich. „Genauso ist es. Und was auch immer es ist, es ist groß. Ich kann die Anspannung fast riechen, die unser Verfolger spürt. Da ist etwas und es hat Hunger. Diesmal sind wir nicht die Jäger, sondern die Beute.“

Kaum hatte Yonan seinen Satz zu Ende gesprochen, ertönte ein wütendes Fauchen. Eine ungeheure Wucht riss Helena aus dem Sattel in den Schnee. Kashet wieherte schrill. Als Helena nur den Bruchteil einer Sekunde später klar wurde, was da mit einem bedrohlich aufgerissenen Maul über ihr stand, setzte ihr Herz einen Schlag lang aus. Ein Berglöwe. Und ein wirklich riesiges Exemplar. Yonan versuchte, sein Schwert aus der Scheide zu ziehen, als er entsetzt bemerkte, dass es festgefroren war. Er blickte sich um. Alle anderen waren schon zu weit vorangeritten, um zu helfen. Rudor und Rötel kämpften sich schreiend zurück zu ihnen durch den Schnee. Fieberhaft versuchte Yonan, Pfeil und Bogen von seiner Schulter zu lösen. „Halt durch!“ schrie er Helena zu.

Helena wunderte sich, warum die erhobene Pranke über ihrem Gesicht nicht zum tödlichen Schlag ansetzte. Das Maul der Bestie kam ihr immer näher, sie entblößte ihre Zähne und knurrte. Yonan hatte es geschafft, den Bogen zu lösen und spannte einen Pfeil. Er zielte genau, wollte nicht versehentlich Helena treffen. Sofort fuhr die große Katze mit einem Fauchen herum und erhob die Krallen drohend über Helenas Kopf. Yonan senkte den Bogen, alle Farbe war ihm aus dem Gesicht gewichen. Der Berglöwe konnte doch nicht allen Ernstes geahnt haben, was er vorhatte? Das Tier wandte sich wieder Helena zu. Helena konnte schon den stinkenden Atem im Gesicht spüren, da begann sie in Todesangst auf das Tier einzureden. „Tu mir nichts, dann tu ich dir auch nichts. Ich schmecke nicht, bestimmt nicht. Ich bin ganz sauer, ja wirklich. Außerdem habe ich noch eine Verabredung, die ich auf keinen Fall verpassen darf, mit einer gewissen Lysz, womöglich kennst du sie ja sogar…"

Der Druck der Krallen an ihrem Hals löste sich. Helena sah direkt in die gelben Augen des Berglöwen, schließlich berührten sich ihre Nasen fast. Sie ahnte ihr Ende kommen und schloss die Augen. Der Berglöwe knurrte sie böse an. „Davon wüsste ich aber etwas."

Helena riss die Augen weit auf. „Du… du kannst sprechen."

Der Berglöwe versetzte Helena mit seiner Pranke eine schallende Ohrfeige, dass ihr Hören und Sehen verging. „Schlaues Kerlchen. Ich hätte Lust, dich zu fressen, denn so einen saftigen Happen habe ich lange nicht mehr bekommen. Die Rehe sind zu dünn dieses Jahr. Aber vorher ist da noch etwas, dass mich interessiert: Was willst du von mir?"

Helena lachte nervös. „Von dir? Also, eigentlich will ich gar nichts von dir, außer dass du mich nicht frisst, vielleicht?" Die gefletschten Zähne kamen Helena immer näher. Es sah fast so aus, als wollte das Tier seine Drohung wahrmachen. Mit ihren Tatzen drückte sie ihr ganzes Gewicht auf Helenas Brustkorb, so dass ihr die Luft weg blieb. „Ihr Zweibeiner lügt. Eben sagtest du noch, wir hätten eine Verabredung und jetzt behauptest du, dass du gar nichts von mir willst."

„DU bist Lyzs?", keuchte Helena überrascht.

„Na sieh mal einer an, sie hat es verstanden", Lyzs drehte die Ohren nach hinten und sagte, ohne sich umzudrehen:

„Lass den Bogen jetzt endlich fallen, mein Freund, sonst ist sie tot. Und du auch." Yonan wurde blass, ließ die Waffe sinken und wich zurück. Helena erinnerte sich an die Worte des Sommerbaums. Sie sagte mit zögerlicher Stimme:

„Barnabas schickt uns zu dir. Du sollst uns zu Yom führen."

Für einen Moment verblasste das gefährliche Flackern in Lyzs' Augen, doch der Eindruck verschwand so schnell, wie er gekommen war. „Kannst du mir einen vernünftigen Grund nennen, warum ich ein solch üppiges Mittagessen ausfallen lassen sollte und stattdessen mit meiner Mahlzeit diskutiere?" Lyzs lockerte plötzlich den Druck auf Helenas Brust. „Ich muss verrückt sein." Mit diesen Worten setzte sie sich seelenruhig auf ihre Hinterpfoten und beobachtete Helena. Diese stand, noch immer etwas benommen, auf und befühlte prüfend ihren Hals. Yonan kam vorsichtig näher, den Bogen gesenkt, aber noch immer schussbereit. „Keine Angst, alles noch heil. Du glaubst doch nicht im Ernst, dass ich so mit jemandem umgegangen wäre, den ich wirklich hätte töten wollen?" Aus Lyzs' gelben Augen blitzte der Schalk.

„Du meinst, du wolltest mich gar nicht fressen?"

Die Raubkatze leckte sich die Pfoten. „Na, ja, zuerst schon, dass gebe ich zu."

„Wie beruhigend!", Helena strich sich über die Haut, die tatsächlich keinen einzigen Kratzer abbekommen hatte. Lyzs schien ihre Krallen bei sich behalten zu haben.

„Wie heißt du?"

„Helena!", sagte sie einsilbig. Sie sah noch keinen Grund, freundlich zu einem Wesen zu sein, das eben noch fast seine Zähne in ihr Fleisch geschlagen hatte.

„Gut. Ich bin Lyzs, wie du nun schon weißt."

„Freut mich, deine Bekanntschaft zu machen", Helena verzog das Gesicht. „Möchtest du zum Essen bleiben?"

Lyzs wurde in einer schnellen Zusammenfassung über den Grund ihrer Reise unterrichtet.

Als sie geendet hatten, entfuhr der Löwin ein tiefes, böses Grollen.

„Dann lasst uns aufbrechen zu Yom, auf dass du diesem Spuk so schnell wie möglich ein Ende bereitest."

Lyzs führte sie immer tiefer ins Gebirge hinein. Sie hatten Mühe, ihr zu folgen, denn die große Katze war wendig und manch ein Umweg war für die Pferde nötig, wo Lyzs einfach über Felsen und breite Spalten hinwegsprang.

Die Berglöwin war ein Weibchen von beachtlicher Größe, mächtiger, als Helena jemals eine Raubkatze gesehen hatte. Ihr Fell schimmerte sandfarben und ihre rosarote Nase erinnerte mehr an ein kleines Stubenkätzchen, als an eine todbringende Räuberin. Diesen Eindruck jedoch machten die scharfen Krallen und spitzen Zähne wett. Helena schauderte es bei dem Gedanken, dass sie ihren Angriff hätte ernst meinen können. Die Berglöwin verfolgte zielstrebig einen nur ihr bekannten Weg. Gelegentlich blieb sie stehen und witterte oder sie horchte auf etwas, trabte jedoch sogleich weiter und ließ sich nicht beirren. Helena lenkte ihr Pferd neben Yonan. Sie klopfte Kashet beruhigend den Hals, er war noch immer erschreckt von Lyzs' Überfall.

„Ich bin gespannt, wo diese sprechende Katze uns hinführt. Ich kann keinen Weg, kein Ziel entdecken, auf das wir zusteuern."

Yonan schaute wissend. „Lyzs ist mehr als nur eine sprechende Katze. Sie ist eine der Char Spiritik."

Helena zuckte unwissend mit den Schultern.

„Das bedeutet soviel wie Geisterbotin. Sie sind die, die uns zu den verborgenen Dingen geleiten können." Er blickte Helena mit gerunzelter Stirn an. „Wir brauchen Lyzs nicht, damit sie uns einen verschneiten Weg weist. Wir brauchen sie, weil wir ohne sie niemals zu der Hütte gelangen könnten. Es gibt Dinge, die absichtlich im Verborgenen bleiben. Die unter einem besonderen Schutz stehen. Die Char Spiritik kennen diese Orte. Wenn wir den Weg selbst gesucht hätten, hätten wir ihn niemals gefunden."

Lyzs war nun stehen geblieben. Sie hob den Kopf und witterte. „Mir nach, gleich sind wir am Ziel."

Yonan warf Helena einen vielsagenden Blick zu. Sie folgten ohne Widerspruch, doch als Helena sich umsah, hatte sie das dumpfe Gefühl, dass die Landschaft sich kein bisschen veränderte. Auf dem Boden entdeckte sie Hufspuren. Viele Hufspuren: Sie waren die ganze Zeit im Kreis gelaufen. Erschreckt bemerkte sie plötzlich, dass sie laut gedacht hatte. Lyzs blinzelte Helena mit ihren gelben Katzenaugen an. Als sie ihr näher trat, scheute Kashet. Die Pferde witterten das Raubtier nur zu deutlich und konnten sich nicht an seine Anwesenheit gewöhnen.

„Der Weg zu Yom ist überall und nirgendwo." Die Berglöwin hob erneut die Nase und witterte. Ihre Barthaare zitterten. „Dort vorne ist es, schnell." Lyzs eilte voran und verschwand zwischen ein paar Tannen. Sie trieben die Pferde an und folgten ihr bis auf eine kleine verschneite Lichtung. „Still jetzt", fauchte die Löwin. Erst geschah gar nichts. Eine seltsame Ruhe lag in der Luft. Dann kam der Nebel. Wie eine dichte, weiße Wand kroch er langsam auf sie zu.

„Was ist das?", die Nervosität war Rötel an der Stimme anzuhören, auch die Pferde wieherten ängstlich.

„Der Weg. Haltet euch direkt hinter mir. Wer verloren geht, bleibt verloren und wird niemals zurück finden."

Gleich nach diesen Worten begann der Nebel, sie einzuhüllen.

Erst konnte Helena nichts sehen, nur Weiß um sie herum. Es herrschte eine eigentümliche Stille. Helena wollte nach der Löwin rufen, doch kein Ton drang aus ihrer Kehle, sie versuchte es noch einmal, doch der Nebel schien jedes Geräusch zu verschlucken. Dann bemerkte sie einen schlanken Schatten direkt vor sich. Lyzs. Sie musste ihr folgen. Helena konzentrierte sich, um die Gestalt vor ihr nicht aus den Augen zu verlieren. Denn sobald dies geschah, war sie unweigerlich im Nebel verloren, soviel hatte sie verstanden. Bereits nach wenigen Minuten lichtete sich die Sicht wieder. Der Nebel verschwand so schnell, wie er gekommen war. Auch die Geräusche kehrten zurück. Das erste, das Helena hörte, war das Knirschen der Hufe auf dem schneebedeckten Boden.

Sie hatten ein kleines Plateau erreicht, von dem aus sie eine wunderbare Sicht über die Berge hatten. Als Helena sich umdrehte, war der Nebel bereits zwischen den hohen Tannen verschwunden. Hinter ihr war nichts als Schnee, Berge und ihre Gefährten, die den Nebel alle wieder wohlbehalten verlassen hatten. Die Sonne näherte sich gerade dem Horizont. Der Anblick der Ebene unter ihr nahm sie gefangen, sie konnte so weit sehen wie nie zuvor. Die Vorläufer von Nedevarn, die Schlucht der verlorenen Kinder als dunklen Strich am Horizont, dahinter der tiefschwarze Elfenwald. Lyzs hatte sich fast unmerklich neben Helena geschlichen und setzte sich. Auch sie schien tief einzuatmen und den Anblick zu genießen.

„Wunderschön, nicht?“ Helena nickte nur. „Wir alle wollen nicht kämpfen, Helena. Aber was bleibt uns für eine Wahl? Wir dürfen nicht zulassen, dass Torak diese Welt vergiftet und sie zu seinem dunklen Reich macht. Aber selbst wenn wir gewinnen, danach werden wir alle nicht mehr sein, was wir einst waren. Yuhr wird seine Unschuld erneut verloren haben. Und wir alle mit ihr.“

Helena fröstelte. „In meiner Welt hat es nie aufgehört. Man wehrte sich erfolgreich, doch neue Feinde schlugen zurück. Man baute Waffen, die immer gefährlicher, immer unmenschlicher wurden. Wie ein entsetzlicher Kreislauf ohne Ausweg. Bis die Menschen schließlich sich selbst zum schlimmsten Feind wurden. Wir stehen kurz davor, die Erde zu zerstören, nur wegen der Gier nach Reichtum und Macht."

Lyzs streckte sich und knurrte. „Dann dürfen wir nicht zulassen, dass dieser Fehler auch uns geschieht."

Die Berglöwin sprang geschmeidig auf und lief los. „Kommt schon, es ist nicht mehr weit."

Mattes Licht leuchtete aus den Fenstern, in der fortgeschrittenen Dämmerung waren nur die Umrisse der Behausung zu erkennen. Lyzs hielt zielstrebig auf die Hütte zu. Schafe blökten, die Tiere im Stall witterten das Raubtier und wurden nervös. Wütendes Hundegebell ertönte. Lyzs richtete sich hoch auf und brüllte einmal, dann noch einmal. Die Tür öffnete sich und eine Gestalt trat heraus, mit einer Lampe in der Hand. „Wer ist da?"

„Ich bin es, wer sonst? Ich habe dir Gäste mitgebracht."

„Und wer sind diese Gäste?"

Er hielt seine Lampe so, dass er zwar die Ankömmlinge mustern konnte, er selbst aber im Schatten verborgen blieb.

„Es sind Freunde, Yom", sie blieb geduldig, denn sie schien die ruppige Art des Bauern bereits gut zu kennen, „Barnabas schickt sie."

Der Bauer brummte in sich hinein und deutete auf den an das Haus angrenzenden Stall. „Stellt eure Pferde dort hinein, zu den Schafen und Ziegen. Dort gibt es Heu und Wasser genug. Ich sperre den Hund weg, er regt sich nur wieder auf, wenn er dich sieht, Lyzs." Dann drehte er sich um und ging wieder ins Haus.

Als Helena in die Stube eintrat, fiel ihr Blick zuerst auf den gedeckten Tisch. Ihr Magen knurrte. Seit sie auf der Reise war, hatte sie eigentlich immer Hunger. Das Wildfleisch von Yonan war besser war als nichts, aber die mit Brot, Käse, Milch und allerlei Eingelegtem gedeckte Tafel ließ ihren Magen schlagartig nach Nahrung verlangen. Ihr Blick schweifte durch den Raum. Die Hütte war nicht sehr groß. Ein offener Kamin wärmte und erhellte das einzige Zimmer, in dessen Mitte der Tisch stand. An der Rückwand befanden sich drei Betten, die mit Kissen und Fellen bedeckt waren. An der Decke und den Wänden hingen allerlei Gerätschaften, zwei Fenster an Vorder- und Rückwand waren fest verschlossen und mit Lappen abgedichtet, um die Kälte abzuhalten. Zu Helenas Erstaunen trat auch Lyzs so selbstverständlich ein, als sei sie hier zu Hause. Helena hatte eigentlich erwartet, dass die Berglöwin so schnell wieder in der Nacht verschwinden würde, wie sie gekommen war. Stattdessen legte sie sich vor den Kamin, leckte ihr Fell und schnurrte behaglich.

„Setzt euch und esst", brummte Yom, der Bauer, „ihr müsst alle sehr hungrig sein, der Weg hierher war lang dieses mal." Er trat an einen kleinen Schrank und holte noch mehr Schüsseln, Brot und Käse heraus. Das ließen sie sich natürlich nicht zweimal sagen. Sie setzten sich um den Tisch und langten zu, bis nichts mehr übrig war. Satt und zufrieden wollte Helena noch einmal nach den Pferden sehen, doch Yom wehrte ab, er wolle selbst gehen. Das sei seine Pflicht als Gastgeber. Auch Lillewill war bei dem Geruch nach Essen wach geworden und kroch aus Helenas Tasche hervor. Geschickt stibitzte sie sich ein paar Brot- und Käsereste. Lyzs blinzelte mit einem Auge und verfolgte durch ihre halb geschlossenen Lider jede Bewegung des Immerschläfers.

„Ich nehme an, dieser kleine Leckerbissen ist tabu?"

„Sehr richtig", antwortete Helena und nahm Lillewill

schützend auf den Schoß.

Lydia taute gerade wieder auf. Sie war zwar noch etwas durchsichtig und ihre Flügel ein wenig steif, aber die Wärme der Hütte brachte ihre Lebensgeister schnell zurück. „Also, bei aller Liebe zur Schönheit der Jahreszeiten, aber Schnee und Eis sind nichts für mich. Da friere ich ja ein, bevor ich richtig losfliegen kann. So einen harten Winter kenne ich aus dem Elfenwald nicht. Wer ist das denn?“, rief sie erschreckt mit einem Blick auf Lysz und purzelte vom Tisch herunter.

Helena war aufgeregt und ungeduldig zugleich. Sie war ihrem Ziel nah, bald würde sie erfahren was mit dem Kristall geschehen war. Und: Sie konnte den Bauern endlich nach ihrer Mutter fragen. Wie es ihr ergangen war. Wie sie gewesen war.

„Vielleicht sollte ich hinausgehen und Yom beim Versorgen der Tiere helfen?“ fragte sie und erhob sich, in der Hoffnung, dem Bauern all die Fragen stellen zu können, die ihr auf dem Herzen lagen.

In diesem Moment ging knarrend die Tür auf und Yom trat wieder ein, Schnee und Kälte mit sich bringend. Er zog sich Mantel und Handschuhe aus und stampfte den Schnee von den Schuhen. „Ihr habt prächtige Tiere, mit denen ihr unterwegs seid.“ Er schüttelte sich. „Es wird wieder Schnee geben.“

„Noch mehr? Aber vor zwei Tagen war doch erst dieser schwere Sturm“, stöhnte Helena. Von Schnee hatte sie genug.

Yom schaute sie vielsagend an.

„Der Sturm, den du meinst, ist über eine Woche her.“

„Eine Woche? Aber vorgestern…“

Lyzs unterbrach sie: „Der Nebel ist ein Ort, in dem Zeit und Raum nicht zählen“, sie rollte sich genüsslich auf den Rücken. „Dann waren wir diesmal also über eine Woche unterwegs zu dir, Yom.“

Helena war verblüfft – und besorgt. Sie hatten also durch die

Suche im Nebel viel Zeit verloren. Lyzs sah ihre gerunzelten Stirnfalten. „Gräm dich nicht, Erdenkind. Es dauert so lange, wie es eben dauert, zu Yom zu finden.“

Der alte Mann setzte sich zu ihnen an den Tisch. Das Kaminfeuer erleuchtete sein Gesicht. Es war nun das erste Mal, dass Helena ihn ein wenig genauer betrachten konnte. Er hatte grob geschnittene Gesichtszüge mit einer kantigen Nase, seine Haut war zerfurcht von Wind, Sonne und Kälte. Sein Kinn umrahmte ein dunkler Bart, durchzogen von unzähligen grauen Strähnen. Er besaß kräftige, vom Wetter gegerbte Hände, die ruhig nebeneinander auf dem Tisch lagen. Das auffälligste an ihm aber waren seine Augen, die unter den dichten Brauen ganz tief in ihrer Höhle zu liegen schienen. Sie blickten traurig, fand Helena.

Yom nahm sich einen Krug Ziegenmilch und lehnte sich zurück.

„So, dann will ich mir eure Geschichte mal anhören. Mein Bruder hat euch also zu mir geschickt.“

Es war irgendwann in der Nacht als Helena erwachte. Sie spürte einen großen Druck auf ihrem Körper, der ihr fast die Luft zum Atmen nahm. Als sie aufblickte, sah sie Lyzs ausgestreckt auf sich liegen. Helena drehte sich unter ihr weg und schob sie so weit es ging beiseite, was Lyzs mit einem unwilligen Schmatzen kommentierte. Helena versuchte, sich einigermaßen bequem hinzulegen. Das letzte Flackern des Feuers färbte den Raum rötlich. Helena schwitzte. Der Kamin, Lyzs und die Felldecke zusammen waren eindeutig zu warm. Im zweiten, kleinen Bett neben ihr lag Yonan, das dritte und größte Bett teilten sich Rudor und Rötel. Es hatte Mühe gekostet, Rudor dazu zu bringen, mit Rötel in einem Bett zu schlafen, denn der Troll neigte nachts zum ausgiebigen Schnarchen und gelegentlichem Furzen. Yom hatte es sich in einem Sessel am Kamin bequem gemacht. Lillewill war, wohl aus Sorge, doch noch von Lyzs verspeist zu werden, von Helena ausgebüchst und zu Rötel ins Bett gekrochen. Dort schnarchte sie leise mit ihm im Duett. Lydia ruhte eingekuschelt in ein Stück Stoff in einem tiefen Suppenteller auf dem Tisch. Helena fand keinen Schlaf mehr, unruhig wälzte sie sich hin und her. Schließlich setzte sie sich auf und betrachtete nachdenklich den schlafenden Bergbauern.

Yom hatte am Abend gespannt der Geschichte ihrer Reise gelauscht. Als Helena ihn schließlich gebeten hatte zu sagen, wo der Kristall geblieben, ob er womöglich sogar hier zurückgelassen worden war, hatte er nur traurig den Kopf geschüttelt. „Ich würde dir gerne helfen, Helena, aber ich habe den Herzkristall nicht."

Yom hatte ihnen die Antwort gegeben, die sie insgeheim alle befürchtet hatten. Helenas ganze Gedanken waren nur erfüllt von einem Wort gewesen: Umsonst.

Yom hatte die Reaktion in den Gesichtern gesehen und eilig weitergesprochen. „Keine Angst, es ist noch nicht alles verloren. Lasst nun mich berichten, was damals geschah, als ich deine Mutter fand."

Und er begann zu erzählen.

„Man konnte schon deutlich sehen, dass sie ein Kind unter ihrem Herzen trug, sie war müde und erschöpft von der Reise. Ein Schneesturm hatte sie überrascht, ich entdeckte sie frierend draußen im Wald. Sie war vor etwas auf der Flucht, das merkte ich sogleich. Also bot ich ihr Wärme und Schutz an, wenigstens für eine Nacht, und nahm sie mit durch den Nebel. So wie es die Aufgabe meines Vaters gewesen war – und nun die meine ist. Aus der einen Nacht wurden viele. Ich mochte deine Mutter, wirklich, ich mochte sie sehr gerne. Sie war eine mutige, starke und sehr schöne Frau“, er senkte den Blick, „aber sie hatte gerade ihren Mann verloren und würde bald sein Kind auf die Welt bringen. Sie hatte keine Augen für mich. Und ich wusste, dass ich sie eines Tages wieder gehen lassen musste. Sie musste das Kind, also dich, nach Saradian bringen, zur Hüterin, in Sicherheit. Also gab ich ihr das einzige Pferd, das ich besaß und schickte sie los zu Murimir.“

Er hatte nervös seine Hände geknetet, bis das Weiße der Knöchel hervorgetreten war. Helena hatte gespürt, dass es ihn aufwühlte, all das zu erzählen.

„Doch kurz nachdem sie aufgebrochen war, fegte ein Sturm über die Berge, eisiger als je zuvor. Die Kalte Königin selbst kam über das Land. Ich eilte ihr nach und beschützte deine Mutter, so gut ich konnte, doch sie war nicht das eigentliche Ziel. Die Königin wollte nur den Herzkristall. Als der Sturm sich legte, lebte deine Mutter, aber der Kristall war wie vom Erdboden verschwunden. Sie hat ihn zu sich geholt. Wenn ihr den Kristall irgendwo findet, dann sicher dort, bei ihr, hinter dem Eistor.“

Dann hatte Yom geschwiegen und sich vom Feuerschein abgewendet.

„Und weiter? Wer ist diese Kalte Königin?“ hatte Helena heiser gefragt. All das hatte sie sehr aufgewühlt.

„Die Herrscherin über das Verbotene Land, das früher Eistal hieß. Es ist gut möglich, dass der Herzkristall noch in ihrer Macht ist. Seitdem hat sie niemand mehr gesehen, das Eistor blieb verschlossen. Ich hoffe, dass Torak nicht den Weg zu ihr gefunden hat. Die Kälte und die Dunkelheit können grausame Verbündete sein.“ Yom war die Verzweiflung im Gesicht anzusehen gewesen. „Wenn der Stein nicht mehr bei ihr, sondern in Toraks Händen ist, ist womöglich alles zu spät. Dann sind wir alle verloren.“

Helena beobachtete nun vom Bett aus das Gesicht des schlafenden Mannes, der diese so endgültig erscheinenden Worte gesprochen hatte. Sein Gesicht hatte etwas Zeitloses, es war unmöglich, sein Alter zu schätzen. Er war Barnabas älterer Bruder und Helena konnte sich ungefähr vorstellen, wie lange ein Baum brauchen musste, um diese Größe zu erreichen. Aber Yom lebte hinter dem ewigen Nebel. Wer wusste schon, was Zeit hier bedeutete. Die drei Betten, ein breites für Mutter und Vater, zwei schmalere für die Söhne. Beide waren fertig bezogen gewesen, als sie eingetroffen waren. Yom hütete das Vermächtnis seines Vaters weiter, all jenen, die Hilfe brauchten, Schutz zu bieten. Der Bauer hatte nach seiner anfänglich abweisenden Art sehr schnell sein wahres, gütiges Wesen offenbart.

Helena strich die Decke über ihrem Körper glatt. In welchem Bett ihre Mutter wohl geschlafen haben mochte? In diesem hier, womöglich? Was sie gefühlt hatte, im Schutze der Hütte und dennoch auf der Flucht? Ob sie große Angst gehabt hatte? Wieder einmal fühlte sie schmerzlich, wie sehr sie ihre Eltern vermisste.

Helena hatte keine Gelegenheit, diese Gedanken weiter zu verfolgen, denn irgendetwas kitzelte sie am Fuß. Lydia stand auf ihrem großen Zeh und blickte sie an. Dann begann wieder das sanfte Leuchten, die Elfe flog in die Luft und Helena direkt vor die Nase.

„Kannst du auch nicht schlafen, Glühwürmchen?“

Lydia schüttelte den Kopf. „Ich mache mir Sorgen.“

Helena streckte ihre Hand aus und ließ die Elfe darauf landen. „Um wen?“

„Na, um dich natürlich, Dummerchen. Und um Yonan.“

Helena war erstaunt.

„Warum denn ausgerechnet um Yonan?“

„Er ist so still, als ob ihn etwas bedrückt." Die kleine Elfe zuckte mit den Schultern. „Es ist auch nur so ein Gefühl."

Helena lächelte. „Es ist nett, dass du dich um ihn sorgst. Und warum hast du Angst um mich?"

„Na, hör mal. Ich hab dich lieb gewonnen und will dich nicht gleich wieder verlieren, wenn du dieser seltsamen Kalten Königin gegenüber stehst. Sie scheint ja nicht gerade die Freundlichkeit in Person zu sein. Kalte Königin, wie unsympathisch das schon klingt."

Helena war gerührt. Sie hatte inzwischen begriffen, dass sie nie wieder zurück kommen würde, dass sie alles verlieren würde, was ihr lieb und teuer geworden war. Aber immer wieder waren da Momente, in denen sie nicht akzeptieren wollte, das alles einfach aufzugeben. Dieser hier gehörte dazu. „Möchtest du hier bei mir schlafen?", Helena lupfte ihre Decke ein wenig. Lydia rümpfte die Nase und blickte in Lyzs' Richtung. „Nein, danke. Diesem Monster da will ich nicht zu nahe kommen. Die Pranken sehen mir recht gefährlich aus." Dann erhob sie sich wieder in die Luft und flog auf ihren Teller zurück. Kurze Zeit später schlief auch Helena wieder ein. Sie hörte nicht den Sturm, der um die Hütte zu wüten begann, und die Berge in noch mehr Schneemassen tauchte. Yom hatte Recht gehabt.

Die Sonne begann bereits mit dem sinnlosen Versuch, den Schnee mit ihren Strahlen auftauen zu wollen, als Helena erwachte. Verschlafen blickte sie sich um.

„Guten Morgen, Schlafmütze." Lyzs musterte sie aus gelben Augen. Helena gähnte herzhaft.

„Guten Morgen, Lyzs. Es hat so gut getan, in einem richtigen Bett zu schlafen." Helenas Blick fiel auf den leeren Sessel an der gegenüber liegenden Wand. „Wo ist Yom?"

„Er sorgt für das Frühstück und bittet euch, heute selbst

nach den Pferden zu sehen."

Helena reckte sich und stand auf. Sie verspürte den Drang nach einer Toilette. „Ich mache das. Lass die Anderen schlafen." Helena schlüpfte in Stiefel und Hosen, öffnete leise die Tür und kämpfte sich durch den tiefen Schnee zum Stall. Es hatte aufgehört zu schneien und der Himmel erstrahlte in seinem schönsten Blau. Mit einem Ruck löste sie die festgefrorene Stalltüre. Etwa zwanzig Schafe und Ziegen drängten sich eng zusammen oder lagen kauend im Heu. Die Pferde hoben bei Helenas Eintreten erfreut die Köpfe. Helena erneuerte das Heu und brachte ein paar Schaufeln voll Schnee in die Tränke, wo er langsam zu Wasser schmolz. Kashet drängte mit dem Kopf nach Streicheleinheiten und Helena gab nach. Sie suchte einen Striegel, wurde an einem der Haken an der Wand fündig und begann, Kashets Fell damit zu bearbeiten. Leise summte sie ein Lied. Es war der Popsong, den Mira und die beiden anderen Mädchen in der Küche gesungen hatten, am Tag bevor Helena verschwand. Damals hatte sie nicht mitgesungen, jetzt jedoch fühlte sie sich unbeobachtet und aus dem Summen wurde Singen.

Sie bemerkte Yonan nicht, der in der Türe stand und lauschte, sie hatte ihm den Rücken zugewandt. Doch auf einmal schien sie seine Anwesenheit zu spüren, denn ihre Melodie verstummte. Sie drehte sich um. Yonan stand einfach nur da und schaute sie an. Er konnte nicht erklären, warum er kein Wort herausbrachte, warum er sich nicht bewegen konnte. Sie sah Schmerz und Traurigkeit in seinem Blick, wie so oft seit dem Tag, als sie im Nachthemd am Feuer erwacht war. Es fühlte sich an, als sei es Jahre her. Kashet wurde unruhig, Helena hatte aufgehört ihn zu striegeln und das passte ihm gar nicht. Er versetzte ihr mit dem Kopf einen unsanften Stoß ins Hinterteil, so dass sie bäuchlings ins Heu flog. Helena schrie erschrocken auf und lachte. Die Traurigkeit verschwand ganz plötzlich aus Yonans Blick. Er beugte sich zu ihr hinunter und half ihr aufzustehen. „Guten Morgen. Was war das für ein Lied?“

Helena nahm seine Hand und zog sich hoch.

„Ach, aus einem anderen Leben. Nicht wichtig. Lass uns frühstücken.“ Als sie hinter Yonan zurück durch den Schnee zur Hütte stapfte, wurde sie das Gefühl nicht los, dass Lydia vielleicht doch Recht hatte mit ihrer Sorge. Irgendetwas hatte sich verändert zwischen Yonan und ihr und Helena war sich nicht sicher, ob ihr diese Veränderung gefiel.

Helena wollte sich ein wenig umsehen, bevor sie aufbrachen. Immerhin hatte ihre Mutter hier einige Zeit verbracht und Helena hatte das Gefühl, ihr näher sein zu können, als irgendwo sonst. Die Sonne schien strahlend auf die schneebedeckten Berge herab, der in der vergangenen Nacht gefallene Schnee war pulvrig und staubte nach allen Seiten, hüllte Helena bei jedem Schritt in eine weiße Wolke. Die Kälte verschaffte ihr einen klaren Kopf. Der Kristall schien zum Greifen nah gewesen zu sein – und war nun doch wieder so fern. Bis hierher hatte sie immer die Hoffnung geleitet, der Stein sei in den Bergen, bei Yom. Sie hatte sich an diese Chance geklammert wie an ein rettendes Seil über einem Abgrund.

Wie würde es nun weitergehen? Würden sie den Kristall bei der Kalten Königin, wie Yom sie nannte, finden? Und wenn ja, würde sie ihn hergeben? Sicher nicht freiwillig, soviel war sicher. Wie lange ihre Reise bis hierher wohl schon dauerte? Wochen? Monate? Helena hatte jedes Zeitgefühl verloren. Der Mond hatte sich der Sonne schon wieder genähert, der nächste Dunkelmond stand kurz bevor, die Abstände wurden immer kürzer. Und wie viel Zeit wohl auf der Erde vergangen war, während sie tief und fest schlief? Ob es ihr dort gut ging?

Sie machte eine kurze Pause an einem kleinen Abhang, nicht weit von der Hütte entfernt. Die eisige Luft fuhr erfrischend durch ihre Lungen. Sie atmete tief ein.

Dann durchfuhr sie der Schmerz.

„Nicht, nicht schon wieder!“ stöhnte Helena. Sie krümmte sich und sank auf die Knie in den Schnee. Ihr traten Tränen in die Augen. Helena, dröhnte es in ihrem Kopf. Es gibt kein Entkommen für dich. Wehr dich nicht dagegen. Dein Schicksal ist bereits besiegelt.

Helena wiegte sich hin und her, hielt sich den Kopf fest und versuchte, ruhig weiter zu atmen, den Schmerz zuzulassen und willkommen zu heißen wie einen alten Freund. Wenn sie sich wehrte, wurde es nur schlimmer, das wusste sie inzwischen. Mein Schicksal bestimme ich selbst. Sie musste an Barnabas denken, und was er zu ihr gesagt hatte. Es dauerte lange diesmal, bis die Stimme verschwand und das Stechen in ihrer Hand und in ihrem Kopf nachließ. Helena musste nicht auf das Mal schauen, um sich zu vergewissern, was geschehen war.

Helena verbarg die Hände möglichst tief in ihrem Ärmel. Es musste niemand wissen, was draußen im Schnee geschehen war. Sie saßen um den Tisch, Yom rauchte Pfeife und erzählte:

„Ihr müsst noch viel weiter hinauf in die Berge, wenn ihr zum Reich der Kalten Königin gelangen wollt. Dort findet ihr das Tor. Wie es auf der anderen Seite aussieht, kann ich euch nicht sagen, denn seit die Königin vor vielen Jahren das Eistor verschloss, ist niemand mehr dort gewesen. Ihr müsst euch vor ihr in Acht nehmen. Und nicht nur vor ihr.“

Yoms Blick verfinsterte sich. „Fast jede Nacht sehe ich, wie sie die Berge überqueren.“

„Wen siehst du?“, fragte Yonan besorgt.

„Sie sind direkt vor meinen Augen, jenseits des Nebels, der mich schützt. Sie können mich nicht sehen, aber ich habe schon oft in ihre gequälten Gesichter geblickt. Es sind viele, sie überqueren auf ihrem langen Marsch die Berge, bewacht von dunklen Reitern. Manchmal hört man ihr Stöhnen und ihre Schreie. Dann verschwinden sie in der Dunkelheit.“

Yonan und Helena wechselten besorgte Blicke, jeder wusste, was der andere dachte. „Torak braucht sie, um seine dunkle Armee aufzubauen. Nicht alle überleben den Marsch.“ Sein Blick verdüsterte sich. „Viele habe ich später im Schnee gefunden und im Wald begraben. Wesen aller Art, gezeichnet vom Hass und der Dunkelheit.“ Er nahm einen tiefen Zug an seiner Pfeife. „Die Häscher sind stark und mächtig, aber sie sind nicht genug, um Saradian zu bezwingen. Elfen, Gnome, Waldläufer, Riesen… seine dunkle Armee wird immer größer. Es ist wie damals. Seid also auf der Hut. Es ist gut möglich, dass hinter dem Eistor gleich zwei erbitterte Feinde auf euch warten.“

Helena spürte eine Mischung aus Wut und Entschlossenheit. Sie suchte kurz Yonans Blick zur Bestätigung. Ihr Freund nickte schweigend, er ahnte, was sie sagen wollte.

„Wir brechen noch heute auf. Lydia, du wirst nicht mit uns kommen, du erfrierst uns nur. Lyzs, dich bitte ich, uns bis zum Pass zu führen. Und Yom…“, sie wandte sich an den Bauern, „dich bitte ich, Nachricht zu Murimir und in alle Winkel Yuhrs zu schicken. Warne die Wesen dieser Welt vor dem, was ihnen bevorsteht. Ihr müsst euch vorbereiten, hier oben im Gebirge, in den Dörfern der Steppe, Bergwälder und Küsten. Und ihr müsst Saradian vorbereiten auf das, was der Stadt und ihren Bewohnern bevorsteht. Wir können nicht mehr darauf vertrauen, dass ich den Kristall rechtzeitig finde, dass ich ihn überhaupt finde. Auch wir brauchen eine Armee. Saradian muss gehalten werden, bis ich zurück bin."

Es war so kalt, dass Helenas Atem in winzigen Flöckchen zu Boden rieselte. Yom drückte Rudor beim Aufbruch eine Eishacke in die Hand. Sie würde noch nützlich sein, sagte er zu ihm: „Wenn ihr erst dort angelangt seid, werdet ihr dieses Werkzeug noch zu schätzen wissen."

Beim Abschied gab es allerlei Tränen. Rötel heulte und schluchzte erbärmlich, weil er ohne Lydia weiterreiten musste. Es war kaum vorstellbar, dass die beiden sich einst spinnefeind gewesen waren. Auch Yom war bedrückt, als sie sich verabschiedeten. „Du bist wie deine Mutter, Helena. Genauso mutig. Genauso stark. Du weißt das, tief in dir drin. Sie wäre sehr stolz auf dich. Verlier nicht den Mut, Mondgeborene."

Yom blieb, mit einer frierenden Lydia auf der Schulter, noch eine Weile vor der Hütte stehen und blickte den Reitern nach. Der Bergbauer schüttelte den Kopf. „Wie kann man nur ein Kind auf solch eine Reise schicken."

Lydia lächelte. „Sie hat mindestens so viel Mut wie jeder Erwachsene, sie muss ihn nur finden in sich. Wo ist deine Hoffnung geblieben, Yom?"

Der alte Mann zuckte mit den Schultern. „Auch ich bin müde geworden, Lydia. Müde und alt. Und ich weiß nicht, ob Asketan den Angriff Toraks dieses Mal überstehen wird."

Die Luft wurde immer dünner, reichte gerade so zum Atmen. Eine Eisschicht bedeckte den Schnee, dort, wo die Sonne ihn schmolz und die Kälte ihn sofort wieder gefrieren ließ. Die Pferde brachen nicht selten ein oder blieben in Schneewehen stecken, Lyzs aber folgte immer weiter einem nur für sie sichtbaren Pfad. Die Pferde hatten Eis und Schneeklumpen an den Beinen, im Schweif, in der Mähne, in den Wimpern, an den Ohren. Helena flüsterte leise Worte in Kashets Ohr, der ihr aufmerksam zuzuhören schien, denn sie hatte Angst, dass ihre Lippen aneinander festfrieren würden, wenn sie schwieg. Links und rechts von ihnen taten sich immer wieder tiefe Abgründe und Spalten im Schnee auf. Helena fragte sich, halb bewusstlos vor Kälte, wie Lyzs es schaffte, immer den Weg zu finden, der für sie begehbar war. Dann endlich, hielt sie an. „Wir sind da. Dort ist das Tor."

Helena war überrascht. „Ehrlich gesagt, ich hatte etwas anderes erwartet."

Sie beschattete ihre Augen mit der Hand. Vor ihr erhob sich ein mächtiger Gipfel, in dessen Mitte sich der Durchgang zur anderen Seite Nedevarns befand, dem Verbotenen Land. Das Tor war verschlossen durch eine dicke Eisschicht. Es leuchtete hellblau in der Sonne und glitzerte wie ein Spiegel. Keine einzige Unebenheit war zu sehen, alles wirkte wie glatt geschliffen. „Ich glaube, ich ahne, warum Yom uns die Eishacke mitgegeben hat", brummte Rudor. Er schwang sich vom Rücken seines Pferdes: „Wollen wir es versuchen?"

Rudor holte aus und schlug die Hacke mit Wucht gegen das Eis. Sein ganzer Körper erzitterte, das Werkzeug sprang aus seiner Hand, flog ein paar Schritte weiter und blieb im Schnee liegen. Rötel, der in der Nähe gestanden hatte, duckte sich erschrocken weg. Noch nicht mal ein kleiner Kratzer war im Tor zu sehen. Rudor fluchte.

Nach unzähligen weiteren Versuchen steckte die Hacke schließlich immerhin ein paar Finger dick im Eis fest, war allerdings auch nur mit Mühe wieder herauszubekommen. Ein winziges Loch hatte sich gebildet und kleine Risse bahnten sich von dort ihren Weg. Nicht mehr. Erschöpft und enttäuscht hielt Rudor einen Moment inne.

„Und nun? So kommen wir nicht weiter."

„Wenn das Tor so nicht zu öffnen ist, müssen wir es eben anders versuchen", grübelte Helena. „Könnten wir nicht ein Feuer machen und das Eis langsam schmelzen lassen?"

Lyzs fauchte. „Wie willst du hier ein Feuer machen? Ich sehe weit und breit nichts, das brennen würde."

Helena musste ihr zustimmen. Wie bekam man Eis noch zum Zerspringen, wenn rohe Gewalt nicht half? „Wenn wir etwas erzeugen könnten, das das Eis in Schwingung versetzt, dann könnten wir es vielleicht zerspringen lassen. Es irgendwie spalten." Sie betastete das kleine Loch im Tor.

Yonan schüttelte den Kopf. „Wie sollen wir das anstellen?"

Helena überlegte. Dann, plötzlich, hatte sie einen Gedanken. Sie griff an ihre Gürteltasche und holte Ubsalas Beutel hervor, in dem sie all ihre kleinen Schätze verwahrte. Nach kurzem Herumkramen fand sie, was sie suchte und holte die Stimmgabel hervor, die Amreike ihr zu Beginn ihrer Reise geschenkt hatte. Sie glänzte in der Sonne und Helena betrachtete sie nachdenklich. Als ob alles einen Sinn macht, irgendwie, dachte Helena an das Gewitter im Dorf und an Amreikes Rettung zurück. Sie trat näher an die Eiswand heran. „Einen Versuch ist es wert." Sie steckte die Gabel fest in das in das kleine Loch im Eis, das die Hacke gerissen hatte. „Versuch es noch einmal, Rudor."

Rudor wischte sich den Schweiß von der Stirn. Er holte in einem großen Schwung aus und schlug die Hacke mit aller Kraft, die er aufbringen konnte, gegen die Stimmgabel.

Dort steckte sie nun und erzitterte von der Erschütterung. Erst war gar nichts zu hören. Yonan wollte schon eine enttäuschte Bemerkung machen, da erklang ein Ton. Erst leise, dann immer lauter. Er schwoll schließlich so stark an, dass der Boden zu zittern begann. Die Pferde wieherten nervös.

Ängstlich traten alle einen Schritt von der Mauer zurück. Schnee und Eis lösten sich, brachen ab und donnerten ins Tal hinab. Alle hoben schützend die Hände über ihre Köpfe, Lyzs begann zu fauchen. Der Ton verebbte langsam. Schließlich war ein Knacken zu hören. Im Eis bildeten sich Risse um die goldene Gabel herum, sie wurden immer größer, bildeten feine Äste, die sich bis zum Ende des Tores hin zogen. Rudor warf Helena einen fragenden Blick zu. Sie nickte und er holte ein letztes Mal mit der Hacke aus.

Das Tor brach in sich zusammen und gab den Blick frei in einen tiefschwarzen Tunnel. Yonan jubelte, Rudor schnaufte erschöpft und Rötel stieß ein triumphierendes Geheul aus.

Einen Moment blickte Helena schwer atmend in die Dunkelheit, dann drehte sie sich zu Lyzs um. „Nun wird es wohl Zeit für den Abschied. Ich wünschte, du würdest uns noch begleiten."

Lyzs schüttelte ihren Löwenkopf. „Überall werden von nun an Helfer gebraucht, Mondgeborene. Überall."

Gerade wollte Helena etwas entgegnen, da spürte sie Yonans Hand seltsam schwer auf ihrer Schulter. „Ich will euch nicht unterbrechen, aber vielleicht sollten wir uns beeilen."

Yonan nickte in Richtung des Tores. Helena beschlich ein ungutes Gefühl und sie folgte seinem Blick. Das Tor fror wieder zu. Die Wand aus Eis entstand mit einem leisen Knistern neu, wuchs vom Rand her immer weiter zu.

„Zu den Pferden, schnell", rief sie.

Helena sprang in den Sattel. In Windeseile wurden die Pferde durch die immer kleiner werdende Öffnung in den Tunnel getrieben. Gerade noch rechtzeitig – nur ein winziges Loch blieb noch offen, durch das Helena die gelben Augen der Löwin blitzen sah, und dass sich Eiskristall für Eiskristall schloss. Lyzs brüllte zum Abschied, drehte sich dann um und verschwand im

Schnee. Der Rückweg war nun versperrt.

Dunkelheit umhüllte sie. Nur durch das Tor aus Eis drang ein bläuliches Licht in den Tunnel. Auf der Eisfläche war kein einziger Kratzer mehr zu sehen, nichts ließ erahnen, was sich noch vor wenigen Momenten hier abgespielt hatte. Nur die Eishacke und die Stimmgabel ruhten auf der anderen Seite unter dem zerborstenen Eis, als Zeugen der Geschehnisse.

„Siehst du was?“ wandte sich Helena an Rötel, denn Steintrolle sahen in der Dunkelheit deutlich besser als Menschen.

„Nur ein wenig. Da vorne, weit entfernt, ist eine Öffnung. Dort werden wir auf der anderen Seite des Gebirges wieder heraus kommen.“ Er deutete in die Dunkelheit.

„Also, dann. Geh voran Rötel“

Sie führten die Pferde langsam hinter sich her, Schritt für Schritt. Helena verspürte keine Lust, in eine Felsspalte zu fallen, doch ihre Sorge war unbegründet, der Tunnel war eben, die Wände glatt. Er schien als sicherer Durchgang in den Berg hinein gehauen worden zu sein. Es ging stetig bergab. Immer wieder stolperte Helena über ihre eigenen Füße. Das Klappern der Pferdehufe hallte die Felswände entlang. Nach Stunden des vorsichtigen Vorantastens, so kam es Helena vor, wurde es endlich etwas heller und am Ende des Tunnels schimmerte Licht. Zielstrebig, aber langsam, gingen sie weiter darauf zu.

Etwas ratlos standen sie schließlich vor einer weiteren Eiswand, die den Ausgang versperrte. Helena war wütend. Sie hätte sich ja denken können, dass der Ausgang genauso geschützt war wie der Eingang.

„Und nun?“ fragte Yonan.

„Wir haben Hacke und Stimmgabel in der Eile auf der

anderen Seite gelassen."

Helena seufzte resigniert: „Vielleicht geht ja dieses Ding von alleine auf."

Yonan wollte gerade etwas erwidern, als sich die Eiswand plötzlich mit einem schabenden Geräusch in den Fels hinein schob und ihnen den Weg frei gab. Helena sog die Luft ein.

„Es scheint wohl, dass wir erwartet werden."

KAPITEL XV – VORAN, VORAN, AUF ZUR KÖNIGIN!

Ein weites Tal lag unter ihnen, von Schnee und Eis bedeckt. Eine eigenartige Stille lag über all dem. Sogar der Himmel schien sich verändert zu haben, wie eine hellgraue, dunstige Glocke lag er über dem Tal, unterschied sich kaum vom Weiß des Schnees unter ihnen. Das laute Knirschen des Tores, das sich hinter ihnen wieder zuschob, störte die Stille und hallte lange nach. Es musste kilometerweit zu hören sein.

„Na dann“, Yonan atmete tief durch, „lasst uns sehen, was uns erwartet.“

Sie waren durch den Tunnel wohl sehr weit bergab gelaufen, denn es dauerte kaum ein paar Stunden, und sie befanden sich wieder am Fuß der Berge, am Rande des Talkessels. Bis zum Bauch sanken die Pferde in den pulvrigen Schnee ein. Die Gefährten waren nervös, erwarteten jederzeit, aus einem Hinterhalt heraus angegriffen zu werden. Es war unheimlich: Kein Lufthauch regte sich, kein Holz knackte, kein Tier war zu sehen, keine einzige Spur fand sich im Schnee – alles war rein und unberührt. Je weiter sie aus den Bergen herausritten und je näher sie dem Wald kamen, desto unbehaglicher wurde es Helena. Etwas stimmte hier nicht. Als Kashet einmal schnaubte, zuckte Helena zusammen, so sehr hatte das Geräusch die Luft entzwei gerissen. Schließlich brach Rötel die Stille. „Hört ihr das auch?"

Helena horchte. Außer dem Knirschen der Hufe im Schnee war nichts zu hören. Sie schüttelte den Kopf.

„Doch, doch, da ist etwas, will ich meinen."

Einen Moment lang herrschte wieder die gleiche schmerzhafte Stille wie zuvor. Doch dann vernahm Helena ein leichtes Klingeln. Ganz leise, weit entfernt. Wie der Klang von kleinen Glöckchen schwebte es in der Luft. Verwirrt versuchte Helena herauszufinden, aus welcher Richtung der Klang kam, doch es gelang ihr nicht. „Ich höre es auch, Rötel. Lasst uns dort herüber reiten und Schutz suchen", sie deutete auf einen kleinen Wald in der Nähe und trieb Kashet an, der immer noch Mühe hatte, sich durch den Schnee zu kämpfen. Je näher sie den Bäumen kamen, desto sicherer wurde Helena, dass das Geräusch keine Einbildung war. Rötel hatte sich nicht getäuscht. Sie lenkten die Pferde hinter die Sträucher und warteten ab. Das Klingeln blieb in der Luft, wurde nicht lauter, aber auch nicht leiser. Die breite, aufgewühlte Spur der Pferde durch den Schnee war unübersehbar. Sollte jemand auf der Suche nach ihnen sein, so waren sie leicht zu finden.

Doch nichts geschah.

Helena streckte sich in Kashets Sattel und griff nach einem der Zweige im Geäst über ihr. Irgendetwas kam ihr seltsam vor, etwas war falsch. Es dauerte einen Moment, bis sie es begriff. Die Äste der Bäume, der Stamm, die Sträucher, sogar die Blätter – alles war aus Eis. Sie waren nicht einfach eingeschneit, sie bestanden aus kaltem, durchsichtigem Eis. Helena brach einen Zweig des Baumes ab um ihn sich näher zu besehen. Das

Knacken hallte durch das Tal, laut wie ein Kanonenschlag. Die Pferde wieherten und scheuten. Yonan fluchte und brachte Koshki wieder unter seine Kontrolle.

„Spätestens jetzt wissen sie auch am anderen Ende des Tals, dass wir da sind“, funkelte er Helena an. Helena war genauso erschrocken wie er.

„Tut mir leid, ich wusste nicht, dass das so laut sein würde“, sie stockte und betrachtete den Zweig näher. Einen Moment lang meinte sie, ein grünes Funkeln im Inneren des Eises zu sehen. Doch es war verschwunden, so schnell wie es gekommen war. Wie als ob sie ansteckend wäre, diese Kälte, zog Helena ihre Hand zurück und ließ den Zweig fallen. „Es ist tot. Dieses Land liegt nicht einfach unter einer Schneedecke, es ist komplett aus Eis.“

Je tiefer sie in das Verbotene Land eindrangen, desto deutlicher wurde es: Pilze, Sträucher, Blumen – alles, was wuchs, war zu kaltem, durchsichtigem Eis erstarrt. Sie ritten an einem See vorbei, der unter einer dicken Eisschicht lag, wie gläserne Stangen ragte das Schilf am Ufer empor. Helena konnte sich nicht entscheiden, ob sie das alles wunderschön oder zutiefst erschreckend fand.

Das zarte Klingeln begleitete sie von nun an ständig. Mal wurde es schwächer, dann wieder stärker, aber es verebbte nie.

„Seht nur“, Yonan stoppte und hob die Hand. Sie hatten einen befestigten Weg erreicht. Ordentlich war der Schnee beiseite gepflügt und an beiden Seiten aufgetürmt. Bäume aus Eis bildeten links und rechts neben dem Pfad eine Allee. Helena war misstrauisch. „Sollen wir wirklich dem Weg folgen? Ich weiß nicht, was ist, wenn uns jemand entdeckt?“

Yonan lenkte Koshki vorsichtig auf den Weg und drehte sich um. „Ich bin sicher, die Kalte Königin weiß bereits, dass wir kommen. Die Pferde sind müde vom hohen Schnee, lasst uns wenigstens ein Stück diesem Pfad folgen. Wir werden vorsichtig sein."

„Dem stimme ich zu, will ich meinen", sagte Rötel und trieb sein Pferd an um Yonan zu folgen. Rudor brummte wie gewohnt nur und zuckte mit den Schultern. Helena seufzte und schnalzte mit der Zunge, um Kashet ebenfalls auf den Weg zu lenken. Es stimmte, die Pferde konnten ein wenig Erholung gebrauchen. Helena drehte sich im Sattel um und musterte den Weg hinter sich. Eine lange Reihe von Bäumen führte bis hinter die nächste Wegbiegung. Wachsam zu bleiben, war sicher nicht falsch.

Das Reiten auf dem befestigten Pfad war deutlich kräftesparender als durch den hohen Schnee. Helena konnte spüren, wie ihr Pferd sich entspannte und durchatmete. Der Tag neigte sich langsam dem Ende zu. Und auch wenn die Sonne es nicht schaffte, sich durch den Dunst zu arbeiten, der über ihnen lag, so tauchte sie das Land dennoch in ein zartes Licht. Das Eis der erstarrten Bäume leuchtete rosa und orange. Hätte nicht diese Totenstille über dem Land gelegen, wäre Helena verzaubert gewesen von diesem Schauspiel.

„Von der Kalten Königin ist nichts zu sehen. Wo werden wir übernachten? Wir können kein Feuer machen, hier ist nirgends Holz."

Yonan war ebenfalls besorgt, eine dicke Falte bildete sich auf seiner Stirn. „Wir müssen hier irgendwo Schutz suchen. Sonst erfrieren wir. Dort", er zeigte auf eine Gruppe größerer Bäume, die in einiger Entfernung auf einem kleinen Hügel standen, „lasst es uns dort versuchen."

Sie kauerten sich alle so nahe wie möglich zusammen, Mensch wie Tier. Die Pferde waren hungrig und durstig und schabten mit ihren Hufen und Nüstern frustriert durch den Schnee. Die Reisenden aßen ein paar der Samen, die sie einst von Ubsala bekommen hatten und nun ihre Rettung waren. Sie stillten ihren größten Hunger und Durst, unter ihre Fellumhänge gehüllt wärmten die Freunde sich gegenseitig. Helena spürte ihre Finger und Zehen kaum mehr, eng rückte sie an Yonan und Rötel heran, die ihr am nächsten saßen. Yonans Lippen waren bereits blau vor Kälte, er zitterte. Lillewill regte sich kaum in ihrer Tasche. Seltsamerweise hatte sich mit Einbruch der Dunkelheit der Dunst verzogen und ein wundervoller Sternenhimmel schien auf sie hinab. Noch nie hatte Helena solch eine Pracht gesehen, alles kam ihr viel näher, viel größer vor. Helena drehte ihren Kopf nach oben, nur der Nachthimmel war noch in ihrem Blick. Helena rückte noch ein Stück näher an Yonan heran. Sie spürte seine Hand an der ihren, doch sie war eiskalt, es wurde und wurde nicht wärmer. Außerdem zermürbte sie das Klingeln mittlerweile, sie fragte sich, wer oder was dieses Geräusch wohl hervorrufen mochte. Es klang wie das Läuten tausender, winzigkleiner Glöckchen, mal leiser, mal lauter und wieder leiser, lauter, lauter.

Helena erstarrte. Es wurde lauter. Sehr viel lauter. Sie rüttelte an Yonan, der kaum noch wach war.

„He, Yonan“, zischte sie, „wach auf! Da ist etwas. Und es kommt näher“ Yonan schlug die Augen auf und schüttelte sich. Es war kaum noch Farbe in seinem Gesicht. Nicht mehr lange, und sie würden hier den Tod finden.

„Was ist?“, seine Stimme klang schwammig, als ob ihm die Zunge am Gaumen klebte.

„Da kommt etwas auf uns zu“, wiederholte Helena.

Yonan nahm alle seine Kraft zusammen. Er schubste Rötel an, der bereits eingeschlafen war und unwillig brummte, trat mit dem Fuß unsanft gegen Rudor und schlug die Felle zurück. Sie duckten sich hinter den eisigen Tannen und blickten zwischen den Zweigen hindurch auf den Weg, den sie gekommen waren. Ein weiteres Geräusch war nun hinzugekommen: Ein Kratzen und Schaben. Und es kam näher. Helenas Augen suchten die Richtung ab, aus der das Geräusch zu kommen schien. Der Pfad war hier recht gut zu überblicken, Mond und Sterne warfen ihr Licht silbrig auf den Schnee. Da! Ein Schatten bewegte sich in einiger Entfernung auf sie zu, kam den nächsten Hügel herunter. Er bewegte sich schnell und schien durch die Nacht zu gleiten.

„Was ist das?", flüsterte Helena.

„Scht...", Yonan bedeutete ihr zu schweigen.

Der Schatten kam immer näher. Helena betete inständig, dass die Pferde Ruhe halten und nicht gerade jetzt schnauben oder wiehern würden. Angst kroch in ihr hinauf, sie war sich sicher, dass es kein Freund war, der da auf sie zukam. Wie ein harmloses Geräusch in einem leeren Haus, das einem den Angstschweiß auf die Stirn treibt. Denn man weiß nun, man ist nicht allein. Plötzlich mischte sich noch ein anderer Laut zum Kratzen und Klingeln, der fast menschlich klang. Wie ein Kichern oder Lachen, dachte Helena. Der Schatten war hinter einem Hügel verschwunden und musste nun jeden Moment auf dem Weg vor ihnen erscheinen. Da! Ein massiger Kopf erschien hinter den Bäumen. Ein Eisbär! So riesig wie sie noch nie einen gesehen hatte. Schnaufend aber dennoch behände zog der Koloss einen Schlitten hinter sich her, der über und über mit kleinen Glöckchen behängt war. Der Schlitten stieß links und rechts an den aufgetürmten Schnee und schliff diesen glatt und sauber ab. Auch hinten am Schlitten war eine Platte befestigt, messerscharf, die den Boden begradigte. Daher das kratzende Geräusch. Es musste eine Art Schneepflug sein. Auf dem Bock des Schlittens saß eine groteske Gestalt: Ein Wesen, halb Mensch, halb Kaninchen hüpfte wild auf und ab, kicherte und trieb den Eisbären weiter an. Zwei riesige Vorderzähne ragten aus dem Mund des Wesens heraus. Doch das bedrohlichste an ihm waren seine roten Augen, die fast aus den Höhlen herauszuquellen schienen. Wie wahnsinnig irrten sie in der Gegend umher. Helena konnte den Blick nicht abwenden. Der Schlitten fuhr nun wenige Schritte entfernt an ihnen vorbei. Helena konnte den Eisbären schnaufen und atmen hören. Für den Bruchteil einer Sekunde trafen die verirrten Augen des Kaninchenwesens die ihren. Helena erschrak und duckte sich. Sie meinte, ein Lächeln über sein Gesicht huschen gesehen zu haben. Das Wesen begann wieder zu lachen und rief diesmal laut: „Voran, voran, auf zur Königin, durch den Schnee, durch das Eis."

Es schnalzte mit der Peitsche. Der Bär brüllte auf, seine Krallen gruben sich in den Schnee und er stürmte mit dem Schlitten weiter. Nicht lange, dann wurde das Klingeln wieder leiser.

„Hinterher", rief Yonan und sprang auf, „bevor sie weg sind." Helena wollte ihn aufhalten und packte ihn am Arm. „Was hast du vor? Bist du verrückt?"

Er löste sich aus ihrem Griff. „Das Ding da wird uns zur Kalten Königin führen. Alles ist besser als hier zu erfrieren."

Sie folgten dem Schlitten die ganze Nacht, gönnten sich und den Pferden keine Pause, ritten schweigend, nur das Keuchen der Tiere und Rötels erschöpftes Stöhnen durchbrachen die Stillc. Oft hatten sie Mühe, den Schlitten nicht aus den Augen zu verlieren, er war schnell, der Bär offensichtlich ausgeruht und kräftig. Yonan trieb sie zu größter Eile an.

„Es ist unsere einzige Chance", hatte er noch gesagt bevor sie losritten. „Wenn wir ihn aus den Augen verlieren, werden wir die Nacht nicht überleben."

Der Pfad führte gerade einen kleinen Hügel hinauf, als die ersten Sonnenstrahlen zu erahnen waren. Wieder legte sich die trübe Glocke über das Land. Der Schlitten war fast außer Sichtweite. Schaum stand den Pferden vor dem Maul, lange würden sie nicht mehr durchhalten, Kashet stolperte immer wieder. Oben auf dem Hügel angekommen jedoch zügelte Yonan plötzlich sein Pferd: „Seht, dort."

Inmitten des weiten Tales vor ihnen erhob sich ein beeindruckender Palast. Vier Türme, einer an jeder Ecke, und in der Mitte erhob sich ein fünfter Turm, der alles überragte. Wie ein Bollwerk stand er da, bereit, jeden Eindringling abzuwehren. Auch der Palast schien, wie alles im Verbotenen Land, aus Eis zu sein, wirkte jedoch im Gegensatz zum märchenhaften Zauber des Tals stumpf und trist. Trotz seiner zahlreichen Verzierungen, Zinnen und gemusterten Fenster strahlte er auch aus dieser Entfernung eine tiefe Traurigkeit aus. In der Mitte zwischen den beiden vorderen Türmen befand sich ein riesiges Tor.

Der Schlitten fuhr geradewegs auf den Palast zu, wieder ertönte das Lachen, sein Echo hallte im Tal wider. Dann war er plötzlich verschwunden. „Ich denke, wir sind da, will ich meinen", stieß Rötel hervor.

Yonan nickte: „Dann lasst es uns hinter uns bringen."

Sie ließen die Pferde im Schritt gehen und verschnaufen, nun war keine Eile mehr nötig. Kashet wieherte heiser. Helena klopfte ihm sorgenvoll den Hals, sie konnte nur ahnen, was sie den Pferden in den letzten Tagen zugemutet hatten.

Je näher sie dem Palast kamen, desto zerklüfteter, verwundeter sah die Landschaft aus. Riesige Schollen aus Eis lagen links und rechts neben dem Weg, ineinander verkeilt und hoch aufgerichtet. Dies machte ein Verlassen des Weges unmöglich. Sie saßen in der Falle, es gab kein Entkommen.

„Wir werden nicht unbemerkt hineingelangen“, Yonan runzelte die Stirn. „Sich hineinschleichen, den Herzkristall suchen und schnell wieder verschwinden, können wir vergessen.“

„Wir werden nirgendwo hineinschleichen“, antwortete Helena mit fester Stimme, „wir werden uns ihr stellen.“

In Helena kroch Angst empor, als sie vor den riesigen Tor standen. Von weitem hatte es schon groß gewirkt, von nahem jedoch war es gigantisch. Ob die Kalte Königin wohl eine Riesin ist, fragte sich Helena? Sie standen oben an der langen, schneebedeckten Treppe und blickten nun etwas ratlos drein. Kein Knauf, keine Glocke, keine Wächter, nichts deutete darauf hin, dass hier irgendjemand lebte und es eine Möglichkeit gab, in den Palast hineinzugelangen. Rudor erhob gerade seine Faust und wollte fest an das Tor klopfen, da ertönte ein Knirschen und Krachen. Erschrocken wichen die Gefährten zurück. Langsam öffneten sich die Flügel des Tores und gaben den Weg ins Innere des Palastes frei.

„Ich sagte doch, wir werden erwartet“. Yonans Stimme klang seltsam. Helena sah ihn von der Seite an. Seine Hände zitterten, die Stirnlocken waren voll mit Schnee und Eis, fast alle Farbe war aus seinem Gesicht gewichen, bis auf die Lippen, die blau leuchteten. Rötel und Rudor sahen nicht besser aus. Auch Helenas Hände waren fast taub. Sie alle waren für keinen Kampf gewappnet, das wurde ihr schlagartig bewusst. Doch nun war es zu spät.

Vorsichtig machten sie die ersten Schritte in den Palast hinein. Niemand war zu sehen. Sie betraten eine große Halle voller Säulen, die bis in den Himmel zu reichen schienen. Die Hufe klapperten aus dem eisigen Boden, es war schwer für die

Pferde, Halt zu finden. Mit einem lauten Schlag schloss sich das Tor wieder hinter ihnen. Sie fuhren herum. Nun drang kaum mehr Licht durch die grauen Wände aus Eis. Im Halbdunkel war nur wenig zu sehen.

Plötzlich ertönte ein Geräusch, ähnlich einem Grunzen. Ein Schatten verschwand hinter den Säulen und entfernte sich mit kratzenden Schritten. Der Eisbär? Ein riesiger Wolf? Helenas Herz pochte wild, ein Schauer lief ihr bei dem Gedanken über den Rücken, was für eine Bestie hinter dem Schatten stecken musste.

„Herzlich willkommen im Eistal, liebe Reisende."

Die drei Gefährten zogen erschreckt ihre Schwerter. Rötel machte ein so grimmiges Gesicht, dass Helena sicher gelacht hätte, wäre ihre Lage nicht so ernst gewesen. Hinter einer der Säulen trat eine Gestalt hervor und verbeugte sich knapp. Vor ihnen stand – ein Pinguin.

„Verzeiht, wenn ich euch erschreckt haben sollte."

Helena starrte ihr Gegenüber sprachlos an. Das hatte sie nicht erwartet.

Der Pinguin war groß, kaum etwas kleiner als sie selbst. Er starrte sie aus fast menschlichen Augen an, stand dort, watschelte dann etwas unbeholfen einige Schritte auf sie zu. Etwas tief in ihrem Bauch warnte Helena, vorsichtig zu sein. Sie sah genauer in die Augen des Tieres, etwas in ihnen kam ihr bekannt vor. Beim Sprechen klappte der Schnabel des Pinguins auf und ab, er rieb seine Flügel wie Hände aneinander. „Die Königin erwartet euch bereits."

Helena blieb stehen, das Schwert immer noch fest in ihrer Hand. „Wer seid Ihr?"

„Mein Name ist Hobbs, Verehrteste. Ich diene der Weißen Königin, Herrscherin über das Eistal."

Yonan verzog den Mund. „Ihr meint wohl, der Kalten

Königin, Herrscherin über das Verbotene Land?“

Hobbs, der Pinguin, verbeugte sich knapp. „So nennt Ihr sie auf der anderen Seite der Berge, Herr. Wenn Ihr mir nun folgen wollt?“ Er öffnete einladend seinen rechten Flügel. „Lasst die Pferde beruhigt hier. Man wird sich sofort um sie kümmern.“

Helena klopfte Kashet aufmunternd die Flanke und drückte ihre Stirn zum Abschied an seine. Man konnte ihm ansehen, dass ihm das schwarzweiße Wesen ebenfalls nicht ganz geheuer war. Etwas in ihr zögerte, ihn hier zurückzulassen.

Sie liefen einige Zeit hinter Hobbs her, der sie über Treppen und durch große Hallen führte, langsam watschelnd, ohne Eile. Es war kühl, aber nicht wirklich kalt, und langsam tauten ihre Finger und Füße wieder auf. Es kribbelte, als das Blut sich erwärmte und mit neuer Kraft durch ihren Körper floss. Je weiter der Tag voranschritt, desto heller wurde es im Palast, das Licht jedoch blieb trüb und verlieh den leeren, kahlen Hallen nur noch mehr ein Antlitz von Traurigkeit.

„Verzeiht die vielen Umwege, aber wir hatten ein Problem mit den Cubbits und ich will ihnen möglichst nicht über den Weg laufen.“ Hobbs schien Konversation machen zu wollen.

„Cubbits?“, fragte Helena. Der Pinguin drehte sich im Laufen um, was seinen watschelnden Gang nur noch grotesker erscheinen ließ.

„Sie bewachen den Palast und sorgen für die Sicherheit der Königin. Ich hoffe, keiner von ihnen hat Euch erschreckt?“

„Nicht im geringsten“, log Helena und dachte an den riesigen Schatten zurück, den sie in der Eingangshalle gesehen hatten. Je weiter sie gingen, desto öfter tauchten auch andere, merkwürdige Wesen im Palast auf. Einmal lief ein Dutzend weitere Pinguine an ihnen vorbei, immer im Gänsemarsch, dabei quäkende, seltsame Laute ausstoßend, ohne sie auch nur eines Blickes zu würdigen. Ein paar sehr dünne, fast gläsern aussehende Frauen lösten sich plötzlich aus Säulen und Fenstervorsprüngen, als sie an ihnen vorbeigingen, huschten flink weiter, nur um sich erneut in den eisigen Mauern zu verbergen, als ob sie eins mit ihnen würden. „Eiselfen", flüsterte Rötel.

Eine von ihnen stieß an Hobbs, streifte ihn kurz am Arm. Er schubste sie und polterte sie an: „Was stehst du im Weg? Verschwinde!" Die Eiselfe zuckte zurück und verschmolz so schnell sie konnte wieder mit der Wand. Helena musterte Hobbs eindringlich. Plötzlich fiel ihr ein, an wen er sie erinnerte. Der Ellbogen. Seine Augen, seine Stimme – es war, als ob er vor ihr stehen würde. Helena wischte sich über die Stirn. Ihre Fantasie spielte ihr entweder einen Streich oder die Kälte schien sie langsam verrückt zu machen.

Jede neue Tür, die sie durchschritten, wurde nun von uniformierten Gestalten bewacht, ihr Gesicht ähnelte dem von Keilern, lange Hauer ragten aus ihrem Mund. Sie trugen schwarze Uniformen, wirkten grobschlächtig und schmutzig, ihre kleinen Augen blickten misstrauisch auf die Ankömmlinge. Yonan und Helena wechselten rasche Blicke. Sie beide schienen dasselbe zu denken: Schwarz war nicht die Farbe der Kalten Königin.

Helena sprach Hobbs von hinten an. „Sagt, Hobbs, gibt es hier auch Eisbären und riesige Kaninchen?"

Sie zuckte zusammen, als Hobbs abrupt stehenblieb. Er drehte sich um und starrte sie durchdringend an. Sie meinte, ein bösartiges Schimmern in seinen Augen zu sehen. „Wie kommt Ihr darauf?", fragte er fast drohend.

„Ich meine nur, weil wir draußen…"

„Hier gibt es keine Kaninchen", unterbrach er sie. Dann drehte er sich wieder um und watschelte weiter. Helena meinte, in den Winkeln seines Schnabels ein spöttisches Zucken zu sehen.

„Eure Majestät, die Weiße Königin“, rief Hobbs laut und trat beiseite. Die schweinegesichtigen Wärter öffneten die Flügeltüre und sie traten in den riesigen Saal ein.

Er war ebenfalls leer, nichts befand sich darin, bis auf einen prächtigen Thron, über und über geschmückt mit weißen Eiskristallen, die stetig mehr zu werden schienen. Der Thron erinnerte Helena an das zuwachsende Eistor, das sie durchquert hatten. Eine Gestalt erhob sich.

„Tretet näher, nur keine Angst.“

Hobbs verbeugte sich, lief rückwärts aus dem Raum und schloss die Flügeltüre hinter sich. Zögernd gingen die Freunde auf den Thron zu. Dort stand eine außergewöhnlich schöne Frau. Jung, jünger als Helena erwartet hatte, vermutlich nur wenige Jahre älter als sie selbst. Mit schneeweißem langen Haar, in einem ebenso weißen Kleid. Ihre Haut war glatt und ebenmäßig, ihre Wangen rosig und die Augen strahlten in einem stählernen Grau. In ihrer Hand hielt sie ein Zepter aus Eis.

Helena hielt den Atem an. Am Kopf des Zepters strahlte, schillernd in allen nur erdenklichen Farben, ein kleiner Kristall, kaum größer als eine Walnuss.

Helenas Herz setzte einen Schlag lang aus. Der Herzkristall, zum Greifen nah, sie spürte, nein, sie wusste, dass er es war.

Die Kalte Königin hatte Helenas Blick bemerkt und ein Lächeln umspielte ihre Lippen.

„Seid willkommen, liebe Reisenden. Schon lange habe ich keinen Besuch mehr bekommen. Wie sind Eure Namen?“

Es machte keinen Sinn zu lügen. Helena fasste sich ein Herz. Jetzt nur nicht unsicher wirken, beschwor sie sich selbst und dachte an ihre Rede im Hohen Rat zurück.

„Mein Name ist Helena, Mondgeborene und nächste Trägerin des Herzkristalls", sie zögerte kurz, „den Ihr dort an Eurem Zepter tragt und der nach der Prophezeiung mir gehört."

Yonan hob überrascht die Augenbrauen. Soviel Unverfrorenheit hatte er Helena nicht zugetraut. Die Kalte Königin zeigte keine Regung in ihrem Gesicht.

„Und wer seid Ihr, edle Herren?" wandte sie sich, unbeeindruckt von Helenas Worten, an Rötel, Rudor und Yonan.

„Yonan aus den Bergwäldern, meine Königin sowie Rudor, Torwächter aus Saradian. Und dies ist Rötel, der Steintroll", Yonan deutete eine leichte Verbeugung an.

„Ladeswill Waldemar Gregorin von Rotschopf, will ich meinen", korrigierte Rötel, schwieg aber sofort, als er Yonans drohendem Blick begegnete.

„Was führt Euch, Helena Mondgeborene, Yonan aus den Bergwäldern, Rudor aus Saradian und Ladeswill Waldemar Gregorin von Rotschopf, in mein Reich?"

Helena deutete auf das Zepter. „Ich denke, Ihr wisst, weshalb wir hier sind. Ihr nahmt den Herzkristall einst meiner Mutter und ich erbitte, nein, fordere ihn nun zurück."

Die Kalte Königin zog eine Augenbraue hoch.

„Eurer Mutter, so, so…"

„Ihr seid nicht seine rechtmäßige Besitzerin."

„Bin ich das nicht?" Die Königin setzte sich wieder auf ihren Thron und betrachtete das Zepter. „Ich nahm ihn mir einst mit Gewalt, das ist wohl war. Aber es war mein Recht. Der Kristall gehört mir. Hätte immer mir gehören sollen. Niemand darf und niemand wird ihn mir jemals wieder wegnehmen." Sie sah mitleidig auf die drei zerrupften Gestalten vor ihrem Thron hinab.

„Ihr seid also leider den langen Weg umsonst gekommen."

Helena war verwirrt. Was meinte sie? Warum sollte der Kristall schon immer ihr gehören? Mit dem Mut der Verzweiflung zog sie ihr Schwert, obwohl sie wusste, dass sie keine Chance hatte, nicht in ihrem Zustand und nicht gegen die Wachen, die vermutlich gleich in Scharen hier auftauchen würden. Sie versuchte, so viel Bestimmtheit in ihre Stimme zu legen, wie sie konnte.

„Gebt mir den Herzkristall. Er gehört Euch nicht. Ihr habt ihn gestohlen, wie eine gewöhnliche Diebin. Er ist so viel mehr wert für Asketan, als ihr jemals ermessen könnt."

Die Königin erhob sich, reckte bedrohlich die Brust, ihr Gesicht verhärtete sich, alles Rosige, Glatte, war aus ihm gewichen. Etwas klapperte. Helena musste sich nicht umdrehen um zu wissen, dass eine Menge Gestalten mit gezogenen Waffen direkt hinter ihr standen.

„Ergreift sie", bevor Yonan, Rudor oder Rötel sich wehren konnten, hatten die Wächter sie überwunden, „und führt sie zu ihm."

Schwerter klirrten auf den Boden. Rötel schrie schmerzhaft auf, als ihm der Arm auf den Rücken gedreht wurde. Nur Helena fasste niemand an. Sie ging ein paar Schritte auf die Königin zu, das Schwert noch immer in der Hand.

„Lasst sie los!" Helenas Stimme sollte fest klingeln, sie konnte ihre Verzweiflung jedoch nicht verbergen.

Die Kalte Königin schaute nun wieder sanfter auf sie herab. Sie streckte ihre Hand aus, öffnete sie. „Kommt. Ich werde es Euch erklären. Ihr werdet alles verstehen."

Grob hatten die Wächter Yonan, Rudor und Rötel aus dem Raum gestoßen und weggebracht. Sie waren zu schwach gewesen, um sich ernsthaft zu wehren. Yonan hatte immer wieder nach Helena gerufen und die Kalte Königin mit allerlei Flüchen bedacht, doch es hatte ihm nichts genutzt. Wohin sie sie brachten, wusste Helena nicht. Sie starrte immer noch auf die Frau vor ihr, die sich nun auf die Stufen vor dem Thron setzte und freundlich auf den Boden neben sich klopfte, als ob sie Helena auffordern wollte, sich zu ihr zu gesellen. So wie Murimir es einst getan hat, dachte Helena. Es kam ihr Lichtjahre entfernt vor. Helena senkte ihr Schwert nicht und rührte sich auch nicht vom Fleck.

„Nun gut“, seufzte die Königin, „dann eben nicht.“

Sie drehte das Zepter in ihrer Hand und betrachtete gedankenverloren den Kristall. „Vor vielen Jahren kam einst ein junger Mann nach Nedevarn, er wanderte nach Westen, Richtung Küste. Ich beobachtete ihn, denn er gefiel mir, gefiel mir sogar sehr. Eines Tages sprach ich ihn an, im Wald, bei der Jagd. Wir lachten und tranken zusammen. Ich lud ihn ein, zeigte ihm mein Reich, dessen Grenzen damals noch offen waren.“ Sie kniff die Augen zusammen und schien tief ins Innere des Kristalls zu blicken. „Damals sah es hier noch ein wenig anders aus, müsst Ihr wissen. Im Tal herrschte immerwährender Frühling.“ Ihr Blick fiel auf Helena. „Ich gefiel ihm ebenso und wir verbrachten eine wunderbare Zeit zusammen, hier bei mir, die viele Dunkelmonde dauerte. Ich verliebte mich in ihn. Er schien auch mich zu lieben. Doch eines Tages war plötzlich alles anders. Ich fand ihn mit gepacktem Beutel, bereit zum Aufbruch. Er gestand mir, dass er nicht in den Bergen bleiben könne. Dass er auf der Reise sei zu einer Frau, die er herzlich liebe und mit der er glücklich werden wolle. Dass er sich nur verirrt habe zu mir und nun wieder zu sich gefunden habe. Ich glaubte ihm nicht. Er gestand mir, dass er alles aufgegeben habe, nur um ganz der ihre sein zu können. Er zeigte mir den Kristall, den er um den Hals trug und den er seiner Frau als

Beweis seiner Liebe zum Geschenk machen würde.“ Ihr Blick war weicher geworden, als sie von dem jungen Mann gesprochen hatte. „Ich flehte ihn an zu bleiben“, sie schloss ihre Augen, „aber er ging und brach mein Herz. Nie zuvor und nie wieder danach habe ich solch einen Schmerz gefühlt. Und nie wieder wollte ich zulassen, dass es erneut geschehen könnte. Mein Herz wurde hart und kalt. Ich verschloss die Tore zu meinem Reich. Beendete den Frühling. Bedeckte das Tal mit Eis und Schnee, brachte Ordnung in das Chaos in meinem Herzen und in der Welt. Seitdem nennt man mich die ‚Kalte Königin‘, so heißt es.“

Helena ahnte, von wem sie sprach, wer der junge Mann war, der die Königin im unklaren gelassen hatte über seine wahren Gefühle. Und sie dann zurückgelassen hatte. Sie senkte ihr Schwert. Die Kalte Königin kam ihr auf einmal nicht mehr bedrohlich vor, sie tat ihr leid.

In diesem Moment regte sich etwas unter ihrem Hemd. Lillewill. Das Immerschläfermädchen hatte sich so still verhalten, dass sie ganz vergessen hatte, dass sie noch bei ihr war. Sie griff mit ihrer Hand nach dem Hemd und beruhigte sie. Eine innere Stimme sagte ihr, dass es von Vorteil sein könnte, wenn niemand wusste, dass das kleine Tier bei ihr war. „Wie ging es weiter?“ fragte Helena vorsichtig.

„Wenige Jahre später geschah etwas Ungewöhnliches in den Bergen. Eine junge Frau floh durch den Schnee, alleine und verzweifelt. Ich sah es, ich habe meine Späher überall. Und ich sah auch, was sie bei sich trug. Den Kristall. Den er ihr geschenkt hatte. Der mein Geschenk hätte sein müssen.“

Sie sah Helena mit großen Augen an und diese glaubte ihr, als sie nun sagte: „Ich wusste nicht, dass sie Euch unter ihrem Herzen trug. Ich wollte nicht, dass sie verletzt wird. Ich wollte nur das, was rechtmäßig mein war.“

Sie schloss wieder die Augen, als ob sie in Ihrer Erinnerung versank. Helena kniete sich neben der Königin nieder. „Es war mein Vater, den Ihr liebtet. Und meine Mutter, der Ihr den Stein genommen habt. Gebt ihn mir wieder. Ich bitte Euch."

Einen Moment lang dachte Helena, Erfolg zu haben mit ihrer Bitte. Doch das Gesicht der Königin wurde aschfahl und sie schrie: „Niemals. Der Kristall gehört mir."

Sie richtete ihr Zepter auf Helena wie eine Waffe.

„Lasst nicht zu, dass mit eurem Schmerz ganz Asketan untergehen muss. Torak bedroht dieses Land. Wenn er siegt, ist auch das Eistal dem Tode geweiht."

Die Königin lachte irre. „Torak wird mir nichts tun. Er hat es versprochen. Er hat versprochen, dass ich den Kristall behalten darf."

Und erneut ein Mann, der sie belügt, dachte Helena. Der Gedanke schmerzte sie, in gewisser Weise. Nie und nimmer würde Torak ihr den Kristall überlassen. Sobald seine Armee bereit wäre, würde er ihn an sich nehmen und sich seine Macht zu eigen machen. „Ihr habt ein Herz, meine Königin, ich spüre es. Es ist nur verborgen unter all dem Eis. Ihr dürft nicht zulassen, dass…"

„Schweigt", brüllte die Königin wieder, „es ist genug! Er wird sich freuen, Euch zu sehen, Mondgeborene."

Sie drehte sich um. „Wachen!"

„Nein, wartet", rief Helena noch.

Dann spürte sie einen dumpfen Schlag.

KAPITEL XVI – IN TORAKS FESTE

Helenas Kopf dröhnte, als sie wieder zu sich kam, jemand schien mit regelmäßigen Schlägen auf sie einzudreschen. Sie fuchtelte mit den Armen um sich, um das Wesen zu vertreiben, das auf sie einschlug, bis sie bemerkte, dass es ihr eigener Puls war, der in ihrem Kopf pochte, laut wie ein Hammer.

Mit einem Schlag war sie bei Bewusstsein. Es war düster, man konnte kaum etwas sehen. Nur langsam gewöhnten sich Helenas Augen an das Dunkel. Schrammen bedeckten ihre Arme und Beine. Was war passiert? Wo war sie? Das letzte, an das sie sich erinnerte, waren die großen, grauen Augen der Kalten Königin, die auf sie hinabblickten. Ab da war alles wie weggewischt. Helena setzte sich auf. Sie ertastete feste Erde und Stein unter sich, der Boden fühlte sich kalt und feucht an. Aus einem Loch weit oben fiel schwaches Licht. Helena kroch ein paar Armlängen zurück und lehnte sich an die Wand hinter ihr. Sie fühlte Mauerwerk unter den Fingern, der Kitt zwischen den Steinen ließ sich leicht herausbröseln. Wahrscheinlich ein alter Kerker unter einem Schloss oder einer Burg, dachte sie. Aber wie war sie hierher gelangt? Dies konnte unmöglich der Palast der Kalten Königin sein. Ein schwaches Geräusch lenkte sie ab.

„Was wird mit dem Mädchen geschehen“, die Kalte Königin klang fast besorgt, „was werdet Ihr mit ihr anstellen?“

Eine Stimme, so kalt, dass selbst die Königin des Eistals vor ihr zurückzuckte, antwortete. „Das soll nicht Eure Sorge sein, meine Königin.“ Die schwarze Gestalt in dem weiten Umhang, das Gesicht von einer Kapuze verborgen, wandte der Königin den Rücken zu. Neben ihr standen stumm zwei Häscher.

„Aber Ihr werdet ihr doch nicht wehtun?“

Die Gestalt antwortete nicht darauf.

„Ihr habt mir gut gedient, Königin. Nun ist es an der Zeit, dass ich meinen Teil der Vereinbarung erfülle.“

Die Augen der Königin blickten flehend. Sie reichte der schwarzen Gestalt das Zepter, das sie in der Hand hielt.

„Gebt ihn mir zurück. Alles, was ich will, ist ihn zurück zu haben.“

„Dieser Wunsch wird Euch erfüllt werden. Ihr werdet erlöst sein von Eurem leidvollen Begehren.“

Die Gestalt nahm das Zepter und setzte langsam die Kapuze ab. Dem Mund der Königin wollte ein Schrei entweichen, doch es kam kein Ton heraus. Ihre Augen weiteten sich, sie konnte den Blick nicht abwenden, erstarrte. Ihr Gesicht wurde fahl und grau, schien von einer Sekunde auf die andere um Jahre zu altern. Dann sank sie in sich zusammen, auf den Boden. Die Gestalt setzte die Kapuze wieder auf und wandte sich an die zwei Häscher. „Lasst uns beginnen. Die Zeit ist reif.“

Helena verhielt sich mucksmäuschenstill und horchte in die Dunkelheit. Ein leises Fiepen ertönte. „Ist da jemand?“, fragte sie vorsichtig. Etwas Nasses, Kaltes stupste an ihre Hand. Erleichtert streichelte Helena das zitternde Tierchen und nahm es zu sich. „Lillewill, dich hatte ich ganz vergessen. Hast du mich vielleicht erschreckt. Gut, dass sie dich nicht gefunden haben." Helena hob den kleinen Immerschläfer hoch und drückte ihn ganz fest an ihre Wange. Seufzend lehnte sie sich wieder an die Wand. „Wenn ich nur wüsste, was mit den anderen geschehen ist."

Helena erwachte. Sie hatte keine Ahnung, ob es Tag oder Nacht war und wie lange sie bereits hier unten hockte. Angestrengt lauschte sie in die Dunkelheit, um den Grund zu finden, warum sie aufgewacht war. Ein Kratzen ertönte. Dann herrschte wieder einen Moment Stille. Helena horchte. Schon wieder kratzte es in einiger Entfernung vor ihr. Helena tastete sich Zentimeter um Zentimeter vor. Leise fluchte sie, als sie bemerkte, dass sie einen Krug mit Wasser umgestoßen hatte. Gierig trank sie die letzten Schlucke, die sich in dem Gefäß befanden. Es schmeckte abgestanden, war aber besser als nichts. Das Geräusch verstummte, als ob es ebenfalls abwartete, was nun geschah. Da! Da war es wieder. Helena legte den Kopf an die Mauer. Einen kurzen Moment lang erklang ein Laut, der sich anhörte, als ob zwei Steine aneinander schliffen. Dann wieder Stille. Dann wieder das Kratzen. Diesmal aber viel näher und lauter. Helena nahm den Kopf von den Steinen. Da arbeitete sich jemand durch die Wand zu ihr vor. Helena wusste nicht, ob es Freund oder Feind sein würde, der da auf sie zukam. Aber es war ihre einzige Chance. Sie wartete geduldig.

Schließlich ertönte wieder das Schleifen. Ein Stein drückte sich dirckt neben Helena mühsam aus der Wand heraus und fiel mit einem dumpfen Plumpsen zu Boden. Nichts geschah. Dann plötzlich schob sich eine Hand durch das Loch in der Wand, ertastend, was sich auf der anderen Seite befand. Blitzschnell packte Helena zu und zog den Arm so weit es ging durch das

Loch in ihre Kerkerzelle hinein. Ein erschreckter Schrei ertönte. Helena ließ nicht los.

„Pssst, sei leise, sonst werden sie uns noch bemerken", zischte sie, doch das Wesen auf der anderen Seite war in Panik und schien nicht auf sie zu hören. Schließlich wusste Helena sich nicht anders zu helfen und zog den Arm ruckartig noch ein Stück weiter zu sich heran. Das Schreien erstarb in ein Wimmern, der Arm erschlaffte. „Ich will dir nicht wehtun, aber du musst still sein." Das Wimmern wurde leiser und leiser, verebbte schließlich ganz. „Ich lasse jetzt los." Helena lockerte ihren Griff. Flink wie der Blitz huschte der Arm zurück durch die Wand. Helena hockte sich vor das Loch und versuchte, irgendetwas zu erkennen. Sie ahnte, dass dort etwas saß und sie ebenso anstarrte. Eine ängstliche Stimme ertönte.

„Wer ist da?"

„Mein Name ist Helena. Ich bin hier gefangen, so wie du wohl auch." Einen Moment herrschte Schweigen.

„Oooooooohhh, nein", das Wimmern ertönte erneut, „und ich dachte, diesmal hätte ich es geschafft."

„Wer bist du?"

„Ich bin Olga. Ich grabe mich nun schon das dritte mal durch diese Wand, aber immer nur komme ich in einem anderen Verlies heraus."

Olga schluchzte. Helena wurde neugierig. „Lass uns das Loch vergrößern. Vielleicht können wir uns gegenseitig helfen."

Olga entpuppte sich als sanftmütiges Wesen. Geduldig hatte sie sich Tag um Tag durch die dicken Mauern gegraben und Stein um Stein entfernt – nur um immer wieder aufs Neue enttäuscht zu werden. Nun saßen beide auf dem Boden in Olgas Zelle und teilten das Wasser aus dem Krug, der auf dem Boden stand. Helena konnte nicht genug sehen um zu erkennen, was für ein Wesen Olga genau war. Sie spürte, dass ihr dort kein Mensch gegenübersaß. Aber sie fragte nicht danach, es war nicht wichtig. „Wo sind wir hier, Olga?“

Olga flüsterte, traute sich kaum es auszusprechen.

„Das weißt du nicht? Wir sind tief unter dem Palast der Kalten Königin. In Toraks Feste.“

Toraks Feste! Helena erschauerte. Sie hatte es befürchtet. Ihre Finger glitten über die zerstörte Mauer und sie seufzte. Es hatte Olga viel Zeit gekostet, diesen Gang zu graben. Zeit, die sie nicht hatte. Es musste eine andere Möglichkeit geben. Irgendwie mussten sie hereingekommen sein, also gab es auch einen Weg hinaus.

In diesem Moment ertönte weit über ihr ein Geräusch, als ob sich Metall über Metall schob. Helena duckte sich in den Schatten der Mauer, niemand durfte sehen, dass sie nun gemeinsam in einer Zelle saßen. Und was immer sich dort oben über ihr befand, es vermutete, nur Olga hier anzutreffen.

Ein Grunzen ertönte und im nächsten Moment flog eine Fackel nicht weit vor Olgas Füße. Funken sprühten, sie erlosch durch den Aufschlag. Ein Lederschlauch voller Wasser und ein weiterer Gegenstand klatschten auf dem Boden auf. Helena wagte nicht, etwas anzufassen, bevor nicht wieder das schleifende Geräusch ertönt war, und sich der Deckel über ihrem Verlies schloss. Doch dann packten ihre Finger zitternd den Schlauch und öffneten den Propf. Gierig trank Helena einen Teil des Wassers und hielt Olga den Rest an die Lippen. Der zweite Gegenstand war ein toter Fisch, der so roch, als ob er sich bereits einige Tage in diesem Zustand befand. Helena verzog angewidert das Gesicht, doch Olga griff gierig danach. Helena hörte es Knacken, als Olga den Fisch mit einem Biss zweiteilte.

„Ich werde schauen, was drüben gelandet ist“, flüsterte

Helena und kroch zurück durch das Loch in der Wand. Auch in ihrem Verlies lag ein Schlauch mit Wasser, anstelle des alten Fisches fand sie ein Stück trockenes Brot. Es schmeckte wie alte Socken, fand Helena. Doch ihr Hunger war größer als der Ekel. Mit einem Schrecken fiel ihr auf, dass sie Lillewill gar nichts übrig gelassen hatte. Da erst bemerkte sie das Fehlen des Immerschläfermädchens.

„Lillewill? Wo bist du?"

Olga rief durch den Gang: „Was ist passiert?"

„Lillewill ist verschwunden."

„Wer ist Lillewill?"

Olga wurde schwächer und schwächer. Sie bewegte sich kaum noch, ihre Stimme wurde heiser, ihr Atem ging immer flacher. Gierig hatte sie alles Wasser getrunken, das sie finden konnte. Doch es schien nicht genug gewesen zu sein.

Olga stöhnte. „Wo bleiben sie nur? Bald wird es zu spät sein."

Helena verstand nicht. „Wer? Und für was zu spät?"

Noch bevor Olga es ihr erklären konnte, ertönte wieder das Knirschen über ihnen. Als Helena den Blick hob, leuchteten über ihr die Lichter mehrerer Fackeln, eine von ihnen fiel wieder herab ins Verlies. Ein großer, rechteckiger Schatten löste sich von der Decke und glitt langsam auf sie zu. Olga fauchte und kreischte, sie konnte sich kaum noch beherrschen vor Aufregung. Als der Schatten, ein großer, hölzerner Bottich, mit einem dumpfen Schlag auf dem Boden aufsetzte, stürzte sie sich sofort hinein. Es platschte und gluckerte. Der Bottich war voll mit Wasser. Olga war verschwunden, komplett untergetaucht. Die Luke in der Decke schloss sich wieder. Schnell hob Helena die Fackel auf, damit sie diesmal nicht erlosch. Olga tauchte wieder aus dem Wasser auf. Im Schein des Feuers konnte sie nun Olgas Gestalt sehen. Sie war über und über mit glänzenden Schuppen bedeckt, ihr goldenes Haar sah im Licht der Fackel aus, als ob Millionen von Funken aus ihm sprühten. Olga bemerkte, dass Helena sie beobachtete und schaute sie aus grüngelben Augen durchdringend an. Dann lächelte sie und entblößte eine Reihe spitzer Zähne. Helena schluckte. Gut, dass sie das erst jetzt sah, nachdem sie Olga kennengelernt hatte und wusste, dass sie ihr freundlich gesinnt war. Die Fackel erlosch. Plötzlich ahnte sie, wer und was Olga war. „Du bist eine Wasserfrau. Du brauchst das Wasser zum Überleben, oder?", fragte Helena. „Und dein Sohn ist Ulf, der kleine Wasserjunge aus dem Elfenwald."

Olga riss überrascht die Augen auf. Doch ein leises Quieken hinderte sie daran, etwas zu erwidern. „Lillewill!", Helena war erleichtert. „Wo bist du denn gewesen?" Ein kleiner Schatten löste sich von der Decke und kletterte flink die Wand zu ihnen hinunter. Das Immerschläfermädchen sprang auf Helenas Arm und ließ sich von ihr herzen und küssen.

„Wie bist du bloß hier heraus- und wieder hineingekommen?" Zur Antwort stieß Lillewill eine ganze Reihe von Trillertönen hervor. Helena blickte an die Decke, hin zu der winzigkleinen Luke, durch die ein wenig fahles Licht fiel.

Yonan spürte einen stechenden Schmerz in den Armen, als er noch ein wenig fester angebunden wurde. Seine Handgelenke waren gefesselt und das Seil an der Decke befestigt, so dass es ihm nicht möglich war, sich hinzusetzen. Auch anlehnen konnte er sich nicht. Seine Augen waren zugeschwollen, so dass er nach der Person, die ihm gerade einen Tritt versetzte, nur nach Schätzung spucken konnte. Er musste getroffen haben, denn ein wütender Schlag traf ihn am Kopf. Er schmeckte Blut in seinem Mund. Nur mit letzter Kraft konnte er sich auf den

Beinen halten. Er zwang sich, an etwas Schönes zu denken und in diesem Moment hatte er nur eines vor Augen: Helena, wie sie in Tankelvar mit den Kindern im Wasser spielte, mit ihm um die Wette ritt, wie sie tanzte am Abend ihres Abschiedsfestes, geschmückt mit Mirjams Bändern, lachend und frei. Doch schon kehrte der Schmerz zurück, als jemand mit einem scharfen Gegenstand in seine Wange schnitt. Er öffnete den Mund und schrie.

Schweißgebadet erwachte Helena. Noch immer hallte Yonans Hilfeschrei durch ihre Gedanken: Helenaaaaa! Sie atmete schwer. Irgendetwas Schlimmes war passiert. Sie robbte hinüber zu Olga, die selig in der Wanne schlief. „Olga, wach auf. Ich muss hier raus. Sofort." Wütend schlug Helena ihre Faust gegen die feuchten Wände. „Es muss eine andere Möglichkeit geben, da hinauf zu kommen. Ich kann schließlich nicht die Wände hochklettern, so wie Lillewill." Olga zog sich am Rand der Wanne hoch und betrachtete sie.

„Es gibt eine Möglichkeit. Und du kannst sie nutzen, denn sie wissen nicht, dass ich nicht alleine bin in diesem Verlies." Olga stockte. „Sie ist allerdings nicht ganz ungefährlich." Helenas Herz krampfte sich wieder zusammen, als sie an Yonans Schrei dachte. Sie blickte zur Decke empor. „Egal. Ich muss hier raus, koste es, was es wolle."

KAPITEL XVII – TORAK

Mit dem schon vertraut klingenden Geräusch öffnete sich die Klappe in der Decke des dunklen Verlieses. Einer der Keiler blickte kurz hinab und warf dann wie immer seine Fackel herunter. Olga fauchte ihn an und zeigte ihre Zähne. Ihr goldenes Haar und ihre Schuppen leuchteten im Schein des Feuers. Ein Seil wurde herabgelassen, an dessen Ende sich ein Haken aus Metall befand. „Einhängen!“ befahl die Stimme. „Und dann weg vom Bottich, in den Feuerschein, damit ich dich sehen kann, Fischweib.“ Olga gehorchte wortlos. Langsam schwankend hob sich der Bottich der Decke entgegen. Der Keiler hatte sichtlich Mühe, ihn nach oben zu ziehen. Er schien sehr schwer zu sein. Ein paar mal schwankte er bedrohlich und ein wenig Wasser schwappte über.

Olga wartete gespannt, bis die Klappe wieder einrastete. Dann war sie allein. Nur Lillewill, die sich an einem Mauervorsprung versteckt hatte, hüpfte zu ihr und schaute sie erwartungsvoll an.

Olga streichelte ihr das Fell.

„Nun können wir nichts mehr für deine Freundin tun.

Wollen wir hoffen, dass sie lange genug die Luft anhalten kann."

Nur gedämpft hörte Helena die Schritte der beiden Keiler, die den Bottich trugen. Das Wasser schluckte die Geräusche fast vollständig. Sehen konnte sie jedoch alles durch die dünne Schicht, die das Wasser bedeckte. Über ihr sah sie die Gesichter der Wärter, ihre schmutzigen Kleider und ihre Hauer. Langsam ging ihr die Luft aus. Sie hoffte inständig, dass sie bald irgendwo abgestellt werden würde. Dies war ihre einzige Hoffnung.

Mit ihren Schwimmhäuten hatte Olga den durchsichtigen Film erstellt, der sich über das Wasser zog. „Sei dir sicher", hatte sie zwinkernd gesagt, „dass auch in deiner Welt in jedem dritten Teich oder Tümpel irgendein Wasserwesen wohnt, dass seine Behausung vor neugierigen Blicken verbirgt." Sie war glücklich gewesen zu hören, dass Ulf, der tatsächlich ihr Sohn war, wohlauf und gesund im Elfenwald war, bei seinem Vater. Dass dieser nicht mehr er selbst war, war Olga bewusst, sie hatte ihn gesehen, bevor die Häscher sie mitgenommen hatten. „Wenn du hier herauskommst, rette uns alle, Helena", hatte sie gesagt, „ich möchte mein Kind wiedersehen, das ist der einzige Wunsch, den ich habe."

Helenas Lunge brannte. Ihr Kopf schien fast zu platzen. Dann, endlich, wurde sie mit einem dumpfen Stoß abgestellt. Jetzt kam der gefährlichste Teil. Wenn die Keiler den Bottich umstülpten und sie mit dem Wasser ausgeschüttet würde, wäre alles umsonst gewesen. Doch nichts geschah. Helena hielt es nicht mehr aus, sie musste es riskieren. Es pochte in ihren Schläfen, sie brauchte dringend Luft. Sofort. Mit einem tiefen Atemzug tauchte sie auf und hustete. Die durchsichtige Decke, die auf ihr gelegen hatte, zerbarst geräuschlos in Millionen winzige, golden schimmernde Wassertröpfchen. Helena keuchte und rang nach Atem, es dauerte, bis sie sich erholt hatte. Sie hatte Glück gehabt, niemand außer ihr befand sich in dem von Fackeln erleuchteten Gang.

Zitternd stieg Helena aus dem Wasser. Ihre Kleidung klebte an ihrer Haut. Sie rutschte an der Steinwand herunter und setzte sich einen Moment auf den Boden, um sich auszuruhen. Dann blickte sie sich um. Das eine Ende des Ganges bog um eine Ecke, das andere endete an einer Treppe, die nach oben führte. Ein paar Schritte neben ihr entdeckte sie die Klappe, die zu Olgas Verlies führte und darin ein kleines Loch. Hierdurch war also das Licht der Fackeln zu ihnen gedrungen. Helena legte sich auf den Boden und formte die Hände um das Loch herum zu einem Trichter. Sie flüsterte, wusste nicht, ob Olga sie hören konnte. „Olga! Es hat geklappt." Ein bestätigendes Fauchen drang zu ihr hinauf.

Geräusche klangen von der Treppe zu Helena, Waffen klirrten und Schatten bewegten sich an den Wänden. Helena drückte sich eng an die Mauer und verschwand in die entgegengesetzte Richtung. Sie bemerkte die Wasserspur nicht, die ihre tropfenden Kleider hinterließen.

Helena hatte das Gefühl, sich in einem Labyrinth aus Gängen zu befinden. Ständig zweigte ein Weg vom anderen ab, Treppen führten hinauf, dann wieder hinunter. Und überall waren diese Falltüren im Boden, unter denen sich wohl unzählige weitere Verliese befanden. In jedes rief Helena vorsichtig hinein, doch nur selten bekam sie eine Antwort. Yonan fand sie in keinem davon. Gelegentlich kamen die Keiler aus einem Gang auf sie zu und jedes Mal konnte Helena nichts anders tun, als sich in einen weiteren Gang zu flüchten. Ein paar mal meinte sie, weit entfernte Schreie und Stöhnen zu hören, schnelle Schritte von vielen Wesen, die durch die Gänge und Treppen eilten, Stampfen und Marschieren. Das Geräusch von Hämmern, die auf Metall schlugen. Immer, wenn es ging, versuchte sie die Treppen nach unten zu nehmen. Tiefer hinein in den Bauch des Ungeheuers, dachte sie. Dort musste Yonan zu finden sein. Die Luft war warm und stickig, überall roch es nach Ruß und schlechtem Atem. Trotzdem fror Helena, die nassen Hosen rieben ihre Haut wund, jeder Schritt schmerzte. Helena hielt kurz inne um zu verschnaufen, als sie plötzlich Stimmen hinter sich hörte. Und vor sich, wie sie erschreckt feststellen musste. Diesmal gab es keinen Ausweg. Verzweifelt sah sie sich nach einer Möglichkeit um, sich zu verstecken. Und sie hatte Glück, wieder einmal. Nicht weit vor ihr gab es eine Nische, gerade groß genug, dass sie hineinpasste. Sie löschte die Fackel, die neben der Nische brannte und hoffte inständig, dass niemand auf die Idee kommen würde, sie wieder anzuzünden. Die Stimmen waren zu einem Grunzen geworden, eine Gruppe Keiler eilte an ihr vorbei. Helena hielt die Luft an. Doch die Wärter liefen weiter, an ihr vorbei, ohne sie zu bemerken. Helena kam vorsichtig aus ihrem Versteck und folgte ihnen.

Die Geräusche, die sie vorhin vernommen hatte, wurden lauter. Wimmern, Schreien, das Knallen von Peitschen, das Klirren von Waffen. Und immer wieder ein dunkles Grollen.

Der Gang bog um eine Ecke. Unwillkürlich zuckte sie zurück. Eine schmale Treppe führte an der Wand entlang nach unten und mündete in eine riesige Halle. An der hinteren Wand drängten sich, Seite an Seite, vergitterte Käfige, in den Fels hinein gehauen. Helena zählte in der Breite zwanzig von ihnen und in der Höhe sechs. Hölzerne Leitern und Treppen führten von Stockwerk zu Stockwerk. Die Gitter schienen unter der Last der sich herausstreckenden Hände fast zu platzen. Auch in der Halle selbst waren Gefangene angekettet. Sie alle waren in einem erbärmlichen Zustand, kaum bekleidet, mager, schmutzig. Viele von ihnen schienen sich nicht mehr zu wehren, hatten stumpfe, hasserfüllte Augen. Gerade öffnete ein Keiler eine der Gitterzellen und ließ die Gefangenen daraus in Reih und Glied antreten. Niemand versuchte zu fliehen, alle gehorchten. Die Armee Toraks, dachte Helena. Hier ist sie also.

Es waren nicht nur menschliche Gefangene. Trolle, Feen, Wasserwesen, Bergwesen, Tiere, Mischwesen. Als ob Torak ganz Asketan hier versammelt hatte. Die Keiler waren die Bewacher dieser Horden, stachen hier und da mit Stöcken und Lanzen in die Käfige hinein, so dass die Gefangenen sich einen Moment lang zurückzogen und schwiegen. Über all diesem Elend jedoch erhob sich eine handvoll in Schwarz gehüllte Gestalten, kalt und körperlos. Bei ihnen waren riesige, wolfsähnliche Raubtiere, groß wie Bären, mit zottigem Fell, elfenbeinfarbenen Klauen und massigen Köpfen. Ihre Stirn bestand aus großen Knochenplatten, die viel zu großen Augen leuchteten eisblau und aus ihren Kiefern ragten zwei riesige Reißzähne hervor. Helena lief ein Schauer über den Rücken. Sie hatte eine leise Ahnung, was für ein Schatten es gewesen war, der ihnen im Palast der Kalten Königin begegnet war.

Die Häscher führten die Kreaturen an Eisenketten bei sich. Einer der Keiler brachte gerade einen Gefangenen herbei. Einer der Häscher schien etwas zu dem Mann zu sagen, dieser schüttelte den Kopf und fiel auf die Knie. Helena kniff die Augen zusammen, sah genauer hin und erschrak. Es war Rudor! Rudor, ihr Freund und Begleiter. Helena musste sich zügeln, um nicht in die Halle zu stürzen und ihm zu Hilfe zu eilen. Ihr Hände ballten sich hilflos zu Fäusten, Tränen traten ihr in die Augen. Sie verschloss für einen Moment ihr Herz, um nicht zu schreien. Die Kreaturen begannen wie wild an den Ketten zu ziehen und wollten sich auf Rudor stürzen, doch der Häscher hob seine Hand. Der Geifer tropfte aus dem Maul der Bestien, eine von ihnen warf den Kopf zurück und stimmte ein schauriges Geheul an. Rudor kauerte zitternd auf dem Boden, den Kopf unter den Armen verbergend. Der Keiler zerrte ihn wieder auf seine Beine und stellte ihn in die Reihe der Gefangenen, die in einer Reihe warteten. Der Häscher trat direkt vor ihn, dann berührte er ihn an der Stirn. Ganz sachte, kaum merklich. Rudors Körperhaltung veränderte sich, er sackte zusammen, wirkte müde und gebrochen. Der Häscher schien zufrieden. Er winkte dem Keiler, der die Reihe der Gefangenen mit einem Stock antrieb. Beim Heulen der Bestie war es still geworden in der Halle. Alles schien den Atem anzuhalten, niemand wagte mehr zu jammern, alle hatten sich so weit es ging an die Wände ihrer Käfige gedrückt. Auch Helena hatte sich abgewendet. Sie hatte schon befürchtet mitansehen zu müssen, wie ihr Freund, der ihr in all der Zeit so tapfer beigestanden hatte, vor ihren Augen zerfleischt würde. Nach und nach kehrten die Geräusche wieder in die Halle zurück. Der Keiler führte die Reihe der Gefangenen in einen der dunklen Gänge, die aus der Halle wegführten, und verschwand. Rudor, der eben noch zitternd dem Boden gekauert hatte, ging mit leerem Blick mit ihnen. Helena wischte sich die Tränen ab, die ihr über das Gesicht liefen. Sie schämte sich, obwohl sie wusste, dass sie keine Wahl gehabt hatte. Sie hatte noch nicht einmal eine Waffe bei sich.

Wut und Trotz stiegen in ihr empor. Sie musste diese Halle durchqueren und Yonan finden. Sie konnte ihn nirgends entdecken, aber er musste irgendwo hier sein, genau wie Rötel. Ihnen durfte nicht das gleiche passieren wie Rudor. „Yonan!", ihre Lippen bewegten sich leise und sie schloss die Augen. Sie spürte, dass er am Leben war, dass er hier irgendwo steckte und ihre Hilfe brauchte. Er war sicher kein gewöhnlicher Gefangener, womöglich war er sogar alleine untergebracht, so wie sie oder Olga. An der gegenüberliegenden Seite entdeckte sie einen dunklen Gang, der von zwei Keilern bewacht wurde. Etwas zog sie dorthin, sie spürte, dass sie dort hinüber musste. Aber wie? Sie durfte nicht entdeckt werden. Sie musste die Keiler und die Häscher irgendwie ablenken. Helenas Blick fiel auf eine der Fackeln an der Wand.

Das Feuer knisterte erst leise, breitete sich dann aber schnell aus. Ein Keiler entdeckte es zuerst und fing panisch an zu grunzen und zu quieken. Die Glut musste sich wohl durch eine heruntergefallene Fackel entzündet haben, ein dickes Knäuel von Tauen hatte Feuer gefangen. Durch die Rufe der Häscher angetrieben versuchten die Keiler, den Brand zu löschen, bevor er unkontrollierbar wurde. Eilig wurde Wasser herangeschafft, die Keiler traten wie verrückt auf den Flammen herum um sie zu ersticken. Alles war in Aufruhr.

Keine der Wachen bemerkte das Mädchen, das unentdeckt die Treppe hinunter gehuscht war und im Schatten der Wand an den Gefängnissen vorbei schlich.

Helena konnte den Blick nicht abwenden von all den Wesen, die abgemagert, die Augen tief in den Höhlen liegend, um Hilfe bettelten. Sie sah Elfen, denen die Flügel gestutzt worden waren, Trolle mit geschorenen Haaren, was, so wusste sie von Rötel, die größte Demütigung für diese Wesen war. Gnome und Feen, Waldschrate, Lichtfrauen, Purpurkinder und sogar eine Goba, die schweigend und mit trüben Augen ihren riesigen Schlangenkörper zusammengerollt hatte. Auch wenn einzelne ihrer Völker im Zwist miteinander standen, so hatten sie eines gemeinsam: Sie waren wohl eine Bedrohung geworden für den dunklen Zauberer, eine, die man vernichten musste – oder für die eigenen Zwecke brechen und neu formen.

Helena huschte in den dunklen Gang, der aufgrund des Feuers noch unbewacht war. Jetzt galt es, keine Zeit zu verlieren, bald würde der Brand gelöscht sein und die Keiler würden zurückkehren. Es war dunkel, links und rechts lagen Zellen mit massiven Türen. Sie spürte, dass Yonan in der Nähe war. Sie horchte. „Yonan?“, rief sie leise, auf gut Glück.

Und tatsächlich, ein paar Zellen weiter erklang ein unterdrücktes Stöhnen. Helena stürzte herbei, die schwere Tür war nur mit einem Riegel verschlossen. Mit zitternden Fingern schob sie ihn zurück, bis die Tür schließlich aufsprang. Yonan sah erbärmlich aus. Er war an die Wand gekettet, die Beine gespreizt, sein Oberkörper war übersät mit Wunden. Sein rechtes Auge nässte, die Oberlippe war aufgesprungen und die Nase blutig.

„Helena?“ Sie konnte die Tränen kaum zurückhalten und nickte. „Bist du das?“ Er konnte sie nicht richtig sehen.

„Ja, ich bin es. Ich hol dich hier raus.“ Sie löste die Fesseln aus der Verankerung und mit einem Seufzer der Erleichterung glitt Yonan zu Boden. Helena stützte seinen Kopf, während er gierig aus dem Krug mit Wasser trank. Dann blickte er sie an, aus dem einen Auge, das nicht geschwollen war.

„Du siehst furchtbar aus.“

„Danke, gleichfalls“, entgegnete sie. Yonan musste lachen, was jedoch in einen schmerzhaften Hustenanfall überging.

„Kannst du aufstehen?“

Yonan versuchte es. Aber seine Beine versagten. „Es wird schon gehen“, er lächelte gequält, „ich muss mich nur ein wenig ausruhen.“

Helena blickte nervös zur Türe. „Wir haben nicht viel Zeit. Mein kleines Ablenkungsmanöver dürfte nicht mehr sehr lange wirken.“ Genau in diesem Moment hallten Schritte durch den Gang. Helena und Yonan duckten sich, aber die Häscher nahmen von Yonans Zelle keine Notiz. Helena warf durch den Spalt der Türe einen flüchtigen Blick auf die Gefangene, die durch den Gang geführt wurde. Ihr stockte der Atem.

Sie glaubte, ihren Augen nicht zu trauen. Von einem freudigen Schrecken erfüllt, öffnete sie die Tür ein wenig weiter und starrte der Gruppe nach. Die Gefangene wandte sich um und ihre Blicke trafen sich. Helena hatte sich nicht geirrt. Tausende von Bildern stürmten auf sie ein, immer und immer wieder sah sie vor sich das Gesicht der Frau und die Schuhe, die sie trug, ihre eigenen, perlenbestickten Lederschuhe, die sie auf dem Fest in Tankelvar verloren hatte. Eine alte Wunde riss in ihrem Inneren auf.

„Mama?“, flüsterte sie. Bevor Yonan etwas sagen konnte, schlüpfte Helena aus der Zelle. Yonan stand taumelnd auf und erwischte sie noch am Saum ihres Ärmels. Er hielt sie fest, doch sie entzog sich seinem Griff. „Helena, das ist eine Falle, tu es nicht.“

Helena blickte ihn an und Yonan schauderte. Er hatte noch nie solch einen Schmerz in ihren Augen gesehen. „Ich muss es wissen, Yonan.“ Er ließ sie widerwillig los. Sie drehte sich noch einmal um, bevor sie verschwand. „Ich komme wieder. Ich verspreche es dir. Versuch, Rötel zu finden.“

Helena war in ihrem ganzen Leben nicht so aufgewühlt gewesen. Konnte es wirklich sein, dass ihre Mutter noch am Leben war? Die einzige, die ihr versichert hatte, dass sie tot sei, war Murimir. Was, wenn sie gelogen hatte? Wenn ihre Mutter nicht gestorben war, sondern sich Torak angeschlossen hatte? Hatte sie es ihr absichtlich verschwiegen? Schließlich hatte sie Helena damals nicht gewollt, hatte sie in ihre irdische Welt gebracht, alleine dort zurückgelassen in einem Heim, in dem sich das Mädchen immer fremd und ausgestoßen gefühlt hatte.

Vielleicht war es aber auch ganz anders. Schließlich war ihre Mutter eine Weltengängerin gewesen, so wie sie. Womöglich war sie nicht gestorben, sondern nur auf die Erde zurückgekehrt, hatte ihre Tochter verzweifelt dort gesucht und nie gefunden? Oder hatte Helena sich doch getäuscht? Waren dies nicht ihre eigenen Gesichtszüge gewesen, nur ein wenig älter, umhüllt von kleinen Fältchen? Sie folgte den Häschern, gab kaum noch Acht auf ihre Umgebung. Sie vergaß alles um sich herum, vergaß Yonan, Murimir, Ux, Saradian, Ubsala, sogar Torak. Alles, was jetzt zählte war, in das Gesicht ihrer Mutter zu sehen und sie in die Arme zu schließen.

Die Häscher führten die Frau noch immer vor ihr her. Gang folgte auf Gang, Halle auf Halle. Die Gefangenen drängten sich zu Hunderten, wenn nicht zu Tausenden, in immer mehr Zellen, doch Helena nahm keine Notiz von ihnen. Es interessierte sie nicht mehr, ebenso wenig, wie es sie interessierte, ob sie entdeckt wurde oder nicht. Sie folgte den Häschern eine lange Wendeltreppe hinauf, immer höher. Nach unzähligen Stufen endete die Treppe vor einer schwarzen Tür. Die Häscher verharrten einen Moment, warteten darauf, eingelassen zu werden. Dann öffnete sich die Tür. Eine eisige Kälte erfüllte den Flur. Sie war seltsam still und körperlos, kein Windhauch drang zu Helena, die sich wenige Schritte hinter den Häschern an die Wand presste. Die Häscher gingen mit der Frau hinein. Die Tür war noch immer geöffnet. Wie von einer fremden Gewalt gezogen, ohne nachzudenken, schlich sie die letzten Stufen der Treppe hinauf und trat in den Raum hinein.

Die Gestalt, der sie gefolgt war, stand mit dem Rücken zu ihr gewandt vor einem steinernen Fenster, das den Blick auf eine karge, felsige Ebene freigab. Dunkle Wolken türmten sich am Himmel auf. Es schien Nacht zu sein. Wo war sie hier? Wo war der Eiswald, der Palast, der Schnee und die Berge? Die Frau schwieg und beachtete sie nicht. Helena sah sich im Raum um. Sie waren allein, die Häscher waren verschwunden. Der Raum war leer, nur ein massiver, schwarzer Steintisch stand mitten im Zimmer, dahinter ein ebenso schwarzer Thron. Das Fenster war das einzige, das den Raum ein wenig erhellte. Helena konnte sich nicht mehr zurückhalten. Sie trat aus dem Schatten der Türe heraus und ging auf die Frau zu, streckte eine Hand aus und berührte vorsichtig ihre Schulter.

„Mama?“ Helena flehte es fast. Doch als die Frau sich umdrehte und sie anblickte, erstarrte Helena. Ihre Hand zuckte zurück. Die Frau hatte kein Gesicht. Dort, wo es sein sollte, war alles schwarz und leer. „Nein!“, hauchte Helena entsetzt. Mit einem Mal erkannte sie die Falle, in die sie blindlings getappt war.

„Endlich bist du hier, Mondgeborene.“ Die Stimme ließ Helena herumfahren. Erst jetzt bemerkte sie die Gestalt, die sich kaum vom Schwarz des steinernen Throns abhob. Helena antwortete nicht. Sie wusste, wer dort saß.

„Ich hoffe, ich habe dich nicht erschreckt. Aber deinem Gesicht nach zu urteilen, habe ich das, verzeih.“

Helena öffnete den Mund, schloss ihn aber wieder. Wie dumm sie gewesen war. Wie dumm und naiv, dass sie tatsächlich geglaubt hatte, unbemerkt fliehen zu können. Vielleicht war das alles sogar Teil seines Planes gewesen. Vielleicht hatte er sie die ganze Zeit beobachtet.

„Du hast Recht, Helena.“

Sie hätte sich eigentlich denken können, dass es ihm ein leichtes war, ihre Gedanken zu lesen. Der Schatten löste sich vom Thron, eine Hand in einem schwarzen Handschuh legte sich auf den Tisch. „Ich wusste, dass du irgendwann einen Weg aus deinem Verlies und zu deinem kleinen Waldläuferfreund finden würdest. Von da an war es nicht schwer, dich zu mir zu locken."

Wut begann in Helenas Bauch zu wachsen und sich in ihren ganzen Körper auszubreiten. Wut und Hass. Hass auf den Mann, der soviel Leid zu verantworten hatte und sie mit ihren eigenen Gefühlen und Erinnerungen narrte. Und Wut auf sich selbst, dass sie ihm nicht widerstanden hatte und in seine Falle getappt war. Der schwarze Klumpen in ihrem Magen regte sich wieder, wuchs und wuchs und begann rotglühend, in ihr aufzusteigen.

Eins, zwei, drei. Beruhige dich.

Diesmal half es nichts. Ihre Hand ballte sich zur Faust.

„Was sollen diese Spielchen, Torak?"

Helena konnte nicht verhindern, dass ihre Stimme zitterte.

„Loyalität kann man nicht erzwingen, Mondgeborene. Du musstest freiwillig zu mir kommen. Und ich wollte sehen, wie stark dein Hass ist. Wie stark du bist."

Helena lachte trocken auf. „Loyalität? Ich verachte und verabscheue Euch aus tiefstem Herzen. Ich werde mich niemals Eurer Sache anschließen." Die Gestalt auf dem Thron rührte sich nicht, was Helena noch wütender machte. Sie war kurz davor, sich auf Torak zu stürzen und ihre Hände um seinen Hals zu legen.

„Gut, sehr gut. Hass macht dich stark, Mondgeborene. Und egal, was du nun tust, ich werde siegen. Denn kämpfst du voller Hass gegen mich, wirst du zu mir gehören. Ergibst du dich aber kampflos, dann töte ich dich und alles ist für dich verloren. Du siehst, es gibt kein Entkommen für dich."

Helena spürte, wie ihre Fäuste sich immer fester zusammenballten. Wenn ich doch nur eine Waffe hätte.

In diesem Moment spürte sie die vertraute Klinge in ihren Fingern. Verblüfft betrachtete sie das Schwert in ihren Händen, dort, wo eben noch nichts gewesen war.

„Kämpfe. Ich spüre, dass du es willst."

Sie fühlte ein Flackern in sich. Die Wut begann, die Kontrolle über sie zu übernehmen. Sie wusste, dass es falsch war. Es würde sie nur zu dem machen, was er haben wollte. Aber es war auch falsch, nicht zu kämpfen, einfach aufzugeben. Helena wusste nicht, was sie tun sollte.

Sie schloss ihre Augen. Eins, zwei, drei. Beruhige dich. Im Geiste hörte sie Murimirs Stimme.

Helena, gib nicht auf. Zu kämpfen heißt nicht immer zu hassen, und nicht zu hassen heißt nicht, nicht zu kämpfen. Sie hätte schwören können, dass Torak lächelte. Sie spürte, dass ihr dort nicht nur Böses gegenübersaß, da war noch etwas anderes. Helena konnte nicht sagen, was es war. Doch es kam ihr seltsam vertraut vor. „Wir haben alle Zeit der Welt, Helena. Sie spielt hier oben keine Rolle." Torak erhob sich. Ein Schauer lief Helena den Rücken hinunter. Er ging zum Fenster auf die Gestalt zu, die Helena für ihre Mutter gehalten hatte. Helena hatte ganz vergessen, dass sie dort noch immer stand, regungslos. Er berührte ihre Hand und ihr Gesicht erschien wieder aus dem Dunkel. Ein unterdrücktes Schluchzen entwich Helenas Mund und sie musste sich bemühen, die Fassung zu bewahren. Die Wut verebbte und machte einem großen Schmerz Platz. „Wie beide zusammen könnten so mächtig sein. Wir könnten gemeinsam herrschen, du und ich." Torak drehte sich zum Fenster und zeigte hinaus. „Sieh nur. Sie marschieren schon. Es dauert nicht mehr lange."

Helena sah durch das Fenster. Wo eben noch eine leere Ebene gewesen war, bewegten sich nun Ströme von dunklen Wesen auf den Horizont zu. Wie schwarze Lava flossen sie über das Land, unaufhaltsam. Angst kroch in Helena hoch. Murimir, flüsterte sie innerlich. Hilf mir.

„Wir beide könnten die Zeit überwinden und den Tod.

Keine Prophezeiung der Welt könnte dir jemals wieder etwas anhaben. Und sie“, er deutete auf ihre Mutter, die Helena freundlich anlächelte, als ob nichts sonst herum um sie existiere, „sie könnte bei uns sein. Für immer. Wenn du das möchtest.“ Helena fühlte sich seltsam schwach. Bei uns sein, für immer. Die Worte hallten in ihr nach. Bei uns. Bei uns. Sie ließ das Schwert sinken.

Das Metall klirrte, als die Spitze der Klinge auf den Steinboden stieß.

KAPITEL XVIII – HELENAS ENTSCHEIDUNG

Tausend Gedanken schwirrten in Helenas Kopf herum. Immer wieder blickte sie zu ihrer Mutter hinüber, die sie selig und stumm anlächelte, als wären sie zwei ganz alleine im Universum. Die Versuchung war groß, einfach in ihre Arme zu fallen. Alles zu vergessen.

„Mit dem Kristall werden wir über Asketan herrschen. All deine Träume werden in Erfüllung gehen." Torak griff unter seinen Umhang und holte das Zepter mit dem Herzkristall hervor. Helenas Augen weiteten sich. Er hatte ihn. Er hatte den Kristall.

Tu es nicht, Helena. Lass uns nicht im Stich.

„Du kannst wieder mit deiner Familie zusammen sein. Mit deiner Mutter, deinem Vater. Hier, in Asketan, dem Land deiner Träume. Für immer. Als ob all das nie geschehen wäre. Der Tod spielt keine Rolle für mich. Für dich muss er das auch nicht. Wenn du dich mir anschließt."

Erinnerungen begannen in Helena zu erwachen. Ein warmes, glockenhelles Lachen. Dann eine andere Stimme, nur gedämpft zu hören, aber vertraut. Ein Lied, gesungen im Wind. Große braune Augen, die sie mit Liebe betrachteten.

„Alles, was du tun musst, ist, Murimir gemeinsam mit mir zu vernichten. Die Macht des Kristalls nicht gegen, sondern für mich zu nutzen. Das Gleichgewicht zu wahren, bedeutet Mühe, Schmerz und Kampf. Ich jedoch bin der leichte Weg, Mondgeborene. Ich kann Frieden bringen – dir und Asketan."

Glaube ihm nicht. Er betrügt dich. Er bietet dir kein wahres Glück, er bietet dir nur eine Lüge. Sein Frieden ist kein Frieden, er bedeutet nur Schmerz und Unterdrückung. Der leichte Weg ist nicht immer der beste.

„Ihr lügt", presste sie hervor. „Was Ihr mir bietet, ist nicht echt."

„Es ist echt, wenn du es willst, Helena. Gerade du solltest wissen, welche Macht Träume haben können."

Helena zögerte. Das, was Torak sagte, berührte etwas in ihr.

Helena! Nein! Gib nicht auf. Denk an Yonan. Denk an Ux. Denk an all die Wesen, die für die Erfüllung deines Traumes leiden müssten. Ist es das wert, Helena? Denk an deine Mutter, an Dana, an Ubsala, der sich für dich geopfert hat. Soll das alles umsonst gewesen sein?

Ubsala. Helena schreckte wie aus einem Tagtraum auf. Sie fasste an den Mondstein, der um ihren Hals hing. Wie immer fühlte er sich warm an und leuchtete sein sanftes Licht. Sie alle vertrauten auf sie. Hatten sich geopfert für sie.

Ich werde euch nicht im Stich lassen. Ich werde die Dunkelheit in mir nicht gewinnen lassen.

Neuer Mut stieg in Helena auf. Trotzig sah sie Torak an und sagte mit fester Stimme: „Es mag sein, dass Ihr mir meine tiefsten Wünsche erfüllen könnt. Doch ich wäre nicht mehr ich selbst. Ich würde es nie übers Herz bringen, alle zu enttäuschen, die auf mich vertrauen. Mich lieben." Sie blickte zärtlich hinüber zu der Gestalt am Fenster. „Meine Mutter zu enttäuschen. Die gestorben ist, um mich zu beschützen und in Sicherheit zu bringen – vor Euch. Das hier würde sie nicht wollen. Wie könnte ich glücklich sein, wenn ich doch genau das tue, das sie verhindern wollte?“

Torak schien zu straucheln. Die Gestalt ihrer Mutter am Fenster wurde durchscheinender, ein Wirbel bildete sich um sie. Sie griff nach Helena, versuchte, sich an ihr festzuhalten. Ihre Augen blickten sie hilfesuchend an, ihr Mund öffnete sich, doch es kam kein Geräusch heraus. Helena fasste nach ihrer Hand und hielt sie fest. Die Hand fühlte sich warm und weich an, ganz anders, als Helena erwartet hatte. Liebe durchströmte Helena, wie ein warmer, freundlicher Regenguss. „Leb wohl“, flüsterte sie. Dann ließ sie los. Und die Gestalt verschwand, lautlos, als wäre sie nie da gewesen. Nur Helenas Schuhe standen auf dem Boden.

Torak ließ ein Geräusch ertönen, das an ein verwundetes Tier erinnerte. Er hob seine rechte Hand und reckte die Finger wie eine Klaue nach Helena. In der Linken hielt er das Zepter fest umklammert. Die Wolken draußen vor dem Fenster hatten sich zu einem Sturm zusammengebraut. Der Mond schob sich vor die Sonne und verdunkelte sie, schneller, als Helena es jemals zuvor gesehen hatte. Blitze schlugen in den Boden ein, ein wütendes Grollen ertönte. Helena sackte in sich zusammen, ein unerträglicher Schmerz durchfuhr sie. Sie öffnete ihre Hand und sah auf ihr Mal, das vor ihren Augen schwarz wurde. Mit letzter Kraft stand Helena auf.

Du schaffst es. Gib nicht auf. Kämpfe dagegen an.

„So viele haben ihr Leben geopfert, damit ich Euch besiegen kann. Ich werde… Euch widerstehen.“ Helena spürte, dass sie kurz davor war, das Bewusstsein zu verlieren vor Schmerz. „Ihr werdet mich nicht brechen können.“ Helena warf sich mit letzter Kraft nach vorne, auf Torak zu, und griff nach dem

Kristall. Ein hoher Ton erklang, als ihre Finger den Stein berührten, ein durchdringendes Summen. Torak hielt das Zepter fest, Helena den Kristall. Niemand gab nach. Der Stein begann zu leuchten, sein helles, gleißendes Licht ließ den gesamten Raum erstrahlen. Einen Moment lang meinte Helena, in das Innerste des dunklen Zauberers blicken zu können. Sie sah Kälte und Leere, ein einsames, bodenloses Nichts. Und doch spürte sie etwas, ganz tief unten versteckt. Wie ein Pochen, leise und kaum hörbar.

Die schwarze Gestalt erzitterte, schien mit sich selbst zu kämpfen, krümmte sich. Mit gepresster Stimme stieß Torak hervor: „Du bist der Schlüssel, Helena. Wenn der letzte Dunkelmond kommt, wirst du entweder Licht oder Schatten über Asketan bringen. Wenn dein Mond sich schwärzt, bevor du den Herzkristall einfügst, dann gehörst du endgültig mir." Der Boden begann zu Beben, ein Grollen erfüllte die Luft. Dann, plötzlich, ließ Torak das Zepter los und sackte bewegungslos in sich zusammen. Es war Stille.

Der Schmerz in Helenas Körper verebbte. Der Mond in ihrer Hand hatte aufgehört, sich zu verdunkeln, ein dünner, heller Streifen war noch übrig. Es war noch nicht zu spät.

Helena war noch nie in ihrem Leben so schnell gerannt. Treppen über Treppen eilte sie hinunter, immer den Weg zurück, den sie gekommen war. Sie wusste nicht, wie viel Zeit ihr noch blieb, bis Torak wieder zu Kräften gekommen war. Immer wieder griff sie in ihre Hosentasche und versicherte sich, dass das Zepter mit dem Herzkristall noch dort war. Sie durfte ihn um nichts in der Welt verlieren, jetzt, wo sie ihn endlich bei sich trug.

Yonan begann sich ernsthaft Sorgen zu machen. Nicht, dass

er sich vorher keine Sorgen gemacht hätte, aber das Gefühl verstärkte sich deutlich. Er saß noch immer auf dem Boden seiner Zelle und wartete. Langsam und kribbelnd kehrte das Gefühl wieder in seine Beine zurück. Unentschlossen rieb er sich die geschwollenen Handgelenke. Er hatte den Krug mit Wasser geleert und erste Gehversuche gemacht, die leidlich klappten. Seine Wunden schienen zwar schmerzhaft, aber glücklicherweise nicht lebensbedrohlich zu sein, seine Folterer hatten darauf geachtet, ihn möglichst lange am Leben zu lassen. Nun waren schon einige Stunden vergangen und Helena war noch immer nicht zurück. Er musste etwas tun! Sein Problem jedoch war, dass er nichts zum Anziehen hatte. Man hatte ihm seine Kleider genommen, er war nackt bis auf die Unterhose, so würde er sofort auffallen.

Die Wachen hatten sich schon länger nicht mehr um ihn gekümmert. Es schien eine seltsame Unruhe unter den Keilern zu herrschen. Einige Häscher eilten an seiner Zelle vorbei. Während Yonan noch zögerte, begann auf einmal die Erde zu zittern. Zuerst ganz sacht, dann immer stärker, bis das Beben in einem Grollen gipfelte, das schließlich erstarb. Nichts rührte sich, kein Laut war zu hören. Yonan wusste nicht recht, ob das nun ein gutes oder ein schlechtes Zeichen war. Jedenfalls war es an der Zeit zu handeln, Kribbeln in den Beinen hin oder her. Er fasste also einen Entschluss.

Vorsichtig öffnete er die Zellentür einen Spalt und lugte auf den Gang. Was er sah, ließ ihn staunen. Er konnte durch den dunklen Tunnel direkt in die große Halle blicken. Dort kauerten Häscher in verkrümmter Haltung auf dem Boden, nicht fähig sich zu bewegen. Die Keiler drängten sich ängstlich an die Wände, offenkundig verwirrt, was um sie herum geschah. Einer der Wächter stand nur ein paar Schritte vor ihm. Yonan griff sich den Wasserkrug, holte Luft, dann zerbarst er den Krug auf dem Kopf des Keilers. Laut klirrten die Scherben auf den Boden, doch niemand beachtete ihn. Wie einen nassen Sack schleifte Yonan den bewusstlosen, massigen Körper in seine Zelle.

Es war eine seltsam aussehende Gestalt, die wenige Minuten später in den dunklen Gang trat. Sie trug die Kleider eines Keilers, seinen Gürtel, seinen ledernen Brustharnisch, sein Schwert, seine Hosen, jedoch hing alles viel zu weit und wie in Fetzen herunter, war um Längen zu groß.

Yonan verfluchte seine Idee schon jetzt. Die Uniform zwickte, die Hose rutschte immer wieder in die Kniekehlen und er musste sie festhalten. Mit einem Tuch hatte er versucht, sein Gesicht so gut es ging zu verdecken. Er humpelte noch immer etwas, trotzdem bemühte er sich, möglichst selbstsicher und ruppig zu wirken, als er aus dem Gang in die große Halle trat. Er versuchte, die Häscher und die Keiler nicht anzusehen, doch er musste sich nicht sorgen. Die Häscher lagen noch immer am Boden, wie von einer unsichtbaren Macht niedergedrückt, und die Keiler waren so verängstigt, dass sie nur mit sich selbst beschäftigt waren. Am gefährlichsten schienen ihm die Bestien zu sein, die die Häscher stets begleiteten. Sie hatten sich von ihren Ketten losgerissen und wüteten wie wild durch die Halle, jagten Keiler oder verbissen sich in wilden Kämpfen ineinander.

Jene Gefangenen, die noch nicht Toraks Zauber erlegen waren, tobten. Sie spürten, dass etwas im Gange war, erkannten ihre Chance und versuchten, die Gitterstäbe zu brechen. Yonan eilte humpelnd zum ersten Käfig und riss sich das Tuch vom Gesicht. „Ruhig", zischte er, „wenn ihr mir helft, auch die anderen Gefangenen zu befreien, lasse ich euch heraus."

Flehende Hände streckten sich ihm entgegen.

„Öffne die Türe, Herr!"

In Panik und voll von plötzlicher Hoffnung schrien alle durcheinander. „Ruhig, sagte ich!“ Yonan packte einen der Gefangenen, eindeutig ein Waldläufer, so wie er, an der Gurgel und zog ihn an die Gitterstäbe zu sich heran. Der Mann schrie auf vor Überraschung. „Noch einmal: Ich helfe euch, wenn ihr eure Mitgefangenen nicht alleine lasst. Nur zusammen kann uns die Flucht gelingen. Versteht ihr mich?“

Der Mann nickte. „Hilf uns, dann helfen wir dir, Bruder!“

Ein kurzer Blickkontakt reichte Yonan und er wusste, dass er sich auf sein Wort verlassen konnte. Dann nahm er das Schwert des Keilers und schlug zu. Schon beim zweiten Schlag sprang das Schloss auf. Unter Jubelgeschrei stürmten alle Kreaturen aus dem Käfig heraus nach draußen. Und das, was Yonan kaum zu hoffen gewagt hatte, trat ein. Die Gefangenen flohen nicht blindlings um ihr Leben. Sie liefen von Käfig zu Käfig und öffneten die Türen, überwältigten die fassungslosen Keiler und überrannten die am Boden liegenden Häscher einfach, die sich bei der Berührung in Luft aufzulösen schienen. Nur ihre schwarzen Umhänge blieben von ihnen zurück, leer und zerfetzt von den vielen Füßen, die über sie hinweg trampelten. Tausende von Lebewesen strömten nun durch die Halle, Funken von zerschlagenen Ketten flogen durch die Luft, verfeindete Völker halfen einander. Die Bestien der Häscher grollten und stellten sich zähnefletschend vor die Gefangenen, sahen aber schließlich ein, dass sie gegen diese Masse nichts mehr ausrichten konnten und zogen sich knurrend und winselnd in die Dunkelheit der Gänge zurück.

Yonan fiel Rötel wieder ein und dass er Helena versprochen hatte, ihn zu finden. Er erklomm eine Steintreppe und versuchte, einen Überblick über die Menge zu bekommen, aber das gelang ihm bei all den miteinander und übereinander hastenden Gestalten nicht. Er formte die Hände zu einem

Trichter. „Röööööötel!“ Doch sein Ruf verhallte und wurde vom Lärm verschluckt. Ein Gorka mit riesigen Hörnern stellte sich zu ihm und richtete sich in seiner ganzen Größe auf. Er öffnete sein Maul und brüllte so laut, dass er mit seinem langen Schwanz peitschen musste, um nicht umzufallen. Sofort kehrte Stille ein. „Heißt hier jemand Rötel?“ fauchte er durch die Halle. Alles wandte sich Yonan und dem Gorka auf der Treppe zu.

„Ich bin hier, will ich meinen.“ Der Steintroll winkte fröhlich aus der Menge. Auf seinen Schultern saß das kleine Immerschläfermädchen, das freudig quiekend über alle Köpfe hinweg auf Yonans Arm sprang. Yonans Augen leuchteten, er war erleichtert, Rötel wohlauf zu sehen.

„Wir müssen hier alle hinaus“, rief Yonan so laut er konnte in die Menge, „weiter nach oben. Helft den Gefangen aus ihren Verliesen heraus. Sucht die Ausgänge aus diesem Kerker. Toraks Macht scheint geschwächt, aber wir wissen nicht, wie viel Zeit wir haben.“

„Yonan!“, ein atemloses Rufen ertönte am anderen Ende des Saales. Ein Raunen erklang, Helena bahnte sich ihren Weg durch die Menge. Ein Strahlen erhellte Yonans Gesicht. Sein Herz machte einen Sprung.

„Du lebst“, mehr brachte er nicht heraus. Dann hatte sie ihn erreicht, er gab er ihr die Hand und half ihr die Stufen hoch. Helena musste Luft holen.

„Er hat Recht“, rief sie laut, nachdem sie wieder zu Atem gekommen war. „Torak ist geschwächt, aber er ist nicht vernichtet. Dennoch haben wir einen Sieg errungen, denn ich habe das hier“, sprach sie, holte das Zepter aus ihrer Hemdtasche und hielt es hoch in die Luft. Der Kristall leuchtete strahlend. Das Raunen wurde lauter und schwoll schließlich zu einem ohrenbetäubenden Triumphgeschrei an.

„Wir haben den Herzkristall! Lasst uns fliehen, bevor Toraks

Macht wieder erwacht und seine Häscher zurückkehren." Der Jubel war unbeschreiblich. Yonan sah Helena ungläubig an. Sie hatte es tatsächlich geschafft. Da war er, der Kristall, in ihren Händen. Helena blickte ihn strahlend an, sie schien von innen heraus zu leuchten. Er dachte nicht lange nach, nahm ihr Gesicht in seine Hände und drückte ihr einen freudigen Kuss auf die Lippen. Helena ließ es verdutzt geschehen. Yonan lachte, als er den überraschten Ausdruck in ihren Augen sah. „Entschuldige. Das musste sein." Er nahm ihre Hand und drückte sie fest. „Und nun lass uns gehen."

Dann ließen sie ihre Hände los, packten die Schwerter und liefen die Treppen hoch, immer höher.

Dorthin, wo sie den Ausgang vermuteten.

KAPITEL XIX – DAS ENDE DES VERLORENEN LANDES

Eiszapfen hingen von der Decke, es sah aus, als ob jemand den Durchgang in die Mauer hinein geschmolzen hätte. Die Wendeltreppe veränderte sich von einem auf den anderen Moment: Hier noch eine Stufe aus Stein, die nächste aus glasklarem Eis. Keine Türe, kein Gitter, niemand, der sie aufhielt. Es ging einfach – zu einfach für Helenas Geschmack. Waren die Wächter alle geflohen oder erwartete sie um die nächste Ecke eine böse Überraschung? Die befreiten Gefangenen waren überall, versuchten die verschiedensten Wege, um einen Ausgang zu finden. Rötel hatten sie in all dem Gewühl bereits verloren, doch Helena war sicher, dass er seinen Weg nach draußen finden würde.

Im ersten Moment traf sie die Helligkeit wie ein Stich. Geblendet traten sie aus der stickigen Dunkelheit von Toraks unterirdischem Reich in die weißgraue Kälte des Königinnenpalastes.

Der Palast war leer.

„Wo sind alle hin?“ Yonan traute der Ruhe nicht. Niemand

war zu sehen, keine Wachen, keine Cubbits, keine Eiselfen, keine Pinguine, keines der Wesen, das sie bei ihrer Ankunft hier angetroffen hatten. Helenas und Yonans Schritte hallten laut auf dem Boden, sie öffneten eine Türe nach der anderen auf der Suche nach einem Ausgang. Bis sie schließlich den Thronsaal betraten. Sie vermuteten beide, auch er sei leer und die Herrscherin über das Verbotene Land geflohen. Doch sie täuschten sich. Dort saß, zusammengekauert auf ihrem Thron, die Kalte Königin. Helena erschrak, als sie sie sah und bedeutete Yonan, stehen zu bleiben. Die einst so strahlende Herrscherin wirkte verändert, wie in sich zusammengefallen. Die Königin sagte kein Wort zu ihnen, sie saß nur da und betrachtete sie mit leerem Blick.

„Wie habt ihr das gemacht?", sie musterte Helena.

„Torak zu besiegen?", fragte Helena zurück. Sie fühlte sich stärker als bei ihrer ersten Begegnung, wusste, dass sie nun mehr Macht über die Königin hatte als umgekehrt. Diese schien jedoch keine Antwort zu erwarten. Sie stand auf und ging langsam um Helena und Yonan herum. Jeder Schritt schien sie zu schmerzen.

„Ihr habt etwas, das mir gehört." Helena musste innerlich auflachen. In etwa das gleiche hatte sie zur Königin bei ihrer Ankunft gesagt. Doch das Blatt hatte sich gewendet, sie waren nun in der Überzahl, hatten Waffen und waren um nichts in der Welt gewillt, den Kristall wieder herauszugeben. Der Blick der Königin wurde flehend.

„Ihr versteht das nicht. Ich brauche ihn."

Helena betrachtete sic. Ihr Haar war nicht mehr glänzend und weiß, sondern wirkte stumpf, die Gesichtszüge waren durchzogen von Falten und ihre Haut wirkte grau. Das Leuchten war aus ihren Augen gewichen. „Ihr wisst, dass ich ihn Euch nicht geben kann, meine Königin. Es ist nicht möglich“, flüsterte Helena sanft, aber bestimmt. Die Königin sank bittend auf die Knie und klammerte sich an Helenas Bein. Helena wich überrascht zurück.

„Er hat es mir versprochen“ flehte sie, „er hat versprochen, ihn mir zurückzubringen.“

Helena verstand nicht gleich. „Den Kristall?“

Die Königin schüttelte den Kopf.

„Meinen Geliebten. Nathané. Sollte ich ihm den Kristall und mein Reich für seine Zwecke überlassen, so würde er ihn mir zurückbringen.“ Ein Ton, einem Schluchzen ähnlich, kam aus ihrer Kehle. „Doch er hat mich betrogen.“ Ihr Blick wurde wütend. „Habt ihr ihn vernichtet?“

Helena schüttelte den Kopf. „Nur geschwächt, meine Königin. Nicht vernichtet. Er wird bald wieder stark sein. Flieht mit uns. Es ist noch Gutes in Euch, das weiß ich. Noch ist es nicht zu spät.“ Die Königin schüttelte den Kopf.

„Es ist zu spät. Und er schuldet mir etwas.“

Plötzlich griff sie wieder nach Helena, zog an ihrem Bein. Sie entwickelte Kräfte, die Helena nicht für möglich gehalten hätte, so schwach wie sie eben noch gewirkt hatte. Sie riss an ihr, erwischte sie am Hemd. Helena schrie auf, Yonan wollte dazwischengehen, da geschah es: Das Zepter purzelte aus Helenas Tasche und fiel auf den eisigen Boden. Mit einem leisen Klicken löste sich der Kristall aus seiner Halterung, rollte davon und blieb einige Schritte entfernt liegen. Die Königin kreischte auf und robbte über den Boden auf den Kristall zu. Helena sprang hinterher und sie beide erreichten ihn gleichzeitig, hielten ihn in ihren Händen, ließen nicht los. Helenas Gesicht war direkt vor dem der Königin, sie konnte ihren Atem spüren. „Er ist mein. Wenn ich ihn Torak bringe, wird er mir zurückgeben, was Eure Mutter mir genommen hat. Er hat mir versprochen, dass er zu mir zurückkehren darf und für immer hierbleiben wird."

Helena sah den Schmerz in ihren Augen, ein Flackern, ganz weit unten, kaum zu sehen. Sie nahm ihre linke Hand, die nicht den Kristall festhielt und berührte die Königin sanft an der Wange. „Es war nicht meine Mutter, die ihn Euch genommen hat. Es war Torak. Torak hat ihn getötet. Er wird nie wieder zu euch zurückkehren können."

„Nein", hauchte die Königin, „das ist nicht wahr."

Eine einzelne Träne löste sich aus ihrem Auge, lief ihre Wange hinunter, sammelte sich am Kinn und tropfte schließlich auf den Kristall in ihrer Hand.

Ein Glitzern wuchs im Inneren des Steins, als die Träne ihn berührte. Es wurde immer stärker, erfasste erst den Arm, dann den Körper der Königin. Wie ein warmer Strom hüllte er sie ein. Helena zog mit aller Macht am Kristall, aber er ließ sich nicht aus ihrer Hand lösen. Die Königin lehnte sich zurück, ihr Mund öffnete sich und ein schauriges Weinen brach aus ihr hervor: „Neeeeiiiiiiiiin!"

Ihre Hand öffnete sich und der Kristall kugelte durch den Raum, zu weit von Helena entfernt, um ihn zu fassen. In diesem Moment ertönte ein Bersten, lauter als alles, was Helena bisher in ihrem Leben gehört hatte. Erschrocken duckte sie sich. Ein Knacken folgte dem Bersten und ein dicker Riss zog sich durch den Boden des Thronsaales, spaltete ihn in zwei Teile und ließ ihn erbeben. Ein Tropfen landete auf Helenas Stirn. Sie blickte nach oben und erstarrte. Die Decke des Saales begann in atemberaubender Geschwindigkeit zu schmelzen. Auch unter der Königin selbst, die wimmernd auf dem Boden saß, bildete sich bereits eine große Pfütze. Yonan packte Helena am Arm.

„Das sieht nicht gut aus. Lass uns verschwinden."

„Der Kristall", Helena deutete auf den Stein, der weit weg lag, auf der anderen Seite des Risses. „Wir können nicht ohne ihn fort. Niemals." In diesem Augenblick quiekte es unter ihrem Hemd und Lillewill hüpfte heraus. Bevor Helena sie zurückhalten konnte, flitzte das kleine Tier flink über den Boden, sprang über den Riss hinweg und packte den Kristall mit ihrem kleinen Maul.

„Komm zurück, schnell", Helena stieß einen schrillen Pfiff aus, „hier fällt gleich alles zusammen!"

Erste Eisbrocken begannen von der Decke zu stürzen. Das Wasser um sie herum stieg nun immer schneller. Helenas Schuhe waren bereits durchnässt. Lillewill wich den fallenden Eisbrocken aus, rutschte ein paarmal über den Boden, fing sich aber wieder und erreichte schließlich Helena, die sie und den Kristall in Windeseile wieder unter ihr Hemd steckte. „Gutes Mädchen", murmelte sie dankbar. Dann kniete sie neben der Königin nieder. „Meine Königin", bat sie „ich flehe Euch an, kommt mit uns." Doch sie schien nichts mehr zu hören.

„Lass sie!", rief Yonan und zog Helena erst auf die Beine und dann mit sich fort. „Sie ist schon lange verloren."

Sie rannten um ihr Leben. Immer wieder blieben sie stehen, weil Yonan neue Kraft schöpfen musste, seine Beine waren noch schwach. Aus dem Saal heraus, über den Flur, nur weg hier. Alles zerbarst um sie herum. Die Säulen, die Wände, die Decken. Fenster splitterten. Ein unheimliches Brausen ertönte aus dem Thronsaal. Vor sich erblickte Helena zwei große Fensterbögen. „Yonan, schneller, dort hinaus", schrie sie. Helena drehte sich um. Das letzte, was sie sah, als sie durch die Öffnungen ins Freie sprangen, waren die Fluten, die die Türen zum Thronsaal sprengten.

Helena war überglücklich, ihren Freund Rötel und Olga, die Wasserfrau, unter den Vielen zu sehen, die überlebt hatten.

Noch hielten die dicken Mauern des Palastes stand, aber es würde nicht mehr lange dauern, bis er endgültig in sich zusammenbrechen würde. Tausende Wesen strömten nach und nach aus allen möglichen Öffnungen des Palastes oder aus Löchern im Schnee, die das schmelzende Gebäude freigegeben hatte und machten sofort für Platz für alle, die nach ihnen kamen. Sie flüchteten in die Hügel, es war Eile geboten, bevor alles überschwemmt wurde. Helena sah sich um. Die Luft war erfüllt vom Geschnatter und Geplärre der Lebewesen, die der dunklen Gefangenschaft Toraks entkommen waren. Die Türme des Palastes standen gekrümmt, die Mauern glänzten vor Nässe, Teile des Daches waren bereits eingestürzt. Auch hier draußen schmolz der Schnee unter ihren Füßen und wich Gras und matschiger Erde. Die Sonne, die durch die neblige Glocke schien, die das Verbotene Land noch immer einhüllte, tat ihr bestes, ihnen zu helfen.

Die Herrschaft der Kalten Königin war vorüber.

Lillewill sprang auf Helenas Schulter und knabberte an ihren Haaren. Rötel trat neben sie und Yonan.

„Wo ist Rudor?“ fragte er, wie Helena in Richtung des Palastes blickend. Helena schüttelte den Kopf.

„Sie haben ihn gebrochen. Er marschiert nun mit Toraks Armee.“ Yonan wandte sich ab und schloss die Augen. Rötel schwieg. Es gab nichts zu sagen, was ihren Schmerz gelindert hätte.

In diesem Augenblick ertönten aufgeregte Rufe. Die Befreiten standen erstaunt und zeigten auf den Palast der Kalten Königin. Aus den Trümmern stiegen dutzende zarte Wesen auf – die Eiselfen, die Helena schon bei ihrer Ankunft im Palast gesehen hatte. Sie schwebten wie von einer unsichtbaren Macht getragen empor. Ihre Haut schimmerte durchsichtig, ihre Haare waren weiß, ihre Augen leuchteten grau. Die Kalte Königin musste von ihrer Art gewesen sein. Nur wenige Sekunden später ertönte ein ähnliches Krachen wie im Thronsaal und der Palast brach donnernd in sich zusammen. Die Wassermassen bahnten sich unaufhaltsam einen Weg nach draußen, sprengten Wände und Fenster und fluteten das Tal. Der trübe Dunst über ihnen öffnete sich, machte einem strahlend blauen Himmel Platz, die Sonne blendete sie alle. Mit einem leisen Lachen zerstreuten sich die Eiselfen in alle Richtungen, wehten wie der Wind davon. Helena meinte, einen Anflug von Mitleid in seinem Gesicht zu sehen, als Yonan sagte: „Jetzt ist ihre Macht endgültig gebrochen. Sie ist nun nicht mehr ihre Königin."

Der Zug der Befreiten setzte sich in Bewegung. Es lag ein weiter und beschwerlicher Weg vor ihnen, durch die verschneiten Berge, zurück in ihre Heimat und zu ihren Familien. Helena war sich sicher, dass Yom sich ihrer annehmen und ihnen helfen würde. Auch wenn es Viele waren, er wusste, was zu tun war.

Helena plagten Sorgen. Wie sollte es ihnen nun, da sie den Kristall hatten, gelingen, schnell genug nach Saradian zurückzukehren? Die Zeit ist fast abgelaufen, dachte Helena, und warf einen Blick auf ihre Handfläche. Was hatte Torak zu ihr gesagt? Wenn der Mond sich endgültig verdunkelte, würde sie Verderben über das Land bringen. Dann wäre alles verloren. Sie selbst und Asketan mit ihr.

Yonan, Rötel und Helena saßen zusammen und beratschlagten, was nun zu tun sei. Olga war bei ihnen, um sich zu verabschieden, bevor sie sich dem Zug anschließen und auf den Weg zurück zu ihrem Mann und ihrem Sohn Ulf machen würde. Helena war der Verzweiflung nahe. Sie hatten nicht einmal mehr Pferde. Sie waren verschwunden, unter dem Palast der Königin begraben oder in Toraks Reich gefangen, um seine

Soldaten nach Saradian zu tragen. So oder so, dachte Helena traurig, ich werde Kashet wohl nie wiedersehen. Ihr Herz zog sich zusammen.

„Wie sollen wir rechtzeitig in Saradian sein? Der Rückweg dauert zu Fuß Monate. Es ist unmöglich. Wir müssten schon fliegen können."

Olga horchte auf. „Du willst fliegen? Dann sollst du fliegen!"

Es herrschte ungläubiges Schweigen, bis Rötel vorsichtig fragte: „Du scherzt, will ich meinen?"

Olga zögerte. „Nun, es ist nur eine Legende, aber vielleicht die beste Chance, die ihr habt, also…"

Helena unterbrach sie. „Sag uns einfach, was du weißt. Ich bitte dich."

Olga zeigte mit ihrem Finger hinter Helena, weit in die Ferne. „Geht nicht mit uns. Geht in die andere Richtung, bis ans Ende der Welt. Dort, auf dem Steinernen Wall, wohnt der Hüter der Unendlichkeit. Bezwingt den höchsten der Berge. Wandert hinauf auf dem Weg aus Gold, den nur beschreiten kann, wer wahren Mut hat. Wer zweifelt, wird den Tod finden." Helena lief ein Schauer über den Rücken. „Wie gesagt, es ist nur eine Legende. Niemand weiß, ob sie wahr ist."

„Und wie soll uns der Hüter der Unendlichkeit nach Saradian bringen?"

Olga lächelte. „Nun, man sagt, er sei ein Drache."

Erst schwiegen alle, doch dann lachte Rötel. „Ein Drache, das ist Unfug, will ich meinen. Niemand hat mehr einen Drachen gesehen seit Tausenden von Jahren. Es gibt sie wahrscheinlich gar nicht."

Helena schmunzelte. „An Trolle glaubt in meiner Welt auch niemand, lieber Rötel."

Der Steintroll schaute sie empört an, schmollte und schwieg. Helena wandte sich an Yonan. „Was meinst du, ist da womöglich etwas Wahres dran?"

Yonan musste nicht lange überlegen.

„Auch ich kenne diese Legende. Angeblich sehen Bauern im Nordwesten in hellen Mondnächten große Schatten über ihre Häuser und Felder fliegen. Ob es wahr ist – wer weiß das schon? Aber was haben wir für eine Wahl? Es ist die einzige Chance, die wir haben. Ergreifen wir sie."

Helena wandte sich an Olga. „Der Drache, ich meine, der ist doch gutmütig, oder?

Olga lächelte. „Das, Mondgeborene, kann ich dir nun wirklich nicht sagen."

Es war Abend geworden und dämmrig. Die Sonne versank glutrot am Horizont. Ein wenig kam es Helena vor, als ob das Verbotene Land blutete. Noch aus vielen Kilometern Entfernung konnte man die Lichter der Fackeln sehen, die sich wie eine große Raupe durch das Tal in Richtung Nedevarn schlängelten. Helena musste an das denken, was sie durch das Fenster in Toraks Turm gesehen hatte: Die schwarzen Massen an Soldaten, die sich über das Land wälzten. Was für ein hoffnungsfrohes Bild hingegen waren diese Lichter der Befreiten, die fröhlich in der Dunkelheit zu tanzen schienen.

Helena atmete tief durch. Yonan drückte aufmunternd ihre Hand, dann marschierten sie los. In die andere Richtung. Zu Fuß. Yonan, Rötel, Helena und natürlich Lillewill – sie waren übrig geblieben. Am Rande des Tales, in weiter Ferne, würden sie ans Ende der Welt stoßen. An die Grenzen von Yuhr, die niemand bisher übertreten hatte.

Helena träumte wirr. Sie hatte unruhig geschlafen und wachte mehrmals auf, nur um von neuem einzuschlafen und weiterzuträumen. Sie hörte Stimmen, viele leise Stimmen, die miteinander lachten und sehr fröhlich klangen. Die Stimmen kamen von überall, schwebten in der Luft umher. Als Helena am frühen Morgen endgültig erwachte, fühlte sie eine große Erleichterung, warum, wusste sie nicht. Es war noch fast dunkel, nur die Sterne und der große, runde Mond leuchteten, die Sonne traute sich noch nicht hinter dem Horizont hervor. Es hatte sich etwas verändert, das spürte Helena. Sie richtete sich auf und horchte in die Dunkelheit. Aus dem nahen Eiswald, an dessen Rand sie gerastet hatten, hörte sie ein Wispern und Flüstern, ein ständiges leises Knacken. Helena verspürte keine Angst. Sie setzte sich auf und wartete, es war noch zu dunkel, um etwas Genaues erkennen zu können. Langsam wurde es heller, die Sterne verblassten und machten einem hellblauen Himmel Platz. Sie spürte jemanden hinter sich treten.

„Warum bist du wach, so früh am Morgen? Du solltest deine Kräfte schonen, wir haben einen langen Weg vor uns."

Yonan setzte sich neben sie. Sie rutschte ein Stück beiseite. Sie hatte seinen Kuss nicht vergessen, er brannte noch immer wie Feuer auf ihren Lippen. Schnell wischte sie den Gedanken weg.

„Ich warte. Ich will wissen, woher diese Stimmen kommen."

Yonan schien verdutzt. „Stimmen? Was für Stimmen meinst du?"

„Hörst du sie denn nicht?"

Beide schwiegen und lauschten. Yonan schüttelte den Kopf. „Da ist nichts." Außer einem gelegentlichen Knacken konnte er nichts hören. Er fragte sich, ob Helena nicht einfach nur geträumt hatte. Oder hatte der Kampf mit Torak ihr mehr Schaden zugefügt, als sie ahnten? Yonan war besorgt. Noch hatten sie nicht über die Begegnung mit Torak gesprochen. Wie sie ihn besiegt hatte, was er gesagt hatte. Was es mit der Frau auf sich hatte. Sie schwieg beharrlich darüber. In diesem Moment stieg die Sonne hinter den Wipfeln der Bäume empor und überschüttete das Verbotene Land mit ihrem Licht. Die trübe Glocke aus Dunst war verschwunden. Helena blickte auf den Wald vor ihr und jauchzte vor Freude. Nun wusste sie, was sie in der Nacht gehört hatte.

„Yonan, sieh doch nur." Sie deutete auf den Wald und sprang auf. Yonan brauchte einen Moment, bis er verstand, was sie meinte. Tiefes Glück durchströmte Helena. Was sie gehört hatte, war der Beginn neuen Lebens. Die zu Eis erstarrten Pflanzen waren aufgetaut, aus den Ästen sprossen neue Triebe und Zweige. Junges, in der Sonne wachsendes Leben bewegte sich sacht im Wind. Helena berührte vorsichtig die Knospen und jungen Blätter der Bäume und Sträucher. Die Stimmen waren nicht verstummt, im Gegenteil.

Wir danken dir, flüsterte es überall. Man konnte förmlich zusehen, wie der Wald wuchs. Überall raschelte und knackte es, wenn ein neuer Ast, ein neues Blatt, eine neuer Trieb hervorbrach und das Eis krachend von sich sprengte.

„Ist es nicht wunderschön?" Helena lachte ein fröhliches, unbeschwertes Lachen.

„Ja, das ist es", sagte Yonan und betrachtete sie nachdenklich. Er konnte es nicht länger zurückhalten. Seit Saradian, die ganze Reise über, hatte er sich immer wieder beherrscht, aber nun, da sie so strahlend und glücklich vor ihm stand, trotz alldem, was noch vor ihr lag, hielt er es nicht mehr aus und es platzte aus ihm heraus: „Ich will nicht, dass du gehst."

Helena drehte sich überrascht um.

„Gehen, wohin? Den Drachen suchen?"

Yonan schaute sie stumm an. Da war sie wieder, die Traurigkeit in seinem Blick. Und Helena verstand, was er eigentlich gemeint hatte.

„Asketan wird leer sein ohne dich. Ich werde leer sein ohne dich. Wir sind wie… wir gehören zusammen, Helena. Seit ich denken kann. Du gehörst hierher, jetzt noch mehr als jemals zuvor."

Helena setzt sich neben ihn. „Ich versuche, nicht ständig daran zu denken."

„Aber es wird passieren, schon bald."

„Ich weiß", flüsterte sie leise.

„Hast du Angst?"

Helena nickte heftig. „Wahnsinnige Angst. Aber ich habe keine Wahl, Yonan. Ich liebe euch alle so sehr, euch darf nichts geschehen, ihr seid meine Familie. Ich nehme euch mit in meinem Herzen, wohin ich auch gehe. Das ist etwas, das Torak mir nicht nehmen kann. Und es ist auch nicht alles schlecht: Mein Leben wird jetzt anders sein auf der Erde, da bin ich mir sicher. Denn ich bin anders geworden auf dieser Reise."

Yonan sagte nichts. Helena nahm ihn fest in den Arm, drückte ihn an sich. Er erwiderte die Umarmung, legte sein Kinn auf ihren Kopf. Einen Moment verharrten sie so.

„Du darfst dir keine Sorgen machen, bitte."

„Ach, wenn das so einfach wäre." Yonan lachte bitter. „Seit Saradian überlege ich mir, wie ich es verhindern kann, was ich tun kann, damit du hier bei uns bleibst."

Helena löste sich aus der Umarmung, ihr Blick wurde entschlossen: „Du kannst etwas tun. Denn das einzige, das jetzt zählt, ist, Torak zu vernichten. Wenn ich schon gehe, dann darf es wenigstens nicht umsonst sein."

Diesmal war es Helena, die Yonan die Hand zum Aufstehen reichte. Er nahm sie an und ging einige Schritte voran, Rötel wecken. „Ich werde dich auch vermissen", flüsterte sie leise, in seinem Rücken, ohne dass er es hörte.

Sie gingen immer weiter in Richtung Nordwesten. Die Sonne schien nun von einem strahlend blauen Himmel, den kein Wölkchen trübte. Ein kühler Ort würde der Eiswald wohl immer bleiben, aber seinen Namen hatte er nicht mehr verdient. Überall kam das Gras unter dem Schnee hervor, Bäche flossen wieder, Blumen reckten ihre Köpfchen empor. Bald, so war sich Helena sicher, würden auch die Tiere wieder zurückkehren. Tal des Frühlings, dachte Helena, das wäre der richtige Name, wenn ich das Verbotene Land neu benennen müsste. Nur Toraks unterirdische Festung trübte diese Idylle. Helena wusste, dass der Kampf noch lange nicht gewonnen war. So sehr Torak durch seine Niederlage auch geschwächt sein mochte, sie war sich sicher, dass er sich schnell erholen würde, vielleicht sogar bereits auf dem Weg nach Saradian war. Er wusste, dass er ihr zuvorkommen musste. Und er würde nur umso wütender und unerbittlicher sein in seinem Kampf gegen Murimir. Sie mussten weg von hier. So schnell wie möglich. Sie konnten nur hoffen, dass er nicht ahnte, welche Richtung sie eingeschlagen hatten.

Am Mittag des vierten Tages erreichten sie den Rand des Verbotenen Landes. Vor ihnen türmten sich spitze Hügel auf, die wie Wellen über das Land wogten. Noch waren sie grün und von weichem Moos und Gras überzogen, doch je weiter sie in die Wellenberge vordrangen, desto steiniger, kahler und ungemütlicher wurde die Umgebung.

Und schließlich ragte er hoch vor den Reisenden auf: der Steinerne Wall. Kahle, schwarze Felsen markierten die Grenze zu allem, was je ein Wesen in Yuhr zu Gesicht bekommen hatte. Dahinter erstreckte sich wohl das Meer der Unendlichkeit, sehen konnte man es von hier aus nicht. Wo es endete, wusste niemand. Auch Fischer, Handelsschiffe oder all die Abenteuerlustigen trauten sich nicht, weiter als bis zur Grenze der Salzküste zu segeln. Kam der Steinerne Wall in Sicht, drehten alle um.

Die Felsen waren schwarz, wie poliert, die Hänge glänzten in der Abendsonne. Es schien fast, als seien sie von Menschenhand glattgeschliffen worden. Nichts wuchs auf ihnen, kein Baum, kein Moos, noch nicht einmal Schnee lag auf ihren Wipfeln. Eine unüberwindbare, lebensfeindliche Wand aus Stein.

Yonan rieb sich die Knie und starrte beeindruckt die Felsen hinauf. Er hatte vom Steinernen Wall gehört, ihn aber nie selbst gesehen. Dieser Teil der Legende ist also schon mal wahr, dachte er. Mal sehen, wie es sich mit dem Drachen verhält.

Helena wischte sich den Schweiß von der Stirn. Ihre Füße schmerzten und waren voller Blasen. Auch Rötel sah so aus, als ob er eine Pause gebrauchen könnte.

„Wenn wir zügig weitergehen, sind wir heute Abend am Fuß des Walls, richtig?“, wandte sich Helena an Yonan.

Ihr Tatendrang imponierte ihm, sie war nun tagelang marschiert, ohne sich auch nur einmal zu beklagen.

„Ungefähr, ja. Und wenn Rötel noch einen Zahn zulegt, dann finden wir vielleicht noch vor Einbruch der Dunkelheit einen Lagerplatz.“

Rötel, der einige Schritte hinter ihnen lief und keuchte, wollte protestieren, schluckte aber eine Bemerkung herunter, als er Yonans Augenzwinkern sah, und streckte ihm nur seine lange blaue Zunge heraus, so wie auch Helena es gerne tat. Nun war es sie, die lachen musste.

Je näher sie dem Wall kamen, desto mehr Felsbrocken lagen herum. Sie waren aus dem gleichen glatten, schwarzen Stein, aus dem der Wall selbst zu bestehen schien. Er kam Helena künstlich vor, als sei er absichtlich an diese Stelle gesetzt worden. Wie ein Hindernis, dachte sie, das vor etwas schützen soll. Oder etwas verbergen.

Sie schlugen ihr Lager im Schutze eines der Felsen auf. Rötel hatte unterwegs ein paar trockene Zweige gesammelt und machte sich daran, ein Feuer zu entfachen. Ohne Kumulen war dies jedoch bei dem steten Wind, der blies, ein hoffnungsloses Unterfangen: Es gelang ihm einfach nicht.

Helena versuchte herauszufinden, aus welchem Material der Felsen war. An einigen Stellen war er so blank, als sei er geschmolzen worden und noch ganz heiß und glänzend. Doch als Helena ihn vorsichtig anfasste, fühlte sie nichts als kalten Stein.

„Wie sollen wir dort nur hinaufkommen, Yonan? Der Wall ist so steil und glatt, wir werden uns alle Beine brechen."

Der Waldläufer beschattete die Augen mit der Hand, um besser sehen zu können. „Ich weiß es nicht. Olga sprach von einem goldenen Pfad, der den höchsten Berg hinaufführt. Den höchsten Berg sehe ich, aber von einem Pfad ist nichts zu entdecken."

Helena setzte sich zu Rötel, der enttäuscht aufgegeben hatte, Feuer zu machen. „Lasst uns bis morgen früh warten. Es wird schon dunkel. In der Nacht können wir hier nichts ausrichten."

Eng zusammengekauert, hungrig und erschöpft schliefen die drei im Schutze des Felsbrockens ein, noch bevor die Sonne ganz untergegangen war.

Helena war nur kurz eingenickt. Rötel hatte wieder einmal begonnen zu schnarchen und Lillewill hatte unruhig in ihrer Tasche nach Essbarem gewühlt. An Schlaf war nun nicht mehr zu denken. Also stand sie vorsichtig auf, um die beiden anderen nicht zu wecken. Sie nahm Lillewill aus ihrer Tasche und setzte sie Rötel auf den Schoß. Ihr Blick fiel auf Yonan, der tief und friedlich schlief. Sie hatten ihr Gespräch vom Waldrand nicht wieder erwähnt, aber es hatte etwas geändert. Es war, als ob vorher eine durchsichtige Wand zwischen ihnen gewesen war, durch die sie sich zwar hatten sehen, aber nicht erreichen können. Diese Wand war nun fort.

Helena hatte Yonan und Rötel auf der langen Wanderung durch das Verbotene Land schließlich alles erzählt, was in Toraks Turm geschehen war: vom Trugbild ihrer Mutter, von Toraks gescheitertem Versuch, sie auf seine Seite zu ziehen, von Murimirs Stimme in ihrem Kopf und davon, was sie durch das Fenster erblickt hatte. Sie fühlte sich seitdem viel leichter, wie befreit.

Die Sonne war schon hinter den Bergen verschwunden, aber ihr Licht tauchte noch alles in einen sanften Schimmer. Der Wall kam Helena nun gar nicht mehr so bedrohlich vor.

Sie musste dringend mal und so suchte sie sich einen größeren Felsen, hinter den sie sich hocken konnte. Ihr Blick fiel auf den Berg vor ihr. Sie zog die Hose wieder hoch und betrachtete nachdenklich den Fuß des Walls. Ob sie es versuchen sollte? Vorsichtig kletterte sie ein paar Meter empor, sich Schritt für Schritt vortastend. Zuerst klappte es ganz gut, doch es dauerte nicht lange und sie rutschte ohne Halt wieder auf den Boden zurück. Helena landete unsanft auf ihrem Hinterteil. Schön, dachte sie, noch ein blauer Fleck mehr.

Der Mond ging auf. Helena liebte diesen Moment, wenn die Sterne bereits funkelten, das Tageslicht sich aber noch nicht vollends verabschiedet hatte, es gab kein schöneres Blau als dieses. Plötzlich stockte sie. Was war das gewesen? Für einen kurzen Moment hatte sie gemeint, in einiger Entfernung ein Glitzern zu sehen. Nur ganz kurz, schon war es verschwunden. Da. Sie sah es wieder. Behände kletterte sie auf den kleinen

Felsen in der Nähe, von dem das Glitzern kam. Dort war es erneut. Direkt vor ihr. Helena wischte sich über die Augen. Spielte ihr das Abendlicht einen Streich?

Nur wer Mut hat, wird den Weg aus Gold beschreiten können, hatte Olga gesagt, wer zweifelt, wird den Tod finden. Nun denn, dachte Helena seufzend. Und sie tat einen vorsichtigen Schritt ins Nichts hinein.

Helena hielt den Atem an. Sie stand in der Luft. Sie schwebte nicht, sie stand. Auf etwas Festem, wie Glas, kaum zu sehen. Wieder huschte ein goldener Schimmer über den Weg vor ihr. Er erstreckte sich weit, weit nach oben. Bis er nicht mehr zu sehen war.

Vorsichtig setzte sie einen erneuten Schritt nach vorne. Wo es wohl weitergehen würde? Wie sollte sie den Weg nur finden ohne abzustürzen? Kaum hatte sie den Gedanken zu Ende gedacht, verloren ihre Füße den Halt und sie fiel zu Boden. Unsanft schlug sie auf der Erde auf und stieß sich das Knie.

„Au, verdammt!", fluchte sie in die Dämmerung hinein und rieb sich die schmerzende Stelle.

Wer zweifelt, wird den Tod finden. Helena schluckte. Zum Glück war sie nicht sehr tief gefallen.

Erneut kletterte sie den Felsen hinauf, nahm all ihren Mut zusammen. Ihr Herz klopfte bis zum Hals. Sie atmete laut ein und aus, schloss die Augen, dann wurde sie ganz ruhig. Helenas Blick wanderte den Berg hinauf.

„Dort hinauf führt der Pfad", sagte sie laut und bestimmt. Dann ging sie einfach drauflos, ohne Furcht, ohne Zweifel. Sie sah nicht nach unten, sie sah nach oben, die höchste aller Bergspitzen im Blick. Der Pfad trug sie sicher. Gelegentlich sah sie sein goldenes Funkeln, direkt vor ihr, immer dort, wo ihr nächster Schritt sie hinführte. Helena begriff: Sie konnte gar nicht daneben treten, solange sie nur stets ihr Ziel vor Augen hatte. Sie wurde immer zuversichtlicher und war sich sicher: Gab es den goldenen Pfad, so gab es auch den Hüter der Unendlichkeit, dort oben, weit über ihr. Sie stieg immer höher, den Sternen entgegen. Unter ihr war nur noch Schwärze, nichts war mehr zu erkennen, kein Boden, nur tiefes Nichts. Sie verschwendete keinen Gedanken daran, was passieren würde, wenn sie abstürzte. Sie lief die ganze Nacht, ohne Müdigkeit, ohne anzuhalten.

Als der Morgen graute, war sie auf dem Gipfel angekommen.

KAPITEL XX – RAGNAR

Kalter Wind wehte Helena ins Gesicht und zerzauste ihre Haare. Sie sah sich um und der Anblick nahm ihr den Atem. Sie hatte den goldenen Pfad hinter sich gelassen, der nun im fahlen Licht des neuen Tages verblasste, bis er schließlich ganz verschwand.

Sie stand mit den Füßen wieder auf festem Boden, auf demselben glatten, schwarzen Stein, aus dem der ganze Wall bestand. Nur ein paar Schritte hinter ihr ging es schier endlos hinunter in die Tiefe. Es schwindelte sie entsetzlich. Um ihr wild pochendes Herz zu beruhigen lief sie ein paar Schritte rückwärts vom Rand des Gipfels weg. Wenn sie heute Nacht nur einen Moment gezweifelt hätte, sie läge dort unten, zerschmettert in der Tiefe. Ihre Knie zitterten.

Helena verschnaufte kurz. Hier irgendwo musste der Drache sein, sie war sich nun sicher, dass es ihn gab.

Sie ging vorsichtig weiter, wollte möglichst keinen Lärm machen. Ein paar größere Felsbrocken versperrten ihr den Weg. Helena drückte sich eng an sie, der Wind wurde immer stärker und kam nun in regelmäßigen, pfeifenden Böen, zerrte an ihr.

Der Stein hatte sich verändert, war zwar immer noch schwarz und glatt, bot aber kleinere Risse und Vorsprünge, um sich daran festzuhalten.

Der Wind wurde lauter, glich nun einem ohrenbetäubenden Rasseln. Sie presste sich eng an die Felswand und schlich Schritt für Schritt um den Felsbrocken herum. Ihre Hand tastete an ihren Gürtel – und entsetzt bemerkte sie, dass sie ihr Schwert nicht angelegt hatte. Sie hatte nicht nachgedacht, als sie den goldenen Pfad erklommen hatte, hatte einfach die Gelegenheit genutzt und war losgelaufen. Was, wenn der Drache ihr nicht freundlich gesinnt war? Sie schalt sich selbst eine Närrin. Kleine Schweißtropfen bildeten sich trotz der Kälte auf ihrer Stirn und ihrer Oberlippe.

Helena warf einen vorsichtigen Blick um den Felsen herum. Dann nahm sie all ihren Mut zusammen und ging weiter. Sie bemerkte nicht das faltige große Auge, das sich direkt hinter ihr öffnete und sie neugierig musterte, sich dann schnell wieder schloss und eins wurde mit dem Stein.

Zunächst sah sie gar nichts, weil ein Windstoß ihr so stark ins Gesicht blies, dass sie die Augen schließen musste. Als sie sie wieder öffnete, war alles, was sie vor sich erblickte, ein großer, schwarzer Haufen. Größere und kleinere Steine lagen wie aneinandergereiht hintereinander, sie wirkten scharfkantig und zackig, ganz anders als der geschmolzene schwarze Felsen des Berges. Das Brausen des Windes wurde lauter, wehte ihr schelmisch in den Nacken. Helena fuhr herum. Doch niemand war dort. Irgendetwas stimmt hier nicht, dachte sie.

Dann fiel es ihr wie Schuppen von den Augen. Helenas Herz setzte einen Schlag lang aus, es lief ihr heiß und kalt den Rücken hinunter. Sie spürte erneut einen warmen Luftzug in ihrem Nacken. Langsam, ganz langsam drehte sie sich um.

Zwei tellergroße Augen blickten sie an. Bernsteinfarben, mit schwarzen, zu Schlitzen geformten Pupillen. Helena war wie erstarrt, sie konnte sich nicht rühren, nichts sagen.

Der Drache richtete seinen Körper zu seiner vollen Größe auf. Das, was Helena für Steine gehalten hatte, bewegte sich, formte sich zu einer Gestalt. Es waren keine Felsbrocken gewesen, die zufällig herumlagen, sondern ein langer, mit spitzen Zacken besetzter Schwanz. Sie hatte inmitten seines zusammengerollten Leibes gestanden, schwarz wie der Stein um ihn herum. Der Drache war gigantisch. Er war über und über bedeckt mit schwarzen Schuppen, den Schwanz krönten an seinem Ende zwei riesige Stacheln. Er hatte einen schlanken, muskulösen Körper. Sein Kopf ähnelte einer riesigen Echse, er trug Hornplatten an der Stirn und den Seiten, sein Maul lief spitz zu wie der gebogene Schnabel eines riesigen Raubvogels. So standen sie sich eine Weile schweigend gegenüber. Helena wagte nicht, sich zu rühren, war wie gefangen von seinen Augen, in denen es gefährlich glitzerte. Der Drache öffnete seinen Rachen wie zu einem Lächeln, schüttelte und reckte sich wie ein Hund, der gerade erwacht ist. Er entblößte dabei mehrere Zahnreihen, spitz und gefährlich. Die Hornplatten auf seinem Rücken klapperten, als sie beim Schütteln aneinanderschlugen. Das Ungeheuer entfaltete seine Flügel, die weit über Helena ragten, wie dicke, lederne Fledermausschwingen ließen sie sich zusammen- und wieder auffalten. Er war noch größer, als sie gedacht hatte, und schien ihr das auch zeigen zu wollen. Helenas Blick fiel auf seine messerscharfen Klauen. Wie riesige Vogelkrallen sahen sie gleichzeitig harmlos und tödlich aus.

All das dauerte nur wenige Sekunden, doch Helena war es wie Stunden erschienen. Sie erschrak fast zu Tode, als sich eine mächtige, raue Stimme erhob.

„Es ist lange her, dass mein Frühstück sich freiwillig zu mir begeben hat."

Der Atem des Drachen stank erbärmlich. Helena wollte zurückweichen, doch sein Schwanz hatte sich unbemerkt hinter sie gelegt und machte eine Flucht unmöglich.

„Mein, mein Name ist…", stammelte Helena.

„Du redest erst, wenn ich es gestatte. Verstanden, Frühstück?"

Helena nickte nur. Der Drache kam näher und schnüffelte an ihr. Seine großen Nasenlöcher blähten sich neugierig auf.

„Hmmm, so was ist mir noch nie passiert. Findet so ein armseliges Würstchen ohne Fleisch an den Knochen den goldenen Pfad und taucht hier einfach auf und das", seine Klaue hob sachte und fast zärtlich Helenas Umhang an und blickte auf ihren leeren Waffengurt, „ganz ohne Waffen."

Er lachte ein tiefes, grollendes Lachen.

„Mutig von dir, das muss ich sagen. Oder töricht." Es blitzte in seinen Augen. Nur ein Bissen wäre nötig, und sie würde für immer in seinem Maul verschwinden. Nicht schon wieder, dachte sie, sich an die erste Begegnung mit Lyzs erinnernd, warum wollen mich nur alle fressen?

Doch der Drache wandte sich plötzlich von ihr ab und schritt an den Rand des Gipfels. Er blickte in den tiefen, grauen Schlund hinunter. „Du hast einen gefährlichen Weg auf dich genommen. Nicht umsonst, nehme ich an."

Helena nickte, bemerkte aber dann, dass der Drache sie gar nicht ansah und schwieg lieber. Der Drache winkte sie mit dem Kopf zu sich. Dampfender Atem kam aus seinen Nasenlöchern.

„Komm hierher zu mir, Frühstück."

Helena war sich nicht sicher, ob ihr dieser Name gefiel, aber sie gehorchte. Was blieb ihr auch anderes übrig. Zögernd trat sie neben den Drachen. Sie kam sich so verloren und klein vor, wie eine Maus neben einem Elefanten. Misstrauisch blickte sie auf die scharfen Klauen direkt neben sich.

„Was siehst du?"

Der Anblick war überwältigend. Sie blickte Richtung Südosten, dort glitzerten die Gipfel Nedevarns weiß in der Sonne. Man konnte über sie hinwegblicken, so hoch war der Berg, auf dem sie standen. Auf der anderen Seite konnte man bis zur Küste sehen, dort und hinter dem Steinernen Wall erstreckte sich das Tyrannische Meer, bis an den Horizont, bis ans Ende der Welt, wo es nur noch Meer der Unendlichkeit genannt wurde. Blickte man jedoch über Nedevarn hinweg, fast in die aufgehende Sonne hinein, sah man in weiter Ferne den Elfenwald, als hauchdünnen grünen Streifen am Horizont. Dahinter erkannte Helena auf einmal deutlich die Steppe, dann Tankelvar, noch weiter entfernt blitzte ein winziges Licht in der Sonne. „Ist das... Saradian?", hauchte Helena. „Das kann nicht sein."

„Du siehst hier oben, was du sehen willst, Frühstück. Oder sehen sollst." Der Drache wandte sich um und trottete vom Rand des Abgrundes weg. „Saradian ist also dein Ziel, ja?" Er setzte sich hin, faltete seine Klauen übereinander und musterte Helena interessiert.

„Ich muss dorthin zurück. So schnell wie möglich. Murimir erwartet mich."

„Murimir erwartet dich, so, so", der Drache ließ sich nicht aus der Ruhe bringen. Er suchte eine bequemere Sitzposition, fegte dabei klirrend und rumpelnd ein paar weiße Äste unter sich weg. Äste? Helena erkannte entsetzt, dass es sich um Knochen handelte, die überall verstreut lagen: Viele einzelne Knochen, große, mittelgroße, kleine. Frühstück, dachte sie, na fantastisch. Sie hoffte inständig, dass er Rehe und Kühe dünnen Mädchen vorzog. Der Drache bemerkte ihren Blick und schaute spöttisch.

„Ich fresse Fleisch, was denkst du denn, wo es herkommt?" Sein Maul reckte sich nach vorne und kam ihr bedrohlich nahe. Wieder schnüffelte er an ihr. Mit seiner großen, gespaltenen Zunge leckte er sich das Maul. „Was willst du von Murimir?"

Helena kniff die Augen zu und ließ es über sich ergehen.

„Ich muss ihr helfen. Ich muss den Lichtturm mit dem Herzkristall zum Leuchten bringen."

Der Drache brummte. „Du fängst an, mich zu interessieren, Frühstück. Vielleicht verspeise ich dich erst später."

Ragnar, so hieß der Drache, hörte Helena tatsächlich zu. Sie hatten Stunden dort gesessen, auf dem zugigen Gipfel des Berges. Helena hatte ihre ganze Geschichte erzählt: vom Anfang ihrer Träume über ihre Ankunft in Asketan, von Murimirs Prophezeiung, vom Weg nach Saradian und Tankelvar, von der Reise durch den Elfenwald und der einstürzenden Brücke über die Schlucht der verlorenen Kinder, von Barnabas, Yom und der Kalten Königin, vom Kampf mit Torak und der Flucht aus seinem Verlies bis hierher, zu ihrem Aufstieg auf dem goldenen Pfad. Als sie Ragnar schließlich den schwarzen Mond in ihrer Handfläche zeigte, entdeckte sie kaum eine Regung an ihm, nur seine Ohrflügel zuckten kurz auf. Helena holte den Herzkristall unter ihrem Umhang hervor und hielt ihn hoch vor Ragnars bernsteinfarbene Augen.

„Und so", schloss Helena, „bitte ich dich, mir zu helfen und uns so schnell wie möglich nach Saradian zu bringen, damit ich Torak aufhalten kann, bevor es zu spät ist."

Ragnar überlegte lange, bevor er antwortete, noch nicht einmal ein Zwinkern verriet, was er dachte.

„Wir Hüter der Unendlichkeit dienen niemandes Sache. Wir urteilen nicht. Torak hat das gleiche Recht zu existieren wie du – vom Blickwinkel der Unendlichkeit aus gesehen", schob er nach, als er sah, dass Helena protestieren wollte. „Sieh dir das an“, sein Blick wanderte in Richtung des Meeres, das sich hinter dem Steinernen Wall erstreckte, „die Unendlichkeit hat viele Formen. Sie ist unermesslich groß wie das Meer und gleichzeitig winzig klein wie ein Augenblick. Sie hört nie auf. Wie die Zeit. Wie das Universum. Sie kann gleichzeitig nichts und alles für dich bedeuten. Das Leben ist ein ständiger Widerspruch in sich. Versöhnung gibt es nicht ohne Streit, Leben nicht ohne Tod, kein Licht ohne Schatten und nichts Gutes ohne das Böse.“

Helenas Herz wurde schwer. Eine plötzliche Müdigkeit überkam sie. „Du wirst mir nicht helfen, richtig?“

Ragnar schüttelte den Kopf. „Was ich sagen will, ist, dass die Aufgabe von uns Hütern ist, das Gleichgewicht zwischen den Dingen zu wahren. Einst kam Torak in diese Welt und wollte es zerstören, wollte alles in Dunkelheit stürzen, kein Licht mehr zulassen. Doch er wurde besiegt, das Gleichgewicht war wieder hergestellt. Und nun tut er es erneut und fordert die Unendlichkeit heraus.“ Ragnars Blick wanderte wieder in Richtung Asketan. Helena folgte ihm. Der Himmel verdunkelte sich plötzlich, es wurde schlagartig Nacht. Helena sah, wie sich in der Ferne Tausende von Lichtern in Richtung Saradian bewegten, die Feuer brennender Städte und Dörfer flackerten auf. Die Flammen spiegelten sich in Ragnars Augen.

„Er marschiert auf Saradian“, Helena konnte nicht glauben, was sie sah. Tränen schossen ihr in die Augen. „Wir sind zu spät.“

Ragnar stupste sie sanft mit seinem Maul an. Es wurde wieder heller Tag, die Dunkelheit verschwand und das Verbotene Land lag wieder unter ihnen. „Ja, er marschiert auf Saradian. Aber zu spät sind wir nicht, Mondgeborene. Wie gesagt, von diesem Berg aus sieht man, was man sehen will und sehen soll. Ich werde dir helfen. Du bist eine Steinträgerin. Wir

Hüter sind den Steinträgern von jeher verbunden, denn sie haben das Gleichgewicht gewahrt, damals. Sie sind wie wir.“

Der Drache stand auf, blies durch seine Nüstern und schüttelte sich. Er spreizte seine Schwingen und ließ ein markerschütterndes Brüllen hören. Seine Augen blitzten. Er zwinkerte ihr zu.

„Steig auf, Mondgeborene. Lass uns dunkle Schatten jagen.“

KAPITEL XXI – AUF NACH SARADIAN

„Helenaaaaaaa!“

Yonan verzweifelte. Helena war und blieb verschwunden. Sie suchten nun schon seit Stunden nach ihr, seit dem frühen Morgen, als sie ihr Lager leer gefunden hatten. Die Sonne näherte sich inzwischen schon wieder dem Horizont. Es musste etwas passiert sein. Er ahnte, was sie getan hatte: Sie musste den goldenen Pfad alleine gesucht haben.

Rötel jammerte vor sich hin. „Es hat keinen Sinn, will ich meinen. Sie ist weg. Vom Drachen gefressen, vermutlich.“

Yonan räusperte sich und warf seinem rothaarigen Freund einen vernichtenden Blick zu. „So was will ich nicht hören, Rötel. Sie muss hier irgendwo sein. Wir suchen, bis die Nacht einbricht. Lass uns noch einmal zum Lager zurückkehren. Womöglich ist sie schon wieder dort und wartet auf uns.“

Es ist still hier, dachte Yonan, still, einsam und kalt. Sie traten den Fußmarsch zurück zum Lagerplatz an, weit waren sie nicht gelaufen.

Ein Schrei durchbrach die Stille, wie der eines riesigen Raubvogels. Er kam von weit oben, vom Berggipfel. Rötel hatte sich unwillkürlich weggeduckt. „Klingt nicht freundlich, will ich meinen."

Auch Yonans Hand war zu seinem Schwert gezuckt. Es gab also doch mehr Leben als Mäuse und Kaninchen in dieser Gegend. „Hoffen wir, dass es schon gefressen hat, was auch immer es ist." Und dass nicht Helena die Beute war, schob er in Gedanken hinterher.

Sie hatten ein wenig mageres Kaninchen gejagt in der Frühe, doch es fehlte an Feuer, um es zuzubereiten. Es war immer noch zu windig, um die dürren Zweige zu entzünden, so sehr Rötel sich auch abmühte. Das erlegte Tier lag noch neben der Feuerstelle, wie sie es zurückgelassen hatten. Von Helena aber fehlte weiter jede Spur.

Eine Windböe kam auf. Yonan zuckte zusammen. War da nicht ein Schatten gewesen, über ihm? Er blickte nach oben, doch er sah nur den leeren Himmel. Yonan ließ sich an der Feuerstelle nieder, um Rötel zu helfen. Dieser hatte es gerade geschafft, ein klein wenig Glut zu entfachen und freute sich. „Sieh, womöglich gibt es doch kein rohes Kaninchen heute Abend."

Da ertönte ein mächtiges Brausen über ihnen. Wind kam auf. Rötels Glut erlosch sofort wieder, er fluchte leise, erstarrte dann aber, als der Schrei, den sie einige Augenblicke zuvor von den Gipfeln des Walls gehört hatten, erneut ertönte. Diesmal aber in unmittelbarer Nähe, direkt über ihnen. Laut und markerschütternd musste er von einem wirklich riesigen Tier stammen. Yonan und Rötel wandten sich erschrocken um, schützten ihre Köpfe.

„In Deckung!", schrie Yonan.

Ein riesiger Schatten legte sich über sie und ging auf das Lager nieder. Luftzüge von gigantischen Schwingen wehten Yonan die Locken aus dem Gesicht, er sah den glänzenden, schwarzen Körper eines mächtigen Drachen, ein mit messerscharfen Zähnen besetztes Maul, das sich zu einem erneuten Schrei aufriss.

Mit einem Ausruf des Entsetzens sprang Yonan zurück und riss sein Schwert aus der Scheide. Er wollte schon blindlings nach dem Ungeheuer schlagen, da ertönte in all dem Lärm eine ihm nur allzu bekannte Stimme.

„Yonan, nicht! Ich bin es."

Eine zarte, auf dem Rücken des Untiers geradezu winzig wirkende Gestalt erschien hinter dem Kopf des Drachen, als dieser erstaunlich elegant landete und seine Flügel am Körper zusammenfaltete.

„Helena!", vor Verblüffung ließ er kurz das Schwert sinken, hob es jedoch gleich wieder. „Runter da, Helena. Ich lenke ihn ab, lauf weg so weit du kannst."

Ein donnerndes, glucksendes Geräusch ertönte: Der Drache lachte.

„Ein Biss und ihr, dein Schwert und du, seid in meinem Magen, du aufgeblasener Winzling", er wandte sich an Helena, „du hast mir nicht gesagt, dass hier wütende Jungen herumlaufen, Frühstück."

Helena kletterte umständlich von Ragnars Rücken herunter. „Yonan, er ist ein Freund. Er hat mir nichts getan und wird auch euch nichts tun."

Ragnar stapfte in Richtung Feuerstelle. „Oh, das würde ich nicht versprechen, solange der da nicht aufhört, mit seinem Zahnstocher vor meiner Nase herumzufuchteln."

Der Drache setzte sich auf die Hinterbeine und schob den vor Angst erstarrten und zitternden Rötel mit seiner Klaue beiseite.

„Darf ich mal?"

Er holte tief Luft und nur ein paar Augenblicke später

brannte das Feuer lichterloh.

Yonan blieb skeptisch. Auch Rötel warf immer wieder angstvolle Blicke auf die Klauen und die Zähne des Ungeheuers, das mit ihnen am Feuer saß. Doch Yonan hörte aufmerksam zu, als Helena ihm strahlend von dem einmaligen Erlebnis berichtete, auf dem Rücken des Drachen durch die Lüfte zu gleiten und die Welt von oben zu sehen. Er hatte schon immer wissen wollen, wie es sein musste zu fliegen. Als sie jedoch erzählte, dass sie gesehen hatte, wie das Heer Toraks auf Saradian marschierte, verdunkelte sich sein Blick.

Das Feuer brannte dank Ragnar hell und warm und auch für ein üppiges Essen war gesorgt. Der Drache war nur wenige Augenblicke verschwunden und kam dann mit einem Reh zurück, das nun verheißungsvoll über dem Feuer brutzelte. Ragnar selbst hatte bereits auf der Jagd gegessen. Aus Rücksicht auf seine Begleiter hatte er ihnen den blutigen Anblick erspart, wie er seine Beute riss und verspeiste. Sie musste jedoch recht groß gewesen sein, denn der Drache sah satt und zufrieden aus.

Sie verloren keine Zeit. Als die Sonne unterging und sie sich ausreichend gestärkt hatten, sammelten sie das Wenige ein, das ihnen noch geblieben war und brachen auf.

„Der nächste Dunkelmond ist schon wieder nah“, fauchte Ragnar und blickte in die Sterne. „Vielleicht ist es der letzte.“ Er senkte seine Flügel, so dass die Freunde auf seinen Rücken klettern konnten – was nicht so einfach war, denn er war ungeduldig, jeder Muskel seines Körpers war angespannt. Er war lange nicht mehr so weit geflogen.

„Steigt auf und haltet euch gut fest. Der Start wird holprig. Von einem Berg hinunter ist es leichter.“

Der Drache war groß und stark genug, sie alle drei mit Leichtigkeit zu tragen. Lillewill hatte sich in Rötels Tasche versteckt, sie traute sich nicht mehr heraus, seit sie den Drachen gesehen hatte.

Ragnar nahm ein paar Schritte Anlauf, seine Klauen gruben sich tief in den Boden, er machte ein paar unbeholfene Sätze. Es schüttelte alle durcheinander, Rötel schrie auf und wäre beinahe vom Rücken des Drachen gefallen, fand gerade noch einen Stachel, an dem er sich festhalten konnte.

Ragnars Flügel schlugen kräftig um Schwung zu holen, dann hob er ab, wenn auch etwas schwerfällig. Mit jedem Schlag kam es Helena vor, als müsste sie sich übergeben. Der Flug vom Berg herunter war wie ein sanftes Gleiten gewesen – das hier war anders.

Doch schließlich fand der Drache den Wind unter seinen Schwingen, mit langsamen, mächtigen Zügen stieg er immer höher. Helena wagte einen Blick nach unten. Tief und dunkel lag der Steinerne Wall unter ihnen, dahinter glitzerte das Meer der Unendlichkeit im Schein des Mondes.

Ragnar hielt einen Moment flügelschlagend inne und sah zurück, als wolle er sich verabschieden, dann wendete er und glitt lautlos über die Wälder und Hügel an der Grenze des Verbotenen Landes dahin. Yonan lief ein Schauer den Rücken hinunter und ein Lächeln huschte über sein Gesicht. Er flog tatsächlich – und es war atemberaubend schön. Ragnar änderte ein wenig die Richtung und steuerte nach Südwesten, in Richtung Salzküste. Er wollte dort fliegen, wo es etwas wärmer war.

Eine gute Entscheidung, dachte Helena bibbernd. Es war unglaublich kalt hier oben.

Sie waren die ganze Nacht geflogen. Ragnar machte das nichts aus, er strotzte vor Kraft.

„Drachen“, sagte er, „schlafen manchmal hundert Jahre.

Danach können sie sehr, sehr lange wach bleiben."

Helena hatte ebenfalls keinen Schlaf gefunden, zu groß war ihre Angst gewesen, einfach vom Rücken des riesigen Tieres zu purzeln. Das rächte sich nun. Sie gähnte und konnte kaum die Augen offen halten.

Da kam es ihr gelegen, dass Ragnar offensichtlich keine Lust verspürte, bei Tag weiterzufliegen. Denn kaum brach der Morgen an, steuerte er einen Wald in einiger Entfernung an, weit weg von Häusern, Siedlungen und Wegen. Auf einer Lichtung landete er unsanft, sah sich kurz um und hielt seine Nasenlöcher prüfend in den Wind, dann trollte er sich, um sein Frühstück zu jagen.

Auch Yonan und Rötel hatte der Ritt in der Luft sichtlich mitgenommen. Rötel sah immer noch so aus, als ob er sich gleich übergeben würde, er war blass und seine Knie zitterten. Grummelnd und mit sich selbst sprechend lehnte er sich gegen einen Baumstumpf und war nur wenige Augenblicke später laut schnarchend eingeschlafen.

„Manchmal beneide ich ihn", Yonan streckte sich und gähnte. „Lass uns auch ein wenig schlafen. Es wird uns guttun und ich bin sicher, Ragnar passt auf uns auf."

Helena hatte ein paar Stunden wie ein Stein geschlafen und war erholt erwacht. Rötel und Yonan kauerten noch tief schlummernd und mit den Köpfen aneinander gelehnt am Baumstamm. Helena musste lächeln, als sie die beiden so sah. Am anderen Ende der Lichtung saß der Drache und riss gerade einem Reh ein Hinterbein aus, um es erst in die Luft zu werfen, dann aufzufangen und gierig herunterzuschlingen. Helena verzog das Gesicht und schauderte. Ihr war klar, dass Ragnar jagte wie jedes andere Raubtier auch, dennoch wurde sie den Gedanken nicht los, dass es auch sie oder ihre Freunde sein könnten, die zwischen seinen Reißzähnen zerfetzt würden. Ragnar hatte bemerkt, dass sie wach geworden war und sah kurz auf, ließ sich aber nicht von seiner Mahlzeit ablenken. Die Knochen knackten, als er den Rest des Rehs durchbiss und in einem Happs hinunterschluckte.

„Gut geschlafen, Frühstück?“, er grinste und zeigte seine Zähne. Im Grunde seines Wesens war der Drache ein recht grober Witzbold.

Helena hob eine Augenbraue.

„Jedenfalls besser als auf deinem Rücken. Wie spät ist es?“

„Um die Mittagszeit herum, wie du an meinem Appetit bemerkst“, er schüttelte und streckte sich, „das Fliegen macht hungrig und der kleine Dicke da,“ er nickte mit dem Kopf in Richtung Rötel, „ist nicht gerade ein Leichtgewicht.“

Helena überhörte die Bemerkung. „Wann werden wir weiterfliegen?“ Sie war ungeduldig. Jede Minute, die sie hier auf der Lichtung verbrachten, war verschwendete Zeit.

„Heute Abend, wenn es dunkel wird. Ich kann nicht so hoch fliegen mit euch, ihr würdet keine Luft bekommen und erfrieren dort oben. Aber fliegen wir niedriger, entdeckt man uns. Du willst nicht auf meinem Rücken sitzen, wenn ängstliche Bauern Speere oder Steine nach uns werfen. Also bleibt uns nur die Nacht.“

Helena sah an sich und ihren löchrigen, schmutzigen Hosen herunter und warf einen Blick auf Yonan, der noch immer die viel zu großen Kleider des Keilers an seinem Leib trug. Sie hatten bei ihrer Flucht aus Toraks Festung fast alles zurücklassen müssen. Ihr kam ein Gedanke. „Dann lass uns die Zeit wenigstens nutzen. Hast du eine Siedlung in der Nähe bemerkt?“

Ragnar schnaufte widerwillig. Er schien das für keine gute Idee zu halten. „Wir haben heute Nacht eine überquert, am

Rande des Waldes. Dürfte aber ein ordentlicher Fußmarsch bis dahin sein. Was hast du vor?"

Die Halme des reifen Korns wogten im Wind, Feld reihte sich an Feld. Nicht mehr lange, und die Bauern würden zur Ernte ausfahren, sich auf den Herbst und Winter vorbereiten. Helena und Yonan stapften nun schon eine ganze Weile einen ausgetretenen Pfad entlang, der durch die Felder führte, immer die schmalen Rauchsäulen im Blick, die in einiger Entfernung vor ihnen aufstiegen. Dies musste das Dorf sein, das Ragnar gemeint hatte.

Helena blickte nach oben. Sonne und Mond standen nah beieinander. Es würde nicht mehr lange dauern bis zum Dunkelmond, ein paar Tage höchstens, mehr Zeit hatten sie nicht. Helena beschleunigte ihren Schritt.

Das Dorf wirkte nicht sehr einladend, ein paar Hütten, wie zusammengewürfelt, eine Mühle am nahen Bach, eine Schenke, mehr war es nicht. Alles wirkte schmutzig und irgendwie deprimierend.

Sie hatten nicht viel von Wert bei sich, Yonans Beutel mit Goldstücken war in Toraks Festung verschwunden, aber in der Rüstung des Keilers hatten sich ein Schwert und paar scharfe Messer befunden. Die Klingen würden womöglich ein guter Tausch sein gegen eine warme Mahlzeit und neue Kleidung.

Die Bewohner beobachteten sie misstrauisch, als sie das Dorf betraten. Einige schmutzige Kinder blickten sie aus großen Augen an und verschwanden dann schnell hinter den Häusern.

„Ich glaube, wir sind nicht willkommen", murmelte Helena zu Yonan.

„Abwarten," meinte dieser, „wir sehen ja auch nicht gerade vertrauenerweckend aus."

Helena musste sich eingestehen, dass er recht hatte. Zögernd betraten sie die Schenke. Es war düster im Innenraum, er war verrußt vom Kamin und mit groben, hölzernen Tischen und Bänken bestückt. Nur wenige Gäste saßen in den Winkeln des Raumes, alle mit einem großen Krug Bier vor sich. Helena fiel auf, dass sie müde und gebrechlich wirkten. Yonan nickte einen Gruß in die Runde, doch niemand reagierte. Die Blicke fielen misstrauisch auf Yonans Brustharnisch und ihre Schwerter. Geschirr klapperte. Aus der Küche duftete es wider Erwarten herrlich. Erst jetzt bemerkte Helena, welch großen Hunger und Durst sie hatte, ihr Magen knurrte und das Wasser lief ihr im Mund zusammen. Yonan bedeutete ihr, sich an einen Tisch in einer der dunklen Nischen zu setzen, wo sie etwas unbeobachtet waren. Der Wirt kam auf sie zu und stellte ungefragt zwei Krüge mit einem schaumigen Getränk vor sie hin. Helena schnupperte misstrauisch daran.

„Wollt ihr auch was zu essen?“

Yonan nickte. „Gerne, Herr. Bring uns etwas schmackhaftes, das uns satt macht. Es riecht gut bei euch.“

Der Wirt brummte etwas Unverständliches und ging in Richtung Küche. Wenige Augenblicke später blickte der Kopf einer Frau aus der Küchentüre heraus in ihre Richtung, sie erschrak sichtlich und verschwand wieder.

Helena stieß Yonan unter dem Tisch mit dem Fuß an und nickte in ihre Richtung. „Was ist da los?“, zischte sie.

Auch Yonan war angespannt. Seine rechte Hand ruhte an der Hüfte, immer bereit, das Messer zu ziehen, das dort befestigt war. Die Küchentür öffnete sich und die Frau kam wieder heraus, zwei dampfende Schüsseln mit Eintopf in der Hand. Mit gesenktem Kopf kam sie auf die beiden zu. „Möge es euch munden“, wünschte sie, ihrem Blick ausweichend. Helena sah, wie sie aus den Augenwinkeln Yonan musterte.

„Wir danken dir," sagte Yonan höflich, „sag, bist du die Herrin dieses Hauses?"

Die Frau nickte: „Ja, das bin ich."

„Womöglich kannst du uns nicht nur mit diesem herrlichen Eintopf helfen. Wie du sicher siehst, benötigen wir frische Kleidung, auch ein wenig Proviant für unsere Weiterreise würde guttun."

„Ich sehe, was ich tun kann."

Sie nickte, drehte sich um und huschte wieder zurück in die Küche. Helena verschlang den Eintopf gierig und stürzte das Getränk, das sich tatsächlich als eine Art Bier entpuppte, hastig herunter. Seit Yoms Hütte hatte sie nicht mehr so gut gegessen, ihr war, als ob sie von innen heraus warm würde.

Yonan bremste sie. „Langsam trinken. Das bist du nicht gewohnt."

Der Wirt kam mit zwei fest verschnürten Beuteln und zwei ledernen Wasserflaschen zurück. „Nehmt das hier als unser Geschenk. Ich denke, die Sachen werden euch passen, sie sind von unseren Söhnen." Er verbeugte sich kurz und wollte direkt wieder gehen, doch Yonan hielt ihn auf.

„Warte. Warum geschenkt? Willst du nichts im Tausch?"

Der Wirt stoppte, man sah ihm seine Verwirrung an.

„Im Tausch? Herr, ich dachte nicht, dass…", sein Blick fiel wieder auf Yonans Rüstung und dieser verstand.

„Wir sind nicht das, was du denkst. Ihr habt von uns nichts zu befürchten."

Der Wirt blickte sich unsicher um und setzte sich dann schnell an ihren Tisch. „Aber du trägst ihre Rüstung", flüsterte er, sich zu ihnen beugend. „Seid ihr keine von denen?"

Yonan schüttelte den Kopf. „Das ist eine lange Geschichte. Sei aber gewiss, dass wir euch nichts Böses wollen. Im Gegenteil: Ich will dieses Ding so schnell wie möglich loswerden." Yonan packte zwei der Messer auf den Tisch.

„Nehmt die hier dafür. Mehr haben wir leider nicht anzubieten."

Erleichtert lehnte sich der Wirt zurück. „Sie waren hier, müsst ihr wissen. Es ist kaum ein paar Tage her. Sie zogen durch unser Dorf, nahmen die mit, die jung genug waren. Sie schlachteten unser Vieh, zündeten ein paar der Hütten an und tranken unser Bier. Dann zogen sie weiter." Er fuhr sich mit beiden Händen über das Gesicht. „Auch meine beiden Jungs nahmen sie mit. Kaum älter als ihr zwei."

Helena und Yonan wechselten verstohlene Blicke.

„Wie viele waren es?"

„Wohl an die zwanzig. Eine wilde Horde, grausame und düstere Gesellen. Wer konnte, versteckte sich vor ihnen. Als sie kamen, brachten wir die Kinder in die Felder, die Alten blieben in den Hütten und hofften verschont zu werden. Am schlimmsten war einer von ihnen, ein Schatten ohne Gesicht, mit einem schwarzen Umhang und einer Kapuze über dem Kopf. Er berührte die, die er mit sich nehmen wollte und sie folgten ohne Widerrede. Es war wie Zauberei."

Helena schluckte und sah Yonan schweigend an. Er wusste, was sie dachte: Die Häscher waren zurück, sie waren wieder auferstanden. Torak hatte seine Macht zurückerhalten.

„Seit sie weg sind, vergeht das Korn, es ist, als ob es uns unter den Händen verdirbt, sobald wir es ernten wollen. Ich befürchte, die Mühle wird wohl still stehen in diesem Jahr. Unglück ist über unser Dorf gekommen."

Yonan trank den Rest seines Kruges auf und stellte ihn mit einem lauten Geräusch auf den hölzernen Tisch. „Ich danke dir für deine Freundlichkeit. Behalte die Messer als Dank dafür. Wir müssen nun gehen."

Der Wirt wirkte teilnahmslos. „Ich werde sie nie wieder

sehen“, murmelte er, mehr zu sich selbst als zu seinen Gästen.

Yonan und Helena nahmen die Beutel und Flaschen und verließen die Schenke. Draußen atmeten sie beide auf, die Luft war stickig gewesen. „Zurück zu Ragnar“, Yonans Miene verdüsterte sich, „wir müssen sofort fliegen und können nicht auf die Nacht warten.“

„Wir müssen es ihm sagen“, die Wirtin redete auf ihren Mann sein, „wenn wir die Jungen wiedersehen wollen, müssen wir tun, was er uns befohlen hat.“

Der Mann schüttelte den Kopf. „Vielleicht sind sie es nicht gewesen, Weib. Er sprach von dreien.“

Unwillig stieß die Wirtin ihn an. „Ach, Papperlapapp. Hier in der Gegend, wer sollte es denn sonst sein? Und dann noch diese Rüstung. Du musst ihm die Nachricht schicken.“

Der Wirt stand auf, nahm seinen Umhang vom Haken und warf ihn über. „Lass uns nichts überstürzen. Ich will erst ganz sicher sein.“

Sie zogen sich hastig am Rande eines der Felder um. Erleichtert schlüpfte Yonan in Hose und Hemd, die wie angegossen passten – und deutlich weniger scheuerten als die Rüstung des Keilers. Im zweiten Beutel befanden sich zwei große, duftende Brote, frische Äpfel und gedörrtes Fleisch. Rötel und Lillewill würden sich freuen. So schnell sie konnten, eilten Helena und Yonan zurück in Richtung des Waldes.

Sie bemerkten die Gestalt nicht, die ihnen in einiger Entfernung folgte, ins Korn geduckt um nicht entdeckt zu werden.

„Wir müssen aufbrechen, Ragnar. Sie waren hier, ganz in der Nähe. Sie werden uns finden, wenn wir nicht sofort verschwinden." Helena stand wild gestikulierend vor dem Drachen. Doch Ragnar schüttelte standhaft den mächtigen Kopf. „Ich fliege nicht am Tag. Ich habe es schon gesagt."

Rötel und Lillewill machten sich gerade über das Brot her. Rötel nahm einen Schluck aus der ledernen Flasche und blickte Yonan enttäuscht an. „Kein Bier?"

Yonan rollte mit den Augen.

„Sie plündern die Dörfer und verstärken mit den Bewohnern ihre Armee. Es ist egal, ob uns jemand sieht, die Menschen haben andere Sorgen als dich. Wir müssen uns wirklich beeilen", versuchte Yonan Helena zu unterstützen.

Ragnar hob plötzlich den Kopf. Seine Ohren kippten nach vorne und nach hinten. Seine Nasenflügel bebten. Er witterte.

„Ragnar,…"

„Still", zischte er, „wir bekommen Besuch." Drohend baute er sich zu seiner vollen Größe auf und blickte in die Richtung, aus der Helena und Yonan gekommen waren. „Ich hatte euch gesagt, dass es keine gute Idee ist, dort hinzugehen."

Äste knackten. Aus dem Schatten des Waldes trat eine Gestalt. In einen dunklen Umhang gehüllt, das Schwert erhoben. Aus Ragnars Brust kam ein tiefes Grollen.

„Soll ich ihn verbrennen?", die Schuppen an seinen Wangen begannen golden zu glühen. Doch Helena zögerte.

„Warte!", rief sie.

Die Gestalt trat auf die Lichtung und nahm die Kapuze ab. Der Wirt aus der Schenke im Dorf sah sie mit großen Augen und offenem Mund an. „Ein Drache…", stammelte er, völlig fassungslos.

„Ja, ja, ein Drache. Soll ich?", fragte Ragnar erneut in Helenas Richtung.

„Nein", Helena legte ihm besänftigend die Hand auf die Flanke, „er wird uns nichts tun."

Der Wirt legte vorsichtig das Schwert auf den Boden vor sich und hob beschwichtigend die Hände. „Man sagte mir, ihr seid zu dritt, deshalb habe euch noch mehr Essen mitgebracht.“ Er nahm einen weiteren Beutel von der Schulter und legte ihn ebenfalls auf den Boden. „Auch die Messer könnt ihr wieder haben, die werden euch nützlicher sein als mir. Und hier, zwei gute Schwerter für euch.“ Gebückt trat er ein paar Schritte zurück, den Drachen nicht aus den Augen lassend. „Der schwarze Schatten befahl mir, eine Nachricht zu schicken, sobald ihr im Dorf auftaucht. Überall tragen sie das den Bewohnern auf. Ihr müsst auf der Hut sein.“

Ragnar reckte seinen Körper noch weiter drohend in die Höhe. Das Gold an seinen Wangen begann wieder zu glühen.

„Nein, bitte!“, der Wirt schützte seinen Kopf mit den Händen, „tut das nicht, ich habe ihm nichts gesagt, sie haben mich nicht gebrochen. Ich weiß, dass ich meine Söhne nie wieder sehen werde, egal was ich tue. Sie marschieren schon auf Saradian, euch zu verraten wird sie mir nicht zurückbringen. Er soll bezahlen dafür, was er uns antut.“

Die Freunde wechselten schnelle Blicke. Rötel trat vor, nahm sich den Beutel und die Waffen und ging flink wieder zurück in den Schutz des Drachen. Ragnars Glühen verblasste. „Ich weiß nicht, ob wir ihm trauen können. Aber du hast Recht, lass uns so schnell wie möglich fliegen.“

Der Wirt nickte heftig und hob erneut die Hände. „Ich schwöre euch, ich verrate euch nicht. Meinem Weib sage ich, ihr seid nicht die, die der Schatten gesucht hat.“

Helena nickte. Aus irgendeinem Grund glaubte sie dem Mann.

„Dann ist es nun also soweit“, sie wandte sich traurig an Yonan, „und es beginnt?“

Ragnar hob den Kopf, aus seiner Kehle drang ein Schrei,

wild und entschlossen. Er schlug mit den Flügeln. Yonan packte den Drachen an seinem dornigen Panzer und zog sich auf seinen Rücken. Er reichte Helena die Hand, um ihr hinauf zu helfen.

„Das hat es längst, Mondgeborene.“

KAPITEL XXII – DIE SCHLACHT BEGINNT

Verbrannte Felder und Waldstücke, niedergerissene Dörfer, eingestürzte Brücken: Je näher sie Saradian kamen, desto öfter sahen sie die Spuren von Toraks Zerstörung. Ragnar versuchte tagsüber, die Menschen zu meiden, um Dörfer und Städte einen Bogen zu machen. Doch es gelang ihm nicht immer und je besiedelter die Landschaft wurde, desto öfter geschah es, dass die Bewohner unter ihnen panisch zu schreien begannen und erschreckt davonliefen. Der eine oder andere Stein war schon in ihre Richtung geflogen, aber Ragnar ließ sich nicht beirren. So hoch konnte niemand werfen. Nur Speere und Armbrüste machten ihm Sorgen, doch in dieser Hinsicht blieb es ruhig.

Der Mond hatte sich immer näher an die Sonne herangetastet. Sie rasteten kaum, schliefen wenig. Immer wieder tastete Helena nach dem Stein in ihrer Hosentasche, um sich zu vergewissern, dass er noch da war. Der Herzkristall war ihre letzte Hoffnung. „Morgen werden wir Saradian erreichen, Mondgeborene", rief Ragnar über seine Schulter zu ihr. „Du solltest dich darauf gefasst machen, dass es nicht mehr so aussieht, wie du es in Erinnerung hast." Helena nickte sorgenvoll. Schon seit Wochen war Murimir ihr nicht mehr erschienen, und seit dem Kampf gegen Torak in seiner Festung hatte sie auch die Stimme ihrer Großmutter nicht mehr gehört.

Als der Morgen graute, sahen sie Saradian am Horizont schimmern. Doch sie erblickten noch mehr: Dunkle Massen von Soldaten bewegten sich unaufhaltsam auf die Stadt zu, so wie es Helena auf dem Steinernen Wall gesehen hatte. Die Luft dröhnte vom Rhythmus unzähliger marschierender Füße. Es war kalt um sie herum und je näher sie der Stadt kamen, desto deutlicher konnte Helena es spüren. Er war bereits hier.

Saradian war verwundet, im Fluss trieben Trümmer von zerstörten Schiffen umher, Rauch stieg auf. Kampfeslärm und Schreie drangen zu ihnen hinauf, Toraks Heer versuchte, die Mauern Saradians zu überwinden. Noch hielten sie stand.

Längst hatten die Häscher den nahenden Drachen am Himmel entdeckt. In Windeseile wurden Wurfmaschinen mit Steinen beladen, Bogenschützen und Speerwerfer machten sich bereit.

„Ich bringe euch hinein“, rief Ragnar in den Wind, „aber es könnte ein wenig ungemütlich werden.“ Er ließ einen Schrei ertönen, der alle in Mark und Bein erschütterte. Für einen Moment schienen die Kämpfenden innezuhalten und den Blick zum Himmel zu wenden. Doch das Zaudern hielt nicht lange. Helena sah, wie die Kurbel einer Wurfmaschine gedreht wurde und versetzte Ragnar einen Stoß. „Sieh, dort!“

„Haltet euch fest!“, Ragnar sah den Stein kommen und wich geschickt aus. Helena schrie erschreckt auf, sie konnte sich gerade noch an einen Dorn auf seinem Rücken klammern. „Nicht loslassen!“, schrie Yonan und packte sie am Kragen. Ein Hagel aus Pfeilen ergoss sich über sie. Ragnar drehte ab, um sie zu schützen. Dann schrie er heulend vor Schmerz auf. Die meisten Pfeile waren an seinen harten Schuppen einfach abgeprallt, doch ein paar hatten einen Weg an empfindlichere Stellen gefunden. Er blieb flügelschlagend in der Luft stehen, drehte er sich um und ein wütender Feuerstrahl fuhr auf die Kämpfenden nieder. Schreie ertönten aus den Flammen, Soldaten flohen in alle Richtungen. Helena sah entsetzt zu.

Ragnar hatte sich wieder unter Kontrolle, schüttelte sich kurz und flog weiter.

Sie hatten die Stadtmauern von Saradian erreicht. Das Tor war verrammelt und mit Steinen verstärkt. Kämpfer auf den Mauern stießen die Leitern, die Toraks Soldaten aufzurichten versuchten, immer wieder herunter. Doch es waren zu viele. Ragnar landete unter den Schreien der flüchtenden Soldaten und Bewohner, die an einen weiteren Angriff Toraks auf sie glaubten, auf dem großen Marktplatz der Stadt. Einige der mutigeren Soldaten kamen mit ihren Schwertern zögerlich auf ihn zu, versuchten ihn zu umringen. Ragnar baute sich zu voller Größe auf und begann bedrohlich zu fauchen. Immer mehr Soldaten strömten auf den Platz. Helena und ihre Gefährten hatten keine Gelegenheit, von seinem Rücken zu steigen, alles ging viel zu schnell. Einer der Soldaten hob die Hand zum Angriff. „Stopp, nicht, wir sind es, wir wollen euch nichts tun", Helenas Rufe verhallten ungehört im Kampfeslärm. Da ertönte eine laute Stimme hinter den Soldaten.

„Haltet ein!"

Eine kleine, in weiße Gewänder gehüllte Gestalt bahnte sich ihren Weg durch die Menge. Sie humpelte und ging gebückt, doch alle machten ihr respektvoll Platz. Vor dem Drachen blieb sie stehen. Ragnars Fauchen verstummte. Sein Kopf senkte sich langsam zu der Gestalt hinunter, sein Maul kam ihr bedrohlich nahe. „Achtung", schrie der Soldat hinter ihnen, „er greift sie an!"

Doch die Gestalt hob beschwichtigend die Hand.

„Nicht doch."

Sie wandte sich erleichtert lächelnd an den Drachen.

„Wir haben euch schon sehnsüchtig erwartet."

Ragnars Augen verengten sich zu Schlitzen: „Murimir."

Die Schlacht tobte bereits seit Tagen. Viele hatten ihr Leben verloren auf den äußeren Mauern beim Versuch die Stadt zu beschützen, ihnen Zeit zu verschaffen.

„Endlich!", Murimir hatte Helena erleichtert in die Arme geschlossen. Es war das erste Mal, dass ihre Großmutter ihr so nahe kam, sie so fest an sich drückte „Ich bin so froh, dass du lebst und es bis hierher geschafft hast."

Helena erwiderte die Umarmung. Am liebsten wäre sie einfach für immer so stehen geblieben und hätte sie nie wieder losgelassen. Ein atemloses Wesen stürmte durch die Menge auf sie zu. „Yonan? Helena?"

Yonans Augen begannen zu leuchten. „Vater! Was bin ich froh, dich zu sehen." Ux' Augen glänzten feucht. Er drückte seine Stirn gegen Yonans und schloss die Augen.

„Ihr lebt. Beide."

Rötel zwängte sich hinter Yonan hervor, mit Lillewill auf dem Arm. „Wir leben auch, will ich meinen."

Ux lachte. „Das sehe ich, mein Freund. Ich bin froh, euch alle wiederzusehen. Eure Hilfe ist bitter nötig."

„Wo ist Renoo?" fragte Yonan mit besorgtem Blick.

Ux' Blick verdüsterte sich. „Sie kämpft oben auf der Mauer. Sie ist eine der tapfersten dort." Er schaute in die Runde. „Was ist mit Rudor?" Yonan schüttelte traurig den Kopf.

„Sie haben ihn gebrochen. Er ist auf der anderen Seite und kämpft in Toraks Armee."

Murimirs löste sich aus Helenas Umarmung und sah sie

durchdringend an. „Hast du…? Ich meine seid ihr…?“

Helena griff in ihre Hosentasche.

Sie holte den Stein hervor und hielt ihn ins Licht der Sonne. Er glitzerte in schillernden Farben. Murimir griff sich ans Herz, sackte ein wenig zusammen und musste sich auf Ux stützen, fasste sich aber sogleich wieder.

„Du hast es tatsächlich fertiggebracht. Die Prophezeiung wird sich erfüllen“, flüsterte sie. Stolz leuchtete aus ihren Augen und sie berührte erst den Stein, dann ganz sanft Helenas Wange. In diesem Moment schob sich ein Schatten über den Himmel, das Glitzern des Steins erstarb. Alle blickten nach oben. Der letzte Dunkelmond hatte begonnen.

Murimir ergriff Helenas rechte Hand und drehte die Handfläche nach oben. Der Mond war nun fast schwarz, nur ein kaum sichtbarer heller Fleck war noch zu sehen. „Uns bleibt keine Zeit mehr. Wir müssen zur Kuppel, auf die Insel.“

„Aber sie kommen nicht hinüber“, unterbrach sie Ux, „der Tunnel ist zerstört, Unterwasserstadt ist geflutet. Und mit dem Boot sind sie leichte Beute.“

Helena drehte sich zu Ragnar um. „Kannst du mich dort hinauf bringen?“

Ragnar schlug mit seinen mächtigen Flügeln und spannte seine Muskeln an. „Nichts leichter als das, Mondgeborene. Steig auf.“

Yonan sah Helena entschlossen in die Augen. „Ich komme mit dir. Ich lasse dich auf keinen Fall alleine dort hinaufgehen. Dieses letzte Stück gehen wir gemeinsam.“

Helena erwiderte seinen Blick und nickte. Dann kletterten sie auf den Rücken des Drachen. Unter ihr sah sie Murimir, mit Tränen in den Augen. „Leb wohl, Großmutter!“, flüsterte Helena still. Wir haben uns doch gerade erst gefunden.

Mit wenigen Flügelschlägen war Ragnar in der Luft. Der Lichtturm erhob sich stolz in der Mitte des Sees, war nahezu unversehrt. Helenas Herz schlug wild, gleichzeitig war sie erstaunlich ruhig. Sie wusste, dass ihr Ziel in greifbarer Nähe war. „Dort drüben, Ragnar. Dort müssen wir hin."

Ragnar schlug kräftiger mit den Flügeln und gewann an Höhe. „Helena, sieh nur", Yonan rüttelte sie an der Schulter. Helena blickte auf das Schlachtfeld unter sich. Schreie ertönten, dann ein Krachen. Das äußere Tor war gebrochen, Toraks Armee begann in die Stadt zu strömen, Schreie von Verwundeten und Sterbenden tönten bis zu ihnen in die Luft.

Ragnar war nun über dem See und flog schnell in Richtung Inselstadt. Es würde nur noch wenige Augenblicke dauern.

Ein Zischen ertönte, wie wenn jemand schnell die Luft einsog. Dann gab es ein dumpfes Geräusch und ein Ruck ging durch den Körper des Drachen. Ragnars Maul entwich ein Stöhnen, das tief aus seinem Inneren zu kommen schien. Er strauchelte, schlug hektisch mit den Flügeln. Dann sackte sein Körper wie ein Stein nach unten und er fiel. Helena und Yonan begannen in Panik zu schreien. Ragnar war getroffen. Schnell ging es abwärts, Helena sah abwechselnd die sich immer schneller verdunkelnde Sonne, das Schlachtfeld, den dunklen Himmel, die Gebäude Saradians, Rauch, der in die Luft stieg. Sie hatte Mühe, sich festzuhalten.

„Ragnar!", schrie sie in den Wind, „Ragnar, halt durch! Komm zu dir! Wir stürzen ab!" Erst geschah nichts doch dann spürte Helena, wie sich unter ihr die Muskeln des Drachen anspannten. Mit letzter Kraft begann er wieder, mit den Flügeln zu schlagen, fing sich und lenkte seinen schweren Körper auf die Insel zu. In kaum ein paar Metern Höhe glitt er über dem See, streifte immer wieder die schäumende Gischt.

„Du schaffst es, gleich sind wir da!", spornte Helena ihn

schreiend an. „Gib nicht auf!"

Fast hatten sie das Ufer erreicht, da ging ein Zittern durch Ragnars Leib. Er brüllte auf, als ob dies das letzte sei, was er tun würde und warf sich nach vorne. Platschend schlug er auf dem Wasser auf, schlitterte weiter über die Wasseroberfläche und kam schließlich am sandigen Ufer der Insel zum Liegen. Helena kletterte in Windeseile von seinem Rücken, hin zu seinem massigen Kopf. Sein Atem ging flach, seine Augen waren geschlossen. In seiner linken Schulter steckte ein riesiger Speer, einer eisernen Harpune ähnlich. Helena kniete nieder und legte ihre Hand auf Ragnars Schnabel. „Ragnar," flüsterte sie, „mein Freund."

Ragnar öffnete langsam seine Augen. „Haben wir es geschafft? Sind wir drüben?" Das Sprechen fiel ihm schwer. Helena flossen die Tränen wie Sturzbäche über die Wangen.

„Ja, wir sind drüben. Du hast es geschafft!"

Ragnar seufzte tief. „Ich hätte gerne noch länger dunkle Zauberer mit dir gejagt, Frühstück! Nun geh! Du musst den Turm erklimmen."

„Aber was geschieht mit dir?", schluchzte Helena.

Yonan war hinter sie getreten und hatte ihr die Hand auf die Schulter gelegt. „Wir können ihm nicht helfen, Helena. Nicht jetzt." Ragnar stupste Helena sanft an. „Ich bin der Hüter der Unendlichkeit", flüsterte er und seine Augen blickten gütig. „Ich bin unverwüstlich, Mondgeborene. Hab keine Sorge um mich." Dann schlossen sich seine Lider. „Lauft, lauft so schnell ihr könnt!"

Yonan zog Helena auf die Beine. „Er hat Recht, Helena. Wir müssen gehen."

Yonan und Helena eilten durch die Straßen der verlassenen Inselstadt. Der Lichtturm ragte wie ein mahnendes Zeichen über den Gebäuden auf. Außer Atem rannten sie um eine Ecke – und stoppten. Vorsichtig trat Helena auf den leeren Platz hinaus. Es war fast dunkel, nur noch ein winziger, letzter Teil der Sonne warf ihre Strahlen auf die Stadt. Schwarze Schatten bewegten sich wie Nebel um den Turm herum. Mit gezogenen Schwertern wagten sie sich einige Schritte vorwärts, Rücken an Rücken. Niemand hielt sie auf. Es war kalt und still geworden auf einmal. Kein Kampfeslärm drang vom Festland mehr zu ihnen. Kein Wind wehte, keine Schritte, Schreie oder Stimmen ertönten. Helena spürte, dass er nah war. Sie konnte seine Anwesenheit fühlen. Dann sah sie sie.

„Yonan!", flüsterte sie entsetzt. „Sieh!"

Aus den Gassen um den Platz herum kamen langsam die Häscher geschritten. Es waren viele von ihnen, Kälte umgab sie. In einiger Entfernung blieben sie stehen. Schweißperlen traten auf Helenas Stirn, als sie mit erhobenem Schwert abwarteten, was geschah.

„Geh in den Turm", sagte Yonan ruhig. „Vollende es. Ich werde sie aufhalten." Helena zögerte. Sie konnte nicht. Sie konnte einfach nicht gehen. Er wandte sich zu ihr um und rief nun fast wütend: „Worauf wartest du noch?" Ihre Blicke trafen sich. Sie wussten beide, dass die Zeit gekommen war. Egal wie es hier für Helena enden würde, ob mit ihrem Tod oder einem Sieg über Torak: Sie würden sich nicht wiedersehen. Nie wieder. All das würde nur noch eine Erinnerung sein. „Geh endlich", flüsterte er leise, mit traurigen Augen. „Du wirst für immer in meinem Herzen sein."

Ein unterdrücktes Schluchzen entwich Helenas Kehle. Dann reckte sie sich ein Stück nach oben und drückte Yonan einen raschen Kuss auf die Lippen. Den Kuss, den sie schon damals, in Toraks Festung, hatte erwidern wollen. Sagen konnte sie nichts.

Dann drehte sie sich um und lief in Richtung des Turms, auf die Türe zu. Yonan blickte ihr nach, fühlte noch ihren Kuss auf seinem Mund. Dann fasste er den Griff seines Schwertes fester. „Kommt nur“, knurrte er den dunklen Schatten entgegen, „ich warte schon lange darauf, euch das alles heimzuzahlen.“

Langsam schritten die Häscher auf ihn zu.

Kurz bevor Helenas Hand den Griff der Türe berührte, stockte sie. Sie spürte ihn, bevor sie ihn sah. Kälte drang in ihre Knochen ein, ein Schatten legte sich über sie. Langsam drehte sie sich um. „Torak!“ Unter der dunklen Kapuze meinte sie erneut, ein Lächeln zu sehen, wie damals in seinem Turmzimmer. „So stehen wir also beide hier, Mondgeborene.“

Helena richtete das Schwert auf die Gestalt und schrie: „Geh weg! Verschwinde! Du kommst zu spät.“

Torak hob seine Hand und öffnete seine Faust.

„Es ist nicht zu spät. Es ist genau richtig.“

Der Schmerz durchzuckte Helena Körper wie ein eisiger Blitz. Sie ließ das Schwert fallen und öffnete ihre Hand. Dunkelheit wuchs in ihr, sie konnte es sehen, wie ein Geschwür begann sie, Besitz von ihr zu ergreifen. Helena griff zitternd in ihre Tasche und holte den Herzkristall hervor. „Du wirst mich nicht davon abhalten, Torak.“ Sie hielt den Stein in die Höhe, ihm entgegen. Torak wich zurück. Er schien die Kraft des Steines zu fürchten, nun, da er sich in Helenas Händen befand. Erneut hob er seine Faust, zeigte auf den Kristall.

„Gib. Ihn. Mir.“

Helena schrie auf vor Schmerz. „Nein!“

Sie hob ihr Schwert auf und warf es in Toraks Richtung, traf ihn. Er strauchelte, der Schmerz in ihr wurde unaufmerksam, verschwand für einen Moment, ließ Helena los. Sie drehte sich um, öffnete die Türe zum Lichtturm und eilte die Treppe in

Richtung Kuppel hinauf. Sie musste schneller sein als er. Doch er war schon hinter ihr, holte sie ein. Aus seinem Umhang strömte dunkler Nebel, der Helena einhüllte. Klauen aus Schatten packten sie, brachten sie zum Stolpern und hielten sie auf den Stufen fest. Torak schritt über sie hinweg und hockte sich vor sie. Fast sanft hob er ihr Kinn an und näherte sich ihrem Gesicht. Dann packte er ihr Handgelenk und löste langsam, Finger für Finger, den Stein aus Helenas Händen. Helena konnte ihn nicht festhalten.

„Es ist aussichtslos, Mondgeborene, du wirst ihn nicht in die Kuppel einfügen. Du wirst von Dunkelheit umhüllt werden und sterben. Und ich werde über Asketan herrschen. Die Welt deiner Träume ist für immer verloren." Die Kälte war unerträglich. „Noch kannst du dich entscheiden. Überlasse dich der Dunkelheit und ich mache dich unsterblich. Hier. Wo du bleiben möchtest."

Helena wehrte sich verzweifelt und versuchte, sich aus dem Griff der Schatten herauszuwinden. Dann, auf einmal, geschah etwas Seltsames. Der Herzkristall in Toraks Hand begann zu schimmern. Zuerst ganz sanft, dann immer stärker. Dann verblasste er wieder, nur um wieder von neuem zu leuchten, noch stärker als zuvor. Er flackerte, als könne er sich nicht entscheiden, seine Wahl nicht treffen. Helenas Augen weiteten sich, sie erkannte, was geschah.

„Tief in dir drin ist Liebe", flüsterte sie erstaunt, „ist Mitgefühl. Was immer dort schlummert, es kämpft mir dir. Ich kann es sehen."

Torak wich zurück, ging hastig ein paar Stufen rückwärts.

Helena fühlte, dass etwas mit ihm geschah. Und dann plötzlich, fiel es ihr wie Schuppen von den Augen. Sie verstand, was sie gefühlt hatte, in seiner Festung, im Turmzimmer. Sie erkannte, was sie all die Zeit geahnt hatte, aber nicht wahrhaben wollte, sie verstand die Bedeutung seiner Worte, damals.

„*Uns beide…*“, flüsterte sie. „Deshalb konntest du mich nicht töten. Deshalb hast du versucht, mich zu überzeugen, dass ich mich dir anschließe. Du hast dir den falschen Körper ausgesucht, Torak. Es ist zu viel Liebe in meinem Vater gewesen. Für meine Mutter und für mich. Du kannst mich nicht zerstören. Denn er kann es nicht.“

Der Kristall leuchtete hell auf. Ein Zittern ging durch die schwarze Gestalt vor ihr. Torak wand sich gequält, als kämpfe er mit sich selbst. Dann öffnete er seinen Mund und schrie. Ein vibrierender Ton, wie ein mächtiger Gongschlag, fegte über das Land hinweg, brachte ganz Saradian zum Beben, zerfetzte alles mit seiner mächtigen Welle, was sich ihm in den Weg stellte.

Der Schatten sackte zusammen. Ein schwarzer Nebel glitt aus dem Umhang, formte über der am Boden liegenden Gestalt eine Fratze, wirbelte um sich selbst und hielt vor Helenas Gesicht inne. Eine Stimme in ihrem Kopf flüsterte: Es ist zu spät. Für immer zu spät. Du kannst sie alle nicht mehr retten, ihn nicht mehr retten, dich nicht mehr retten.

Der Nebel griff sich den Herzkristall, der noch immer auf dem Umhang lag, hüllte ihn ein, verdunkelte ihn. Er wurde schwarz wie der Mond über Asketan, schwarz wie die Nacht. Wie ein altes Stück Kohle zerbröselte er vor Helenas Augen zu Asche. „Neiiiiiin!“ Helena schrie es laut hinaus.

Es war alles verloren.

Yonan wurde von der mächtigen Schallwelle niedergerissen. Es hatte nicht gut ausgesehen für ihn, die Häscher waren deutlich in der Überzahl und auch wenn er sich tapfer gewehrt hatte, lange hätte er ihnen nicht mehr standhalten können. Nun raffte er sich vom Boden auf und sah sich um. Noch immer standen die Häscher vor ihm, mit gezogenen Schwertern.

„Neiiiiiin!", ein Schrei ertönte aus dem Lichtturm. Es war Helenas Stimme. Yonan wandte sich um. Aus den Fenstern des Turmes strömte ein dunkler Nebel. Wie ein Schwarm Vögel zog er mit einem kreischenden Ton in Richtung des Schlachtfeldes. Ohne sich weiter um Yonan zu kümmern, senkten die Häscher ihre Schwerter, drehten sich um und verschwanden zwischen den Häusern, folgten dem Schatten. Yonan sprang auf. „Helena!" rief er voller Angst und rannte auf den Lichtturm zu, stieß die Tür auf und stürmte die Wendeltreppe empor. Er fand sie an die Wand gelehnt, kurz vor der Kuppel, leichenblass. Vor ihr auf den Stufen ein kleines, schwarzes Häufchen und eine Gestalt, in einen schwarzen Umhang gehüllt.

„Was ist geschehen? Bist du verletzt?"

Helena schüttelte den Kopf. Tränen liefen ihr über das Gesicht. „Er ist zerstört, Yonan. Alles ist verloren. Ich war nicht stark genug."

Yonans Herz setzte einen Schlag lang aus. Er ließ das Schwert fallen, es klirrte laut auf dem steinernen Boden, fiel die Stufen herunter. Dann setzte er sich neben Helena, nahm sie in den Arm. Stumm saßen sie da, hielten sich aneinander fest. Es gab nichts mehr zu sagen.

„Wenn Schwärze den Mond umhüllt, wie auch die Tage, die er geht…"

Erschreckt fuhren Yonan und Helena herum. Die Gestalt auf dem Boden hatte zu sprechen begonnen. Schwach und brüchig, aber sie sprach, mit einer menschlichen Stimme. Helena strich die Kapuze zurück. Ein blasser, dünner Mann sah sie an, mit grünen Augen, die zu glänzen begannen, als sie sie sahen. Augen, die ihr vertraut vorkamen.

„Wenn Schwärze den Mond umhüllt und der Tag zur Nacht wird, wenn der Schatten seine Hände ausstreckt, wird die Dunkelheit das Licht vertreiben. Doch ein Kind wird wiederkehren, mondgeboren. Nicht von dieser und nicht von jener Welt. Mit bedingungsloser Liebe wird es den Morgen dämmern lassen und die Träume werden auferstehen."

Langsam beendete der Mann die Sätze der Prophezeiung, die Helena nur allzu bekannt waren. Er versuchte sich aufzurichten, sackte jedoch sogleich wieder zurück. „Du hast mich gerettet." Er strich Helena über das Haar. Ein Lächeln huschte über sein Gesicht: „Du siehst aus wie deine Mutter."

„Papa?", Helenas Stimme zitterte. Er lebte. Er war kaum mehr er selbst, aber er lebte. Torak hatte ihn nicht getötet, seit ihrer Begegnung im Turmzimmer hatte sie es gespürt und es doch erst jetzt verstanden.

„Verzeih mir das alles. Verzeih, dass ich deine Mutter und dich nicht beschützen konnte, damals."

Helena schüttelte den Kopf und drückte ihren Vater fest an sich. Er fühlte sich knochig an, als sei ein Großteil seines Lebens aus ihm herausgesaugt worden. Der schwarze Umhang roch nach Ruß und Blut.

Die Stille um sie herum war einem wütenden Lärm gewichen, der bis zu ihnen in den Turm drang. Die Stadt versuchte sich mit letzten Mitteln zu verteidigen. Helena hörte Ragnar brüllen, nicht weit entfernt. Schreie folgten darauf.

„Sie geben nicht auf", rief Helena verzweifelt und sah aus einem der Fenster. Feuer, Rauch und Zerstörung breitete sich über ganz Saradian aus. Es war inzwischen so düster, dass kaum noch etwas zu sehen war. „Sie hoffen noch immer darauf, dass ich sie rette. Sie wissen nicht, dass ich versagt habe."

Das kreischende Geräusch, mit dem der Schatten Toraks den Lichtturm verlassen hatte, ertönte wieder. Am Himmel, vor dem Mond, ballte sich ein dunkler Schwarm zusammen. Die Liebe ihres Vaters hielt Torak nun nicht mehr zurück, sie alle zu vernichten. Der Schwarm stieß auf den Turm herab, raste durch die Fenster ins Innere, setzte sich auf ihre Kleidung, ihre Haut, ihr Gesicht. Yonan schrie auf und fiel zu Boden, ihr Vater wand sich qualvoll. Helena fuchtelte mit den Armen, schüttelte sich. Es war ohrenbetäubend laut um sie herum.

Ihr Vater schrie, damit sie ihn hören konnte in all dem Gebrause und Getöse: „Sie formte ihn aus ihrem Herzen, Helena. Du brauchst den Herzkristall nicht, du *bist* der Herzkristall."

Dann fuhr der Schatten in seinen Mund hinein und erstickte jeden Laut. Helena zögerte einen Moment. Dann begriff sie, sie wusste, was sie tun musste. Sie stolperte die Treppen hoch, immer weiter nach oben. Schlug nach dem Schatten um sie herum, wehrte sich. Noch eine Stufe und noch eine, immer weiter. Sie dachte nicht mehr nach.

Dann, endlich, stand sie unter der Kuppel. Nur noch wenige Schritte trennten sie von ihr. Sie sah kaum noch etwas vor Schmerzen, spürte, wie die Dunkelheit sie immer weiter übermannte. Sie zog die Kette an ihrem Hals unter dem Hemd hervor. Wie immer leuchtete der Mondstein matt im verbliebenen Licht der Sonne, die kaum noch Kraft hatte. Wie immer war er warm in ihren Händen. Sie dachte an Ubsala. Daran, dass er sich geopfert hatte. Dass er gestorben war, damit sie leben konnte. Ein Opfer der Liebe und Güte, dachte sie.

Helena kletterte weiter, auf allen Vieren. Sie richtete sich auf und öffnete ein Fenster, zog sich nach draußen. Was sie dort erwartete, überstieg all ihre Vorstellungskraft: Ein Sturm tobte über ihr, dunkle Schwärme ballten sich zusammen, sausten wie Lebewesen auf die Kämpfenden nieder. Überall war Feuer. Am Ufer der Insel sah sie den verletzten Drachen aufragen, Feuer auf seine Feinde spuckend, auch er gab nicht auf. Bis zum Horizont erstreckte sich die dunkle Masse von Toraks Heer. Bruder kämpfte gegen Bruder, Schwester gegen Schwester.

Asketan versank in Dunkelheit. Es war bitterkalt, Helenas Hände zitterten und konnten sich kaum an den Steinen festhalten, tief ging es hinunter unter ihr. Mit letzter Kraft erreichte sie die Kuppel. Dort sah sie es: Ein kleines Loch, eine Lücke in der Spitze, dort, wo der letzte Stein fehlte, weit weg und schwer zu erreichen. Sie nahm den Mondstein und streckte die Hand nach oben. Helena fühlte Wärme in sich aufsteigen, wie Wasser ergoss sie sich durch ihren Körper. Sie öffnete ihre Hand und betrachtete den Stein. Hier war sie nun also. Und hier würde es enden.

Sie wehrte sich nicht mehr. Der schwarze Schatten hatte sie erfasst, hüllte sie ein, versuchte, sie zu greifen, wie damals ihren Vater. Helena blickte auf ihre Handfläche. Das Mondmal auf ihrer Haut färbte sich vor ihren Augen schwarz, war nun komplett ausgefüllt. Es ist soweit, dachte sie, ich bin bereit. Ihr Blick fiel ein letztes Mal auf Saradian, das zerstörte, verwundete Saradian. Dann schloss sie die Augen, nahm den Mondstein und fügte ihn in die Lücke ein. Er passte, als ob er nie für etwas anderes bestimmt gewesen sei.

„Lebt wohl“, entwich flüsternd ihren Lippen, „ich schenke euch auf ewig mein Herz. Und meine Träume.“

Dann wurde es gleißend hell.

Und die Dunkelheit ergriff sie.

KAPITEL XXIII – EIN NEUES LEBEN

„Helena? Helena!“

Nein, dachte sie, ich will nicht, lasst mich.

Sie weigerte sich, die Augen zu öffnen. Sie wollte nicht dort sein. Nicht in ihrem Zimmer, im Heim, auf der Erde, in ihrer alten Welt. Nirgendwo. Wenn sie nur lange genug die Augen zuließ, sich versteckte, wieder wie eine Schildkröte ihren Kopf einzog, würde vielleicht alles gut werden. Eine Hand berührte sie sanft an der Schulter.

„Ist sie wach? Ich bin nicht sicher… “

„Sie sieht nicht wach aus, will ich meinen. Du solltest sie schlafen lassen. Sie braucht Schlaf.“

Die Stimmen kamen ihr bekannt vor.

„Sie hat sich doch gerade bewegt, also versuche ich… ach, was mischst du dich da überhaupt ein?“

Mit einem Ruck öffnete Helena die Augen. Verschwommen sah sie zwei Gestalten miteinander streiten. Ein Junge mit dunklen Locken und jemand, dessen Alter kaum zu bestimmen war, mit wirren roten Haaren und einer Schweinenase.

„Yonan? Rötel?“, sie richtete sich auf. „Wieso seid ihr hier?

Was ist geschehen?"

Yonan stieß den Steintroll unsanft an. „Siehst du, sie ist wach, ich hab es gesagt!" Er wandte sich zu ihr, sah besorgt und glücklich gleichzeitig aus. „Wie geht es dir? Ist alles in Ordnung?"

Ein haariges Wesen sprang von Rötels Schulter auf Helenas Brust und schleckte ihr mit der Zunge das Gesicht ab. Lillewill, lachte Helena innerlich. Eine weitere Person trat ins Zimmer. „Raus mit euch, lasst mich mit ihr alleine."

Sie schob die zwei Streithähne aus der Türe heraus, dann trat sie an Helenas Bett heran. Yonan zwinkerte ihr noch einmal zu, bevor er die Tür schloss. Er sah glücklich aus.

„Murimir", krächzte Helena. Ihre Stimme fühlte sich belegt an. Die weise alte Frau lächelte sie gütig an.

„Du bist in Sicherheit, mein Kind", sie strich ihr die Haare aus dem Gesicht, „und du bist hier, bei uns."

Helena richtete sich auf. Schmerz pochte in ihrem Kopf, sie hatte Verbände an Armen und Beinen. „Was ist geschehen? Wo ist Torak? Geht es meinem Vater gut?"

Murimir lachte. „Eins nach dem anderen. Trink etwas." Sie nahm einen Krug und hielt ihn Helena an die Lippen. Gierig schluckte sie das kühle Wasser. Dann sah sie Murimir an. Auch sie sah mitgenommen aus, hatte ein blaues Auge und zahlreiche Schrammen im Gesicht, jede Bewegung schien ihr zu schmerzen. Murimir setzte sich an Helenas Bettrand.

„Du hast ihn besiegt, Helena. Du hast den Herzkristall in die Kuppel des Lichtturms eingefügt, gerade noch rechtzeitig, um den letzten Strahl der Sonne einzufangen. Eine Welle aus Licht und Wärme übergoss das Land, wie damals, als der erste Herzkristall erschaffen wurde."

Tränen vor Stolz glitzerten in den Augen der alten Frau.

„Toraks dunkler Zauber fiel von den Soldaten seiner Armee

ab. Wen er gebrochen hat, der wurde wieder geheilt, erwachte wie aus einem Traum. Elfen erhielten ihre Flügel wieder, Gnome und Waldschrate stritten sich wie eh und je. Wer kräftig genug ist, ist bereits auf dem Weg zurück nach Hause. Doch Viele sind in diesem Krieg gestorben und nicht Weniger werden gezeichnet sein für ihr Leben."

Murimir fasste Helenas Hände.

„Und was ist mit Torak?", fragte Helena besorgt.

„Seine Häscher und er versuchten zu fliehen, doch sie konnten es nicht. Dunkle Schwärme flogen über den Himmel, aber ihr Schatten löste sich auf im Licht, verschwand, als habe es sie nie gegeben. Das Wenige, das von Torak übrig ist, ist sicher verwahrt, in einer Hülle aus Wärme und Licht. Solange wir diese Hülle bewahren, in jedem von uns, wird er nicht zurückkehren."

Helena sackte seufzend in die Kissen zurück. Sie hatte es tatsächlich geschafft. Tief in sich spürte sie ein Pochen, als ob ein Stück von Toraks Dunkelheit noch immer in ihrem Herzen war und sich regte. Was hatte Murimir gesagt? Es lag an jedem Wesen, diese Dunkelheit mit Liebe und Güte einzuhüllen und achtzugeben, dass sie nicht entweichen konnte. Doch eine Sache verstand Helena nicht:

„Aber warum bin ich hier? Ich würde sterben oder in meine wahre Welt zurückkehren, das war der Preis. So hat es die Prophezeiung vorhergesagt."

Murimir zwinkerte ihr zu. „Manchmal bedeuten Worte nicht das, was wir in ihnen zu lesen glauben. Auch ich habe mich in ihnen getäuscht. Du bist zurückgekehrt in deine wahre Welt, Helena. Du bist nun hier, bei uns."

Sie drehte Helenas Hand und zeigte ihr ihre Handfläche. Das Mondmal war noch immer dort, doch alles Schwarz war gewichen.

In Murimirs Augen glänzten Tränen.
„Die Prophezeiung hat sich erfüllt."

Saradian lag in Trümmern, es würde Jahre dauern, die Stadt wieder aufzubauen. Ob sie jemals wieder in ihrer alten Pracht erstrahlen würde, war ungewiss. Die Gassen und Straßen lagen voller Steine, die Bewohner schleppten ihren zerstörten Hausrat auf die Straßen, überall herrschte rege Betriebsamkeit. Nur der Lichtturm stand unversehrt inmitten der Insel, als sei nichts geschehen. Sanft leuchtete die Kuppel noch immer und warf ihr glitzerndes Licht auf die Stadt. Der Mondstein war mit dem Turm verschmolzen, er konnte nicht mehr entfernt werden.

Viele waren gekommen um Helena Lebewohl zu sagen. Ragnar hatte sein Versprechen gehalten, das er ihr am Ufer von Inselstadt gegeben hatte: Er war nicht gestorben. Helena war überglücklich gewesen, das riesige Ungeheuer lebendig, wenn auch ein wenig lädiert durch den Speer, der seine Schulter durchbohrt hatte, wiederzusehen. Er würde noch eine Weile in Saradian bleiben, bis seine Wunden verheilt waren und er wieder fliegen konnte. Renoo stand hinkend und mit hölzernen Krücken ein wenig abseits. Sie beobachtete stumm das Treiben, man merkte ihr an, dass sie sehr darunter litt, dass von Rudor weiterhin jede Spur fehlte. Sie würde ihn suchen, da war sich Helena sicher, und nicht aufgeben, bis sie ihn gefunden hatte. Lillewill krabbelte, flink wie immer, auf Rötels Kopf und Schultern herum. Er lachte und herzte das kleine Tier, bevor er es Helena übergab.

Zu ihrem Erstaunen hatte Helena erfahren, dass Murimir es wörtlich gemeint hatte, als sie sagte, dass der Rest von Torak sicher verwahrt werde. Das, was von ihm übrig geblieben war, ein winziger Schatten, kaum mehr als ein Häufchen schwarzer Asche, war eingehüllt worden in eine Kugel aus Licht. Solange sie bestand, würde es Torak unmöglich sein wiederzukehren.

„Ganz vernichten lässt sich das Böse nicht“, hatte Murimir gesagt, „aber wir müssen es im Zaum halten, so gut wir können. Das Gleichgewicht will es so.“

Ragnar wurde die Aufgabe zuteil, die leuchtende Kugel mit sich zu nehmen. Er trug sie sicher in einer Hautfalte an seiner Brust verborgen, sie war kaum größer als ein Hühnerei. Ganz konnte dies Helenas Sorge nicht lindern, dass Torak womöglich auch aus diesem Gefängnis entkommen könnte. Ragnar jedoch war frohen Mutes. „Ich bin der Hüter der Unendlichkeit, Mondgeborene, der Bewahrer des Gleichgewichts auf dem steinernen Wall am Ende der Welt“, hatte er sie geneckt. „Wer sollte besser dafür geeignet sein, auf den dunklen Zauberer aufzupassen als ich?“

Sie musste zugegeben, dass er Recht hatte. Kaum ein Ort war wohl schwerer zugänglich als sein Zuhause, das nur erreichbar war auf dem Goldenen Pfad. Sofern man natürlich keine Flügel hatte.

Murimir war aufgeregt. Sie bedeutete mit ihren Händen all den Wesen, die sich auf dem Platz vor der Bibliothek versammelt hatten, zu schweigen. Helena nahm die Hand ihres Vaters Nathané, der auf einem bequem gepolsterten Pritschenwagen hinter ihr lag. Er war noch schwach von den vielen Jahren, in denen sein Körper Torak gedient hatte. All die Macht und Stärke, die der Schatten ausgestrahlt hatte, war nun verschwunden. Übrig geblieben war nur ein Mann mit grauem Haar und müden Augen. Die Stimmen, das Gebrumme und Gesumme der großen Stadt, das alles war noch zu viel für ihn. Er musste wieder zu Kräften kommen und Helena war sofort eine Idee gekommen, an welchen Ort sie ihn bringen würden, damit er wieder ganz gesund werden konnte. Murimir war einverstanden gewesen.

Doch bei aller Freude über seine Wiederkehr: Tochter und Vater mussten sich erst aneinander gewöhnen. Auch dafür würde die Zeit gut sein, die sie vor sich hatten. Es war noch immer seltsam für Helena, dass ihr Vater lebte. Sie war groß geworden in dem Wissen, ganz alleine auf der Welt zu sein. Nun hatte sie Freunde und eine richtige Familie: einen Vater und eine Großmutter. Und Yonan, dachte sie, still in sich hinein lächelnd.

Helena hatte sich keinen langen Abschied gewünscht. Sie wollte keine Feier, keine großen Worte. Sie war glücklich, wie es war. Die Pferde standen gesattelt bereit. Ein kurzer Moment der Traurigkeit überkam sie, als sie an Kashet dachte. Ob er wohl überlebt hatte? Eigentlich zweifelte sie nicht daran. Vor ihrem inneren Auge sah sie ihn, wie er gemeinsam mit Koshki und wehender Mähne durch die Weiten der nordischen Länder galoppierte. Der Pritschenwagen ihres Vaters war hinter ein gutmütiges Ross gespannt, er war zu schwach, um selbst zu reiten. Proviant war ausreichend gepackt. Diesmal konnten sie sich Zeit lassen. Niemand verfolgte sie und trachtete nach ihrem Leben, es gab keinen Schatten, der sich über sie legte.

Yonan räusperte sich. „Es wird Zeit!“

Murimir nickte Helena aufmunternd zu. Helena drückte zuerst Ux, dann Murimir zum Abschied fest an sich. Sie winkte Rötel, Renoo und Ragnar. Dann stieg sie ebenfalls auf.

Murimir trat an Helenas Pferd heran und sah sie mit ihren weisen Augen an, die im gleichen Grün erstrahlten wie die ihres Sohnes und ihrer Enkelin. „Eines Tages wirst du an dieser Stelle stehen und die Hüterin Saradians sein, da bin ich sicher. Doch eines habe ich gelernt“, sie blickte auf ihren Sohn, der erschöpft auf Decken und Kissen lag, „es ist an dir zu entscheiden, wann die Zeit dafür reif ist. Du wirst deinen eigenen Weg gehen, bis dahin. Und irgendwann hierher zu mir zurückkehren. Wenn du bereit bist. Ich werde den gleichen Fehler nicht zweimal begehen."

Helena drückte ihre Hand.

„Seid unbesorgt, das werde ich. Irgendwann."

Helena zog ihre Nase im Wind kraus und stellte sich im Sattel auf, es roch nach Gras und Kräutern. Odit lenkte sein Pferd neben sie. Er war auf halber Strecke zu ihnen gestoßen um sie das letzte Stück des Weges nach Tankelvar zu begleiten. Es kam ihr vor, als ob es Jahre her sei, dass sie dort gewesen waren. Ein anderes Leben.

Odit zeigte auf einen Punkt am Horizont. „Dort! Wir sind fast da." Der Pritschenwagen holperte über den unebenen Boden. Es war sicher nicht sehr angenehm für ihren Vater, darauf zu liegen, seit sie die befestigten Wege verlassen hatten, doch er schlief tief und fest. Helena schaute ihn lange nachdenklich an. Er hatte die halbe Reise über geschlafen, als ob die ganze Bosheit und Dunkelheit ihn vollkommen erschöpft hatten und er nun darauf wartete, endlich wieder zu erwachen, als der Mensch, der er wirklich war. Fernes Singen und Lachen ertönte, kleine Rauchfahnen stiegen in den Himmel. Das Tal öffnete sich vor ihr, wie damals, als sie die Stadt der Nomaden das erste mal erblickt hatte.

„Ich sagte doch, ich komme wieder", flüsterte sie. Yonan lenkte sein Pferd neben Helena und öffnete seine Hand. Sie lachte und legte die ihre in seine.

„Lass uns nach Hause gehen."

EPILOG

Die Vorhänge waren zugezogen und ließen nur gedämpftes Licht ins Zimmer. Die Pflegerin prüfte den Zugang am Arm des Mädchens, das nun schon seit Monaten im Bett vor ihr lag, drückte kurz auf den Infusionsbeutel, er war noch fast voll. Der Monitor am Kopfende piepte leise und regelmäßig. Alles war wie immer.

Bevor sie das Zimmer wieder verließ, ruhte ihr Blick kurz auf ihrer rätselhaften Patientin. Eines Morgens hatte man sie neben ihrem Bett gefunden, ein kleines Fläschchen in ihrer Hand, nur mit ein paar Resten puren Wassers darin. Sonst nichts. Sie schlief und schlief und schlief und wachte nicht auf. Eine Ursache war nicht zu finden. Nur einmal hatte sie Besuch bekommen, ein Mädchen war hier gewesen, nur wenig älter, mit rotblonden Haaren und einem freundlichen Lächeln. Sie hatte ihr etwas mitgebracht, ein Kuscheltier mit wirrem Fell, das einem Eichhörnchen ähnelte und von nun an immer neben ihr im Bett lag. Das Mädchen hatte die Hand ihrer Freundin gehalten und leise auf sie eingeredet, stundenlang. Dann war sie gegangen und nicht mehr wiedergekommen.

Ob das Mädchen im Bett aufwachen würde, wusste niemand. Gelegentlich rollten ihre Augen unter den geschlossenen Lidern wild hin und her, als ob sie träumte. Einige Male hatte sie um sich geschlagen. Aber geöffnet hatte sie sie nicht.

Bis jetzt.

Ein Schreck durchfuhr die Pflegerin, als sie auf einmal aus durchdringenden grünen Augen angeblickt wurde.

„Ich werde jetzt gehen“, sagte das Mädchen mit fester Stimme, ohne sich zu bewegen, „lebt wohl.“

Nur diese Worte.

Der Monitor begann, aufgeregte Geräusche zu machen.

Die Krankenpflegerin ging ein paar Schritte rückwärts aus dem Raum heraus in den Flur und begann noch in der Türe nach Hilfe zu rufen, bevor sie rannte.

Schnelle Schritte eilten den Gang entlang, aufgeregte Stimmen ertönten. Die Pflegerin war als erste wieder am Bett – und blieb entgeistert stehen.

„Wo ist sie?“, fragte die Ärztin, die ihr atemlos nachfolgte.

Die weißen Laken waren zurückgeschlagen.

Das Bett war leer.

ÜBER DIE AUTORIN

Katharina Ferber wuchs in einem kleinen Dorf im südlichen Deutschland auf. Schon früh begeisterte sie sich für Literatur und las alles, was sie in die Finger bekommen konnte. Die Idee zu „Mondgeboren" kam ihr bereits als Jugendliche. Noch heute behauptet sie hartnäckig, eine vorwitzige Elfe habe sie, als Glühwürmchen getarnt, eines Nachts besucht, um ihr die Geschichte ins Ohr zu flüstern.

Sie beschloss, Schriftstellerin zu werden.

Später studierte sie Publizistik, Kunstgeschichte und Politik in Berlin. Um das Schreiben zu lernen, arbeitete sie einige Zeit für verschiedene Zeitungen, was ihr nicht sehr gut gefiel (zu wenig Fantasie). Schließlich arbeitete sie viele Jahre als Redakteurin in einer Berliner Kommunikationsagentur (sehr viel Fantasie), heiratete und bekam zwei Kinder (noch mehr Fantasie).
Eines Tages ermutigte ihre 11-jährige Tochter sie, ihr die Geschichte über Helena, Yonan, Ux, Murimir und Torak nicht nur zu erzählen, sondern endlich auch aufzuschreiben.

„Mondgeboren“ ist ihr erster Roman.

Printed in Poland
by Amazon Fulfillment
Poland Sp. z o.o., Wrocław

32110126R00219